JN232443

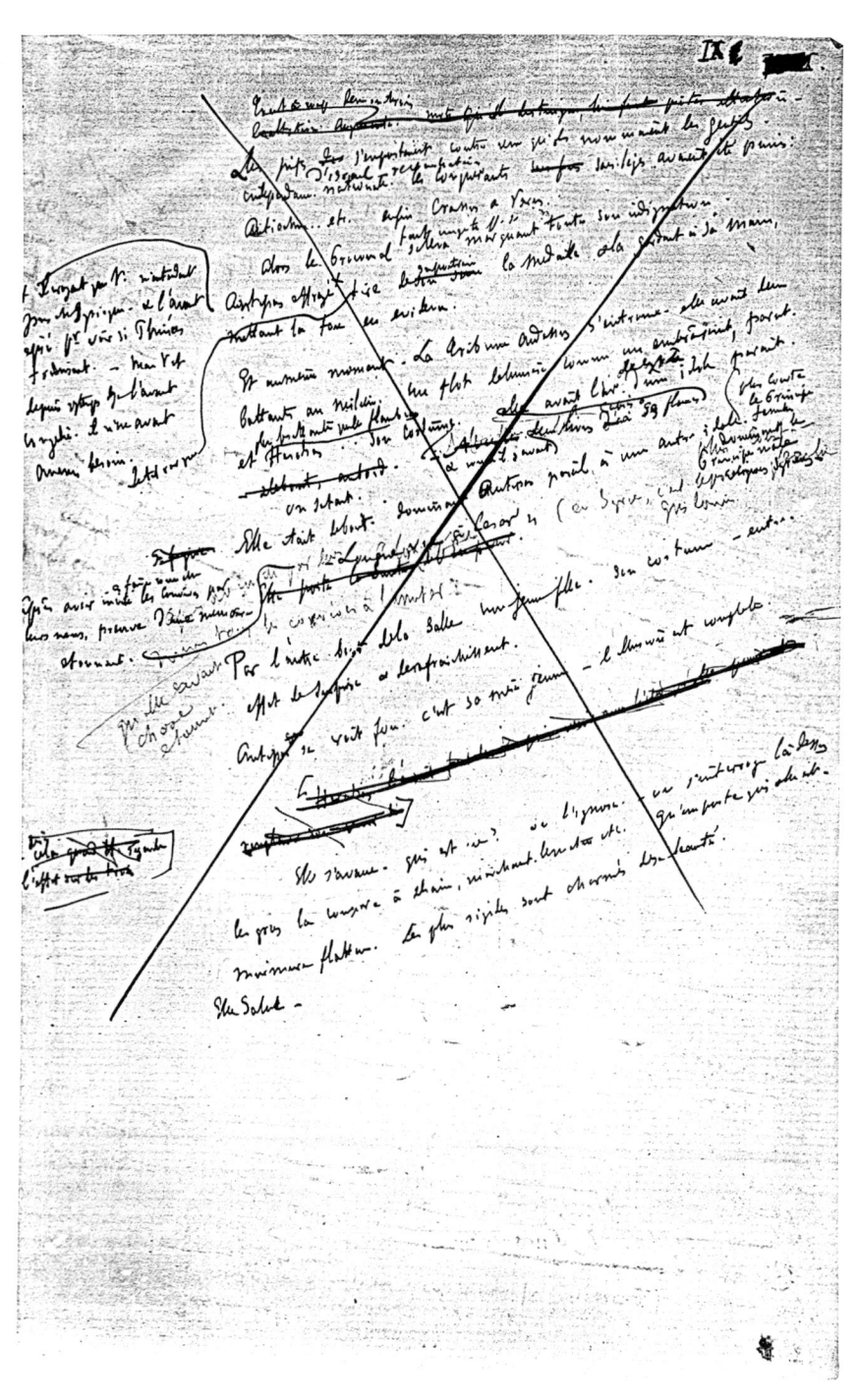

Planche I : Apparition d'Hérodias « le Principe femelle dominant le Principe mâle » [f° 361 (637v)]

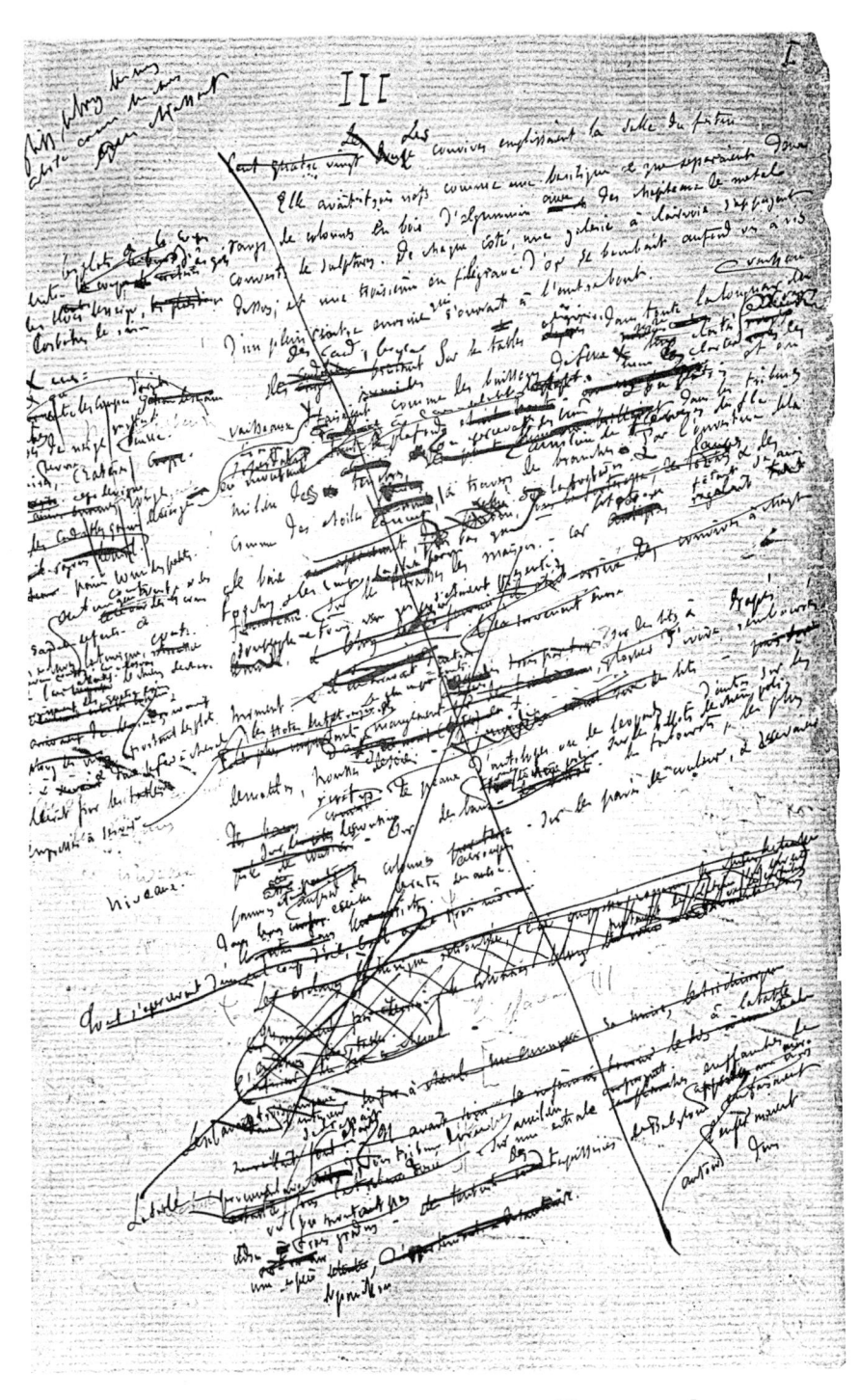

Planche II : « une espèce de sanctuaire » [f° 379 (645v)]

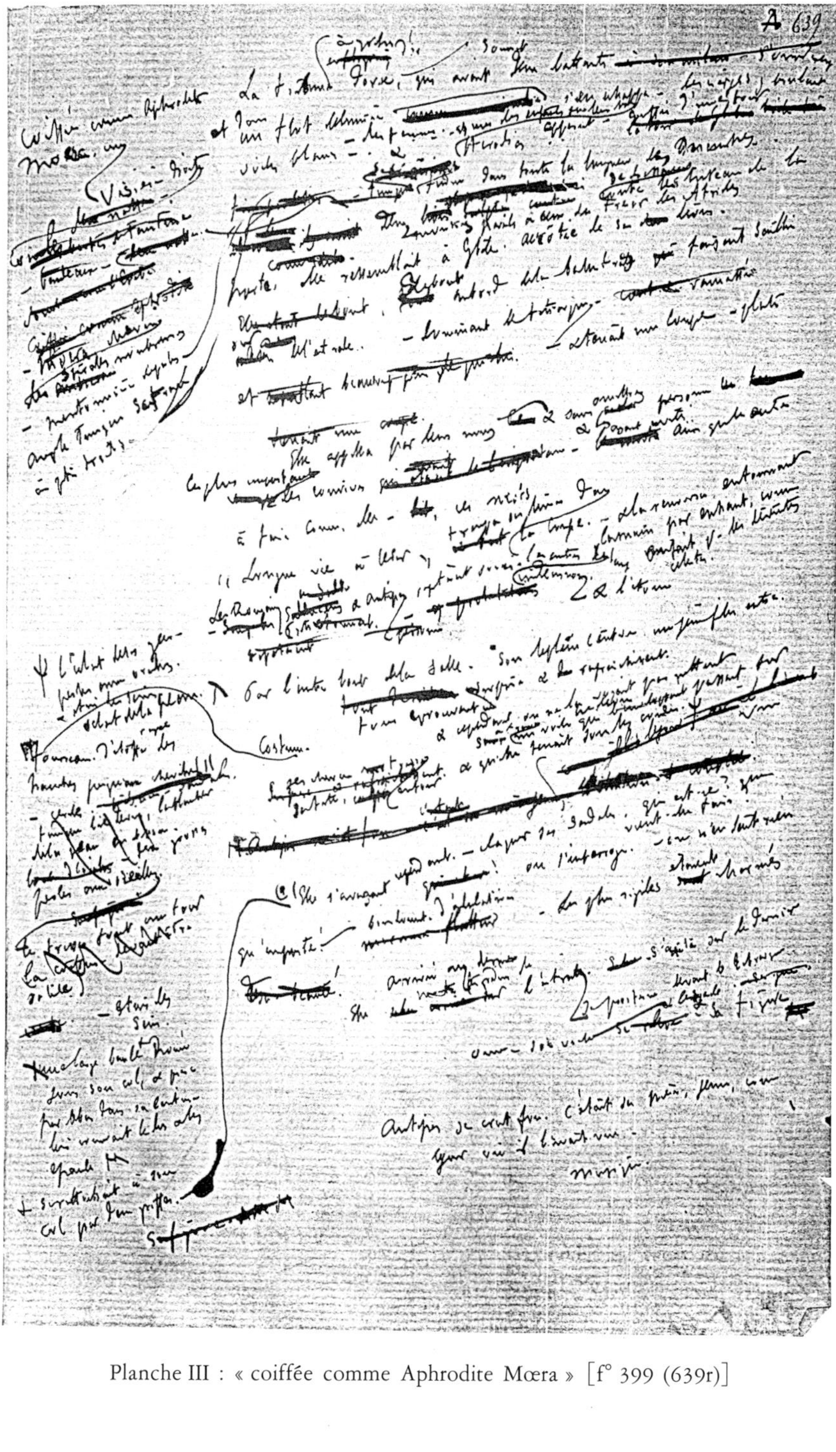

Planche III : « coiffée comme Aphrodite Mœra » [f° 399 (639r)]

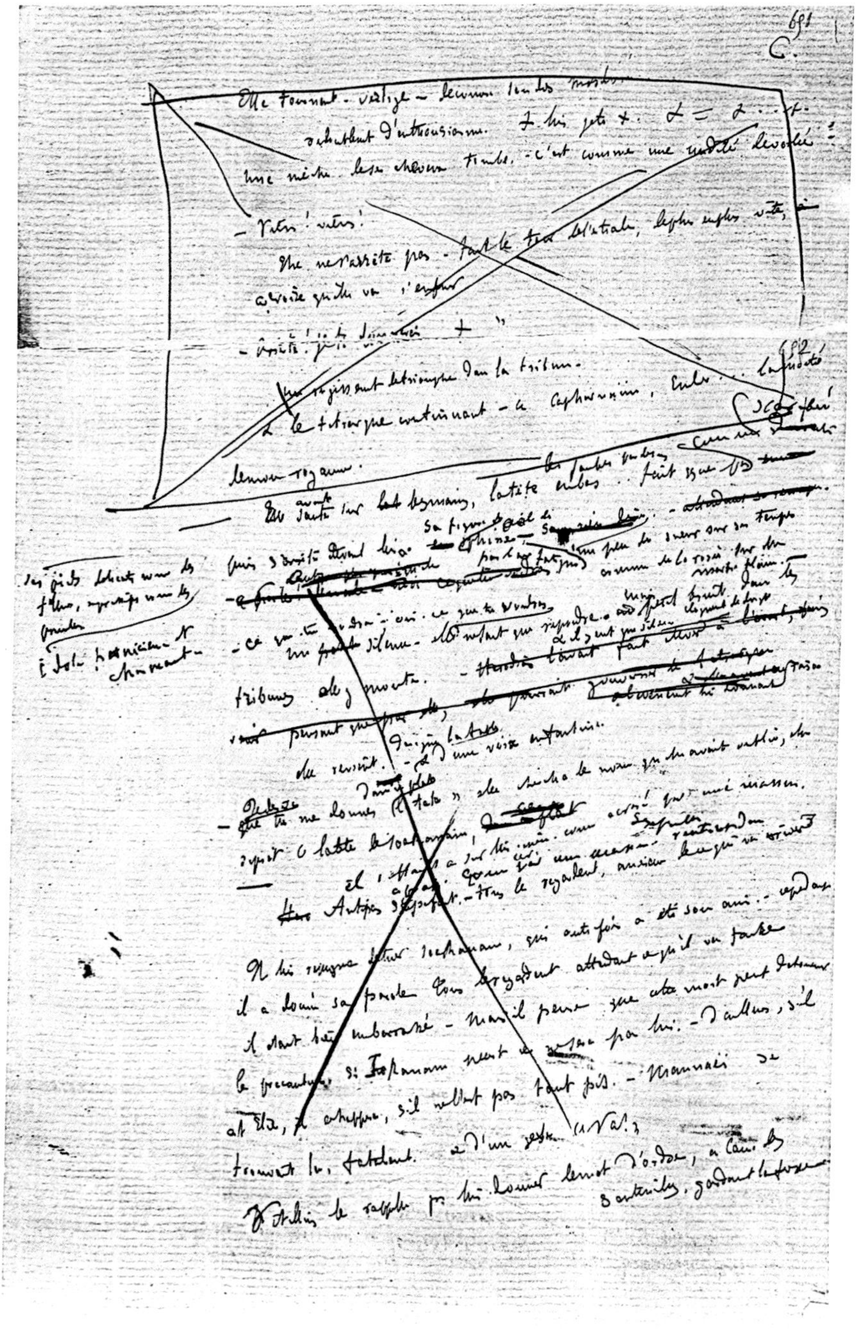

Planche IV : « comme un grand scarabée » [f° 402 (651r et 652r)]

Planche V : La Statue de Cybèle (Creuzer)

Planche VI : Cybèle et Attis (Creuzer)

Planche VII : *Salomé dansant devant Hérode* (Gustave Moreau, 1876, The Armand Hammer Collection, Gift of the Armand Hammer Foundation. Hammer Museum, Los Angeles. Photography by Robert Wedemeyer.)

Feuille d'études pour *Salomé dansant devant Hérode*
Plume, encre brune et noire, graphite sur calque contrecollé
35,5 × 26,7cm
Inscr. h. d. à la plume et encre brune : *un oiseau un serpent apprivoisé /ou un éventail – /il tient un oiseau;* m. d. : *chercher par un moyen /quelconque à enlever à cette figure toute apparence /de majesté & de dignité /bien qu'elle doive être/ impassible. /momie orientale / exténuée & sommeillan (te) /aspect sacerdotal /hiératique. idole /Le tétrarque. chef/politique & religieux* ; g. au graphite : *Soutient /ou sousbassement / pour l escabeau sous /les pieds d'Herode /Voir (V) illemin /1er Vol. p. 50 /idem sousbassement /page 66.;* b. c. à la plume et encre noire : *–Salomé dansant–*; b. d. à la plume et encre brune : */dans mes dessins Indiens /album.*
S. b. g. à la plume et encre noire : *–Gustave Moreau–*
Bibl.: Bittler-Mathieu, 1983, p. 114 -115, repr.
Paris, musée Gustave Moreau, Des. 2275.

Planche VIII : Esquisse pour la mitre d'Antipas (Gustave Moreau, 1983, Musée Gustave Moreau, Paris. ©Photo RMN/René-Gabriel Ojéda/ distributed by Sekai Bunka Photo)

Planche IX : Esquisse pour la mitre de Salomé (Gustave Moreau, 1983, Musée Gustave Moreau, Paris. ©Photo RMN/René-Gabriel Ojéda/distributed by Sekai Bunka Photo)

Planche X : *Œdipe et le Sphinx*
(Gustave Moreau, 1864, Metropolitan
Museum of Art, New York)

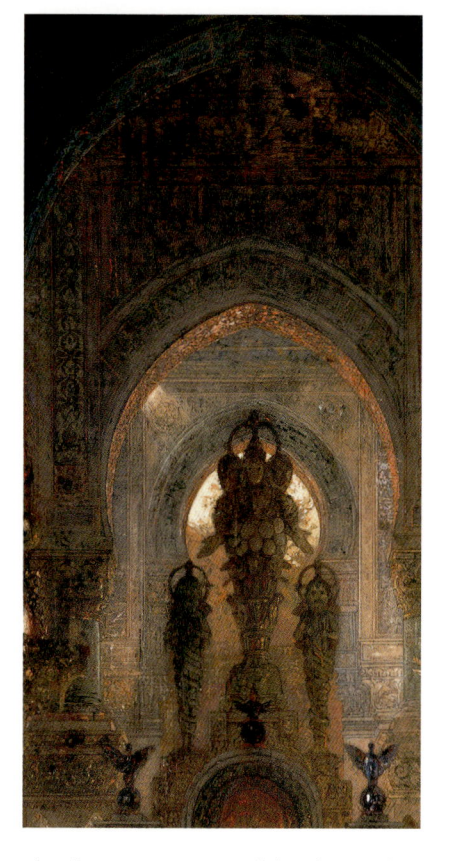

Planche XI : Les trois idoles dans *Salomé dansant devant Hérode*, détail.
(Gustave Moreau, 1876, The Armand Hammer Collection, Gift of the Armand Hammer Foundation, Hammer Museum, Los Angeles. Photography by Robert Wedemeyer.)

The Colossal Ephesian Artemis. Larger than normal size. Made in Ist. cent. A.D this bears Anatolian characteristics.

Planche XII : The Colossal Ephesian Artemis
(The Ephesus Museum)

Ephesian Artemis. Made in 2 cent. A.D. As it is attractive from all sides this statue known as the "Beautiful Artemis".

Planche XIII : The Beautiful Artemis
(The Ephesus Museum)

Planche XIV : Statue du dieu Mithra
(*Magasin Pittoresque*, 1840)

Planche XV : Chronos
(marbre statue found in the Mithraeum)

Planche XVI : Æon ou le Temps (Creuzer)

Planche XVII : *L'Apparition* (Gustave Moreau, 1874–1876, Musée du Louvre, Paris.
ⒸPhoto RMN/J.G. Berizzi/distributed by Sekai Bunka Photo)

Planche XVIII : *Tête de martyr posée sur une coupe*
(Odilon Redon, 1877, Rijksmuseum, Kröller-Müller, Otterlo)

Planche XIX : Oannès (Odilon Redon, *Tentation* I-V, 1888, Musée départemental de Gifu)

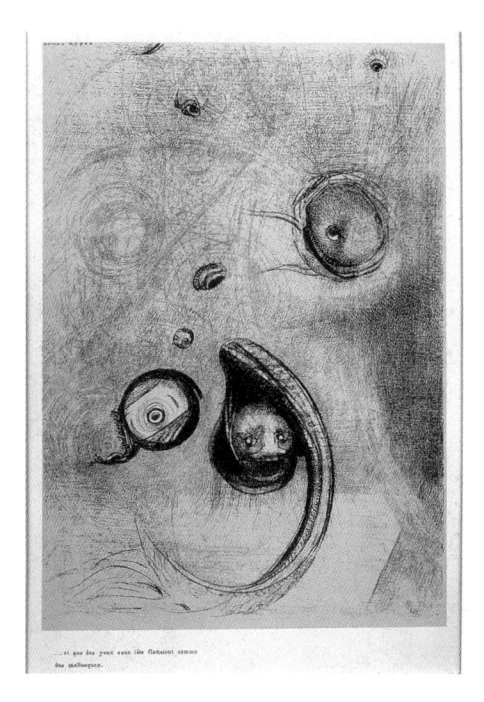

Planche XX : Oannès
(Odilon Redon, *Tentation* III-XIII, 1896, Musée départemental de Gifu)

Planche XXI : Oannès (Odilon Redon, *Tentation* III-XIV, 1896, Musée départemental de Gifu)

Planche XXII : « Et dans le disque même du soleil rayonne la face de Jésus-Christ. » (Odilon Redon, *Tentation* I-X, 1888, Musée départemental de Gifu)

Planche XXIII : « Et dans le disque même du soleil, rayonne la face de Jésus-Christ. » (Odilon Redon, *Tentation* III-XXIV, 1896, Musée départemental de Gifu)

Planche XXIV : « Je devins le Buddha. »
(Odilon Redon, *Tentation*, III-XII, 1896, Musée départemental de Gifu)

Planche XXV : Cybèle : « Voici la Bonne-Déesse, l'Idéenne des montagnes »
(Odilon Redon, *Tentation* III-XV, 1896, Musée départemental de Gifu)

Planche XXVI : Isis : « Je suis toujours la Grande Isis ! Nul n'a encore soulevé mon voile ! Mon fruit est le soleil ! » (Odilon Redon, *Tentation* III-XVI, 1896, Musée départemental de Gifu)

Planche XXVII : « Immédiatement surgissent trois déesses. » (Odilon Redon, *Tentation* III-XI, 1896, Musée départemental de Gifu)

La genèse de la
danse de Salomé

La genèse de la danse de Salomé

L'« Appareil scientifique »
et la symbolique polyvalente dans
Hérodias de Flaubert

Atsuko OGANE

KEIO UNIVERSITY PRESS

Publié par les Presses Universitaires de Keio, S.A.
19-30, 2-chôme, Mita, Minato-ku,
Tokyo 108-8346 Japon

Copyright © 2006 Atsuko OGANE

Tout droits de reproduction, de traduction et
d'adaptation, réservés pour tous pays, sauf pour
de courts extraits ou des comptes rendus.
Imprimé au Japon
ISBN 4-7664-1231-1
Première édition, 2006

À mes parents

À ma famille

Préface

Parmi les œuvres principales de Flaubert, on a relativement peu étudié *Hérodias*. Un chapitre est consacré aux *Trois contes* dans les ouvrages de portée générale sur l'écrivain ; de nombreux articles s'interrogent sur ce recueil de contes. Mais il n'existe pas de travail critique auquel se réfèrent obligatoirement les flaubertiens désireux de poursuivre leurs recherches approfondies sur ce texte court mais dense. *Hérodias* n'a fait l'objet d'aucune étude globale visant à mettre en lumière les aspects esthétique, scientifique et symbolique dans leur ensemble. Le présent ouvrage, issu d'une thèse présentée en 2004 à l'Université Keio, apparaît comme une des premières études qui tentent de combler une telle carence.

On sait depuis longtemps que Flaubert a consulté un nombre considérable de textes et documents en vue de rédiger ses œuvres : il s'est documenté sur le mouvement social et les mœurs de la Monarchie de Juillet et de la Deuxième République pour élaborer le plan de *L'Education sentimentale*. Il s'est mis à la collecte de tous les savoirs modernes pour préparer *Bouvard et Pécuchet*. Il en va de même pour *Hérodias*. Le texte de Flaubert renvoie largement aux religions antiques et aux recherhces contemporaines sur la Bible.

Il ne s'agit pourtant pas pour Mme Ogane de vérifier de nouveau la dimension documentaire de l'œuvre flaubertienne, mais bien de s'interroger sur une alchimie littéraire et esthétique à l'aide de laquelle l'écrivain transforme en un récit symbolique l'immense savoir documentaire qu'il avait accumulé au cours de ses lectures préparatoires. Mme Ogane focalise, à cet effet, son analyse sur la scène du festin et la danse de Salomé dans *Hérodias*. Elle sait bien montrer qu'Hérodias et Salomé revêtent toutes les deux la figure de Cybèle dans la scène du festin, et que cette dernière se trouve structurée comme une sorte d'espace théâtral où se déroule le rite de sacrifice de Iaokanann. Grâce à une lecture minutieuse et subtile de l'épisode et en prenant en compte les iconographies incluses dans des ouvrages consultés par Flaubert, elle sait mieux faire ressortir que Salomé se fait à la fois femme tentatrice et prêtresse qui préside à un rite religiex.

Flaubert a été, est toujours un auteur privilégié dans le domaine de la génétique textuelle comme Zola, Proust ou Valéry d'ailleurs. Mme Ogane, qui est très bien au courant de cette démarche critique, a su profiter des études génétiques récentes relatives à *Hérodias* pour élucider les dimensions primordiales de l'esthétique flaubertienne : supprimer des détails trop éloquents ou des expressions trop claires pour produire un effet d'opacité (Flaubert est un écrivain de ratures, d'omissions à la différence d'un Balzac) ; mettre en valeur un aspect symbolique au moyen d'images visuelles précises et non de commentaires explicatifs ; se montrer sensible à la résonance des mots et des phrases.

Il convient de rappeler qu'*Hérodias* est le premier texte en littérature française à décrire de façon concrète la fameuse danse de Salomé (Mallarmé rédige son *Hérodiade* en 1864, mais l'œuvre reste inédite en 1876), thème dont on sait qu'il sera repris à maintes reprises dans les représentations de la culture fin-de-siècle, qu'elles soient littéraires, picturales ou musicales. L'œuvre de Flaubert se présente donc comme texte fondateur d'un grand mythe. Pourtant, mis à part quelques exceptions certes notables telles que *La Chair, la mort et le diable dans la littérature du 19e siècle* de Mario Praz (1930), *L'Imaginaire décadent, 1880-1900* de Jean Pierrot (1977), *La Naissance de Salomé* de Yoko Kudo (2001) et *Salomé* de Bertrand Marchal (2005), les historiens littéraires n'ont guère posé la question de savoir comment et dans quelle mesure Flaubert a contribué à l'élaboration de ce mythe.

L'un des mérites du livre de Mme Ogane est de montrer d'une manière convaincante que les figures d'Hérodias et de sa fille représentées dans le conte flaubertien ont joué un role décisif dans la formation de l'image de la « femme fatale » à la fin du XIXe siècle. Dans les deux derniers chapitres de son ouvrage, elle met *Hérodias* en rapport avec la peinture de Gustave Moreau ainsi qu'avec les œuvres de Huysmans, Mallarmé et Oscar Wilde qui ont toutes Salomé pour sujet. Cela lui permet de mettre en évidence l'originalité et la portée incontestables de l'œuvre de Flaubert. Nous sommes en présence d'une contribution importante à l'étude intertextuelle d'un grand mythe culturel.

L'ouvrage de Mme Ogane nous invite à relire *Hérodias*, voire Flaubert, un Flaubert peu connu mais incontournable.

Kosei OGURA
Université Keio

Remerciements

Ce présent ouvrage reproduit, avec quelques remaniements, une thèse soutenue pour le doctorat ès lettres à l'Université Keio, le 28 février 2005.

Je voudrais exprimer ma profonde reconnaissance à Monsieur Junro Rissen, mon directeur de thèse, qui a bien voulu accepter de diriger ce travail et m'a aidé de ses suggestions. Je lui suis grè de sa direction attentive, de son goût des beaux textes, de ses connaissances étendues, de l'indulgence et de l'obligeance dont il a fait preuve. La lecture des poèmes de Mallarmé qu'il m'a prodiguée fut précieuse et inoubliable, et m'a inspiré la nécessité d'élargir le projet.

Ma profonde gratitude s'adresse aussi à Messieurs Hajime Ohama, mon ancien directeur, et Kenzo Furuya, ancien professeur et romancier, qui m'ont permis d'entamer ce long travail au Japon. Sans leurs suggestions et leurs encouragements, je n'aurais pas pu accomplir cet ouvrage.

Un long travail de recherche se nourrit aussi de rencontres, d'échanges et de suggestions. Je tiens à remercier chaleureusement Madame Mariko Tanaka, qui m'a ouvert les yeux sur le domaine symboliste. Ses suggestions, ses connaissances artistiques et historiques, ses encouragements, enfin sa disponibilité à me répondre toujours, m'ont donné une ardeur nouvelle.

Je tiens à exprimer également ma profonde gratitude et ma considération à Monsieur Kosei Ogura, Madame Kayoko Kashiwagi et Monsieur Mitsumasa Wada qui ont bien voulu relire avec patience cette étude et m'ont toujours accordé leurs suggestions stimulantes et judicieuses avec beaucoup de grâce. Monsieur Haruyuki Kanasaki m'a fourni des documents précieux sur Creuzer et Flaubert.

Puisse Monsieur Hideo Ogawa, archéologue et spécialiste de Mithra et Cybèle, trouver mon profond et ardent remerciement pour sa disponibilité à me prodiguer ses précieux conseils. Son érudition historique et archéologique m'a toujours éclairée sur le culte de Mithra et Cybèle. Monsieur

Chikashi Kitazaki, spécialiste de Gustave Moreau, m'a aussi aidée de ses conseils et connaissances.

Qu'il me soit permis de remercier ici ceux qui ont bien voulu m'encourager dans mon travail : Monsieur Yvan Leclerc, Monsieur Joël Dupressoir, directeur de la salle de Flaubert à l'Hôtel de Ville de Canteleu, les conservatrices de la Bibliothèque municipale de Rouen, Monsieur Mondan, conservateur du Musée et de la bibliothèque de Gustave Moreau, Madame Atsuko Yamamoto, conservatrice du Musée départemental de Gifu ainsi que les conservatrices de la salle des manuscrits de la Bibliothèque Nationale de France.

J'atteste aussi ma profonde reconnaissance à Monsieur Vincent Teixeira et Monsieur Bernard Leurs qui m'ont aidée avec patience pour la réalisation de ce travail. Je témoigne aussi ma gratitude à Madame Yasuko Fujii et à Madame Masako Yamada du Service de reproduction de la Bibliothèque de l'Université Keio. Sans leur aide compétente, je n'aurais jamais consulté autant de documents précieux et importants ; à Monsieur Ryoichi Taya et à Mademoiselle Sae Omuro des Presses Universitaires de Keio qui a veillé à d'ultimes corrections pour réaliser ce travail.

La publication de cet ouvrage a bénéficié de la subvention de « Hôgakukai » (Americale de la Faculté de Droit) de l'Université Kanto Gakuin.

Enfin, je ne saurais oublier mes parents, Monsieur Katsumi Ueda et Madame Yoriko Ueda, Monsieur Takashi Ogane et mes enfants Hikari et Akari, qui m'ont jamais cessé de m'apporter leur soutien et leurs encouragements.

Atsuko OGANE

Sigles et abréviations

Toutes les citations des *Trois Contes* sont tirées de la nouvelle édition du Livre de Poche « classique », introduction et notes par Pierre-Marc de Biasi, 1999 (en abrégé, *TC*). Les chiffres arabes indiquent la page. Quant aux citations d'*Hérodiade* et des *Noces d'Hérodiade* de Stéphane Mallarmé, ils sont tirées de la nouvelle édition de la Bibliothèque de la Pléiade : *Œuvres complètes* I, édition présentée, établie et annotée par Bertrand Marchal, Gallimard, 1998.

- Corr. *Correspondance de Gustave Flaubert, Œuvres complètes de Gustave Flaubert*, Paris, Conard, 1902-1951.

- CHH suivi du numéro du volume renvoie à l'édition des *Œuvres complètes de Flaubert*, Club de l'Honnête Homme, 1971-1975.

- BC suivi du numéro du volume renvoie à l'édition génétique transcrite et éditée par Giovanni Bonaccorso : *Hérodias, Corpus Flaubertianum II*, t. I et t. II, Paris, Nizet, 1991. Nous indiquons le numéro des folios, d'après le classement chronologique de l'équipe de Bonaccorso, et à côté, entre parenthèses, le numéro correspondant au classement de la Bibliothèque Nationale.

Dans notre travail, nous avons choisi de transcrire les noms japonais selon le système Hepburn.

Introduction

En raison de leur longueur et de leur forme, les *Trois Contes* occupent une place particulière dans l'œuvre de Flaubert. Leur rédaction lui a permis de franchir un triple écueil : en plus de la mort de proches, il était alors en proie à des vicissitudes pour la première fois de sa vie dans le domaine financier et dans le domaine artistique, ayant suspendu la rédaction de *Bouvard et Pécuchet*[1]; le 15 décembre 1880, *La Nouvelle Revue* commence sa publication, mais c'est une œuvre posthume (inachevée) qui paraît chez Lemerre en mars 1881. Ainsi, les *Trois Contes*, publiés le 24 avril 1877 chez Charpentier, constituent en effet la dernière œuvre que Flaubert ait achevée et publiée de son vivant[2]. Aussi, peut-on considérer *Hérodias*, le dernier des *Trois Contes*, comme le « testament esthétique[3] » de l'auteur, selon l'expression de P.-M. de Biasi ; les limites formelles du conte, les sonorités, le rythme, les images évocatrices et la composition atteignent un symbolisme distinct du reste de son œuvre et composent un chef-d'œuvre de prose.

Treize ans avant la rédaction d'*Hérodias*, une phrase de la *Correspondance*

---

[1] Nous faisons allusion à la mort de ses amis et intimes (Louis Bouilhet, son accoucheur, meurt en 1869, et sa mère en 1872 et George Sand en 1876), à l'interruption de la rédaction de *Bouvard et Pécuchet* ainsi qu'aux difficultés financières en 1875 causées par la quasi-faillite d'Ernest Commanville, mari de sa nièce, que Flaubert a essayé de détourner de la ruine. À cela s'ajoute la récidive de sa maladie. Quant à la rédaction de *Bouvard et Pécuchet*, Flaubert la reprend en août 1874, mais après la ruine d'Ernest Commanville, il déménage du faubourg-Saint-Honoré et écrit les *Trois Contes* de septembre 1875 à février 1877. Il se remet à *Bouvard et Pécuchet* en juin 1877, mais il meurt le 8 mai 1880 ; juste avant sa mort, le 24 janvier 1880, *La Vie moderne* commence à publier une pièce de théâtre, *Le Château des cœurs*, en collaboration avec Louis Bouilhet et Charles d'Osmoy. Cf. *Œuvres complètes de Gustave Flaubert*, *Théâtre*, Louis Conard, Libraire-Éditeur, pp. 518-519.

[2] *TC*, pp. 5-6. Voir « l'Introduction » de P.-M. de Biasi.

[3] *Ibid.*, p. 6.

nous apprend sa déception à la lecture de la *Vie de Jésus* de Renan : « Le livre de mon ami Renan ne m'a pas enthousiasmé comme il a fait du public. J'aime que l'on traite ces matières-là avec plus d'appareil scientifique. Mais, à cause même de sa forme facile, le monde des femmes et des légers lecteurs s'y est pris[4]. » Un peu plus loin, Flaubert ajoute : « On fausse toujours la réalité quand on veut l'amener à une conclusion qui n'appartient qu'à Dieu seul. Et puis, est-ce avec des fictions qu'on peut parvenir à découvrir la vérité ? L'histoire, l'histoire, et l'histoire naturelle ! Voilà les deux muses de l'âge moderne. C'est avec elles que l'on entrera dans des mondes nouveaux[5]. » Pourquoi la *Vie de Jésus*, œuvre qui avait été favorablement reçue par le public, paraît-elle insuffisante aux yeux de Flaubert ? Contre Renan qui fut l'un des critiques scientifiques les plus renommés du dix-neuvième siècle[6] et répandit la notion même d'étude « scientifique », il semble que Flaubert critique l'insuffisance des documents scientifiques, parodiant l'expression « appareil critique ». Grâce aux « deux muses de l'âge moderne » et aux « données scientifiques », sa critique contre Renan va prendre forme par la suite avec *Hérodias*, qui traite du même sujet que Renan. Mais est-ce que l'expression « avec plus d'appareil scientifique » signifie seulement le manque de « données scientifiques » ? Ne voulait-il pas dire qu'il fallait profiter des « preuves scientifiques » pour représenter le récit « d'une façon scientifique » ?

Effectivement, la documentation s'impose d'abord pour Flaubert, car il a voulu traiter ce thème religieux sous un aspect plutôt politique. Il signale lui-même l'importance de « la question de la race » dès le début de la rédaction : « Après saint Antoine, saint Julien ; et ensuite saint Jean-Baptiste ; je ne sors pas des saints. Pour celui-là je m'arrangerai de façon à ne pas « édifier ». L'histoire d'Hérodias, telle que je la comprends, n'a aucun rapport avec la religion. Ce qui me séduit là-dedans, c'est la mine officielle d'Hérode (qui était un vrai préfet) et la figure farouche d'Hérodias, une sorte de Cléopâtre et de Maintenon. La question des races dominait tout[7] ». Cette question des races est liée à l'érudition de Flaubert dans les domaines de

---

[4] *Corr., cinquième série (1862-1868)*, p. 110 (lettre à Mademoiselle Leroyer de Chantepie du 23 octobre 1863).
[5] *Corr., op. cit.*, p. 111.
[6] Cf. Kudo Yoko, *La Naissance de Salomé — Flaubert et Wilde*, Shinshokan, 2001, pp. 50-58 (工藤庸子, 『サロメ誕生―フロベール／ワイルド』, 新書館).
[7] *Corr., septième série*, p. 309 (lettre à Madame Roger des Genettes du 19 juin 1876).

Introduction

l'histoire et de l'histoire naturelle. Kudo Yoko souligne justement qu'à cette époque, le terme « race » ne désignait pas encore « l'ethnie », mais connotait plutôt les idées de « nation » et de « tribu ». C'est ainsi qu'elle signale qu'il y a une sorte de similitude dans la conception entre les termes « appareil scientifique » et « question des races[8]. » Nous constatons ici la résolution de l'auteur de ne pas faire un simple récit de la naissance du Christianisme. Dans le but d'avoir suffisamment de documents précis, Flaubert a cherché des livres, fait des recherches sur la topographie, l'architecture de l'époque, la question religieuse, les histoires modernes, juive et romaine, les livres saints, tout en interrogeant des spécialistes comme l'orientaliste Clermont Ganneau et Frédéric Baudry, spécialiste de l'astronomie hébraïque[9]. Cette documentation exhaustive recherchée par l'auteur sur l'époque et sur les races a suscité certaines analyses consacrées aux sources de l'œuvre[10].

Pourtant, « la documentation scientifique » n'était pas l'essentiel pour lui ; une autre question inévitable s'est imposée à lui comme toujours : « faire clair et vif ». Après avoir rassemblé ses documents, Flaubert travaille à leur composition selon « un procédé scientifique ». Il avoue même pendant la rédaction du plan : « Mes notes pour *Hérodias* sont prises. Et je travaille mon plan. Car je me suis embarqué dans une petite œuvre qui n'est pas commode, à cause des explications dont le lecteur français a besoin. Faire clair et vif avec des éléments aussi complexes offre des difficultés gigantesques[11]. » C'est un défi audacieux, car il tente par le biais de la littérature d'écrire l'histoire de la religion chrétienne « d'une façon scientifique ». P.-M. de Biasi écrit : Le schéma général de la narration se construit progressivement à l'aide de tous ces détails qu'il s'agit pour Flaubert de condenser et d'articuler

---

[8] Kudo Yoko, *op. cit.*, p. 58.
[9] Cf. P.-M. de Biasi, « l'Introduction » des *Trois Contes*, édition de P.-M. de Biasi, Flammarion, GF Flammarion, 1986, pp. 33-35.
[10] Cf. Joyce H. Cannon, « Flaubert's documentation for *Hérodias* », in *French Studies*, vol. 14, 1960, pp. 325-339. Cannon analyse les sources documentaires d'*Hérodias* ; non seulement les notes utilisées par Flaubert mais aussi celles qu'il n'a pas exploitées : au sujet de l'arrivée de Vitellius, Cannon remarque que c'est une invention de Flaubert pour l'effet de suspens. Voir aussi Giovanni Bonaccorso, « Science et fiction : le traitement des notes d'*Hérodias* », in *Flaubert, l'autre*, textes réunis par F. Lecercle et S. Messina, Presses Universitaires de Lyon, 1989, pp. 85-94 ; Helen Grace Zagona, *The Legend of Salome and the principle of art for art's sake*, Librairie E. Droz et Librairie Minard, 1960, pp. 69-88 : « Chapter IV : A Historical, archaeological approach : Flaubert's *Hérodias* ».
[11] *Corr.*, septième série, p. 356 (lettre à Tourgueneff datée d'octobre, 1876).

autour du drame de la « Décollation de Jean-Baptiste ». Mais, comme toujours, la préoccupation essentielle de Flaubert reste la « composition ». Disposant des informations les plus précises, il s'empresse de les gauchir avec la plus grande liberté, bousculant la chronologie, rapprochant comme simultanés des événements qui ne se sont produits que dans un intervalle de temps beaucoup plus large, d'une quarantaine d'années environ. Tous les événements qui composent le fonds historique du conte sont chronologiquement inexacts.[12]» L'agencement des « documents » par Flaubert ne semble donc pas tellement « scientifique », car il bouscule la chronologie, mais il semble obéir à un certain ordre de composition. Et nous pouvons admettre qu'il y a une « science » dans sa disposition et son traitement des documents. En rapportant la documentation de Flaubert, Giovanni Bonaccorso parle d'une « incessante *composition*, fondée sur de « profondes combinaisons », qui respectent cependant la vérité historique, et partant scientifique[13]».

De plus, les limites formelles du « conte » ont obligé l'auteur à renoncer à utiliser l'intégralité de la gigantesque documentation qu'il avait rassemblée. Raymonde Debray-Genette souligne ainsi l'importance des documents et « le caractère concentré du conte » : « Dégagé de l'obéissance scientiste au document désormais utilisé comme une sorte de réserve d'imagination, par là même préservé de la surabondance pittoresque du romancier qui fait contrepoids à tout manque de l'historien, Flaubert a trouvé un meilleur terrain dans l'exploitation du récit symbolique, exploitation probablement facilitée par le caractère concentré du conte.[14]» Il est vrai que plus il a supprimé, plus les termes qu'il a choisis ont gagné une connotation plus ample. Le récit s'est ainsi condensé de plus en plus jusqu'à devenir un récit « symbolique » et évocateur, malgré ses « données scientifiques », plongeant dans une atmosphère historique et mythique.

Mais si on parle de symbolisme dont le substratum est constitué par « les documents scientifiques », faut-il admettre, avec Brunetière, que cette érudition était « inopportune » et que son « étalage » a fait commettre à

---

[12] P.-M. de Biasi, *op. cit.*, p. 35. Voir « l'Introduction ».

[13] Giovanni Bonaccorso, *op. cit.*, pp. 85-94. Bonaccorso rapporte la formation des noms propres, un épisode dramatique non utilisé (Hérodias perce la langue de Jean-Baptiste « avec son aiguille de tête »), la fréquentation du Cabinet des Médailles et conclut : « Flaubert marquait ses personnages, et même ses descriptions de paysages, au coin de l'originalité puisqu'ils représentent le résultat d'une incessante *composition*, (...). »

[14] Raymonde Debray-Genette, « Re-présentation d'*Hérodias* », in *Métamorphoses du récit*, Éditions du Seuil, 1988, p. 204.

Introduction

Flaubert un « contresens » au sujet de la danse de Salomé ? La comparaison « comme une basilique » qui se trouve dans l'incipit du troisième chapitre n'ajoute-t-elle point à la compréhension du conte[15]? Ou encore, où est le symbolisme, quand D. L. Demorest n'a pas approfondi le fil sous-entendu des images symboliques et mythiques du conte dans *L'Expression figurée et symbolique dans l'œuvre de Gustave Flaubert*[16] ? De plus, le nombre élevé des termes géométriques a suscité des analyses sur la spatialité du récit, sur le « dedans et le dehors » par Michael Issacharoff[17], le « double cône » par J. R. O'Connor[18] et enfin « le vertical et l'horizontal » par R. B. Leal[19]. Pourtant, les critiques symbolistes négligent pour la plupart le mouvement concentrique du récit vers la mort de Iaokanann et la signification symbolique de la danse de Salomé qui entraîne sa décollation, sauf l'analyse thématique des cercles concentriques par Hasumi Shiguéhiko[20].

Mais, depuis 1988, l'édition des avant-textes semble ouvrir une nouvelle étape de l'analyse. Il s'agit, tout d'abord, de la reproduction des carnets de travail de Flaubert par P.-M. de Biasi[21], et de la transcription des manuscrits

---

[15] Ferdinand Brunetière, *Le Roman naturaliste*, Paris, Calmann-Lévy, 1875, pp. 27, 33, 41, 44. Il souligne avec insistance l'inutilité de la comparaison : « Pourquoi « comme une basilique » ? Elle avait trois nefs comme une salle qui a trois nefs, sans doute ; et je ne vois pas très bien ce que la comparaison ajoute au renseignement. Cette érudition enfin est quelquefois inopportune, et l'étalage en fait contresens.» (p. 44)

[16] Voir D. L. Demorest, *L'Expression figurée et symbolique dans l'œuvre de Gustave Flaubert*, Genève, Slatkine Reprints, 1967, pp. 584-590.

[17] Michael Issacharoff, « « Hérodias » et la symbolique combinatoire des *Trois Contes* », in *Langages de Flaubert*, Actes du Colloque de London (Canada), 1973, pp. 54-76. Issacharoff relève une dialectique du dedans (espace clos, contrainte) et du dehors (ouverture, évasion). Même dans le chapitre III, il remarque la dualité entre l'« intromission » — l'« évacuation » concernant « le thème de la mangeaille ».

[18] John R. O'Connor, « Flaubert : *Trois Contes* and the Figure of the Double Cône », in *Publication of the Modern Language Association of America*, XCIV, n° 5, 1980, pp. 812-826. À partir du plan de l'auteur pour « La Spirale », O'Connor remarque le cône de basalte et celui de la forteresse. Pourtant, son analyse ne semble pas exhaustive.

[19] R. B. Leal, « Spatiality and structure in Flaubert's *Hérodias* », in *The Modern Language Review*, vol. 80, 1985, pp. 810-816. Du point de vue symbolique, Leal écrit sur la dualité des sentiments d'Antipas : « Precariously perched between heaven and the valley's depths, « suspendue au-dessus de l'abîme », Antipas's citadel of Machaerous, like its master, already seems threatened by vertical forces above and below. »

[20] Hasumi Shiguéhiko, « Modalité corrélative de narration et de thématique dans les *Trois Contes* de Flaubert », *Études de Langue et Littérature Françaises*, XXI, n° 4, Université de Tokyo, 1973, pp. 35-79.

[21] P.-M. de Biasi, *Gustave Flaubert, Carnets de travail*, Édition critique et génétique, Éditions Balland, 1988.

d'*Hérodias* : *Corpus Flaubertianum II* par l'équipe de Giovanni Bonaccorso[22]. Pour ce qui est de l'origine de la rédaction, P.-M. de Biasi remarque que « le projet d'*Hérodias* est né par hasard documentaire », alors que Flaubert feuilletait un vieux calepin pour *La Tentation de saint Antoine* pendant son voyage de repérage en Normandie pour *Un Cœur simple*[23].

Faut-il alors comprendre l'expression « appareil scientifique » non seulement dans sa signification de « documentation », mais aussi comme un véritable « appareil » d'allure symbolique mais présenté « d'une façon scientifique » ? Selon le *Grand Dictionnaire Universel du XIXe Siècle*, le terme « appareil » signifie « assemblage de pièces ou d'organes réunis en un tout pour exécuter un travail, observer un phénomène, prendre des mesures[24]. » L'expression « observer un phénomène » concorde avec l'idée de l'auteur, qui affirme dans sa lettre : « Ne revenons pas au moyen âge. *Observons*, tout est là[25]. » Il s'agit d'un nouvel « appareil » symbolique susceptible d'observer au moyen de « données scientifiques » la situation judéo-romaine enchevêtrée où s'établit le christianisme.

Kudo Yoko, mettant en lumière une sorte de coefficient d'intérêt de l'auteur en relevant la fréquence des termes « scientifique » ou « science » utilisés par Flaubert, remarque clairement qu'un procédé rigoureux et neutre ainsi qu'une forme régulière caractérisent l'art « scientifique » qui conviendrait à *Hérodias*[26]. Ensuite, Kudo Yoko interroge avec perspicacité la place des religions, dont le Christianisme, dans le contexte plus grand du « savoir » à la même époque. Elle affirme ainsi au sujet des livres de Renan, dont *L'Avenir de la science*, que la religion devient un des éléments composants de la race, de la langue et de l'histoire dans l'approche positiviste, selon laquelle le caractère de chaque peuple est déterminé par sa race, sa langue et sa religion[27].

En outre, il ne faut pas oublier qu'*Hérodias* occupe une place très importante, à cause de la présence de la description de la danse de Salomé, qui constitue l'acmé du conte. Le motif de la jeune princesse associé à la

---

[22] Giovanni Bonaccorso et collaborateurs, *Hérodias, Corpus Flaubertianum II*, t. I et t. II, Édition diplomatique et génétique des manuscrits, Librairie Nizet, 1991.
[23] *TC*, pp. 33-34.
[24] Cf. *Grand Dictionnaire Universel du XIXe Siècle de Larousse*, DVD-Rom, Champion Électronique, 2000.
[25] *Corr., cinquième série*, p. 111.
[26] Kudo Yoko, *op. cit.*, pp. 54-59.
[27] *Ibid.*, pp. 50-53.

décapitation du saint, dont la représentation devient un thème très fréquent au cours de la seconde moitié du dix-neuvième siècle, a été repris dans bien des domaines artistiques jusqu'à ce qu'il occupe une place éminente comme figure de la femme fatale à la fin du siècle. Mentionnons au premier chef : Gustave Moreau, Oscar Wilde, Aubrey Beardsley. Ce qui est essentiel, comme Kudo l'a remarqué[28], c'est que Flaubert est le premier écrivain à avoir réellement décrit la danse de Salomé. Quelle est l'originalité stylistique de la danse de Salomé chez Flaubert, et quel rôle joue-t-elle dans ce récit de la décapitation de Iaokanann ?

Pour répondre à ces questions, nous nous proposons d'abord de mettre en relief en quoi *Hérodias* diffère de l'œuvre de Renan, en mettant en lumière cette « question des races » pour éclaircir le principe fondamental du conte et l'importance « des données scientifiques ». Ensuite, nous interrogerons l'identité d'Hérodias ainsi que celle de Salomé, deux protagonistes souvent confondus par les contemporains[29] de Flaubert, afin de clarifier l'originalité de l'auteur qui profite des « données » historiques, archéologiques et mythiques. Parallèlement au relevé des termes symboliques, il nous importe de trouver un fil sous-tendu des images qui convergent vers la décollation de Iaokanann. Par l'analyse des avant-textes ou par l'analyse des sonorités et du rythme, nous essayerons d'éclaircir le procédé « scientifique » choisi par Flaubert. Comment le récit devient symbolique en s'appuyant sur « des données scientifiques » ?

Une fois cette originalité mise en lumière, nous voudrions analyser l'intertextualité de ces éléments originaux en comparaison avec des œuvres contemporaines comme les différentes *Salomés* de Gustave Moreau et *Hérodiade* de Stéphane Mallarmé pour bien mettre en relief l'originalité d'*Hérodias* de Flaubert et son rôle dans la présentation du mythe d'Hérodias-Salomé. Ces deux artistes témoignent en effet d'une profonde affinité avec la création artistique de Flaubert : malgré la différence des genres, ils ont adoré les œuvres de Flaubert et l'intertextualité avec Flaubert est on ne peut

---

[28] *Ibid.*, pp. 68-69 ; P.-M. de Biasi, *op. cit.*, pp. 31-32 : « On ne sait rien de certain sur l'origine de ce projet d'*Hérodias* qui est d'ailleurs un sujet sans précédent en littérature française (Mallarmé compose son *Hérodiade* en 1864, mais l'essentiel de l'œuvre reste inédit en 1876). »

[29] Heine et Flaubert ont donné un statut d'héroïne à « Hérodias » dans leur œuvre (Heine, *Atta Troll*, 1842 ; Flaubert, *Hérodias* dans les *Trois Contes*, 1877). Mais, Mallarmé a nommé Salomé en recourant au nom de sa mère (*Hérodiade*, 1866-1898). Banville écrit un poème intitulé « Salomé » pour le tableau de Regnault exposé au Salon de 1870.

plus saisissante : le romancier avait vu les deux tableaux de *Salomé* de Gustave Moreau au Salon de 1876[30], au moment où il ruminait le plan d'*Hérodias*. Pour ce qui est de Mallarmé, l'approche comparative pose davantage de difficultés : le poète travailla à son *Hérodiade* à plusieurs reprises de sa vie, avant et après la publication d'*Hérodias*. Tentative audacieuse, d'autant que *Hérodiade* reste inachevée. Nous nous contenterons de discerner l'originalité stylistique de Flaubert et la convergence créatrice de l'époque vers le thème de la femme fatale, au centre duquel on retrouve *Hérodias* de Flaubert.

La quête du sens de « l'appareil scientifique » d'*Hérodias* nous permettra non seulement de révéler le substratum stylistique de Flaubert, mais aussi de montrer comment la figure de Salomé décrite par Flaubert constitue la genèse de tout un courant littéraire autour du thème de la femme fatale à la fin du XIXe siècle.

---

[30] Il s'agit de *L'Apparition* (aquarelle) et de *Salomé dansant devant Hérode* (huile sur toile).

CHAPITRE I
LA QUESTION DES RACES

1. *En concurrence avec Renan*

Suite à sa lecture de la *Vie de Jésus* de Renan[1], déçu par ce livre, Flaubert eut le désir d'écrire sur le même thème, et cela, comme nous l'avons dit dans l'introduction, en ayant soin d'utiliser « plus d'appareil scientifique[2]. » Dans une lettre où il utilise ce terme, Flaubert affirme également l'importance de « l'histoire » et « l'histoire naturelle[3]. » Grand lecteur de Renan, Flaubert choisit comme substratum le principe fondamental de l'histoire de Iaokanann sur des bases historiques, en racontant l'envoi des ambassades de Jean et le dessein d'Hérodias. Ce souci de l'histoire transparaît notamment dans son observation des sentiments de chaque personnage, de chaque parti religieux ainsi que dans « la question des races[4]. ».

L'histoire de la mort de Jean est rapportée dans le chapitre XII du livre de Renan[5], qui fait partie de l'œuvre plus ample intitulée l'*Histoire des origines du christianisme*. On peut supposer que Flaubert, avouant ainsi l'importance de ses deux muses contemporaines, l'histoire et l'histoire naturelle, allait essayer d'aborder l'histoire de « la décollation de Saint-Jean Baptiste » sur le plan religieux.

De même que Renan ne s'écarte pas des grandes lignes de l'histoire des deux *Évangiles selon saint Matthieu* (XIV : 1-12) et *selon saint Marc* (VI : 14-

---

[1] Ernest Renan, *Vie de Jésus*, Michel Lévy, 1863.
[2] *Corr.*, *cinquième série* (1862-1868), p. 110 (lettre à Mademoiselle Leroyer de Chantepie en date du 23 octobre 1863).
[3] *Ibid.*, p. 111.
[4] *Corr.*, *septième série*, p. 309 (lettre à Madame Roger des Genettes du 19 juin 1876).
[5] Renan, *op. cit.*, pp. 195-223.

29)⁶, on constate que Flaubert ne modifie guère l'origine de cette histoire. Toutefois, les sous-titres du chapitre XII de Renan présentent certaines divergences : « Ambassade de Jean prisonnier vers Jésus — Mort de Jean — Rapports de son école avec celle de Jésus ». Au premier abord, Flaubert semble situer l'arrivée de l'« ambassade » et la « mort de Jean » dans une même journée diégétique du récit, à l'exception des « rapports de son école avec celle de Jésus », eu égard au récit d'*Hérodias* qui se termine à l'aube de la décapitation. Toujours est-il qu'il organise tous les éléments importants d'une façon différente de celle de Renan. Nous reconnaissons d'ailleurs dans cette troisième section du texte de Renan le facteur le plus important qui semble avoir influencé la rédaction de Flaubert :

> (...) Le décollé d'Hérodiade ouvrit l'ère des martyrs chrétiens ; il fut le premier témoin de la conscience nouvelle. Les mondains, qui reconnurent en lui leur véritable ennemi, ne purent permettre qu'il vécut ; son cadavre mutilé, étendu sur le seuil du christianisme, traça la voie sanglante où tant d'autres devaient passer après lui⁷.

Ce passage de Renan témoigne bien de son optique scientifique et historique⁸. Philologue et grand historien de la religion, Renan situe cet épisode de Jean dans un contexte plus large qu'une simple histoire du christianisme. Malgré sa foi en tant que chrétien, il a pu exprimer l'égoïsme des contemporains de cette époque et d'autres écoles religieuses, aussi bien que l'importance de cette décollation qui apparaît comme le premier des martyrs chrétiens. De plus, il importe de signaler le symbolisme qu'il accorde à cette décapitation, utilisant le terme « la voie sanglante » pour évoquer la foi chrétienne. Aussi Flaubert allait-il s'attacher à trouver l'origine véritable et

---

⁶ *La Bible*, traduction de Le Maistre de Saci, Robert Laffont, 1990, pp. 1294-1285 ; pp. 1316-1317 (Nous nous référons à l'inventaire plus complet établi par Virginie Maslard sous la direction d'Yvan Leclerc pour l'orthographe de « Le Maistre de Saci »).

⁷ Renan, *op. cit.*, p. 202.

⁸ Cf. Kudo Yoko, *op. cit.*, pp. 50-59. Kudo, relevant la laïcisation de la société depuis la Révolution, considère le christianisme dans l'optique civilisatrice de Renan. Selon ce dernier, écrit-elle, le christianisme devient la « religion nationale des races européennes », dans une approche positiviste, et la religion ne constitue qu'un des éléments constituants des races, des langues, et de l'histoire. Pour Kudô, Renan présente, dans *L'Avenir de la science*, le plan de la quête de l'origine des races selon une recherche historique, géographique et culturelle.

la signification de la décollation de Iaokanann comme un présage de la décollation de Jésus-Christ, dans la même optique historique que celle de Renan. Il est ainsi naturel que Flaubert ait pris en considération les conflits raciaux qui se focalisèrent sur « le bouc émissaire » que fut Iaokanann. J. Kristeva écrit à ce sujet : « Car le sacrifice ne présentait que l'aspect légiférant de la phase thétique : le meurtre sacré n'indiquait que la violence *localisée* en sacrifice pour fonder l'ordre social. Le sacrifice ne représentait le thétique que comme *exclusion* fondatrice d'un ordre symbolique, *posant* la violence dans celui qui est le « bouc émissaire[9]». » En fait, il s'agit de l'ordre social dans lequel vivait Iaokanann et de la nouvelle conception religieuse qui était alors en train de germer. En outre, sans doute l'opinion de Renan a-t-elle influencé Flaubert, en situant cet incident comme le point de départ de l'ère des martyrs, si bien qu'il aurait aussi tenu compte du système cyclique du christianisme autant que de la « fatalité des maisons royales[10]» pour caractériser les protagonistes, dont le Tétrarque et Hérodias.

Examinons maintenant certaines des différences que l'on peut relever entre Renan et Flaubert. Nous pensons ainsi pouvoir mettre en lumière les caractéristiques de son œuvre ainsi que la signification du terme « appareil scientifique ».

Premièrement, considérons le procédé utilisé pour montrer la réaction de Jean à la réponse de Jésus : Renan ne cache pas ses doutes au sujet de la fin de l'ascète, présentant son idée pour la continuation de cette école. P.-M. Wetherill marque aussi l'utilité des références dans le même passage de Renan[11] :

> (...) On ignore si cette réponse trouva Jean-Baptiste vivant, ou dans quelle disposition elle mit l'austère ascète. Mourut-il consolé et sûr que celui qu'il avait annoncé vivait déjà, ou bien conserva-t-il des doutes sur la mission de Jésus ? Rien ne nous l'apprend. En voyant cependant son école se continuer assez longtemps encore parallèlement aux églises chrétiennes, on est porté à croire que, malgré sa considération pour Jésus, Jean ne l'envisagea pas comme devant réaliser les promesses divines. La mort vint du reste trancher ses perplexités. L'indomptable

---

[9] Julia Kristeva, *La Révolution du langage poétique*, Éditions du Seuil, 1974, p. 76.
[10] *TC*, p. 136.
[11] P.-M. Wetherill, « l'Introduction » des *Trois Contes*, édition de P.-M. Wetherill, Classiques Garnier, Bordas, 1988, pp. 67-68.

liberté du solitaire devait couronner sa carrière inquiète et tourmentée par la seule fin qui fût digne d'elle[12].

Flaubert laisse de côté ces doutes émis par Renan et situe l'arrivée de cette réponse au lendemain de la décollation.
En revanche, c'est la seconde différence, Flaubert apporte des modifications en ce qui concerne la dépouille du prophète, obtenue par ses disciples, pour représenter la vérification de l'arrivée du Messie. Renan dit simplement : « Les disciples du baptiste obtinrent son corps et le mirent dans un tombeau[13] », conformément aux écrits des *Évangiles*[14]. Par contre, il prolonge le grotesque et la pesanteur de la « tête dans un bassin » en finissant le récit par les phrases suivantes : « Et tous les trois, ayant pris la tête de Iaokanann, s'en allèrent du côté de la Galilée. Comme elle était très lourde, ils la portaient alternativement[15]. » Par ailleurs, ajoutant la conversion de Phanuel, Essénien, Flaubert insiste sur la création de cette école : il s'agit du récit de Phanuel qui part avec deux messagers emportant la tête décapitée. Pour ce qui est de « la tête », les critiques reconnaissent dans le plan l'intention délibérée de Flaubert de transformer cette « tête » en soleil. Nous remarquons dans le scénario-esquisse [f° 112 (713v)] : « Soleil levant — mythe. La tête se confond avec le soleil / dont elle marque le disque — & des rayons en partent [sic][16] ». Raymonde Debray-Genette met en lumière l'ancienne idée de la superposition du soleil et de la tête dans *La Tentation* (c'est Debray-Genette qui souligne) : « pour la fin de *la Tentation*, Flaubert renonce à l'image de la croix et choisit, comme « moins commun et plus clair », la face du Christ apparaissant dans le disque solaire. Cette identification relève à la fois de l'*icône* (similitude de forme spatiale) et de l'*indice* (contiguïté spatiale), mais non pas encore du symbole au sens peircien des termes[17]. » La modification des traitements du cadavre aurait procuré à Flaubert une occasion de symboliser la tête décapitée en tant que soleil dans *Hérodias*. Néanmoins, il finit par renoncer à ce symbolisme.
La parole symbolique de Jean, que relève Flaubert, est aussi importante et

---

[12] Renan, *op. cit.*, pp. 196-197.
[13] *Ibid.*, p. 198.
[14] *La Bible, op. cit.*, p. 1285; p. 1317.
[15] *TC*, p. 176.
[16] *BC*, t. I, p. 148.
[17] Raymonde Debray-Genette, « Re-présentation d'*Hérodias* », dans *Métamorphoses du récit*, Éditions du Seuil, p. 202.

étroitement liée au thème de « la tête » en tant que soleil : « Qu'importe ? Pour qu'il grandisse, il faut que je diminue ![18]» Renan présente d'autre part le message de Jean de façon plus réaliste : « Es-tu celui qui doit venir ? devons-nous en attendre un autre ? », avec les œuvres et la parole de Jésus : « Heureux donc, ajouta-t-il, celui qui ne doutera pas de moi ![19]» Contrairement à Renan, Flaubert présente ce message de manière énigmatique et parle de « paroles mystérieuses », ce qui renforce l'attente et l'ambiguïté du Messie vis-à-vis de ses contemporains.

À cela viennent s'ajouter les rapports de l'école de Jean avec Jésus présentés par Renan. Pourtant, comme nous l'avons dit plus haut, ce passage de Renan a pour objet de mettre en relief la mission de Iaokanann. Flaubert pour sa part la localise d'une autre manière : soit dans la discussion du banquet, soit dans la dernière scène de la conversion de Phanuel. En réalité, Flaubert voulait parler de la mission de Jean dans ses invectives, mais il y renonça[20]. Toutefois, mettant en question la problématique de la résurrection pendant le festin, il a réussi, nous semble-t-il, à évoquer « la voie sanglante », ou l'analogie entre la résurrection de Jean et celle de Jésus, analogie qui constitue l'un des fondements du christianisme.

Wetherill va dans ce sens lorsqu'il affirme : « C'est également Renan qui a pu donner à Flaubert l'idée capitale de fusionner les disputes religieuses avec l'épisode du banquet, car il est question dans la *Vie de Jésus* des conflits auxquels celles-ci ont pu donner lieu[21]. » Non seulement Wetherill montre une similitude entre Renan et Flaubert dans leur manière de présenter la personnalité de Jean-Baptiste, mais il rapproche aussi leur vision historique : « Leur approche, toujours révolutionnaire à l'époque, prône l'historicisme, la psychologie humaine plutôt que le « miraculisme ». Tous deux mettent l'accent sur les confrontations judéo–romaines[22]. Après avoir abordé le thème de la tête décapitée, de la parole et de la réponse des ambassades, nous nous proposons maintenant d'analyser en détails ce qui caractérise le principe de « l'appareil scientifique » conçu par Flaubert afin de bien introduire ce récit biblique.

---

[18] *TC*, p. 134.
[19] Renan, *op. cit.*, p. 196.
[20] Cf. « Notes de lecture », dans *BC*, t. I, p. 97 ; voir aussi « Plan », *ibid.*, p. 176, « scénario », f° 128 (713r). Nous traitons ce thème dans « II. La réprobation de Iaokanann » du Chapitre I.
[21] Wetherill, *op. cit.*, p. 68.
[22] *Ibid.*, p. 68.

2. La question des races

Quatre mois avant d'achever le plan d'*Hérodias*, Flaubert fait allusion dans une lettre à sa future histoire des saints — qui comprend *Hérodias* — et à sa façon de comprendre l'histoire biblique, dans laquelle il relève une problématique concernant les races : « L'histoire d'Hérodias, telle que je la comprends, n'a aucun rapport avec la religion. Ce qui me séduit là-dedans, c'est la mine officielle d'Hérode (qui était un vrai préfet) et la figure farouche d'Hérodias, une sorte de Cléopâtre et de Maintenon. La question des races dominait tout[23]. » P.-M. de Biasi commente ainsi ce passage : « Visiblement, la figure veule d'Hérode intéresse Flaubert pour son profil politique[24]. » Il est vrai que pour Hérode, la question de la politique concerne la question même des races. Dans cette optique, Flaubert entame d'immenses recherches, prend des notes d'ordre historique et politique[25], mais se trouve acculé dans une impasse concernant l'intrigue. Une lettre d'octobre 1876 adressée à son ami Maupassant montre ce qu'il vise au moment où il élabore son plan : « Dans sept ou huit jours (enfin) je commence mon *Hérodias*. Mes notes sont terminées, et maintenant je débrouille mon plan. Le difficile, là-dedans, c'est de se passer, autant que possible, d'explications indispensables[26] » ; « Car je me suis embarqué dans une petite œuvre qui n'est pas commode, à cause des explications dont le lecteur français a besoin[27]. » Son talent, alliant une interprétation rationnelle de l'histoire du christianisme et une volonté de viser le vrai dans le roman, le conduit à évoquer l'entremêlement politique des races, sans de longues explications historiques, dans le cadre limité d'« un conte ». Nous allons donc tout d'abord analyser la mise en scène des problèmes raciaux par l'auteur.

Au décès d'Hérode le Grand tout-puissant (4e siècle avant J.-C.), la Judée avait été partagée entre ses fils en quatre provinces. Hérode-Antipas gouverna la Galilée et la Pérée. Les Romains avaient toutefois établi un régime de protectorat, et les tétrarques n'avaient en réalité aucun pouvoir, sinon par le biais du soutien des empereurs, dont Auguste et Tibère. Le commencement

---

[23] *Corr.*, septième série, p. 309 (lettre à Madame Roger des Genettes du 19 juin 1876).
[24] *TC*, pp. 32-33. Voir « l'Introduction » de P.-M. de Biasi.
[25] Cf. Raymonde Debray-Genette, « Du mode narratif dans les *Trois Contes* », in *Littérature*, n° 2, 1971, p. 60.
[26] *Corr.*, septième série, p. 353.
[27] *Ibid.*, p. 356 (lettre à Tourgueneff).

du chapitre I montre Antipas, accoudé à la balustrade de la forteresse, dans l'attente, impatiente, du secours des Romains :

> Antipas attendait les secours des Romains ; et Vitellius, gouverneur de la Syrie, tardant à paraître, il se rongeait d'inquiétudes.
> Agrippa, sans doute, l'avait ruiné chez l'Empereur ? Philippe, son troisième frère, souverain de la Batanée, s'armait clandestinement. Les Juifs ne voulaient plus de ses mœurs idolâtres, tous les autres de sa domination ; si bien qu'il hésitait entre deux projets : adoucir les Arabes ou conclure une alliance avec les Parthes (...) (pp. 131-132)

Le narrateur, décrivant d'abord le panorama des tentes des Arabes, introduit les doutes du Tétrarque en discours indirect libre, qui succède à la narration à l'imparfait « sans aucune couture[28]», pour reprendre l'expression de Raymonde Debray-Genette. Ainsi réussit-il à ne pas endiguer le courant du récit. À l'aide du discours indirect libre les lecteurs sont en mesure de pénétrer dans la conscience du Tétrarque, de sorte que brusquement, nous assistons à la scène dans laquelle Antipas s'égare dans une complication politique, avec le moins d'explications historiques possible. Autrement dit, l'explication historique et raciale est généralement présentée à travers les propos des personnages. Raymonde Debray-Genette souligne également que ces explications sont données en discours indirect libre, « comme en passant[29]. » Et c'est le même imparfait qui facilite la liaison entre les deux niveaux de réalité, que Thibaudet a remarqué : « La force de ces imparfaits de discours indirect consiste à exprimer la liaison entre le dehors et le dedans, à mettre sur le même plan, en usant du même temps, l'extérieur et l'intérieur, la réalité telle qu'elle apparaît dans l'idée et la réalité telle qu'elle se déroule dans les choses[30]. »

Dans les relations d'Antipas avec les pays extérieurs, il s'agit, au premier abord, soit de l'autorité romaine, soit de l'influence de l'Empereur, car Antipas rêve d'être le roi de la Judée. Ses coquets boniments et les hyperboles « exprimées en latin » en face du Proconsul, tout comme la réponse impassible de Vitellius, témoignent de l'omnipotence de l'Empereur et de la

---

[28] Raymonde Debray-Genette, *op. cit.*, p. 60.
[29] *Ibid.*, p. 61.
[30] Albert Thibaudet, *Gustave Flaubert*, Éditions Gallimard, 1935, p. 246.

fidélité des pays tributaires[31] aux Césars, rendant d'autant plus explicites leurs discours froids qui sont exprimés au discours indirect libre :

> Le Tétrarque était tombé aux genoux du Proconsul, chagrin, disait-il, de n'avoir pas connu plus tôt la faveur de sa présence. Autrement, il eût ordonné sur les routes tout ce qu'il fallait pour les Vitellius. Ils descendaient de la déesse Vitellia. Une voie, menant du Janicule à la mer, portait encore leur nom. (...)
> Il répondit que le grand Hérode suffisait à la gloire d'une nation. Les Athéniens lui avaient donné la surintendance des jeux Olympiques. Il avait bâti des temples en l'honneur d'Auguste, été patient, ingénieux, terrible, et fidèle toujours aux Césars. (pp. 144-145)

L'incise « disait-il » introduisant le commencement du « brouillage du point de vue de récit[32] », nous sommes soudain placés en plein méandres de la diplomatie. Il s'agit de l'un des deux rôles principaux de l'incise flaubertienne que Kinoshita Tadataka a clairement signalés[33] : « le signal de l'existence du discours indirect libre ». Ce n'est pas seulement l'autorité romaine que craint Antipas, mais aussi les relations avec les pays extérieurs ; en dehors des Arabes dont la fille du roi Arétas s'est échappée de Machærous, du fait qu'Hérodias l'a fait répudier pour prendre sa place, il lui faut maintenir l'équilibre parmi les races orientales. Ses inquiétudes l'ont conduit à rassembler « les munitions de guerre pour quarante mille hommes ». Quand l'inspection du Proconsul se poursuit, il cherche l'excuse la plus plausible :

> Il les avait rassemblées en prévision d'une alliance de ses ennemis. Mais le Proconsul pouvait croire, ou dire, que c'était pour combattre les Romains, et il cherchait des explications.
> Elles n'étaient pas à lui ; beaucoup servaient à se défendre des brigands ; d'ailleurs, il en fallait contre les Arabes ; ou bien, tout cela

---

[31] Cf. Raymonde Debray-Gentette, *op. cit.*, p. 61. Elle signale que le discours indirect libre dans ce passage décrivant l'accueil d'Hérode à Vitellius « permet de garder le pittoresque des paroles tout en les résumant. »

[32] Raymonde Debray-Genette, *op. cit.*, p. 60.

[33] Kinoshita Tadataka, *Etudes sur Flaubert — A travers les problèmes des temps verbaux —*, Surugadai Shuppan-sha, 1989, pp. 141-142. L'autre effet de l'incise, selon Kinoshita, est l'indication du remplacement des énonciateurs ainsi que celle du nouvel énonciateur lui-même.

avait appartenu à son père. Et, au lieu de marcher derrière le Proconsul, il allait devant, à pas rapides. (pp. 149-150)

La révélation de la cause accentue encore « le brouillage », et sa réflexion nous introduit dans la conscience du Tétrarque. On remarque aussi que sa crainte dépend toujours de l'équilibre entre les Romains et les autres pays, et ces pensées sont exprimées au discours indirect libre. Aussi recourt-il à Hérodias quand l'Essénien Phanuel lui annonce « la mort d'un homme considérable, cette nuit même, dans Machærous. » Cherchant une échappatoire, il dissimule adroitement sa peur :

> Il ne dit pas la prédiction de Phanuel, ni sa peur des Juifs et des Arabes ; elle l'eût accusé d'être lâche. Il parla seulement des Romains ; Vitellius ne lui avait rien confié de ses projets militaires. Il le supposait ami de Caïus, que fréquentait Agrippa ; et il serait envoyé en exil, ou peut-être on l'égorgerait. (p. 159)

La situation complexe des races pousse le Tétrarque à sélectionner les excuses à sa convenance, avec poltronnerie, afin de chercher l'équilibre entre les races. Ce qui frappe l'attention, c'est que ses craintes sont toujours exprimées dans un monologue intérieur[34], au moyen duquel Flaubert semble prendre le vif concernant cette question des races. Citons un autre exemple où le changement du panorama offert au regard du Tétrarque augmente encore ses doutes, toujours exprimés au discours indirect libre.

> La cour était vide. Les esclaves se reposaient. Sur la rougeur du ciel qui enflammait l'horizon, les moindres objets perpendiculaires se détachaient en noir. Antipas distingua les salines à l'autre bout de la mer Morte, et ne voyait plus les tentes des Arabes. Sans doute ils étaient partis ? (pp. 157-158)

---

[34] Raymonde Debray-Genette, *op. cit.*, pp. 60-61. Montrant le seul exemple de monologue intérieur au présent dans les *Trois Contes*, elle remarque que « Flaubert a encadré ce monologue dans un double commentaire narratif ». Selon elle, « les autres monologues sont généralement un mélange de I, I' et D. » (Nous adoptons les sigles usités par Marguerite Lips : le sigle D pour le discours de style direct, I pour le style indirect et I' pour le style indirect libre. Cf. Marguerite Lips, *Le Style indirect libre*, Payot, 1926.)

Puis la prédiction de Phanuel lui donne le coup de grâce :

> Lequel ? Vitellius était trop bien entouré. On n'exécuterait pas Iaokanann. « C'est donc moi ! » pensa le Tétrarque.
> Peut-être que les Arabes allaient revenir ? Le Proconsul découvrirait ses relations avec les Parthes ! Des sicaires de Jérusalem escortaient les prêtres (...) (p. 158)

Ce passage est typique du discours flaubertien : la scène qui le précède est un entretien secret du Tétrarque avec Phanuel au discours indirect libre. Sans doute Flaubert utilise-t-il à outrance ce procédé si bien que son usage s'en trouve inversé : le monologue intérieur est en effet au discours direct avec guillemets. Ainsi, le monologue intérieur d'Antipas invite les lecteurs à saisir le cœur même du problème politique. C'est la technique la plus efficace qu'utilise le narrateur afin de nous confronter au problème des races, en particulier au niveau des relations enchevêtrées avec les pays extérieurs, en décrivant d'une manière « claire et vive » des éléments historiques compliqués.

Ce qui complique la situation, c'est que le Tétrarque, à l'intérieur même de son pays, se trouve confronté à des antagonismes politiques, en premier lieu au conflit entre les Sadducéens conservateurs et les Pharisiens patriotiques. Les observances de la religion et la conscience des Juifs comme race élue les font toujours se comporter de façon opiniâtre, même contre l'autorité romaine. Il ne faut pas oublier non plus le fait que Philippe, frère aîné d'Antipas, a été congédié parce que les Juifs ont osé l'accuser de tyrannie en face d'Auguste, ce qui les rend redoutables pour le Tétrarque. La difficulté de gouverner les Juifs se révèle à l'éclat des vociférations :

> Des vociférations éclatèrent en face d'un portique où les soldats avaient suspendu leurs boucliers. Les housses étant défaites, on voyait sur les *umbo* la figure de César. C'était pour les Juifs une idolâtrie. Antipas les harangua, pendant que Vitellius, dans la colonnade, sur un siège élevé, s'étonnait de leur fureur. Tibère avait eu raison d'en exiler quatre cents en Sardaigne. Mais chez eux ils étaient forts ;
> (p. 147)

Les Juifs voient en Césars une idolâtrie car ils n'acceptent qu'un seul Dieu : Yahvé. Il est donc naturel que « son cœur de latin, était soulevé de dégoût par leur intolérance », et Vitellius finit par se méprendre :

> Le caractère des Juifs semblait hideux à Vitellius. Leur Dieu pouvait bien être Moloch, dont il avait rencontré des autels sur la route ;
> (p. 169)

La situation du conflit judéo-romain est très subtile. Néanmoins, l'auteur met en cause la question de la « sacrificature » sans explications suffisantes de la part des Sadducéens ou des Pharisiens. En lisant la *Vie de Jésus* de Renan, Flaubert s'est rendu compte de l'importance de la question de la sacrificature dans le domaine de la politique, et il a essayé d'introduire ce thème dans la rencontre entre les Juifs et le Proconsul. Dans son chapitre intitulé « Machinations des ennemis de Jésus », Renan met en lumière les conflits des secteurs juifs et la pourriture sacerdotale pour prendre l'autorité de grand-prêtre dans la société de la Judée :

> (...) Depuis que Jérusalem dépendait des procurateurs, la charge de grand-prêtre était devenue une fonction amovible ; les destitutions s'y succédaient presque chaque année[35].

Il ne fait pas de doute que le problème des religions était inséparable de la politique. Flaubert, très conscient de ce mécanisme politico-religieux, note le pouvoir du Pontif au stade du scénario, f° 106 :

[f° 106 (733r)]

        Arrivent sur des mules, les envoyés des prêtres de Jérusalem.
        ils avaient ‖ ⟨épié⟩ ↑*guetté* Vitellius, α viennent intriguer p^r la
        sacrificature. [Caïphe était g^d prêtre
        Question de la sacrificature. ↑⟨A⟩ [on ⟨en⟩ la vendait. Sous les
– Le monde afflue. g^ds Asmonéens le Pontife était un chef temporel, avait une cour. Les
apprêts. ↑*de cuisine* des *offrandes des taxes fiscales, le temple un palais*^t
bœufs de Basan. p^r quoi Les juifs qui sont là se scandalisent des vexillum ↑*à cause du*
tout cela ? V/Antipas   *portrait de l'empereur* – α le prient de ne pas faire passer ‖ son
veut faire accroire que armée par la Judée, à cause des aigles

Cependant, il demeure une autre et grande lutte : la rivalité familiale entre

---

[35] Renan, *op. cit.*, p. 364.

Antipas et Hérodias. Rêvant de devenir un jour reine, Hérodias quitte son premier mari, et accuse son frère Agrippa. Bien qu'elle se montre tendre devant Antipas, le désaccord qui provient de leur différence de parenté ne tarde pas à surgir et elle bouillonne de fureur, en critiquant la famille d'Antipas. Conflits extérieurs, conflits intérieurs. La famille d'Hérode elle-même ne fait pas exception. Les meurtres sont journaliers, « l'intention atroce » justifiée, en bref, « c'est une fatalité des maisons royales ». Antipas s'y résigne dans le fond de son cœur. Non seulement le mariage d'Antipas et d'Hérodias est interdit par la loi juive (répudier sa femme pour épouser Hérodias, fille d'Aristobule et femme d'Hérode son frère), mais en plus la querelle de succession entre frères les pousse à flatter César au détriment d'Agrippa frère d'Hérodias. René Girard, mettant en relief le problème du « désir mimétique », signale le côté funeste de la lutte entre les frères : « *Avoir* Hérodiade, s'emparer d'elle est mauvais pour Hérode non en vertu de quelque règle formelle mais parce que sa possession ne peut s'obtenir qu'aux dépens d'un frère dépossédé[36]. »

Emportée par la passion, Hérodias a du mal à se contrôler. Un sentiment vrai s'exprime inévitablement par la parole. Pour elle, Antipas est un des fils d'Hérode le Grand qui a épousé sa grand-mère Mariamne, afin de profiter de la succession de la famille des Asmonéens, tout en précipitant sa disparition. Ce qui est inadmissible pour elle, c'est qu'il est l'un des descendants d'un Iduméen, converti au judaïsme à des fins politiques, et d'une Samaritaine Martaché, quatrième femme d'Hérode le Grand. On constate ainsi d'un coup d'œil la grande diversité des lignées : Antipas juif helléniste, Hérodias héritière de la famille des Asmonéens, Vitellius délégué de l'univers romain. Les conflits deviennent par conséquent inévitables dans ce chaos racial.

Ce chaos est souvent évoqué durant les scènes de repas. En effet, la diversité des peuples apparaît au niveau des différences de religions, mais aussi dans les interdits alimentaires qui leur sont propres. En filigrane, on aperçoit cette différence de races à table et à chaque service.

> (...) Ammonius, élève de Philon le Platonicien, les jugeait stupides, et le disait à des Grecs qui se moquaient des oracles. Marcellus et Jacob s'étaient joints. Le premier narrait au second le bonheur qu'il avait

---

[36] René Girard, *Le Bouc émissaire*, Éditions Grasset & Fasquelle, 1982, p. 185.

ressenti sous le baptême de Mithra, et Jacob l'engageait à suivre Jésus.
(...) Iaçim, bien que Juif, ne cachait plus son adoration des planètes. Un
marchand d'Aphaka ébahissait des nomades, en détaillant les merveilles
du temple d'Hiérapolis (...) ; et des gens de Sichem ne mangèrent pas
de tourterelles, par déférence pour la colombe Azima.

(pp. 166-167)

Il semble que Flaubert en soit arrivé à considérer la colère régnante entre les
pratiquants de religions différentes comme étant un phénomène physiologique et on peut le lire dans son plan : « pendant tout le repas : le mystique
& le politique » [f° 107 (738r)]. L'épanchement du cœur laisse voir facilement la différence de goûts sur la base d'immondices et de souillures. Seule
Salomé réussit avec sa danse frénétique à surmonter la différence des races,
tout en faisant converger tous les regards vers la convoitise :

(...) et les nomades habitués à l'abstinence, les soldats de Rome experts
en débauches, les avares publicains, les vieux prêtres aigris par les
disputes, tous, dilatant leurs narines, palpitaient de convoitise.

(p. 172)

La rivalité entre les races est ainsi enracinée par le biais dans cette histoire,
de façon physiologique aussi bien que dans le caractère de chaque personnage, et reflète bien la situation historique.

3. *La réprobation de Iaokanann*

Dans ce gouffre des races, Iaokanann seul, désintéressé et fidèle à la Loi,
peut poursuivre son idéal. Flaubert résume trois thèmes de son discours dans
ses notes de lecture :

[f° 84 (707v)]
    1° ce qu'il est   2° annonce du Messie   3° injures à Her. [odias].

Il note aussi ces trois points dans le scénario-esquisse, f° 109 (702v).
Cependant, il ne montre pas « ce qu'il est » dans sa version définitive et le
prophète accuse tout le monde : les Pharisiens et les Sadducéens qu'il appelle
« race de vipères », le peuple « traîtres de Juda, ivrogne d'Ephraïm », et enfin

le Tétrarque qu'il nomme « impie Achab » et Hérodias « Iézabel ». Sans doute cette réprobation n'était-elle pas suffisante pour lui, car dans ses brouillons, Flaubert le montre aussi vilipendant l'argent et les impôts. Vitellius est sévère sur la question des impôts dès le stade du plan, et l'auteur ajoute trois publicains qui l'escortent au f° 248 (564r), mais il supprime immédiatement leur rôle de « représentant de la ferme des impôts ». Il approfondit ce sujet au f° 304 (584r), en ajoutant en marge « malheur à vous Pharisiens race de vipères — injurie les prêtres — formalistes, simoniaques. » Effectivement, il s'avère qu'il laisse l'epithète « simoniaque », et cela ouvertement. Au stade suivant, nous remarquons également l'importance de la question de la sacrificature, directement liée à celle de l'argent :

[f° 305 (585r)]

| ψ son nom tout de suite se répandit Les Prêtres se regardèrent ψ cette question de sacrificature était de circonstance! ou bien ça leur nuisait | avide, — tendant l'oreille **M** — «Malheur à vous ⌊*B. malheur à vous* Pharisiens ⌊α Sadducéens, *race de vipères qui* ... ⌊êtes tout en pratiques ⌊Malheur à vous Sadducéens qui ne tenez qu'à la lettre² Les uns α les autres *mauvais. qui priez p. l'étranger comme* Onias, ⌊*qui lui offrez* ⌊*apportez* ⌊*de l'argent* ⌊*comme Jason* ⌊*p. avoir la* sacrificature³ ⌊*sacrificature* ⌊*qui attirez l'ennemi comme Alcim.* ψ ⌊*trahissez le peuple comme Alcim* injurie les prêtres ⌊*indignés à ces menaces ils av.[aient] reconnu tout de suite Ioak.* ψ³ |

Nul doute que les prêtres savaient qu'ils faisaient l'objet d'accusations de la part de Iaokanann sur la question de la sacrificature. L'explication en marge, bien qu'effacée, nous révèle la vérité : « cette question de sacrificature était de circonstance ! » quand « les prêtres se regardèrent ». De telle sorte qu'Hérodias, profitant du point faible des Romains et des prêtres, en appelle au Proconsul et à Aulus au sujet du refus de l'impôt ordonné par Iaokanann :

Hérodias, au milieu du perron, se retourna vers lui.
— « Tu as tort, mon maître ! Il ordonne au peuple de refuser l'impôt. »
— « Est-ce vrai ? » demanda tout de suite, le Publicain.   (p. 157)

Rome vivant des impôts payés par les pays tributaires, les fonctionnaires romains se focalisent sur la question des impôts, de même qu'ils entament des recherches pour trouver les trésors du Grand Hérode. C'est en raison de cette question de l'impôt que Vitellius s'intéresse pour la première fois à Iaokanann, et qu'il poste des sentinelles afin que le prisonnier ne puisse s'enfuir.

Il ne faudrait pas oublier cependant que la subtilité de la question intéressait aussi Flaubert pour une autre raison : en effet, c'est un point de divergence entre Jésus et Iaokanann, qui « poussait au refus de l'impôt » ; et Flaubert le précise en écrivant dans « la table III », au f° 92 (742r), que « Jésus au contraire disait qu'il fallait s'y soumettre. »

Iaokanann s'attire la colère de tous car il critique leur point faible : l'inceste d'Hérode et d'Hérodias, le formalisme des prêtres, ainsi de suite. Jane Robertson remarque perspicacement : « The twenty-four hours of the point of the story's duration are presented in three chapters, progressing from before dawn through the early morning in the first, to the bright moment has come when she can turn the guests' thirst for violence to suit her own ends[37]. » En vérité, le scénario nous révèle clairement que l'intérêt de tout le monde cause la mort de Iaokanann : « Cet homme est gênant. qu'en faire ? Tous ont intérêt à sa mort. » [f° 140 (718v)] Rappelons ici la parole de Flaubert : « La question des races dominait tout. »

[f° 140 (718v)]

les[b] partout. en[d] effet Vitell a compris ce qu'Ant avait dit[b] à l'oreille du Sam ⟨Embarras des prêtres, d'Antipas α de Vitell.⟩ Cet homme est gênant. ↑qu'en faire? Tous ont intérêt ‖ à sa mort. – Le Sadducéen le considère comme troublant l'ordre, le Pharisien ⟨comme ‖ impie,⟩ à cause de son dédain des rites, de son mépris

↑l'interprète n'est que p[r] la frime – α sans qu'on s'en aperçoive, avait donné des ordres Il[e] ne p[r] la race d'Abraham. ‖ ⟨Il a⟩ Les Publicains lui en veulent de ce qu'il a blâmé leurs vols, α les soldats gourmandé ‖ leur violence. ↑α tous les autres Les étrangers ↑asiatiques détestent en lui le Dieu d'Israël – On s'échauffe. ⟨Le P⟩

Question de races, question de religions. Et cette dernière est étroitement liée à la politique et à l'égoïsme. Intéressé toujours à l'égoïsme, Flaubert met en relief cette question d'égoïsme dans ce conte d'inspiration religieuse.

---

[37] Jane Robertson, « The structure of *Hérodias* », in *French Studies*, vol. 36, 1982, pp. 173-174.

4. L'égoïsme ou le grotesque

Dans une lettre de février 1877, adressée à Mme Roger des Genettes, Flaubert met en évidence ses principes au moment où il vient de recopier *Hérodias*. Il y affirme l'importance de l'égoïsme dans ce conte :

> Hier, à 3 heures du matin, j'ai fini de recopier *Hérodias*. Encore une chose faite ! Mon volume peut paraître le 16 avril. Il sera court, mais cocasse, je crois. (...) Et puis (car l'égoïsme est au fond de tout) *je crève d'envie* de vous lire *Un Cœur simple* et *Hérodias* ; l'aveu est fait ![38]

Dans cette histoire sainte, plutôt que la foi profonde du peuple, c'est ce rôle central de l'égoïsme qui intéresse Flaubert. Cette optique semble avoir germé dans son esprit dès 1850, au moment de son voyage en Orient avec Maxime Du Camp. Exprimant ouvertement sa déception suite à sa visite de Jérusalem, il relève une impression de mensonge qui est un des phénomènes d'égoïsme :

> Voilà le troisième jour que nous sommes à Jérusalem, aucune des émotions prévues d'avance ne m'y est encore survenue : ni enthousiasme religieux, ni excitation d'imagination, ni *haine des prêtres*, ce qui au moins est quelque chose. Je me sens, devant tout ce que je vois, plus vide qu'un tonneau creux. (...) Mais comme tout cela est faux ! Comme ils mentent ![39]

Réaliste rigoureux qu'il est, il aperçoit, à défaut de foi, le vide ou le grotesque dans « la séparation de chaque église » :

> Une chose a dominé tout pour moi, c'est l'aspect du portrait en pied de Louis-Philippe, qui décore le Saint-Sépulcre. O grotesque, tu es donc comme le soleil ! Dominant le monde de ta splendeur, ta lumière étincelle jusque dans le tombeau de Jésus ! Ce qui frappe le plus ensuite, c'est la séparation de chaque église, les Grecs d'un côté, les

---

[38] *Corr.*, *huitième série*, pp. 15-16 (lettre à Madame Roger des Genettes du 15 février 1877). Nous soulignons ; l'italique est de Flaubert.

[39] Flaubert, *Œuvres complètes* 2, Éditions du Seuil, L'Intégrale, p. 607 (11 août 1850). C'est Flaubert qui souligne en italique.

Latins, les Coptes ; c'est distinct, retranché avec soin, on hait le voisin avant toute chose. C'est la réunion des malédictions réciproques, et j'ai été rempli de tant de froideur et d'ironie que je m'en suis allé sans songer à rien plus[40].

Utilisant ironiquement « le soleil » dans sa comparaison avec « le grotesque », Flaubert est toujours impassible dans cette ville sainte. Neuf jours plus tard, il exprime à Louis Bouilhet ce même désappointement :

> Tout cela est encore plus triste que grotesque. Ça peut bien être plus grotesque que triste. Tout dépend du point de vue ; mais n'anticipons pas sur les détails[41].

La situation n'est-elle pas grotesque, si l'on ne peut trouver que des intérêts ou des antagonismes entre chaque secte religieuse, qui ont pour mission d'atteindre ou de répandre la paix du cœur ainsi que le bonheur du peuple ? De telle sorte que Flaubert relève ce grotesque avec la même acuité que dans *Hérodias*, œuvre dans laquelle s'entrelacent les intérêts du peuple.

De la même manière, dans sa correspondance comme dans son œuvre, l'écrivain continue à exhiber l'égoïsme, qui est à la base même de l'existence des hommes. Voyons à présent des exemples de cet égoïsme qu'il stigmatise.

Dans *Un Cœur simple* des *Trois Contes*, nous remarquons dès l'incipit les éléments bourgeois et non-bourgeois, la hiérarchie des classes qui dominent cette histoire dans laquelle les décès et les adieux des petits-bourgeois sont toujours liés à la question de l'argent. Ainsi, après la confirmation du suicide de M. Bourais, Mme Aubain ne tarde pas à connaître « la kyrielle de ses noirceurs ». « Ces turpitudes l'affligèrent beaucoup », elle expira et il ne resta que Félicité, simple et ivre de tristesse, qui la pleura :

> Dix jours après (le temps d'accourir de Besançon), les héritiers survinrent. La bru fouilla les tiroirs, choisit des meubles, vendit les autres, puis ils regagnèrent l'enregistrement. (...)
> Le lendemain il y avait sur la porte une affiche ; l'apothicaire lui cria dans l'oreille que la maison était à vendre. (p. 85)

---

[40] *Ibid.*, p. 609.
[41] Voir *Corr.*, *deuxième série*, p. 228 (lettre datée du 20 août 1850).

« Peu d'amis la regrettèrent, ses façons étant d'une hauteur qui éloignait » ; de son vivant, la gentillesse de Félicité n'est pas comprise, tant s'en faut, et Mme Aubain exprime ainsi son mépris ancré dans l'égoïsme bourgeois :

> — « Ah ! votre neveu ! » et, haussant les épaules, Mme Aubain reprit sa promenade, ce qui voulait dire : « Je n'y pensais pas ! Au surplus, je m'en moque ! un mousse, un gueux, belle affaire ! ... tandis que ma fille ... Songez donc ! »
> Félicité, bien que nourrie dans la rudesse, fut indignée contre Madame, puis oublia. (pp. 67-68)

Dans cette conversation de Mme Aubain avec sa servante, par une formule explicative : « ce qui voulait dire », Flaubert déroge à la règle qu'il s'est imposé de ne pas intervenir dans la narration en tant qu'auteur. Ce passage avait été développé encore dans les brouillons[42] : l'énoncé « son égoïsme est si naïf et dur » est bien approfondi par l'auteur, le sens du moral formant un nouveau passage[43]. Le f° 311 présente plusieurs phrases se rapportant à la race et à l'argent : « dans ce peu de mots », « chose de féodal et de où l'on sentait », « l'infatuation de la demoiselle, de qualité, de la race », « un égoïsme de bourgeois », « l'importance de l'argent », « l'égoïsme de bourgeoisie », et enfin « insensibilité de cœur[44]. » Dans le f° 309 et le f° 312, rendant compte des motifs cachés des sentiments des personnages, Flaubert écrit directement le mot « égoïsme » :

> (...) et dans ce peu de mots, dans son geste dans son regard on sentait l'importance, de la fortune, l'infatuation du rang, un égoïsme de bourgeoise[45] [sic].

Wetherill remarque également l'importance de « l'opposition sociale des deux femmes[46] ». C'est de cette confrontation que surgirait l'égoïsme, qui, selon Flaubert, est à la base des fondements de la société. Ainsi, l'égoïsme

---

[42] Flaubert, *Trois Contes*, Édition P.-M. Wetherill, Classiques Garnier, Bordas, 1988, p. 320. « III. Conversation entre Félicité et Mme Aubain (Transcriptions partielles) » (f° 397).
[43] *Ibid.*, pp. 320-321.
[44] *Ibid.*, pp. 321-323.
[45] *Ibid.*, p. 323.
[46] *Ibid.*, p. 326.

soutend l'ensemble de l'histoire et entoure même Félicité qui a un cœur pur.

Observons un autre exemple dans *L'Éducation sentimentale* (1869), où apparaît plus clairement l'égoïsme bourgeois. Dans ce roman de la Révolution de 1848, l'égoïsme individuel aussi bien que politique prend la forme du « désir de possession[47] » : les bourgeois et le peuple n'accomplissent pas la Révolution, mais les intérêts et les revendications de chaque députation, de chaque représentant du peuple s'y révèlent. En un mot, malgré le succès apparent des réformes, le pouvoir n'est pas réellement partagé et les conflits demeurent larvés, au niveau des classes sociales et des individus.

> (...) Le négligé des costumes atténuait la différence des rangs sociaux, la haine se cachait, les espérances s'étalaient, la foule était pleine de douceur[48].

> (...) Le spectacle le plus fréquent était celui des députations de n'importe quoi, allant réclamer quelque chose à l'hôtel de ville, — car chaque métier, chaque industrie attendait du Gouvernement la fin radicale de sa misère[49].

Alors que le peuple rêve d'une république faite de liberté et d'égalité, celle-ci s'écroule de l'intérieur. Flaubert dénonce aussi les intérêts et l'égoïsme des classes sociales, disant que « l'homme maintenant est plus fanatique que jamais, mais de lui », à cause d'un « réalisme idiot », du « développement de l'industrialisme[50]. »

Dans *Hérodias*, comme nous l'avons déjà souligné, l'égoïsme apparaît à travers la question des races. Tandis que dans la *Vie de Jésus*, Renan rapporte scientifiquement la réalité historique des faits bibliques, Flaubert s'attache à révéler le ressort égoïste des sentiments humains.

---

[47] Cf. Ogane Atsuko, « Le drame du désir de possession », in *The Geibun-Kenkyû*, The Keio Society of Arts and Letters, n° 61, 1992, pp. 80-99 (大鐘敦子、「所有欲のドラマ —フローベール『感情教育』をめぐる一考察」、『藝文研究』).

[48] *L'Éducation sentimentale*, Flammarion, 1985, pp. 364-365.

[49] *Ibid.*, p. 365.

[50] *Corr.*, *deuxième série*, p. 414-415.

5. Le discours symbolique

Aux conflits et aux intérêts entre les races, qui résultent des différences de cultures et de coutumes, ajoutons aussi la différence de langue ainsi que l'interruption de la communication. Elle représente la diversité des cultures, dont notamment l'hébraïsme des Juifs, la romanisation par des représentants comme Vitellius, et l'hellénisme par Antipas, dont la mère est iduméenne. Hasumi Shiguéhiko ne dit-il pas : « *Hérodias* est le seul des *Trois Contes* où le langage joue un rôle important : on s'y exprime abondamment en plusieurs langues et même par gestes, selon sa coutume et sa situation sociale[51]. » De plus, Flaubert désigne explicitement Jean sous son nom latin « saint Jean-Baptiste » ; d'autre part, à Machærous, il y a des races qui ne se mêlent jamais l'une à l'autre. Il arrive même que la différence de langue mette des barrières interraciales, détraquant les relations humaines. Pour dépasser ces différences, il faudrait parler plusieurs langues ou encore avoir un interprète. Prenons ici l'exemple de l'habile discours de bienvenue prononcé en latin par le Tétrarque. Le mot « chagrin » formulée par le Tétrarque au discours indirect libre semble introduire directement du regret, voilant les intentions du Tétrarque.

À cela vient s'ajouter le rôle de l'interprète qui ne se justifie pas réellement : Vitellius, se trouvant avec son interprète Phinées, se rend compte d'Aram. Il peut entendre les violentes huées des Juifs, tandis que la présence de l'interprète oblige Antipas et Hérodias à rester pour subir par deux fois les invectives de Iaokanann, qui clame leurs péchés du fond de sa prison :

> Vitellius s'obstinait à rester. L'interprète, d'un ton impassible, redisait, dans la langue des Romains, toutes les injures que Iaokanann rugissait dans la sienne. Le Tétrarque et Hérodias étaient forcés de les subir deux fois. Il haletait, pendant qu'elle observait béante, le fond du puits.
>
> (p. 155)

À Machærous, l'interprète ne semble pas jouer de rôle au sens propre. Même le Babylonien Iaçim, « eut l'air de ne pas comprendre l'interprète », et néglige l'ordre du Proconsul. En outre, les railleries et les sarcasmes que débite Aulus en face des Pharisiens ne sont pas traduits par Phinées, qui est

---

[51] Hasumi Shiguéhiko, *op. cit.*, p. 63.

effrayé par leur colère, ce qui attise alors l'ire démesurée d'Aulus :

> Les Pharisiens, restés sur leur triclinium, se mirent dans une fureur démoniaque. Ils brisèrent les plats devant eux. On leur avait servi le ragoût chéri de Mécène, de l'âne sauvage, une viande immonde.
> Aulus les railla à propos de la tête d'âne, qu'ils honoraient, disait-on, et débita d'autres sarcasmes sur leur antipathie du pourceau. C'était sans doute parce que cette grosse bête avait tué leur Bacchus ; et ils aimaient trop le vin, puisqu'on avait découvert dans le Temple une vigne d'or.
> Les prêtres ne comprenaient pas ses paroles. Phinées, Galiléen d'origine, refusa de les traduire. (pp. 168-169)

Autrement dit, toute la communication est entravée, reflétant les sentiments raciaux qui sont à l'origine des conflits enracinés. Il convient notamment de signaler les « paroles mystérieuses » prononcées par Iaokanann et ses disciples, paroles qui symbolisent la signification énigmatique de toute communication dans le récit. Ces paroles aiguisent l'anxiété d'Antipas qui se prolonge à travers tout le récit, et l'histoire d'*Hérodias* se terminera avec la réponse apportée par deux hommes que Iaokanann avait envoyés.

Outre cette interruption de la communication par les paroles des personnages, on constate ici les discours recherchés symbolisant le pouvoir des protagonistes, en ce qui concerne Antipas, Hérodias, Iaokanann, et Salomé. Référons-nous au Tableau I qui reporte la fréquence d'énonciations par personnage ainsi que le style de chaque discours, afin d'examiner plus précisément la forme de leur discours. On recompte le discours, même s'il s'agit du discours à la ligne du même protagoniste. Signalons aussi que le nombre d'énoncés par personnage ne correspond pas exactement au volume total de paroles prononcées, parce qu'il y a des répliques ou des interrogations très courtes (une ligne ou moins, telles celles d'Antipas, tandis que celles d'Hérodias sont très longues), mais on parvient à saisir au moins le type du pouvoir de chaque personnage.

Dans le cas du Tétrarque, qui est focalisateur de ce récit, son discours, sa pensée et ses embarras sont souvent représentés au discours indirect libre, car Antipas vit toujours dans l'anxiété. (Nous comptabilisons son monologue intérieur comme celui d'Antipas « avec Antipas » dans le Tableau I). À la différence du discours prononcé par Hérodias, sa femme, celui d'Antipas est toujours faible et court :

La genèse de la danse de Salomé

Tableau I : La Morphologie du discours des personnages
(nombre des énoncés / nombre total des énoncés)

Dialog. Avec	Antipas D	Antipas I'	Antipas I	Hérodias D	Hérodias I'	Hérodias I	Iaokanann D	Iaokanann I'	Iaokanann I	Salomé D	Salomé I'	Salomé I	Vitellius D	Vitellius I'	Vitellius I	Mannaeï D	Mannaeï I'	Mannaeï I	Phanuel D	Phanuel I'	Phanuel I
Antipas	1/12	11/12		12/17	3/17	2/17	3/4		1/4	1/1			6/12	2/12	4/12	3/5	2/5		5/7	1/7	1/7
Hérodias	4/10	3/10	3/10		3/3		4/4														
Iaokanann							2/2														
Vitellius	2/6	4/6	1/6	1/1										2/3	1/3						
Salomé	1/1							1/1						1/1							
Prêtres	1/1																				
Phanuel	12/14	1/14	1/14																		
Mannaeï																					
Autres				2/2			3/3														
Total	20/44	19/44	5/44	16/24	6/24	2/24	13/14		1/14	1/1			6/18	6/18	6/18	3/5	2/5		5/7	1/7	1/7

Nous adoptons pour plus de concision les sigles utilisés par Marguerite Lips : les sigles D pour le discours de style direct, I pour le style indirect et I' pour le style indirect libre.

— « Je le connais ! » dit Hérodias, « il se nomme Phanuel, et cherche à voir Iaokanann, puisque tu as l'aveuglement de le conserver ! »

Antipas objecta qu'il pouvait un jour servir. Ses attaques contre Jérusalem gagnaient à eux le reste des Juifs.

— « Non ! » reprit-elle, « ils acceptent tous les maîtres, et ne sont pas capables de faire une patrie ! » Quant à celui qui remuait le peuple avec des espérances conservées depuis Néhémias, la meilleure politique était de le supprimer.

Rien ne pressait, selon le Tétrarque. Iaokanann dangereux ! Allons donc ! Il affectait d'en rire.

— « Tais-toi ! » Et elle redit son humiliation, un jour qu'elle allait vers Galaad, pour la récolte du baume.

« — Des gens, au bord du fleuve, (...). » (p. 138)

Apparemment, son exigence vis-à-vis d'Antipas aussi bien que sa haine contre le peuple et surtout contre Iaokanann sont énoncées généralement au discours direct, style vif et vigoureux. À l'opposé du style d'Hérodias, les paroles d'Antipas demeurent au discours indirect ou au discours indirect libre, ce qui reflète son manque de volonté, « la vacherie d'Hérode », à laquelle Flaubert a fait allusion dans une de ses lettres, adressée à Mme Roger des Genettes le 20 avril 1876. Signalant Antipas prisonnier du silence avec Hérodias, Hasumi Shiguéhiko relie la maladresse de celui-ci à celle de mariage : « Il [Antipas] a constamment l'impression de s'être mal exprimé et d'avoir mal écouté. Le langage semble se dérober à lui. Sa position incertaine découle de la mauvaise formulation de sa pensée. Cette maladresse s'étendra jusqu'à un autre système d'échange, celui du mariage. » ; « Antipas, par contre, est en proie à un extrême besoin de parler, non pour s'exprimer mais pour cacher ou acquérir la vérité. Il échoue, car le langage qui circule autour de lui ne le touche jamais. Encerclé par les mots échangés, il ne parvient pas à les maîtriser. Horizontalement, il est le prisonnier de ces paroles pour lesquelles il éprouve en même temps de la nostalgie et une peur existentielle[52]. » Pourtant, dans l'épisode de la présentation du Tétrarque que nous avons cité plus haut, nous avons pu constater son habile rhétorique, au discours indirect libre ; son attitude est discrète et diplomatique dans le

---

[52] *Ibid.*, pp. 63-65.

but de se maintenir dans sa situation, et Flaubert a réussi à le présenter comme « un vrai préfet[53]. »

Or, avec des interlocuteurs comme Mannaeï, son bourreau, ou Phanuel, l'un des Esséniens en qui les rois avaient placé toute leur confiance, le discours d'Antipas se révèle tout à fait différent : la plupart de ses paroles sont en effet énoncées au discours direct. On peut facilement deviner que contrairement à sa faiblesse devant Hérodias, Antipas s'enhardit par contre devant ses sujets : ainsi, dans le scénario, Flaubert note : « L'Essénien & Antipas. L'essénien intercède pour Jean. Antipas faible devant Hérodias brutalise l'essénien[54]. »

La faiblesse d'Antipas est plus accentuée en face d'Iaokanann, qu'il n'a même pas le droit de parler : la Voix de Jean, énoncée au discours direct, étouffe l'action du Tétrarque pour le faire taire :

> Iaokanann l'invectiva pour sa royauté. — « Il n'y a pas d'autre roi que l'Eternel ! et pour ses jardins, pour ses statues, pour ses meubles d'ivoire, comme l'impie Achab ! »
> Antipas brisa la cordelette du cachet suspendu à sa poitrine, et le lança dans la fosse, en lui commandant de se taire.   (p. 155)

Si l'énonciation du Tétrarque est ainsi partagée en deux sphères, l'une au discours indirect ou indirect libre face aux personnages plus puissants que lui, l'autre au discours direct devant ceux qui sont plus faibles, qu'en est-il lorsque son interlocutrice est Salomé ?

> (...) et d'une voix que des sanglots de volupté entrecoupaient, il lui disait : — « Viens ! viens ! » Elle tournait toujours ; les tympanons sonnaient à éclater, la foule hurlait. Mais le Tétrarque criait plus fort : « Viens ! viens ! Tu auras Capharnaüm ! la plaine de Tibérias ! mes citadelles ! la moitié de mon royaume ! »   (pp. 172-173)

Malgré la brièveté de ses paroles, son ambition et la volupté sont d'autant plus frappants du fait que l'énonciation est au discours direct. Malheureusement pour lui, il est captif de ses propres paroles, prononcées à voix haute et ouvertement devant toute l'audience. S'il était « contraint par sa parole »,

---

[53] *Corr., septième série*, p. 309 (lettre à Madame Roger des Genettes).
[54] *BC*, t. I, p. 105 [f° 87 (708r)].

il n'est pas exagéré de dire que le narrateur mettrait sa promesse au style direct pour montrer l'irréparable de cette action.

À l'opposé du discours d'Antipas, celui d'Hérodias, vis-à-vis du Tétrarque, est énoncé longuement et généralement au style direct, ce qui représente clairement son pouvoir familial.

> — « Mais ton grand-père balayait le temple d'Ascalon ! Les autres étaient bergers, bandits, conducteurs de caravanes, une horde, tributaire de Juda depuis le roi David ! Tous mes ancêtres ont battu les tiens ! Le premier des Makkabi vous a chassés d'Hébron, Hyrcan forcés à vous circoncire ! » Et, exhalant le mépris de la patricienne pour le plébéien, la haine de Jacob contre Édom, elle lui reprocha son indifférence aux outrages, sa mollesse envers les Pharisiens qui le trahissaient, sa lâcheté pour le peuple qui la détestait. « Tu es comme lui, avoue-le ! Et tu regrettes la fille arabe qui danse autour des pierres. Reprends-la ! Va-t'en vivre avec elle, dans sa maison de toile ! dévore son pain cuit sous la cendre ! avale le lait caillé de ses brebis ! baise ses joues bleues ! et oublie-moi ! »   (pp. 139-140)

Sa haine est d'autant plus profonde qu'elle est « du sang des prêtres et rois ses aïeux ». Néanmoins, la dureté de son caractère ne provient pas seulement de la discorde conjugale, ce qui apparaît lorsqu'elle se trouve aussi puissante en face de Vitellius, Proconsul de Rome :

> Le Proconsul fit trois pas à sa rencontre ; et, l'ayant saluée d'une inclinaison de tête :
> — « Quel bonheur ! » s'écria-t-elle, « que désormais Agrippa, l'ennemi de Tibère, fût dans l'impossibilité de nuire ! »
> Il ignorait l'événement, elle lui parut dangereuse ; et comme Antipas jurait qu'il ferait tout pour l'Empereur, Vitellius ajouta : — « Même au détriment des autres ? »   (p. 145)

À la suite de la présentation d'Antipas énoncée au discours indirect, le discours de bienvenue d'Hérodias est exposé au discours direct et la montre comme une « impératrice ». Nul doute que la supériorité de son sang et son « rêve d'un grand empire » ne la fassent se montrer toujours autoritaire, faisant concurrence à Vitellius, soupçonneux, dont le discours est également rapporté au discours direct. Pourtant, la stratégie de Flaubert est systématique : elle ne recourt pas à une telle éloquence incisive vis-à-vis d'Iaokanann. Elle se demande au contraire pourquoi Jean manifeste tant de violence vis-à-vis d'elle-même :

> L'inanité de ces embûches exaspérait Hérodias. D'ailleurs, pourquoi sa guerre contre elle ? Quel intérêt le poussait ? Ses discours, criés à des foules, s'étaient répandus, circulaient ; elle les entendait partout, ils emplissaient l'air. Contre des légions elle aurait eu de la bravoure. Mais cette force plus pernicieuse que les glaives, et qu'on ne pouvait saisir, était stupéfiante ; et elle parcourait la terrasse, blêmie par sa colère, manquant de mots pour exprimer ce qui l'étouffait. (p. 139)

Le monologue intérieur d'Hérodias est énoncé au discours indirect libre, et ce déclin de son pouvoir dans le champ discursif a une influence par la suite, semble-t-il, jusqu'à sa pensée contre Antipas. Le discours d'Hérodias est généralement formulé au style direct, mais aussi au style indirect libre :

> Elle songeait aussi que le Tétrarque, cédant à l'opinion, s'aviserait peut-être de la répudier. Alors tout serait perdu ! Depuis son enfance, elle nourrissait le rêve d'un grand empire. C'était pour y atteindre que, délaissant son premier époux, elle s'était jointe à celui-là, qui l'avait dupée, pensait-elle. (p. 139)

Dans ce passage manifestant la noirceur d'Hérodias et son désir d'élévation sociale, le discours indirect libre tient une place exceptionnelle en regard de l'ensemble de son discours. Il est à noter que sa parole n'est effective qu'en l'absence d'Iaokanann : elle « chercha du regard une défense autour d'elle », dépourvue de parole. Ainsi, elle incite le Proconsul à se méfier du prisonnier, juste après que Jean referme la trappe et disparaît dans le fond de son cachot. L'influence d'Hérodias est considérable sur tout le monde, excepté sur Iaokanann et sur Phanuel, le futur converti. Sans doute, ressentant vivement l'impuissance de sa parole face à Iaokanann aussi bien que celle de ses charmes devant le Tétrarque, Hérodias se décide-t-elle enfin à faire venir Salomé, sa fille, afin qu'elle le captive par ses charmes juvénils.

En ce qui concerne la parole de Iaokanann, rappelons que Flaubert avait d'abord intitulé son conte « ma décollation de Saint Jean-Baptiste », « mon Iaokanann », ou encore « Mon saint Jean-Baptiste », insistant sur l'importance de « la question des races ».

> (...) Après saint Antoine, saint Julien ; et ensuite saint Jean-Baptiste ; je ne sors pas des saints. Pour celui-là je m'arrangerai de façon à ne pas « édifier »[55].

Il ne fait en effet aucun doute que Flaubert était très attiré par « la décollation » et par la sainteté de Jean-Baptiste, quoiqu'il s'obstine à décrire « la mine officielle d'Hérode » ainsi que « la figure farouche d'Hérodias ». Ce n'est pas Salomé qui était le centre de ses recherches ou de son intérêt principal. Si l'on considère Iaokanann comme l'un des personnages les plus importants, il est surprenant de constater que l'auteur le met en scène uniquement au dernier moment du festin, le présentant comme un personnage lugubre. Par cette stratégie, Flaubert met en relief sa voix que l'on entend dès le premier colloque du Tétrarque et de Mannaeï, et sa parole est transmise par celui-ci au discours direct :

> Tout à coup, une voix lointaine, comme échappée des profondeurs de la terre, fit pâlir le Tétrarque. Il se pencha pour écouter ; elle avait disparu. Elle reprit ; (p. 132)

> Le Samaritain dit encore :
> — « Par moments il s'agite, il voudrait fuir, il espère une délivrance. D'autre fois, il a l'air tranquille d'une bête malade ; ou bien je le vois qui marche dans les ténèbres, en répéntant : « Qu'importe ? Pour qu'il grandisse, il faut que je diminue ! » (p. 134)

Hors de vue, sa puissance est tellement forte qu'Antipas avoue qu'il l'aime malgré lui[56]. Il s'en inquiète toujours, et même par l'intermédiaire de Mannaeï, la parole prophétique du prophète est énoncée au discours direct. Sa voix est tellement rigoureuse et mortifiant, parce que Iaokanann est Élie, sans la parole de qui Jésus ne peut apparaître. Surgie des ténèbres de son

---

[55] *Corr.*, *septième série*, p. 309 (lettre à Madame Roger des Genettes).
[56] Il s'agirait d'une des caractéristiques flaubertiennes qui veut que le protagoniste soit déchiré entre deux sentiments contraires, deux désirs contraires, et enfin deux femmes contraires. C'est le cas d'Emma Bovary, de Frédéric Moreau et de saint Antoine. Pour le cas de Frédéric, voir Furuya Kenzô, *L'Ombre qui s'appelle « la Jeunesse »*, *les Jeunes hommes dans la littérature moderne*, NHK Books, Nippon Hôsô Shuppan Kyôkai, 2001, pp. 50-60 (古屋健三、『青春という亡霊―近代文学の中の青年』、日本放送出版協会).

cachot souterrain, cette voix ne semble pas humaine, mais est celle d'un prophète longtemps attendu. D'après l'édition des *Trois Contes* établie par P.-M.Wetherill, édition qui reproduit le texte du dernier manuscrit autographe, aussi bien que d'après l'édition de Bonaccorso, le terme « la voix » est inscrit trois fois mais avec une majuscule « La Voix[57]. » Selon ce dernier manuscrit autographe, peut-on penser qu'il s'agit du *logos* à venir ? Les injures et les invectives du prophète ont on ne sait quelle puissance divine, comme dans le passage suivant où Hérodias est humiliée par Iaokanann :

> « — Des gens, au bord du fleuve, remettaient leurs habits sur un monticule, à côté, un homme parlait. Il avait une peau de chameau autour des reins, et sa tête ressemblait à celle d'un lion. Dès qu'il m'aperçut, il cracha sur moi toutes les malédictions des prophètes. Ses prunelles flamboyaient, sa voix rugissait ; il levait les bras, comme pour arracher le tonnerre. Impossible de fuir ! les roues de mon char avaient du sable jusqu'aux essieux — et je m'éloignais lentement, m'abritant sous mon manteau, glacée par ces injures qui tombaient comme une pluie d'orage. »   (pp. 138-139)

Sa façon de parler est symboliquement réduite au bruit du tonnerre, l'auteur utilisant de nombreuses comparaisons : « rugissait », « arracher le tonnerre », « comme une pluie d'orage ». Tout au long du récit, cette voix résonne avec le même éclat orageux depuis les profondeurs du cachot : la voix « roulait avec des déchirements de tonnerre, et, l'écho dans la montagne la répétant, elle foudroyait Machærous d'éclats multipliés. » (p. 156)

En somme, la volonté de Flaubert était de rendre l'impression donnée par la parole de l'Eternel, « le Verbe incarné », selon l'expression de P.-M. de

---

[57] Wetherill, *op. cit.*, p. 239 : « La Voix s'éleva » ; p. 240 : « Mais la Voix se fit douce » ; p. 241 : « La Voix répondit » ; p. 242 : « La Voix grossissait ». Voir aussi « Copie finale » de *BC*, t. I, p. 292 [f° 438 (73)], « La Voix grossissait ». D'après nos recherches sur les brouillons des manuscrits de Nafr. 23663 tome II, Flaubert orthographie "voix" tantôt avec une majuscule, tantôt avec une minuscule : « La Voix s'éleva » ; « Mais la Voix se fit douce » (n.a.f.71) ; « La Voix répondit » (n.a.f.72) ; « La Voix grossissait » (n.a.f.73) ; « Une voix s'éleva » ; « Et la Voix s'enflait » (n.a.f. 581r) ; « Hérodias l'avait reconnue, cette voix ! » ; « Je suis la voix du désert » (n.a.f. 583r) ; « Et la voix s'éleva » (n.a.f. 585r). Cf. Hans Peter Lund, *Gustave Flaubert — Trois Contes*, Presses Universitaires de France, p. 90.

Biasi[58], en écrivant le discours de Iaokanann ou les paroles le concernant au discours direct. À cet égard, Raymonde Debray-Genette signale également : « Quand Flaubert veut obtenir un grand effet dramatique, il garde le style direct : toutes les paroles de Iaokanann sont au D[59]. »

Pour Flaubert, la mission de Jean constitue l'essentiel de cette histoire ; c'est pourquoi il énonce clairement sa parole, en utilisant le discours direct, afin que les lecteurs aient l'impression d'entendre directement sa voix. On est frappé de constater qu'au stade du scénario, ce n'était pas Iaokanann lui-même qui parlait directement, mais un interprète qui rapportait les paroles de Jean au sujet de « sa mission ».

[f° 128 (713r)]

> L'interprète descend, remonte ; – ↑*prend sa pose* α devant tout le monde, ⟨impassible ↑*tranquil[le]mt* α⟩ les yeux ‖ α les mains sur la poitrine, il répète les paroles de Jean. ⟨qui⟩ ↑*Elles* roulent sur trois ‖ ⟨points⟩ 1° sa mission « je suis la voix du désert » 2° l'annonce du Messie ‖ (sans dire le mot 3° invectives à l'inceste –

Si sa mission « je suis la voix du désert » n'est pas contée, c'est que la plupart de ses paroles sont maintenant consacrées à « l'annonce du Messie » ainsi qu'à des invectives sans fin. Doit-on penser que sa mission d'être « la voix » est toujours établie au discours direct ? Nous pourrons confirmer cette idée avec le Tableau I qui montre que le discours de Jean est toujours énoncé au discours direct vis-à-vis de tous les personnages. Le discours indirect libre de Iaokanann est un cas particulier, parce qu'il s'agit de la continuation du discours direct contre Antipas, et c'est un des procédés habituels de Flaubert[60].

Enfin, Flaubert ferme le rideau avec la parole dramatique de Salomé, qui reste jusqu'au dernier moment complètement dépourvue de voix. Au contraire, c'est sa chair qui apparaît au fur et à mesure que le récit avance. Sa seule énonciation réside dans une unique phrase fatale : « Je veux que tu

---

[58] *TC*, p. 33. Voir « l'Introduction » de P.-M. de Biasi.
[59] Raymonde Debray-Genette, *ibid.*, p. 61.
[60] Pour la gradation de l'énonciation flaubertienne, voir Ueda Atsuko, *L'Éducation sentimentale de Gustave Flaubert — Passion et Politique —*, mémoire de maîtrise, Université Keio, 1990, pp. 180-184.

me donnes dans un plat, la tête ... », « La tête de Iaokanann ! », phrase qui pétrifie la salle.

Le mutisme de Salomé se situe donc aux antipodes des abondants discours directs de Iaokanann : une seule demande est faite, au discours direct. Incarnation de la Voix de l'Eternité, Jean achève sa mission quand sa tête, siège des paroles, est coupée, suite à la demande d'une jeune fille, incarnation de la chair.

Concernant ce procédé des oppositions, il nous semble opportun de nous référer à la *Correspondance* qui nous apprend la protestation de Flaubert contre Louise Colet qui lui avait proposé d'éliminer un des deux protagonistes, Jules, de *L'Éducation sentimentale* de 1845 :

> (...) En tout cas je n'approuve point ton idée d'enlever du livre toute la partie de Jules pour en faire un ensemble. Il faut se reporter à la façon dont le livre a été conçu. Ce caractère de Jules n'est lumineux qu'à cause du contraste d'Henry. Un des deux personnages isolé serait faible. Je n'avais d'abord eu l'idée que de celui d'Henry. La nécessité d'un repoussoir m'a fait concevoir celui de Jules[61].

Le conte *Hérodias* obéit également à cette « nécessité d'un repoussoir » et offre de nombreux couples de contrastes : Hérode-Hérodias, Mannaeï-Phanuel, les Pharisiens-les Sadducéens, Iaokanann-Salomé. Hans Peter Lund, plaçant Hérode au centre en tant que défenseur stratégique de Iaokanann, souligne le shéma des oppositions et différencie la solidarité du groupe « Phanuel-Jésus-Jacob » contre l'inimitié du groupe « Mannaeï-Romains-Juifs[62] ». Tout le récit est donc structuré selon ce procédé du contraste, et l'agencement des discours par Flaubert ne constitue pas une exception à ce dispositif.

En résumé, dans *Hérodias*, l'énonciation du discours symbolise le pouvoir de chaque personnage. Construit par ces discours des personnages, leur réalité enchaîné commence, avec le dispositif flaubertien, à donner l'impression aux lecteurs comme s'ils se trouvent aussi dans la même réalité diégétique que les protagonistes.

---

[61] *Corr.*, *deuxième série*, p. 343.
[62] Hans Peter Lund, *op. cit.*, p. 92.

6. Les réseaux d'énigmes

« L'ellipticité du conte, appuyée sur sa théâtralité, est la condition même de sa résonance imaginaire, idéologique et symbolique », écrit Raymonde Debray-Gennette[63], en parlant de l'élaboration flaubertienne. Pendant la rédaction d'*Hérodias*, Flaubert a eu recours à son procédé habituel d'omission et de suppression de la documentation qu'il avait réunie, non seulement pour extraire l'essence du style, mais aussi pour « faire clair et vif ». Comme nous l'avons signalé plus haut, la déclaration du romancier à Tourgueneff sur son œuvre est éclairante : travaillant sur son plan, la difficulté était pour lui de ne pas sombrer dans des explications trop longues qui risquaient d'endiguer le courant du récit :

> (...) Mes notes pour *Hérodias* sont prises. et je travaille mon plan. Car je me suis embarqué dans une petite œuvre qui n'est pas commode, à cause des explications dont le lecteur français a besoin. Faire clair et vif avec des éléments aussi complexes offre des difficultés gigantesques[64].

Deux mois plus tard, dans une lettre adressée à Edmond de Goncourt, Flaubert exprime son souci d'éviter toute ressemblance avec *Salammbô* : « Hérodias est maintenant à son milieu. Tous mes efforts tendent à ne pas faire ressembler ce conte-là à *Salammbô*[65]. » Flaubert craignait en effet de tomber dans la même prolixité due aux explications historiques et sujettes à critiquer quant à l'histoire de Carthage[66]. Mais dans le cas d'*Hérodias*, quelque complexe que puisse être une telle rédaction, l'omission considérable d'éléments historiques a un heureux effet, en filant un tissu d'énigmes qui finissent par rendre suggestif ce conte apocalyptique. Les soupçons et les monologues des personnages acculent Antipas au fur et à mesure et le conduisent enfin à une décollation inattendue. Ce procédé consistant à

---

[63] Raymonde Debray-Genette, *Métamorphoses du récit, — Autour de Flaubert*, Éditions du Seuil, 1988, p. 194.
[64] *Corr., septième série*, p. 356.
[65] *Corr., ibid.*, p. 386.
[66] Voir la réponse de Flaubert sur les articles de Sainte-Beuve et de Frœhner, *Corr., cinquième série*, pp. 55-70 et pp. 75-87. Voir aussi « *Salammbô* et les auteurs contemporains », *Salammbô, in Œuvres complètes de Gustave Flaubert*, Conard, pp. 501-506.

La genèse de la danse de Salomé

laisser de côté les soupçons procure un « effet de réel[67] » dans la fiction. Nous allons maintenant examiner comment Flaubert agence ces énigmes psychologiques.

Désireux d'assurer sa position de roi des Juifs devant l'Empereur, le Tétrarque est rongé de soupçons envers Agrippa et son troisième frère Philippe, de même vis-à-vis d'Hérodias. Quand elle lui apporte la nouvelle :

> — « César nous aime ! Agrippa est en prison ! »
> — « Qui te l'a dit ? »
> — « Je le sais ! » (p. 135)

Ce n'est pas uniquement Antipas qui a des soupçons sur son acquisition des informations concernant l'Empereur, mais aussi le Proconsul qui s'inquiète de sa conduite. En guise de salutations, Hérodias lui annonce ainsi l'emprisonnement d'Agrippa et elle paraît dangereuse au Proconsul.

Les soupçons d'Hérodias augmente. Au moment où Antipas, apprenant la prédiction de la mort d'un homme important par Phanuel, lui demande son aide, elle lui offre la médaille ornée du profil de Tibère :

> Hérodias, avec une indulgence dédaigneuse, tâcha de le rassurer. Enfin, elle tira d'un petit coffre une médaille bizarre, ornée du profil de Tibère. Cela suffisait à faire pâlir les licteurs et fondre les accusations.
> Antipas, ému de reconnaissance, lui demanda comment elle l'avait.
> — « On me l'a donnée », reprit-elle. (p. 159)

Cette médaille à l'effigie de l'Empereur constitue justement le dernier atout pour Antipas et elle fait pâlir les Romains. Grâce à cette médaille, le Tétrarque débarasse toutes les injures contre lui-même, concernant l'inceste avec sa nièce mariée et son idolâtrie. Quoi qu'il en soit, Hérodias ne répond pas à la question d'Antipas, et ne révèle pas où elle s'est procurée la médaille. Il semble évident qu'elle cache quelque chose ; en utilisant un pronom « l' » et un pronom indéfini « on », elle évite de répondre

---

[67] Cf. Marie-Julie Hanoulle, « Quelques manifestations du discours dans « Trois Contes »», in *Poétique*, n° 9, 1972, pp. 43-44. Montrant l'importance de « la valeur de secret que chacun attache à la révélation », Hanoulle signale les « effets de réel » dans le récit.

clairement. Dorénavant, nous allons appeler le secret énigmatique d'Hérodias [Énigme Hérodias].

Vient ensuite une autre énigme, qui se manifeste également à travers les paroles mystérieuses d'Hérodias, celle d'une jeune fille inconnue dont le corps n'apparaît que partiellement. Le Tétrarque a beau lui demander son identité, elle ne la dévoile pas [Énigme Salomé]. C'est après le colloque avec Antipas qu'elle avoue l'abandon de sa fille, et qu'une jeune fille sur une plate-forme entre dans le champ visuel du Tétrarque :

> (...) Hérodias l'observait.
> Il demanda : — « Qui est-ce ? »
> Elle répondit n'en rien savoir, et s'en alla soudainement apaisée.
> (p. 141)

Puis, au moment où Antipas demande de l'aide à Hérodias dans sa chambre, il aperçoit un bras nu et demande l'identité de l'esclave :

> — « Cette esclave est-elle à toi ? »
> — « Que t'importe ? » répondit Hérodias. (p. 159)

C'est lorsque Iaokanann est déjà décapité et que sa tête est rapportée par une vieille femme qu'Antipas se rend compte enfin qu'Hérodias était dans les coulisses. Les larmes du Tétrarque sont amères, d'autant plus qu'il l'a fait décapité malgré lui.

Néanmoins, la décapitation de Iaokanann n'est pas seulement dûe à la stratégie d'Hérodias. Le Tétrarque joue un double jeu par rapport à la mort de Jean, parce que la prédiction de Phanuel lui a causé un choc déterminant. Zagona admet aussi l'importance du rôle de Phanuel et écrit : « Apparently not feeling that the promise was sufficient basis for the reluctant tetrarch's easy submission to Salomé's request, Flaubert adds Phanuel's prediction to Hérod's dazed thoughts[68]. » Ainsi, quand le Tétrarque est forcé de répondre à Salomé :

---

[68] H. G. Zagona, « A Historical, archaeological approach : Flaubert's *HERODIAS* » in *The Legend of Salome and the principle of art for art's sake*, Librairie E. Droz, Librairie Minard, 1960, p. 85.

> Il était contraint par sa parole, et le peuple attendait.
> Mais la mort qu'on lui avait prédite, en s'appliquant à un autre, peut-être détournerait la sienne ? Si Iaokanann était véritablement Élie, il pourrait s'y soustraire ; s'il ne l'était pas, le meurtre n'avait plus d'importance. (pp. 173-174)

Grâce à Flavius Josèphe, nous savons qu'en matière d'astrologie, les Esséniens étaient particulièrement respectés à cette époque[69]. Phanuel s'apprête à apprendre à Antipas « une chose considérable », mais la séance est interrompue par l'arrivée de Vitellius. La question reste ainsi en suspens (à la fin du chapitre I). Ce n'est qu'après la découverte de l'emprisonnement de Iaokanann par les Romains que Phanuel fait sa révélation, soit « la mort d'un homme considérable, cette nuit même, dans Machærous.» (à la fin du chapitre II). Face à cette prédiction, Antipas éprouve des sentiments mêlés et contradictoires et se demande si cet homme important ne serait pas lui-même ou Vitellius. Il est content de s'assimiler lui-même à un homme très important, mais ce sentiment signifie sa mort. C'est à ce moment-là que Salomé lui demande la tête de Iaokanann, de telle sorte que finalement il rejette ses craintes d'une mort prédite sur un autre [Énigme de la Mort].

À la fin, quelles sont les conséquences de ces soupçons ? Iaokanann pourrait être un grand Élie ; pourtant il n'a pas pu se soustraire à la mort. Les énigmes « Qui va mourir cette nuit ? » et « Qui est Iaokanann ? », tout en s'entrelaçant l'une à l'autre, impliquent finalement le Tétrarque qui n'avait pas d'abord l'intention de supprimer Jean (au contraire, au stade du plan, Antipas, sollicité par Phanuel, permet à Jean de fuir lors de la nuit du festin[70]).

Le Tableau II que nous avons établi témoigne de la disposition des réseaux d'énigmes, des soupçons qui se trament. Remarquons que ces énigmes se présentent parallèlement, tout en s'enchaînant à d'autres pour arriver à former un espace de conscience en relief, au fur et à mesure que le récit avance. En d'autres termes, le soupçon vis-à-vis d'Hérodias se manifeste d'une manière frappante et habile avec l'énigme d'une jeune fille, alors que l'énigme de l'identité de Iaokanann se rattache directement, en accord avec

---

[69] Flavius Josèphe, traduit du grec par Pierre Savinel, *op. cit.*, pp. 237-243. Voir « Livre II : chapitre 8 ».
[70] Cf. *BC*, t. I, p. 105 : « [Antipas] *se radoucit* fait entendre *à l'essénien* que Jean devrait s'échapper. »

Tableau II : Réseaux d'énigmes

	Hérodias	Salomé	La Mort	Le Messie	Iaokanann	La politique
I	135 « Qui te l'a dit ? » 136 pourquoi son accès de tendresse 141 s'en alla soudainement apaisée	141 une jeune fille, et une vieille femme 141 « Qui est-ce ? »	142 « j'ai à t'apprendre une chose considérable » 143 « Quelle est cette chose que tu m'annonçais comme importante ? »	134 « Pour qu'il grandisse, il faut que je diminue ! »	133 des paroles mystérieuses avec deux hommes 133 ils apporteraient une grande nouvelle 139 Quel intérêt le poussait ?	131 des tentes arabes 131 Agrippa l'avait ruiné ? 132 hésitation entre deux projets : adoucir les Arabes ou conclure une alliance avec les Parthes
II	145 elle lui parut dangereuse 159 comment elle l'avait eu (une médaille bizarre) « On me l'a donnée » 159 « Que t'importe ? »	159 un bras nu, un bras jeune et une vieille femme « Cette esclave est-elle à toi ? »	158 augure de la mort d'un homme considérable, cette nuit même, dans Machærous 158 Lequel ? « C'est donc moi ! »	153 De quel conquérant parlait-il ? 154 « Quand viendras-tu, toi que j'espère ? (...) ta domination sera éternelle, Fils de David ! »		158 plus les tentes des Arabes. Ils étaient partis ? 158 Peut-être que les Arabes allaient revenir ? 159 Il serait envoyé en exil, ou peut-être on l'égorgerait.
III	170 hommage sur la tribune 172 Il crut la voir près des Sadducéens 173 un claquement de doigts dans la tribune 174 la fureur au grillage de la tribune 175 la tête rapportée par la vieille femme	170 une jeune fille 173 Elle monta dans la tribune	173 la mort qu'on lui avait prédite, en s'appliquant à un autre, peut-être détournerait la sienne ?	162 un certain Jésus 163 « Vous ne savez donc pas que c'est le Messie ? » 164 il devait être précédé par la venue d'Élie. « Son nom ? » 175 **LA DÉCOLLATION D'IAOKANANN** 176 « Il est descendu chez les morts annoncer le Christ ! »	164 « Iaokanann ! » 173 Si Iaokanann était véritablement Élie, il pourrait s'y soustraire.	

la question de la présence du Messie et celle des soupçons politiques, à la prédiction de « la Mort de la nuit » annoncée par Phanuel et aux intérêts de chaque personnage.

Puisque les personnages n'ont toujours pas de réponse assurée, les soupçons ou les méfiances qu'ils conçoivent s'installent, furtivement en suspens, dans un réseau d'énigmes. Autrement dit, le narrateur projette sur le lecteur des angoisses et des soupçons, suivant un processus de « symbolisation » que Tzvetan Todorov a appelé « l'univers imaginaire évoqué par l'auteur » et « l'univers imaginaire construit par le lecteur[71] ». Ainsi, une fois semés, les soupçons prolifèrent, se mêlant, et font naître à leur tour une réalité subjective, qui fait ressortir les intérêts de chaque personnage.

À cela s'ajoute une situation plus compliquée : le récit ne commence-t-il pas à s'étendre en dehors du consentement tacite de l'auteur qu'a signalé Todorov : «[...] on admet tacitement que l'auteur ne triche pas et qu'il nous a transmis (il a signifié) tous les événements pertinents pour la compréhension de l'histoire[72]. »

Qui est Iaokanann ? [Énigme de Iaokanann] Cette question nous mènerait à une question plus importante : qui est Jésus ? [Énigme du Messie] Quand Mannaeï rapporte les paroles de Jean, « Qu'importe ? Pour qu'il grandisse, il faut que je diminue ! », lui et Antipas ne font que se regarder, et cette énigme est laissée en suspens. D'autre part, toutes sortes de rumeurs courent à travers le récit en ce qui concerne son identité : Phanuel annonce qu'il est un des fils qu'envoie « le Très-Haut » ; de la bouche de Iaokanann surgit la prédiction de la venue du Messie, « Fils de David », ce qui menace Antipas et Vitellius ; à la fin, les invités du festin s'échauffent pour la question « de Iaokanann et des gens de son espèce », question qui se rattache notamment aux miracles de Jésus. C'est pour justifier son pouvoir que Jacob répond aux prêtres : « Vous ne savez donc pas que c'est le Messie ? ». C'est une question qui sera liée à une autre : « Mais il est venu, Élie ! » « Son nom ? » « Iaokanann ! » Quant à son exécution, Mannaeï, bourreau expérimenté, hésite à le décapiter, ayant peur du Grand Ange des Samaritains devant la fosse. Qui est-il donc ? Est-il vraiment Élie annonçant la venue du Messie ? La réponse n'arrive cependant pas jusqu'aux protagonistes, mais uniquement à Phanuel : c'est au seuil de l'histoire que la

---

[71] Tzvetan Todorov, *Poétique de la prose*, Éditions du Seuil, 1978, p. 180. Cf. « 10. La lecture comme construction ».

[72] *Ibid.*, p. 181.

mission de Jean est énoncée. La parole qu'apportent les deux hommes nous oblige à faire face à la question du Messie, abandonnant les soupçons des personnages.

Un autre monologue intérieur suggère le changement de la situation : au chapitre I, Antipas hésite sur le plan politique : « si bien qu'il hésitait entre deux projets : adoucir les Arabes ou conclure une alliance avec les Parthes ». Son inquiétude, laissée en suspens et sans explications, réapparaît au chapitre II : « Peut-être que les Arabes allaient revenir ? Le Proconsul découvrirait ses relations avec les Parthes ! » Ce murmure évoque le contrat qui aurait été passé en dehors de l'histoire racontée [Énigme politique].

Un autre exemple d'énigme réside dans la relation entre les Sadducéens et Hérodias : pendant la danse de la jeune fille, Antipas « crut » voir Hérodias près des Sadducéens. On peut supposer qu'il y avait une relation sous-entendue entre eux, mais l'écrivain ne l'explique pas, supprimant la présence d'Hérodias au stade de la rédaction.

Dans cette histoire dont le sujet a trait à la venue du Messie à un tournant historique, les énigmes psychologiques sont donc essentielles. Les intérêts de tous les personnages sont pris dans un filet de soupçons et restent en suspens, selon un procédé qui vise à les représenter dans une situation enchevêtrée au centre de laquelle se situe la question du Messie. Que ce procédé ait été voulu ou non par l'auteur, il constitue un des moyens de « faire vif » et semble avoir réussi. Le procédé flaubertien du suspens atteint son paroxysme à travers les doutes de Iaokanann sur la réalité du Messie, ce qui constitue une grande différence avec la *Vie de Jésus* de Renan : « On ignore si cette réponse trouva Jean-Baptiste vivant, ou dans quelle disposition elle mit l'austère ascète. Mourut-il consolé et sûr que celui qu'il avait annoncé vivait déjà, ou bien conserva-t-il des doutes sur la mission de Jésus ? Rien ne nous l'apprend[73]. » Si Flaubert invente un récit dans lequel Jean meurt avant qu'il n'apprenne la réponse à ses doutes (car ni *l'Évangile selon saint Matthieu* ni celui *selon saint Marc* ne clarifient ce point), il faut admettre qu'il réussit à créer une atmosphère ambiguë quant à la vérité historique, mystère qui nous accapare de l'incipit à la fin de cette histoire, conçue comme l'un des mythes chrétiens.

---

[73] Renan, *op. cit.*, p. 196.

CHAPITRE II
IDENTIFICATION ET SÉPARATION CHEZ HÉRODIAS ET SALOMÉ

Le récit d'*Hérodias* prend pour thème principal la décapitation de Iaokanann. Or, on remarque que la description de la danse de Salomé occupe une place notable. Comme nous l'avons signalé dans l'introduction, à partir de la Renaissance, dans la peinture, le sujet du martyr du saint disparaît peu à peu, tandis que les peintres sont plus enclins à dépeindre la danse lascive d'une jeune fille[1]. Dans le domaine littéraire, Heine l'a décrite en 1843[2]. « *La Danseuse* » de Théodore de Banville (1870)[3] et *Hérodiade* de Stéphane Mallarmé publiée dans le deuxième *Parnasse contemporain* en 1871[4], en sont d'autres exemples. C'est ainsi qu'en 1876, à une époque où le thème de « Salomé » connaît un succès important dans le monde artistique, Flaubert entreprend de s'y intéresser. Pendant la rédaction, il changera souvent l'appellation de cette histoire : tout d'abord, « mon *Hérodiade* (ou *Hérodias*)[5] », puis « mon *Saint Jean-Baptiste*[6] », ensuite « ma *Décollation de Saint Jean-*

---

[1] Voir Françoise Meltzer, *op. cit.*, pp. 15-18. En ce qui concerne l'évolution historique de la représentation de la danse de Salomé, voir aussi Helen Grace Zagona, *op. cit.*, Librairie E. Droz, Genève, 1960. Cf. Yamakawa Kôzô, *Salomé — La femme fatale éternelle*, Shinchô-sensho, 1989, pp. 61-89 (山川鴻三, 『サロメ―永遠の妖女』, 新潮選書).

[2] Heinrich Heine, *Atta Troll*, dans *Œuvres complètes de Heine*, t. III, Kadokawa-shoten, 1972 (『ハイネ全詩集III「アッタ・トロル／ドイツ冬物語」』, 井上省三訳, 角川書店). Cf. Henri Heine, *Poèmes et Légendes*, Calmann Levy, Paris, 1880.

[3] Théodore de Banville, *Œuvres complètes III*, « La Danseuse » dans *Rimes dorées*, avec une dédicace à Henry Regnault, p. 203. Il est à remarquer un mélange entre Hérodias et Salomé, car c'est celle-ci qui a le dessein d'assassiner Iaokanann : « Salomé, déjà près d'accomplir son dessein ».

[4] Stéphane Mallarmé, « Fragment d'une étude scénique ancienne d'un Poème de Hérodiade », dans *Le Parnasse Contemporain II 1869-1871*, recueil de vers nouveaux, Slatkine Reprints, 1971, pp. 331-338.

[5] *Corr., septième série (1873-1876)*, p. 326 (lettre à Emile Zola du 23 juillet 1876).

[6] *Corr., supplément (1872-juin 1877)*, p. 281.

Baptiste[7]», pour enfin l'intituler « *Hérodias*[8]. » Ce n'est toutefois pas Salomé qu'il a choisie comme héroïne, mais la reine du Tétrarque.

Son intention s'éclaire si l'on prête attention à la composition de ce conte. Il est en effet constitué des trois unités du cadre classique : le matin (chapitre I), l'après-midi (chapitre II) et le soir (chapitre III) où Salomé en personne et Iaokanann décapité vont finalement apparaître durant le banquet, point culminant du conte. Pourtant, les lecteurs modernes, habitués à la décadence de Salomé, ne peuvent qu'être surpris par la place si importante qu'occupe Hérodias dans le récit. En prenant Hérodias et Salomé comme axe fondamental de notre analyse, nous allons examiner l'identité des deux protagonistes, afin d'éclaircir l'art et les principes caractéristiques que Flaubert met en œuvre pour les décrire.

1. *Le pouvoir et la volupté*

Pour écrire les apparitions dramatiques d'Hérodias et de Salomé, il semble que l'auteur utilise beaucoup d'artifices, afin d'établir un parallèle entre leurs deux identités. Il s'agit notamment d'une influence romaine que l'on trouve dans le pouvoir d'Hérodias. Dans ce conte, Hérodias apparaît cinq fois, et Salomé trois fois. Nous allons étudier leurs apparitions étape par étape.

C'est au chapitre I, pendant la méditation du Tétrarque, effrayé par les « marques d'une colère immortelle » enracinées dans le paysage, qu'apparaît Hérodias pour la première fois. À ce moment-là, le Tétrarque est tellement plongé dans ses pensées qu'elle le fait sursauter :

[Hérodias 1]

> Une simarre de pourpre légère l'enveloppait jusqu'aux sandales. Sortie précipitamment de sa chambre, elle n'avait ni colliers ni pendants d'oreilles ; une tresse de ses cheveux noirs lui tombait sur un bras, et s'enfonçait, par le bout, dans l'intervalle de ses deux seins. Ses narines, trop remontées, palpitaient ; (p. 135)

Sortie de sa chambre, presque nue et sans aucun accessoire, Hérodias ne

---

[7] *Corr.*, *septième série (1873-1876)*, p. 353 (lettre à Mme Tennant).
[8] *Corr.*, *ibid.*, p. 353 (lettre à Guy de Maupassant).

cache pas son intention de dévaloriser Agrippa son frère, auprès de César. Ce qu'elle veut obtenir, c'est l'amour de Caïus, avec lequel elle pourrait réaliser son rêve de Grand Empire. Dans cette apparition, la nudité correspond à ce qu'elle avait planifié, c'est-à-dire le dévoilement de son entreprise politique ; ses deux ambitions sur le plan politique et sur le plan sentimental sont mises en scène d'une façon sinistre. Par ailleurs, elle accuse Antipas d'être responsable de la vie d'ascète que mène Iaokanann.

Au chapitre II, au moment des salutations à Vitellius et sa suite, Hérodias s'avance « d'un air d'impératrice ».

[Hérodias 2]

> Entre les colonnes à chapiteaux d'airain, on aperçut Hérodias qui s'avançait d'un air d'impératrice, au milieu de femmes et d'eunuques tenant sur des plateaux de vermeil des parfums allumés.　　(p. 145)

Le mystère de ses sources d'information au sujet de l'emprisonnement d'Agrippa faisant redoubler la vigilance de Vitellius, ses allures d'impératrice dévoilent clairement son goût et son rêve de Grand Empire. L'expression « des plateaux de vermeil » semble faire allusion ici à l'opulence et à la richesse,[9] mais renvoie aussi à la future mort tragique du prophète.

Ayant pour ancêtres « des prêtres et des rois ses aïeux », elle accuse son peuple et son mari, recommandant de supprimer Iaokanann, lequel l'a condamnée pour avoir contrevenu au contrat judaïque. Il semble d'ailleurs que son ambition s'appuie toujours sur la politique du Grand Hérode, père d'Antipas en même temps que le grand-père d'Hérodias elle-même. Pourtant, comme P.-M. de Biasi le remarque, en tant que « petite-fille d'Hérode, Hérodias avait comme Antipas du sang iduméen[10] ». Or, Flaubert ne signale pas ce point clairement dans la version définitive. Cependant, le terme « politique hérodienne » apparaît à maintes reprises dans les avant-textes

---

[9] Selon le *Grand dictionnaire universel du XIXe siècle*, *Larousse*, DVD-Rom, Champion Électronique, 2000, l'adjectif « vermeil » « s'est appliqué surtout à la couleur que l'on donne à l'or pour rendre son feu plus vif, et qui est composée en grande partie de vermillon, puis à l'argent doré. Qui est d'un rouge un peu plus foncé que l'incarnat. » (p. 911).
[10] *TC*, p. 139. Voir la note 3.

pour qualifier la politique d'Hérodias[11]. Dès le stade du plan, il ajoute des notes au moment de son apparition : à l'interligne d'une phrase « *Hérodiade lui remonte le moral* », il laisse les indications : « lui n'en a pas. Montrer par là qu'elle a la hte main sur les affaires [sic]» [f° 88 (722r)], « politique hérodienne/il lui échappe qu'elle correspond avec Rome, à l'insu d'Antipas » [f° 97 (724r)].

Hérodias apparaît pour la troisième fois au moment de la découverte de Iaokanann par les Romains. En entendant la voix caverneuse du prophète qui fascine la foule, Hérodias sort elle aussi de sa chambre :

[Hérodias 3]

> Hérodias l'entendit à l'autre bout du palais. Vaincue par une fascination, elle traversa la foule ; et elle écoutait, une main sur l'épaule de Mannaeï, le corps incliné.
> (p. 153)

Bien qu'elle éprouve de la haine à son égard, elle n'est pas moins fascinée par sa voix. Il est symbolique qu'elle pose sa main sur l'épaule du bourreau qui va décapiter le condamné, comme si elle avait déjà tramé sa conspiration. Cependant, ce n'est pas dans la narration que l'on trouve la description de son allure, mais dans le discours même de Iaokanann qui, au style direct, la dévoile radicalement. Dans l'ensemble, la condamnation porte sur son adultère, et les artifices de sa mollesse seront arrachés pour la dévaloriser jusqu'à ce que ses vices soient étalés dans toute leur nudité.

C'est à la fin du chapitre II qu'Antipas, acculé par la prédiction de Phanuel, a recours à Hérodias dans sa chambre. Hérodias elle-même n'est pas décrite, mais simplement sa chambre :

[Hérodias 4]

> Quand il entra dans sa chambre, du cinnamome fumait sur une vasque de porphyre ; et des poudres, des onguents, des étoffes pareilles à des nuages, des broderies plus légères que des plumes, étaient dispersés.
> (pp. 158-159)

---

[11] Cf. *BC*, t. I, p. 130 et pp. 152-153. « Hérodias fidèle à la politique hérodienne, s'appuie sur les Romains » [f° 102(728r)]; « Il faut suivre la politique d'H le gd / c'eŝt-a dire s'appuyer sur les Romains » [f° 115(710r)].

À la place des artifices de son corps dans la première apparition, c'est désormais les poudres, les onguents et les étoffes, tel un appât, qui vont attirer l'homme. Giovanni Bonaccorso remarque pourtant la brièveté de la présentation de sa chambre, à la différence des longues descriptions de la citadelle et des écuries : « les vêtements épars signifieraient qu'Hérodias en a un grand nombre et qu'elle a autre chose en tête que de les faire ranger ; l'abondance de parfums révèle qu'elle se fie surtout à son emprise séductrice plutôt qu'à ses appâts ; et les goûts xénophiles expliquent son mépris envers les Juifs[12].» Mais, si « la description apparaît, comme l'écrit Bonaccorso, plutôt vague et le désordre à peine amorcé », n'est-ce pas parce qu'un événement plus important est sur le point de survenir : l'apparition de la jeune fille ?

> Sous une portière en face, un bras nu s'avança, un bras jeune, charmant et comme tourné dans l'ivoire par Polyclète. D'une façon un peu gauche, et cependant gracieuse, il ramait dans l'air pour saisir une tunique oubliée sur une escabelle près de la muraille. (p. 159)

Le « bras nu » semble reprendre le thème de la nudité qui a été mis en relief au moment de la première apparition de sa mère. La relation énigmatique d'Hérodias avec César s'intensifie encore, d'autant plus qu'elle donne à Antipas « une médaille bizarre, orné du profil de Tibère ».

La fête bat son plein quand l'accusation contre Antipas atteint son point culminant, ce qui le pousse à présenter cette médaille de l'Empereur. Il est sauvé, car c'est justement à ce moment dramatique qu'Hérodias, « coiffée d'une mitre assyrienne », apparaît pour le protéger :

[Hérodias 5]

> Les panneaux de la tribune d'or se déployèrent tout à coup ; et à la splendeur des cierges, entre ses esclaves et des festons d'anémone, Hérodias apparut, — coiffée d'une mitre assyrienne qu'une mentonnière attachait à son front ; ses cheveux en spirales s'épandaient sur un péplos d'écarlate, fendu dans la longueur des manches. Deux monstres en pierre, pareils à ceux du trésor des Atrides, se dressant contre la porte, elle ressemblait à Cybèle accotée de ses lions ; (p. 170)

---

[12] Giovanni Bonaccorso, *BC*, t. II, p. 77, « Le Tissu de style ».

La genèse de la danse de Salomé

Remarquons que l'apparition d'Hérodias occasionne chaque fois celle de sa fille Salomé. Il va de soi que ses cinq apparitions se déroulent dans un contexte soit politique, soit sexuel[13]: elle apparaît sous une apparence impudique, puis semblable à une impératrice autoritaire, parée des artifices d'Iézabel qui avait séduit le roi Moab et enfin avec la grandeur de Cybèle.

Quant aux trois apparitions de Salomé, qui vont nous permettre d'éclaircir l'influence de Rome sur les deux femmes, leur caractéristique principale réside dans leur ambiguïté : elle n'apparaît que partiellement avant de commencer sa danse féerique, d'autant qu'elle se voile avant de danser[14]. On pourrait la qualifier de « voilée » au sens littéral :

> Puis elle étala son entreprise : les clients achetés, les lettres découvertes, des espions à toutes les portes, et comment elle était parvenue à séduire Eutychès le dénonciateur. — « Rien ne me coûtait ! Pour toi, n'ai-je pas fait plus ? ... J'ai abandonné ma fille ! »
>
> Après son divorce, elle avait laissé dans Rome cette enfant, espérant bien en avoir d'autres du Tétrarque. Jamais elle n'en parlait. Il se demanda pourquoi son accès de tendresse. (p. 136)

Il est à remarquer que c'est alors qu'Hérodias dévoile ses manœuvres passées qu'elle mentionne l'existence de sa fille, presque malgré elle. Il se tramait pourtant quelque chose, car à la fin de ce colloque, une fille étrange apparaît sous les yeux d'Antipas :

[Salomé 1]

> Le Tétrarque n'écoutait plus. Il regardait la plate-forme d'une maison, où il y avait une jeune fille, et une vieille femme tenant un parasol à

---

[13] Cf. Ogane Atsuko, « Re-lecture de « Hérodias » — Identification et séparation chez Hérodias et Salomé », in *Revue de Hiyoshi, Langue et Littérature Françaises*, n° 27, septembre 1998, Université Keio, Yokohama, pp. 18-26 (大鐘敦子、「『ヘロディアス』再考(1)—ヘロディアスとサロメにおける自己同一性と乖離—」、『慶應義塾大学日吉紀要フランス語フランス文学』).

[14] Cf. Ôhashi Eri, « Salomé de Flaubert—Une étude génétique d'*Hérodias* in *Revue des recherches d'Institut universitaire des beaux-arts du département d'Ôita*, n° 38, 2000, pp. 27-39 (大橋絵里、「フローベールのサロメ—『ヘロディアス』草稿研究」、『大分県芸術文化短期大学研究紀要』); elle remarque aussi l'importance d'analyser Salomé avant et après le dévoilement.

manche de roseau, long comme la ligne d'un pêcheur. Au milieu du tapis, un grand panier de voyage restait ouvert. Des ceintures, des voiles, des pendeloques d'orfèvrerie en débordaient confusément. La jeune fille, par intervalles, se penchait vers ces choses, et les secouait à l'air. Elle était vêtue comme les Romaines, d'une tunique calamistrée avec un peplum à glands d'émeraude ; et des lanières bleues enfermaient sa chevelure, trop lourdes, sans doute, car, de temps à autre, elle y portait la main. (p. 140-141)

Le Tétrarque tombe dans le piège tendu par Hérodias, comme s'il était attrapé par « la ligne d'un pêcheur » portée par une vieille femme dans le but de cacher la vue de la jeune fille. L'image symbolique véhiculée par le « roseau », qui sert de manche à ce parasol connote la faiblesse, la fragilité de l'homme...[15] Faible comme un « roseau », Antipas est ainsi séduit, pêché pour ainsi dire par l'appât qu'est la chair de cette fille. Par ailleurs, il ne faut pas oublier qu'elle apparaît dans le contexte de la Rome antique, « vêtue comme les Romains, d'une tunique calamistrée ». Il est à supposer qu'elle fait semblant d'être venue de Rome ; quant à sa coiffure, « des lanières bleues enfermaient sa chevelure », selon une coutume romaine ainsi que l'a souligné P.-M. de Biasi[16]. Sa « tunique » est liée à celle de la jeune fille qui cherchera « une tunique oubliée sur une escabelle » à la fin du chapitre II [Salomé 2]. L'auteur laisse supposer ainsi qu'« en écartant le rideau », une vieille femme laisse voir la nudité de cette fille, comme nous l'avons signalé plus haut.

Enfin, la troisième et dernière apparition de Salomé met en lumière l'influence déterminante et le pouvoir écrasant de Rome sur Hérodias et sa fille : quand Antipas élève très haut l'image de l'Empereur pour faire fondre les accusations portées par tous les convives, Hérodias à son tour rend hommage à César, une patère à la main. Cet hommage s'apparente à un grand spectacle célébrant l'influence de Rome, sous les auspices de l'Empereur mais aussi de Cybèle incarnée par Hérodias. Selon le *Grand Dictionnaire Encyclopédique Larousse*, le culte de Cybèle « fut la première religion orientale officiellement introduite à Rome », devenant ainsi la

---

[15] Cf. *Dictionnaire des Symboles*, Robert Laffont, 1969, p. 658. Le roseau est communément apprécié pour sa flexibilité qui évoque la future danse de Salomé.
[16] *TC*, p. 141. Voir la note 3.

Grande Mère de Rome[17]. Ainsi, « les auspices de la déesse mère et de l'empereur divin, les deux autorités suprêmes », selon l'expression de Peter Lund[18], déclenchent la danse de Salomé :

[Salomé 3]

> Sous un voile bleuâtre lui cachant la poitrine et la tête, on distinguait les arcs de ses yeux, les calcédoines de ses oreilles, la blancheur de sa peau. (...) (pp. 170-171)

La relation énigmatique entre Hérodias et l'Empereur augmente au fur et à mesure que le récit avance ; plus leur intimité apparaît, plus l'identité de la jeune fille est révélée jusqu'à ce qu'elle « se dévoile » littéralement. Hérodias n'a cessé d'avoir des relations clandestines et étroites avec les Romains. Elle est tellement fière de son sang royal que son désir de pouvoir la fait choisir la politique du Grand Hérode, qui a gagné l'admiration des Romains, en extirpant les obstacles dans le domaine religieux pour la domination de la Judée.

La grande influence d'Hérode le Grand apparaît dès le début du chapitre I : au cours de la présentation du paysage panoramique, Antipas « détourna la vue » de « la tour Antonia », contraint de se comparer lui-même avec son père, célèbre pour ses œuvres architecturales ainsi que pour sa politique à l'encontre des Romains. Juste au moment où Hérodias fait son apparition, Vitellius témoigne certes du respect à Antipas, mais surtout à Hérode le Grand défunt : « Il répondit que le grand Hérode suffisait à la gloire d'une nation. » Un tel contexte n'évoque-t-il pas une certaine affinité entre Hérodias et le Grand Hérode, ou le rêve ambitieux d'Hérodias ? Néanmoins, Flaubert traite avec ironie ce thème de l'ambition d'Hérodias ; c'est la recherche des trésors d'Hérode qui incite le publicain à trouver le prisonnier.

Nous pouvons remarquer, dans la *Vie de Jésus* de Renan, l'une des inspirations de Flaubert, certains passages concernant les constructions hérodiennes dont notamment « la tour Antonia », « quartier général de la force romaine » qui « dominait toute l'enceinte et permettait de voir ce qui

---

[17] Voir le *Grand Dictionnaire Encyclopédique Larousse*, Librairie Larousse, t. 3, 1982, p. 2856 ; voir aussi *Dictionnaire des Symboles, op. cit.*, p. 271.
[18] Hans Peter Lund, *op. cit.*, p. 111.

s'y passait[19] », ou encore le règne d'Hérode qui corrompt « le haut sacerdoce[20] ». Si le terme « politique hérodienne » n'apparaît pas dans la version définitive, c'est que cette politique se cache en arrière-plan. Les deux faces d'une même médaille, l'ambition d'Hérodias pour le pouvoir et son goût de la volupté s'entrelacent, tout en impliquant Salomé, en tant que subordonnée, sous la même influence de Rome. Si la politique d'Hérodias parvient à ses fins en supprimant Iaokanann, c'est qu'elle a su combiner la politique et la volupté dans le même sens, ce que nous pouvons appeler la politique hérodienne.

2. *L'enchantement babylonien*

La conspiration que trame Hérodias a pour objet de captiver le Tétrarque afin d'obtenir de lui la permission d'exécuter Iaokanann. Pour décrire Hérodias et Salomé, qui sont pour ainsi dire jumelles, Flaubert utilise de nombreuses images de Babylone, images enchanteresses mais qui véhiculent aussi la mémoire historique des Juifs. Nous allons maintenant examiner le symbolisme de ces images pleines d'Orientalisme.

Dans ses invectives véhémentes, Iaokanann assimile Antipas au roi « Achab », qui a détruit l'autel juif pour construire le temple païen de Baal après son mariage. Hérodias est ainsi assimilée, elle aussi, à « Iézabel », reine luxurieuse et débauchée. De même que Babylone fut punie du fait de sa luxure et de sa dépravation, Iaokanann, qui appelle Hérodias « fille de Babylone », demande pour elle le châtiment pour s'être mariée avec son oncle.

Qualifiée de « prostituée[21] », elle est donc en mesure de séduire Antipas par ses charmes. Le fétichisme de la chaussure caractérise également Salomé : dans son apparition, la jeune fille « faisait claquer de petites pantoufles en duvet de colibri ». Selon le *Dictionnaire des Symboles*, cet oiseau, qui semble coïter avec les fleurs, a une forte connotation sexuelle, symbole de vitalité

---

[19] Ernest Renan, *op. cit.*, p. 213.
[20] *Ibid.*, p. 217.
[21] Il s'agit non seulement d'une reine qui avait détourné le roi d'Achab de la foi en Yahvé, mais aussi d'une image de prostituée, dont le prototype sera « la grande prostituée » d'*Apocalypse* (pp. 17-18). Kudo Yoko souligne qu'Oscar Wilde développa l'image d'une « grande prostituée » d'*Apocalypse* ainsi que des prostituées d'*Ézékiel*. Cf. Kudo Yoko, *op. cit.*, pp. 20-24.

et d'érection.[22] Ce fétichisme du pied qui évoque l'enchantement est très marqué : au premier stade de la danse, « ses pieds passaient l'un devant l'autre, au rythme de la flûte et d'une paire de crotales » ; « ses pieds n'arrêtaient pas » à la fin du deuxième stade ; enfin, « de ses bras, de ses pieds, de ses vêtements jaillissaient d'invisibles étincelles qui enflammaient les hommes » ; à l'apogée de la danse, elle « se jeta sur les mains, les talons en l'air ».

Les charmes d'Hérodias et de Salomé invitent à une irrésistible tentation, à laquelle succombe Antipas, victime d'un véritable « ensorcellement » : en fait, acculé à cause d'une prédiction de Phanuel, Antipas va demander à Hérodias de le sauver dans sa chambre où fumait du cinnamome.

> Il eut l'idée de recourir à Hérodias. Il la haïssait pourtant. Mais elle lui donnerait du courage ; et tous les liens n'étaient pas rompus de l'ensorcellement qu'il avait autrefois subi. (p. 158)

On relève la même tentation ensorceleuse dans la danse de Salomé, dont l'élément enchanteur est souligné par la comparaison avec le « rhombe des sorcières » :

> Ensuite elle tourna autour de la table d'Antipas, frénétiquement, comme le rhombe des sorcières ; (p. 172)

Tournant comme le « rhombe »[23] que l'on utilisait lors de certaines initiations, Salomé ressemble à une sorcière, et semble tisser un réseau de fils invisibles autour du Tétrarque, comme une araignée qui traque sa proie dans sa toile.

La magie de son envoûtement est accentuée du fait que les fourreaux qui enveloppent ses jambes sont parsemés de « mandragores ». D'après le *Dictionnaire des Symboles*, la « mandragore » symbolise non seulement la fécondité, mais encore l'amour : « les baies de mandragore, de la grosseur

---

[22] Cf. *Dictionnaire des Symboles*, *op. cit.*, p. 219. Voir aussi : Imamori Mitsuhiko, *Souvenirs entomologiques mondiaux*, Fukuinkan-Shoten, 1994, pp. 212-225 (今森光彦、『世界昆虫記』, 福音館書店).

[23] Cf. *Dictionnaire des Symboles*, *op. cit.*, p. 652 : « Instrument de musique, révélé au cours de l'initiation : morceau de bois d'environ 15 cm de longueur et 3 de largeur, qui possède à une extrémité un orifice dans lequel passe une ficelle ». Nous allons analyser le rôle de cet instrument dans le festin par la suite. Voir le Chapitre III. « Le festin comme rite religieux : 2. La disposition des images du « sacrifice » : le festin »

d'une noix, étaient en Égypte symbole d'amour : sans doute en vertu de leurs qualités aphrodisiaques[24]. »

Faut-il admettre que l'écrivain utilise ce symbole sans connaître sa signification ? Tant s'en faut. Au stade du plan, dans la table IV [f° 94 (702r°)], Flaubert, présentant ses personnages, écrit dans une note au sujet de l'inceste d'Antipas : « <u>en prenant Hérodias</u> avait fait la même chose que son frère Archelaüs, qui avait épousé Glaphyra veuve d'Alexandre dont elle avait des enfants / D'ailleurs le *Lévitique* ne le condamnait pas absolument (20-21) / exemples qui le justifient, Ruben. Judas & Thamar, Ammon Rachel & Lia [sic]» (c'est Flaubert qui souligne). À la suite de quoi il mentionne les « mandragores » en interligne inférieure. Évidemment, il se rappelle à cet endroit l'épisode de Lia et Rachel dans la *Genèse*, passage qui fait allusion aux « mandragores ». Grand lecteur de *La Bible* dès sa jeunesse malgré son esprit voltairien, Flaubert conçoit aisément les significations symboliques du texte sacré, et il mentionne effectivement les « mandragores » lorsque Lia dit à Jacob :

> (...) Vous viendrez avec moi, parce que j'ai acheté cette grâce en donnant à ma sœur les mandragores de mon fils. Ainsi Jacob dormit avec elle cette nuit-là[25].

Dans ce passage, la mandragore symbolise non seulement la fécondité mais aussi le désir sexuel, aphrodisiaque.

L'espace dans lequel Salomé captive le Tétrarque est un lieu clos également marqué par l'influence babylonienne : « Des tapis de Babylone l'enfermaient dans une espèce de pavillon. » C'est dans ce pavillon, enfermé par des tapis babyloniens et surveillé par Hérodias, appelée « fille de Babylone » par Iaokanann, que Salomé effectue sa danse enchanteresse.

Quant aux personnages secondaires, ceux qui sont issus de Babylone, comme Iaçim ou Aulus, jouent un rôle important. Iaçim fait partie de ces sujets qui attendaient sous les portiques comme « un juif de Babylone commandant ses cavaliers » (au chapitre I). À cause de la censure sévère de Vitellius, il est forcé de participer aux investigations des publicains romains, parce que le « Babylonien pouvait seul ouvrir » une porte secrète menant au seuil d'une grotte souterraine dans laquelle Antipas cache ses chevaux blancs. Ayant réussi à faire l'inventaire d'une centaine de merveilleux

---

[24] Cf. *Dictionnaire des Symboles, op. cit.*, p. 489.

chevaux blancs, les Publicains et Vitellius, stimulés par le désir de possession[26], finissent par découvrir le cachot souterrain dans lequel est enfermé Iaokanann.

Les agents des compagnies fiscales corrompaient les gouverneurs, pour piller les provinces. Celui-là flairait partout, avec sa mâchoire de fouine et ses paupières clignotantes.
Enfin, on remonta dans la cour.
Des rondelles de bronze au milieu des pavés, çà et là, couvraient les citernes. Il en observa une, plus grande que les autres, et qui n'avait pas

---

[25] *Genèse* (XXX : 16), in *La Bible*, traduction de Louis-Isaac Le Maistre de Saci, d'après le texte latin de la Vulgate, Robert Laffont, 1990. Nous n'avons pas mentionné le passage de *La Bible, traduite de l'hébreu et du grec en français courant*, parce que « les mandragores » sont appelées « les pommes d'amour » dans la bible moderne. On sait que Flaubert possédait l'édition de Le Maistre de Saci (Imprimerie de Monsieur, 1789, la traduction faite par Le Maistre de Saci d'après le texte latin de la Vulgate, l'édition in 8° en 12 volumes) et une « Bible en latin » (in 4°, Lyon, Bruysset, 1727). Cf. Guy Sagnes, « Flaubert lecteur des *Psaumes* d'après des notes inédites », in *Flaubert, L'Autre*, textes réunis par F. Lecercle et S. Messina, Presses Universitaires de Lyon, 1989, pp. 40-53. Flaubert consulta aussi *La Bible* d'Edouard Reuss (traduction nouvelle avec introductions et commentaires, Sandoz et Fischbacher, Paris, 1874-1881, 16 volumes), *Études critiques sur la Bible* (Paris, Lévy. t. 1 : *Ancien Testament*, 1862, t. 2 : *Nouveau Testament*, 1864), *Examen sur les Évangiles apocryphes* (Paris, Lévy, 1866), *Le Symbole des apôtres : essai historique* (Paris, Lévy, 1867) de Michel Nicolas et la *Sainte Bible* (l'*Ancien et Nouveau Testament*, Paris, Meyrueis, 1859. Voir l'Inventaire plus complet établi par Virginie Maslard sous la direction d'Yvan Leclerc). D'après l'*Appendice* de Matthieu Desportes, « Reuss fit paraître sa traduction commentée de la Bible en plusieurs livres, suivant le découpage du livre sacré. La plupart des titres que Flaubert consulta (les *Psaumes*, le *Cantique des Cantiques*, les livres des prophètes) n'étaient pas encore traduits en français au moment de la conception d'*Hérodias*. Là encore, Renan et Baudry durent se montrer d'un précieux secours pour faire parvenir à l'écrivain des épreuves du travail de Reuss, et des traductions (de leurs soins) ? » (Cf. *La Bibliothèque de Flaubert* — Inventaires et critiques, sous la direction de Yvan Leclerc, Publications de l'Université de Rouen, 2001, pp. 319-320).

[26] Il s'agit du désir de possession que Flaubert a coutume d'attribuer à ses personnages. Dans *L'Education sentimentale*, Flaubert met à jour l'égoïsme humain au moment de la Révolution de 1848. Voir Ogane Atsuko, « Le Drame du désir de possession — Une étude sur *L'Education sentimentale* de Flaubert », *op. cit.*, pp. 80-99 (大鐘敦子,「所有欲のドラマーフロベールの『感情教育』に関する一考察」) ; voir aussi : Ogane Atsuko, « Une autre ironie — Égoïsme de bourgeois dans *Un Cœur simple* », in *Revue de Hiyoshi Langue et Littérature Françaises*, n° 26, mars 1998, Université Keio, pp. 25-47 (大鐘敦子,「もうひとつのアイロニー──『純な心』におけるブルジョワのエゴイスム」,『慶應義塾大学日吉紀要フランス語フランス文学』).

sous les talons leur sonorité. Il les frappa toutes alternativement, puis
hurla, en piétinant :
— « Je l'ai ! je l'ai ! C'est ici le trésor d'Hérode ! »
La recherche de ses trésors était une folie des Romains.
Ils n'existaient pas, jura le Tétrarque.
Cependant, qu'y avait-il là-dessous ?
— « Rien ! un homme, un prisonnier. » (pp. 151-152)

On peut considérer la découverte des chevaux blancs grâce au Babylonien comme un présage annonçant celle de Jean. Par la suite, c'est une fille de Babylone, Salomé, qui réussira à ouvrir la porte du cachot en charmant Antipas. Ainsi, c'est toujours un Babylonien ou une Babylonienne qui a la clef pour ouvrir la porte du trésor souterrain. Confiant « son adoration des planètes », Iaçim fait aussi entrevoir le désordre de la foi des Juifs, car ce culte remonte à la captivité babylonienne du peuple d'Israël. L'entrée en scène d'Iaçim évoque ainsi les anciennes épreuves des Juifs ainsi que la chute de Babylone.

Un autre personnage lié à Babylone est Aulus, fils du Proconsul. Mais Flaubert commet ici un anachronisme — l'arrivée de Vitellius, la guerre contre des Arabes — afin de rassembler les personnages liés à Babylone. Connu pour sa luxure et sa gloutonnerie, Aulus ne cesse de manger et se prend d'affection pour un bel enfant chaldéen :

> (...) Près de lui, sur une natte et jambes croisées, se tenait un enfant très beau, qui souriait toujours. Il l'avait vu dans les cuisines, ne pouvait plus s'en passer, et, ayant peine à retenir son nom chaldéen, l'appelait simplement : « l'Asiatique ». (p. 161)

Selon P.-M. de Biasi, « la Chaldée [fut] appelée aussi pays de Sumer, puis Babylonie[27] ». « Cette faculté d'engloutissement dénotant un être prodigieux et d'une race supérieure » (p. 166), la gloutonnerie extraordinaire d'Aulus et sa luxure correspondent symboliquement à la décadence babylonienne et à la victoire éphémère du matérialisme et des sens. Incarnation de la Babylonie, il semble donc naturel qu'il ne puisse se passer d'un enfant babylonien.

Pour conclure, toutes ces références et ces images babyloniennes ou

---

[27] *TC*, p. 161, voir la note 4.

assyriennes renforcent l'identité de femme fatale d'Hérodias et celle de sa jumelle Salomé, opposées au monde des Juifs. Les invectives de Iaokanann dénonceront leur hétérodoxie, qui se rattache au fond aux artifices d'Hérodias ainsi qu'au claquement voluptueux des pantoufles de Salomé dont la danse enchanteuse réussit à captiver le Tétrarque. Si Flaubert fut le premier à décrire la danse de Salomé, il nous semble qu'il fut aussi le premier à mettre en relation cette jeune fille et les éléments babyloniens et enchanteurs, ce qui influencera de façon décisive l'image de la femme fatale au XIXe siècle.

3. *Le symbolisme de Cybèle*

La figure de Cybèle occupe une place essentielle pour déchiffrer ce conte symbolique. Incarnation de Cybèle, Hèrodias se dévoile enfin dans la tribune pour diriger et surveiller sa conspiration. Il ne faut pas oublier qu'elle a une grande influence sur la musique même de la danse de Salomé. Parmi toutes ses apparitions — qu'elle soit femme séduisante, impératrice, « fille de Babylone » ou Cybèle — la dernière représente le moment le plus décisif où Hérodias se tient à distance de Salomé, sa jumelle enchanteuse. Examinons maintenant de près le rôle que joue Hérodias-Cybèle, pour montrer quelle était l'idée de Flaubert en ayant recours au symbole de cette Grande déesse au moment capital du festin[28].

Nous avons déjà signalé plus haut que l'apparition d'Hérodias est étroitement liée à la présence du Tétrarque et de Salomé. Au cours du festin, la scène change soudainement, pivotant avec les trois protagonistes : Antipas-Hérodias-Salomé. La médaille de l'Empereur montrée par Antipas semble faire signe à Hérodias incarnée en Cybèle, qui à son tour rend hommage à César, donnant le signal de la danse de la jeune fille. Que le complot d'Hérodias ait pour but de supprimer Iaokanann ou non, il est certain que Flaubert utilise le symbole de Cybèle au moment décisif de la décapitation de Jean.

Selon le *Grand Dictionnaire Encyclopédique Larousse*, le culte de Cybèle, « Déesse de Phrygie, dite aussi Grande Mère ou Mère des dieux », fut « la première religion orientale officiellement introduite à Rome » et atteignit

---

[28] Cf. Ogane Atsuko, « Re-lecture de « Hérodias » — Identification et séparation chez Hérodias et Salomé », *op. cit.*, pp. 32–38.

son apogée à l'époque impériale[29]. Cybèle symbolise les forces telluriques, étant « la source primordiale, chthonienne, de toute fécondité » : elle est généralement représentée avec des lions qui tirent son char, ou ornée de fleurs telles des anémones. Elle est « parfois couronnée d'une étoile à sept branches, ou d'un croissant de lune, signes de son pouvoir sur les cycles de l'évolution biologique terrestre[30].

Remarquons aussi qu'Hérodias porte des « petits croissants d'or qui tremblent » sur son front, représentant justement l'énergie chthonienne, au moment des invectives exprimées par Iaokanann. En comparaison de celui-ci, qui apparaît toujours avec le soleil et semble le plus fort pendant le jour, Hérodias se trouve plus puissante, au contraire, au milieu de la nuit : c'est de jour, comme nous l'avons mentionné plus haut, alors qu'elle allait vers Galaad, qu'elle a été humiliée par Iaokanann (au chapitre I). « Iaokanann l'empêchait de vivre », « l'inanité de ces embûches exaspérait Hérodias », qui blêmit, « manquant de mots pour exprimer ce qui l'étouffait ». Dans le chapitre II, la « voix caverneuse » de Iaokanann sourd d'une grotte profonde au moment où « le soleil faisait briller la pointe des tiares », tandis qu'« Hérodias disparut », humiliée par ces invectives. Au contraire, Hérodias fait son apparition la plus impressionnante au moment du festin, au milieu de la nuit, après que la lune s'est levée : rendant son hommage avec « une patère », entourée de « festons d'anémones » et de « deux monstres en pierre » qui ressemblent aux lions accompagnant Cybèle, n'est-elle pas Cybèle elle-même, ornée de fleurs et apparaissant sous la forme d'une femme ceinte de la couronne murale, tenant le tympanon ou une patère à la main et assise entre deux lions ?

En ce qui concerne les pratiques liées au culte de Cybèle, elles étaient orgiastiques, et évoquent la danse de Salomé. Le *Grand Dictionnaire Encyclopédique Larousse* nous éclaircit sur le fait que les prêtres de Cybèle ou galles « célébraient leurs rites en <u>des danses scandées</u> par la <u>flûte</u> phrygienne, <u>les cymbales</u> et le tympanon, et qui se terminaient par le <u>délire</u> et l'<u>automutilation</u>[31] ». Un hymne homérique décrit ainsi la mère des dieux d'après le *Dictionnaire des Symboles* : « Elle aime le son <u>des crotales</u> et <u>des tambourines</u>, ainsi que le frémissement <u>des flûtes</u> ; elle aime aussi le cri des loups et <u>des lions</u> au poil fauve...[32] ».

---

[29] Cf. *Grand Dictionnaire Encyclopédique Larousse*, op. cit., p. 2856.
[30] Cf. *Dictionnaire des Symboles*, op. cit., p. 271.
[31] Cf. *Grand Dictionnaire Encyclopédique Larousse*, op. cit., p. 2856. Souligné par nous.
[32] Cf. *Dictionnaire des Symboles*, op. cit., p. 271. Nous soulignons.

Dès le premier stade du plan, Flaubert note en marge de « la danse » : « d'abord avec une flûte. Puis une flûte & un tambourin puis la flûte, le tambourin & une harpe.» [f° 100 (739r)] Cette danse obéit à un mouvement progressif, avec la flûte comme une basse continue. Dans la version définitive aussi, « la flûte et (...) une paire de crotales », « la gingras », « une harpe » ainsi que le « tympanon » rythment la progression de la danse vers le délire, qui culmine avec la décollation de Iaokanann. Comparant les deux parties de la danse de Salomé avec le mystère de Cybèle et Attis, Hans Peter Lund dit : « Cette différence [des deux danses] est précisément le propre du culte de Cybèle[33]. » Il constate ainsi la correspondanse entre chaque danse, l'une évoquant « la recherche d'Attis » et l'autre « un rappel voilé des bacchanales et l'origine du culte de Cybèle ».

Une autre indication confirme l'insistance de l'auteur sur le culte de Cybèle :

> (...) Un marchand d'Aphaka ébahissait des nomades, en détaillant les merveilles du temple d'Hiérapolis. (p. 167)

Ce passage se trouve également au milieu du festin. Hiérapolis, ville de Phrygie, est très connue comme « un des centres du culte de Cybèle, et son temple, dédié à Apollon et à Diane, était célèbre[34]. »

Au-delà de la danse égyptienne d'effeuillage[35], la richesse de la description de Salomé par Flaubert a suscité de nombreuses interprétations et a influencé le mythe fin de siècle de Salomé.

---

[33] Hans Peter Lund, *op. cit.*, p. 113.
[34] Cf. *TC*, p. 167, « Ville de Phrygie, au nord de Laodicée». Voir la note 3 de P.-M. de Biasi.
[35] Cf. Edward William Lane, *Manners and Customs of the Modern Egyptians*, J. M. Dent & Sons Ltd., the text is that of 1860, Note to the 1908 edition (Everyman's Library), pp. 384-389. Nous savons que Flaubert profita de son souvenir d'avoir vu la danse de Ruchiouk-Hânem (Kuchouk-Hânem) en Égypte. C'est une danse de « l'almée (l'Al'mehs) » et il est à remarquer une certaine similitude entre ce souvenir et la description de Salomé : « (...) n'ayant autour du torse qu'une gaze d'un violet foncé » ; « Ses yeux sont noirs et démesurés, ses sourcils noirs, ses narines fendues, larges épaules solides, seins abondants, pomme » ; « Elle s'enlève tantôt sur un pied, tantôt sur un autre, chose merveilleuse » ; « Enfin, quand après avoir sauté de ce fameux pas, les jambes passant l'une devant l'autre, (...) » (Cf. *Voyage en Orient : Égypte*, CHH, t. 10, pp. 487-489)

Quant aux sources de Cybèle, Jean Seznec démontre l'importance des *L'Ane d'or ou les Métamorphoses* d'Apulée[36], Lucrèce, Ovide, Théocrite pour les éléments essentiels de l'épisode d'Adonis, et les notes documentaires sur *les Religions de l'Antiquité* de Creuzer dont Flaubert note une référence : « pr la description de Cybèle, Apulée XI » ; et plus bas : « pr les prêtres de Cybèle, Apulée ; Anïtis ; Aphroditos [sic.][37] »

La description minutieuse des pratiques de Cybèle et ses prêtres dans *La Tentation de saint Antoine* témoigne de la connaissance de Flaubert de cet ancien culte phrygien : le cortège de Cybèle apparaît avec « un bruit de castagnettes et de cymbales » dans la version de 1849 aussi bien que dans la version définitive. La danse saccadée et dionysiaque commence par la présentation de l'Archigalle, chef des galles ou prêtres de Cybèle :

[version de 1849]

> (...) Alors un de ces hommes, retroussant son vêtement et se balançant de droite et de gauche, se met à tourner tout autour en jouant des crotales ; un autre agenouillé devant la boîte bat du tambourin, et le plus vieux de la bande commence d'une voix nasillarde :
>
> Voilà la Bonne Déesse, l'Idéenne des montagne ; la Grand'mère de Syrie ! Approchez, braves gens ! elle est assise entre deux lions, porte sur la tête une couronne de tours, et procure beaucoup de biens à tous ceux qui la voient[38].

Ce qui nous semble intéressant, c'est qu'en comparaison de la version de 1849, la description du temple de Cybèle est supprimée dans la version

---

[36] Jean Seznec, *Les Sources de l'Épisode des dieux dans La Tentation de saint Antoine (version 1849)*, Librairie Philosophique J. Vrin, 1940, pp. 125-140 : « Les Dieux syriens, phrygiens et phéniciens » ; pp. 180-191 : « Le Dieu d'Israel ». Voir aussi : Apulée, *L'Ane d'or ou les Métamorphoses*, Gallimard, 1988.

[37] Il semble que la lecture de l'œuvre de Frédéric Creuzer a donné à l'auteur beaucoup d'informations et de sources sur la déesse Cybèle ainsi que sur ses prêtres. Cf. Dr Frédéric Creuzer, *Religions de l'Antiquité*, traduit de l'allemand par J. D. Guigniaut, t. 2, première partie, 1829, Treuttel et Würtz, « Religions de l'Asie occidentale », Chapitre III, pp. 56-75. Pour les « galles », voir p. 61. Flaubert avait soigneusement pris des notes de lecture sur Cybèle de Creuzer (n.a.f. 23671 [f° 175v]) ; voir aussi la transcription de ce passage dans les notes prises pour *La Tentation de saint Antoine* (*Œuvres complètes*, CHH, t. 4, 1972, pp. 374-375) Voir aussi Planches V et VI.

[38] *La Tentation de saint Antoine*, version de 1849, CHH, t. 9, 1973, p. 269. Souligné par nous.

définitive, tandis que la sonorité des instruments de musique occupe désormais une place prépondérante pour l'explication des favoris de la déesse racontée par l'Archigalle. À la suite de la longue description du temple, la scène de la danse commence :

[version de 1849]

> Ils prennent leurs fouets et s'en donnent de grands coups dans le dos, en cadence.
> <u>Frappez du tanbourin ! sonnez des cymbales claires ! soufflez à pleine poitrine dans les flûtes à larges trous !</u>
> <u>Elle aime</u> [les parfums de l'Arabie,] le poivre noir que l'on va chercher dans les déserts ; elle aime la fleur de l'amandier, la grenade et les figues vertes, les bracelets [d'ivoire], les lèvres rouges et les regards lascifs ; [il lui faut les beuglements prolongés, et, dans les villes pleines de flambeaux, les orgies retentissantes ; elle aime la sève sucrée, la larme salée, le sperme gras] ! Du sang ! [A toi ! à toi ! Mère des montagnes !][39]

[version définitive]

> La foule se pousse pour voir.
>
> L'ARCHI-GALLE
>
> Continue :
> <u>Elle aime le retentissement des tympanons</u>, le trépignement des pieds, le hurlement des loups, les montagnes sonores et les gorges profondes, la fleur de l'amandier, la grenade et les figues vertes, la danse qui tourne, <u>les flûtes qui ronflent</u>, la sève sucrée, la larme salée, — du sang ! A toi ! à toi, Mère des montagnes ![40]

La confrontation des deux versions nous révèle que Flaubert a supprimé le passage sur le temple de Cybèle et l'a remplacé par celui sur la musique dans la déclaration des favoris de Cybèle qui commence par « Elle aime ... ». Ainsi

---

[39] *Ibid.* p. 270. Souligné par nous.
[40] *La Tentation de saint Antoine*, version définitive, *op. cit.*, t. 4, pp. 129-130. Souligné par nous.

Flaubert met l'accent sur l'essence musicale du culte de Cybèle.

D'autres détails viennent confirmer le choix de Flaubert de montrer Hérodias comme une « idole ». Il semble qu'il a conçu cette apparition d' « une idole » dès le stade de l'esquisse [f° 361 (637v)] :

Le tétrarque	Hérodias .. son costume.
	– ~~Debout, au bord~~. – ~~Avec les~~ ⌈*a comme il y avait* deux lions d'⌊*Avec les deux lions*² ⌈*cabrés* à ses flancs ⌊*elle avait l'air d'une idole* ⌈*de Cybèle*
	On se tait.
~~Sa figure~~	Elle était debout. dominant Antipas pareil à une autre idole.

D'après la transcription du manuscrit par Bonaccorso, il est vrai que l'auteur avait d'abord écrit « l'air d'une idole », car « de Cybèle » est une variante en interligne supérieur, au 4e campagne. Cette image de « Cybèle » comme « une idole » provient, nous semble-t-il, de celle de *La Tentation de saint Antoine*. Au moment de l'apparition de l'image :

[version de 1849]

> La boîte s'ouvre à deux battants, et l'on aperçoit dans l'intérieur, sous un pavillon de soie rose, une petite image de Cybèle, étincelante de paillettes, dans un char de pierre qui est couleur de vin, traîné par deux lions crépus qui ont tous deux la patte levée[41].

[version définitive]

> La boîte s'entr'ouvre ; et on distingue, sous un pavillon de soie bleue, une petite image de Cybèle, — étincelante de paillettes, couronnée de tours et assise dans un char de pierre rouge, traîné par deux lions la patte levée[42].

On constate qu'il s'agit des mêmes images de Cybèle, accotée de deux lions, enfermée dans un tabernacle portatif. Or, dans le f° 405 (635r) des brouillons d'*Hérodias*, Flaubert reprend cette image de la porte à deux

---

[41] *La Tentation de saint Antoine*, version de 1849, CHH, t. 9, p. 269. Souligné par nous.
[42] *La Tentation de saint Antoine*, CHH, t. 4, p. 129.

battants et écrit : « Les deux battants de la tribune se déployèrent ». L'expression « les deux battants » est exactement la reproduction de l'image de l'apparition de Cybèle dans la version de 1849 de *La Tentation*. Ainsi l'apparition de Cybèle comme « l'image de l'idole » dans *Hérodias* fait écho aux deux versions de *La Tentation de saint Antoine* :

> <u>Les panneaux de la tribune d'or se déployèrent</u> tout à coup ; et à la splendeur des cierges, entre ses esclaves et des festons d'anémone, Hérodias apparut, — coiffée d'une mitre assyrienne qu'une mentonnière attachait à son front ; (...) <u>Deux monstres en pierre</u>, pareils à ceux du trésor des Atrides, se dressant contre la porte, elle ressemblait à Cybèle accotée de ses lions ; (p. 170)

Les notes de Flaubert attestent qu'il emploie cette figure de l'idole avec toutes ses connotations syriennes. Notons que l'évocation d'Antipas comme « autre idole » est plus courte, parce que « le Principe femelle domine le Principe mâle dans les religions syriennes » :

[f° 361 (637v)]

Le tétrarque	Hérodias .. son costume.
	— ~~Debout, au bord.~~ — ~~Avec les~~ ⌈*a comme il y avait* deux lions d'⌋⌈*Avec les deux lions*² ⌈*cabrés* à ses flancs ⌈*elle avait l'air d'une idole* ⌈*de Cybèle*
	On se tait.
~~Sa figure~~	Elle était debout. dominant Antipas pareil à une autre idole.
Après avoir invité ⌈*à faire comme elle* les convives par leurs noms, preu-	⌈*plus courte le Principe femelle dominant le Principe mâle religions syrien[ne]s*³ *plus courte — (en Syrie, c'est le principe femelle qui domine*⁴

Ainsi, parce que Cybèle est la figure dominante des religion syriennes, Flaubert la choisit comme incarnation d'Hérodias et la situe en haut de la tribune, dans une position dominante par rapport à Antipas.

Généralement représentée « sous la forme d'une femme ceinte de la couronne murale, tenant le tympanon[43] », dans la version définitive de *La Tentation*, Cybèle est aussi « couronnée de tours ». Et naturellement, la « mitre assyrienne » dont Hérodias est coiffée prolonge cette image des « tours », qui symbolise originellement les enceintes des montagnes où la

---

[43] *Grand Dictionnaire Encyclopédique Larousse, op. cit.*, p. 2856.

Déesse devient Cybèle[44]. Cette coiffure symbolise donc la puissance. Dans ses manuscrits, Flaubert emploie également la coiffure en forme de « tour » pour Salomé, ce qui rapproche encore l'identité d'Hérodias et de sa fille : dans le f° 399 aussi bien que dans le f° 404, on retrouve la même image des cheveux « tressés en tour ». Ainsi, l'image de Cybèle relie Hérodias et Salomé.

[f° 399 (639r)]

>   ~~Surprise a rafraîchissemt.~~ ⌠*sa tête, ~~coiffée~~* ⌠*ses cheveux ~~noirs~~* tressés ⌠*en tour* ⌠*a cependant on ne la voyait pas nettemt ~~sous~~* ⌠*à travers* ⌠*un voile* ⌠*lie de vin* ⌠*qui l'enveloppait passant sur a qu'elle tenait sous les coudes.* ψ⁴

[f° 404 (641r)]

>   trer ‖ s/Sous ~~un~~ ⌠*un g^d* voile ~~bleuâtre~~ ⌠*bleuâtre* ⌠**bleuâtre* ⌠*couleur lie de vin* ~~lui enveloppant~~ ⌠*lui enveloppait* ⌠*lui* ⌠*cachant* s/la tête⁶ a la poitrine, on ~~apercevait~~ ⌠*distinguait* ⌠*apercevait* ~~confusémt~~ ‖ sa ⌠**une chevelure disposée en forme de tour, les g^{ds} arcs de ses yeux, les escaboules* ⌠*escarboucles* ‖

Dans une esquisse de « la danse langoureuse », Flaubert évoque les « cris » de Cybèle. Hérodias et Salomé se superposent et se confondent dans la figure de Cybèle.

[f° 376 (653v)]

> re grave on se savait pas   -2° Danse ~~langoureuse,~~ ⌠*elle n'avait pas trouvé ce qu'elle cher-*
> si c'était de langueur vo-   *chait* ⌠**cris* ⌠*Cybèle* ⌠*pleurant⁵ Atis.* *souple funèbre désolée
> luptueuse ou de désola-   ⌠*comme Cybèle* │ ~~La gingras, a toujours~~ ‖ la flûte, mais moin-
> tion si elle pleurait un   dre⌡ ⌠*qui est *atténuée ~~peu à peu~~* ⌠*langueur . – ~~puis~~* ⌠*soulè-*

Cybèle joue donc un rôle symbolique fondamental dans la conspiration d'Hérodias visant à la décapitation de Iaokanann. De ce point de vue, « la couronne des pierres, avec des tours » de la forteresse de Machærous dans l'incipit du chapitre I constitue une anticipation symbolique de la suite du

---

[44] Martin J. Vermaseren, *Cybèle et Attis — mythologie et rite*, Shinchi-shobô, 1986, pp. 3-14 (M. J. フェルマースレン, 『キュベレとアッティス―その神話と祭儀』, 新地書房, 小川英雄訳).

récit : « la mer Morte », « un pic de basalte », « les murailles », « des tours qui faisaient comme des fleurons à cette couronne de pierres »... Ces symboles évoquent directement Hérodias-Cybèle et sa jumelle Salomé qui dirigent ce récit de la mort, femmes fatales à la coiffure en forme de tour, comme celle de Salammbô[45]. Si cette couronne de tours se révèle « suspendue au-dessus de l'abîme », n'est-ce pas parce que « la profondeur des abîmes » se présente devant le Tétrarque, que « ces gouffres noirs » s'ouvrent à Machærous, « ville maudite », marquée « d'une colère immortelle », où Hérodias-Cybèle va diriger sa conspiration ?

---

[45] Gustave Flaubert, *Salammbô*, CHH, t. 2, 1971, p. 50 : « Sa chevelure, poudrée d'un sable violet, et réunie en forme de tour selon la mode des vierges chananéennes, la faisait paraître plus grande. »

CHAPITRE III

LE FESTIN COMME RITE RELIGIEUX[1]

1. La question de « la sacrificature »

Il convient tout d'abord de rappeler, que l'entrelacement des égoïsmes engendre « de la colère », qui se lit symboliquement dès le chapitre I dans la description du site à l'entour de la Mer Morte que domine le château fort de Machærous :

> Tous ces monts autour de lui, comme des étages de grands flots pétrifiés, les gouffres noirs sur le flanc des falaises, l'immensité du ciel bleu, l'éclat violent du jour, la profondeur des abîmes le troublaient ; et une désolation l'envahissait au spectacle du désert, qui figure, dans le bouleversement de ses terrains, des amphithéâtres et des palais abattus. Le vent chaud apportait, avec l'odeur du soufre, comme

---

[1] Ce chapitre est basé sur notre article « Mythes, symboles, résonances — Le « festin » comme rite de sacrifice dans *Hérodias* de Gustave Flaubert — », publié dans *Études de Langue et Littérature Françaises*, 2000, pp. 44-56). Cet article, qui reproduit la communication que nous avons faite à l'automne 1998, à la Société Japonaise de Langue et Littérature Françaises, a pour but de mettre en évidence la disposition et les images symboliques issues des documents scientifiques utilisés, ainsi que le traitement de la résonance et des connotations. Avant l'entrée en scène de Salomé, les trois éléments fondamentaux pour le rite du sacrifice sont réunis : la robe légitime du sacrificateur comme *objet sacrificature* pour offrir le sacrifice d'une manière orthodoxe, Iaokanann comme *victime sacrificielle* orthodoxe, et Hérodias comme *sacrificatrice orthodoxe*. Le rite pourra alors s'accomplir et Iaokanann s'acquittera de sa mission comme un vrai prophète. Dans la danse de Salomé et aussi dans l'antagonisme Iaokanann-Hérodias, tous les symboles (Mythra, Cybèle, le grand scarabée et d'autres encore) conduisent à la fin au mythe du soleil et au thème de la résurrection, qui est l'essentiel du christianisme. Nous ajoutons ici à cette analyse du rite de sacrifice, l'analyse des avants-textes pour essayer de comprendre comment se forme « l'estrade comme autel symbolique », suivant le *Corpus Flaubertianum* de Giovanni Bonaccorso.

> l'exhalaison des villes maudites, ensevelies plus bas que le rivage sous les eaux pesantes. Ces marques d'une colère immortelle effrayaient sa pensée ; et il restait les deux coudes sur la balustrade, les yeux fixes et les tempes dans les mains. (pp. 134-135)

C'est la colère enracinée dans le sol, la rage des races, qui s'accroît encore et encore pour s'abattre enfin sur Iaokanann. La plus forte de ces colères est celle d'Hérodias, qui ne parvient à ses fins ni dans son amour pour Antipas ni dans son ambition politique. Il en résulte qu'il faut absolument effectuer « un sacrifice » afin d'apaiser ces rages accumulées.

Cette soif de « sacrifice » est symbolisée par la lutte pour le pouvoir au sein des prêtres Sadducéens et Pharisiens au sujet de l'acquisition de « la sacrificature », c'est-à-dire l'acquisition du « manteau du grand prêtre détenu dans la tour Antonia par l'autorité civile. » Signalons que le terme « sacrificature » est étymologiquement lié au mot « sacrifice ». Au commencement de l'histoire, le Tétrarque, anxieux, détourna son regard de la tour Antonia, qui « de son cube monstrueux, dominait Jérusalem », parce qu'elle est un des grands vestiges de la gloire de son père, le Grand Hérode, et aussi parce qu'elle détient « le manteau du grand prêtre », dont la juridiction est du ressort de l'autorité civile, et non pas de celle du Tétrarque. D'autre part, l'arrivée de Vitellius, Proconsul de Rome, introduit de nouveaux personnages, notamment des prêtres. « C'étaient des Sadducéens et des Pharisiens, que la même ambition poussait à Machærous, les premiers voulant obtenir la sacrificature, et les autres la conserver. » Le Sadducéen Jonathas, et le Pharisien Eléazar, s'insinuent également obstinément dans les bonnes grâces du Proconsul (c'est nous qui soulignons) :

> Puis, il présenta les Sadducéens.
> Jonathas, un petit homme libre d'allures et parlant grec, supplia le maître de les honorer d'une visite à Jérusalem. Il s'y rendrait probablement.
> Eléazar, le nez crochu et la barbe longue, réclama pour les Pharisiens <u>le manteau du grand prêtre détenu dans la tour Antonia par l'autorité civile.</u> (p. 147)

Au premier abord, il semble que les méandres de cette diplomatie concernant « la sacrificature » n'ont aucune relation avec l'exécution de Iaokanann, mais des négociations se déroulent pendant le festin en superposition avec le moment de sa mort. Flaubert, en effet, ouvre une parenthèse et fait une intervention, au cours de son récit, pour donner des explications au lecteur :

> Mais Aulus était penché au bord du triclinium, le front en sueur, le visage vert, les poings sur l'estomac.
> Les Sadducéens feignirent un grand émoi ; — le lendemain, la sacrificature leur fut rendue ; — Antipas étalait du désespoir ; Vitellius demeurait impassible. Ses angoisses étaient pourtant violentes ; avec son fils il perdait sa fortune. (p. 165)

Il est naturel, par ailleurs, que ce soit Aulus, fils de Vitellius, qui tranche cette affaire, car son avidité est étroitement liée à celle du peuple, la soif pour « le sacrifice ».

> Aulus n'avait pas fini de se faire vomir, qu'il voulut remanger.
> — « Qu'on me donne de la râpure de marbre, du schiste de Naxos, de l'eau de mer, n'importe quoi ! Si je prenais un bain ? »
> Il croqua de la neige, puis, ayant balancé entre une terrine de Commagène et des merles roses, se décida pour des courges au miel.
> (pp. 165-166)

Cette « gloutonnerie inépuisable », « la voracité flaubertienne », telles sont les expressions de Jean-Pierre Richard, nécessite selon lui une « satisfaction[2] ». « La sacrificature », conformément à la valeur sémantique de ce substantif, représente justement une « fonction de sacrificateur ». Pour exécuter cette fonction, il est nécessaire que le grand prêtre juif doive revêtir d'un manteau à l'occasion de l'offrande des sacrifices pendant le rite. Autrement dit, ce manteau est indispensable à l'exécution d'un condamné à mort, et sans ce manteau, nous le savons, le rite ne peut plus avoir lieu, le sacrifice n'étant pas considéré comme légitime. C'est pourquoi, en définitive, la convoitise de « la sacrificature » ainsi que « le manteau du grand prêtre », à l'intérieur des sectes juives, est en rapport avec le rite légitime.

Dès le premier stade du plan et des scénarios, Flaubert essaie de souligner les manigances des prêtres de Jérusalem à propos de l'acquisition de « la

---

[2] Jean-Pierre Richard, *Littérature et sensation — Stendhal, Flaubert*, Éditions du Seuil, 1954, pp. 138-139.

sacrificature », et il met l'accent sur la juridiction de Vitellius pour arriver à la conclusion de ce conflit :

[f° 127 (734r)]

⟨arrivée inattendue⟩	L/*des* prêtres de Jérusalem, ↑*divisés en 2 groupes* avec leur suite arrivent sur des mules ⟨α des⟩ | chameaux | – Ils ont/*avaient* ||
Arrivée inattendue	guetté le passage de Vit. α viennent [⟨intriguer p^r⟩ ↑α ↑*sont* ↑*arrivent/és*. – ↑*c'est p^r intriguer relativemt à* la sacrificature les Sadducéens, (le parti de || Hanna) voulant la r'avoir α les Pharisiens la conserver. Mais aucune des deux députations || n'en
Aspect général de la cour intérieure de Macherous ⟨ψ⟩ encombremt. ψ	parle, d'abord.] ψ. *Vitellius s'installe* ↑*sous le portique comme p^r rendre la justice – architecture du palais*[1] Les Sadducéens (amis du Pouvoir α protégés par Ant.) prient V. de les honorer de sa présence à Jér. || Il ira.
colombes, volant. scandale des colombes p^r les vrais juifs il y en a sur Manhaeï.	Les Pharisiens, (patriotes ⟨⟩ amis du peuple ennemis de Rome α de H.) font une autre ⟨répét⟩ ↑*requête –*) || ↑*Longs ambages avant d'arriver au fait* Que le costume du g^d prêtre ne soit plus gardé par les Romains dans la tour Antonia.
	Cette concession paraît possible à Vitell. – α l'idée de l'obtenir réconforte les Pharisiens[2]

Effectivement, c'est une « arrivée inattendue » dont la ruse est accentuée par les verbes « avaient guetté » ou « viennent intriguer ». Dans la version définitive, la réaction de Vitellius est supprimée tant et si bien que la question de la sacrificature reste voilée. L'accent est mis également sur le pouvoir du Grand-Prêtre, comme nous l'avons mentionné plus haut, dans le stade du scénario, f° 106 (733r). Ainsi, c'est la procédure du sacrifice légitime par le récit de l'acquisition de la « sacrificature », qui est le prélude à l'exécution de Iaokanann, et qui structure cette histoire en plusieurs strates.

Dans les Notes de lecture aussi, nous pouvons signaler d'abondantes remarques laissées par Flaubert sur le sacrifice et la sacrificature ainsi que sur le Grand-Prêtre (c'est nous qui soulignons) : Antiochus « confirme Jonathas dans <u>la souveraine sacrificature</u> & lui donne le pouvoir de boire dans une coupe d'or, <u>d'être vêtu de pourpre</u> & de porter une agrafe d'or » [f° 33 (695r)] ; sur la *Vie de Jésus* de Renan, il note : « <u>les grandes familles sacerdotales</u>, les Boëthusim, favorables à Antipas », « Kaïpha était gd-prêtre depuis l'an 25... » [f° 4 (747)] ; de l'*Essai sur l'histoire et la géographie de la Palestine* de Derenbourg, il a signalé la dispute entre les Pharisiens et les

Sadducéens : « L'offrande de la farine qui accompagnait les sacrifices sanglants appartenait au prêtre, selon les Sadducéens. Elle devait être brûlée sur l'autel, d'après les Pharisiens. » [f° 57 (663r)] ; concernant l'*Histoire des juifs* de Flavius Josèphe, on remarque des notes sur un grand sacrificateur exilé : « Voilà de quelle sorte la gde sacrificature sortit de la famille d'Ithamar... » ; il parle aussi de Joas qui « fait lapider dans le temple Zacharie fils de Joad qui lui avait succédé dans la charge de gd sacrificateur. » [f° 74 (671r)]; on relève aussi la phrase suivante tirée du même livre, « Jean fils de Judas, gd sacrificateur ayant tué, Jésus son frère protégé par Bagose. » [f° 75 (671v)] ; « Joseph neveu du gd sacrificateur Onias » et « Antiochus » qui « fait sacrifier des pourceaux sur l'autel, interdit la circoncision » [f° 76 (672r)]. Toutes les notes soulignent combien l'auteur s'intéressait à la question de la sacrificature, fondamentale dans le domaine politique du monde juif. Nous rencontrons enfin le mot « éphod », « une espèce de tunique que portait le grand prêtre des Juifs, dans les grandes cérémonies religieuses[3] », dans une note de lecture sur l'*Histoire ancienne des Juifs* de Josèphe :

[f° 80 (674r)]

Vitellius bien reçu à Jérusalem, permet aux sacrificateurs de garder l'éphod qui jusque-là était dans la forteresse Antonia.

Autant de remarques, autant d'intérêts sur « la sacrificature ». Dans son livre, qui a beaucoup influencé Flaubert et qui l'a incité à écrire sur le même thème, Renan consacre bien des passages à la « question de la sacrificature. » Comme Flaubert, Renan explique quelle est l'autorité de Kaïapha dans le chapitre XXII, dont le titre est « Machinations des ennemis de Jésus[4]. » Au

---

[3] Cf. *Grand Dictionnaire Universel du XIXe Siècle de Larousse* ; Voir *Histoire ancienne des Juifs*, dans *Œuvres complètes de Flavius Josèphe*, avec une notice biographique par J.A.C. Buchon, Au Bureau du Panthéon Littéraire, 1752, pp. 68-69. Voir « Livre III, chapitre VIII : Des habits et ornements des sacrificateurs ordinaires, et de ceux du souverain Sacrificateur. » : « (...) Il mettait par dessus une tunique d'une double toile de fin lin qu'ils nommaient Chetonem, parce que le lin se nomme Cheton. Elle descendait jusqu'aux talons, était très juste sur le corps, et avait des manches aussi fort étroites pour couvrir les bras. » (p. 68) ; voir aussi pp. 523-535 : « Livre XX, chapitre premier — chapitre VII : Fadus, gouverneur de Judée, fait punir des séditieux et des voleurs qui troublaient toute la province, et ordonne aux Juifs de remettre dans la forteresse Antonia les habits pontificaux du grand sacrificateur. »
[4] Ernest Renan, *op. cit.*, pp. 356-369.

sujet de cette charge officielle, P.-M. de Biasi parle d'« un danger par le pouvoir symbolique considérable[5] » :

> (...) Depuis que Jérusalem dépendait des procurateurs, la charge de grand-prêtre était devenue une fonction amovible ; les destitutions s'y succédaient presque chaque année. Kaïapha, cependant, se maintint plus longtemps que les autres[6].

Sur la problématique de la succession du pontificat dans la famille d'Hanan ou Annas, Renan écrit :

> (...) Il perdit ses fonctions l'an 14, à l'avènement de Tibère ; mais il resta très-considéré. On continuait à l'appeler « grand-prêtre », quoiqu'il fût hors de charge, et à le consulter sur toutes les questions graves. Pendant cinquante ans, le pontificat demeura presque sans interruption dans sa famille ; (...) C'était ce qu'on appelait la « Famille sacerdotale », comme si le sacerdoce y fût devenu héréditaire. (...) Une autre famille, il est vrai, alternait avec celle de Hanan dans le pontificat ; c'était celle de Boëthus[7].

Selon Renan, l'autorité des grand-prêtres dont Hanan est si considérable et indéniable que « Hanan fut l'acteur principal dans ce drame terrible » : « Ce fut Hanan (ou, si l'on veut, le parti qu'il représentait) qui tua Jésus[8]. » Renan insiste sur la prépondérance de la famille sacerdotale et dit d'un ton tranchant :

> (...) En un sens général, Jésus, s'il réussissait, amenait bien réellement la ruine de la nation juive. Partant des principes admis d'emblée par toute l'ancienne politique, Hanan et Kaïapha étaient donc en droit de dire : « Mieux vaut la mort d'un homme que la ruine d'un peuple[9]. »

L'avènement de la nouvelle religion menaçait gravement la nation juive. Nul

---

[5] *TC*, p. 146. Voir la note 2 de P.-M. de Biasi.
[6] Ernest Renan, *op. cit.*, p. 364. Souligné par nous.
[7] *Ibid.*, p. 365. Souligné par nous.
[8] *Ibid.*, p. 367.
[9] *Ibid.*, p. 368.

doute que Flaubert ne pouvait négliger le pouvoir du grand-prêtre qui tire les ficelles dans l'ombre. En outre, il fallait tenir compte du Grand Hérode qui avait aussi de l'influence sur le haut sacerdoce :

> (...) Le haut sacerdoce de Jérusalem tenait, il est vrai, un rang fort élevé dans la nation ; mais il n'était nullement à la tête du mouvement religieux. <u>Le souverain pontife, dont la dignité avait déjà été avilie par Hérode, devenait de plus en plus un fonctionnaire romain</u>, qu'on révoquait fréquemment pour rendre la charge profitable à plusieurs[10].

On peut remarquer aussi la différence du niveau familial qui réside dans Hérodias et Antipas, du fait de la corruption du haut sacerdoce par Hérode :

> Un élément plus mauvais encore était venu, depuis le règne d'Hérode le Grand, corrompre le haut sacerdoce. Hérode s'étant pris d'amour pour Mariamne, fille d'un certain Simon, fils lui-même de Boëthus d'Alexandrie, et ayant voulu l'épouser (vers l'an 28 avant J.-C.), <u>ne vit d'autre moyen, pour anoblir son beau-père et l'élever jusqu'à lui, que de le faire grand-prêtre</u>. Cette famille intrigante resta maîtresse, presque sans interruption, du souverain pontificat pendant trente-cinq ans[11].

L'influence de Renan sur Flaubert est perçue de la même manière que P.-M. Wetherill dans son introduction générale des *Trois Contes* : « la vision historique de Flaubert est très proche de celle de Renan et peut-être même inspirée de celui-ci. Leur approche, toujours révolutionnaire à l'époque, prône l'historicisme, la psychologie humaine plutôt que le « miraculisme ». Tous deux mettent l'accent sur les confrontations judéo-romaines[12]. » Pourtant, s'il souligne l'importance dans *Hérodias* du croisement des « disputes religieuses avec l'épisode du banquet » ou encore la différence de la personnalité entre Jean et Jésus, il nous semble qu'il laisse de côté « la question de la sacrificature », présente dans le livre de Renan, question étroitement liée à l'exécution de Iaokanann.

Pourtant, Flaubert, tenant compte de la dégénérescence morale du pontificat ou du haut sacerdoce, introduit cette question et met en scène

---

[10] *Ibid.*, p. 216. Nous soulignons.
[11] *Ibid.*, p. 217. Nous soulignons.
[12] P.-M. Wetherill, « l'Introduction générale » à l'édition des *Trois Contes*, *op. cit.*, p. 68.

l'acquisition de la « sacrificature », comme une procédure inévitable du sacrifice légitime.

2. La disposition des images du « sacrifice » : le festin

❖ *Le festin comme rite de sacrifice*

Nous savons que Flaubert transpose souvent dans ses œuvres des documents extraits de ses lectures et le fruit de ses investigations. C'est surtout le cas dans *L'Éducation sentimentale* et dans *Salammbô*, et il est clair qu'il utilise largement les mêmes procédés, de manière plus condensée, dans *Hérodias*. Examinons la disposition des images du « sacrifice » dans ce récit.

Le festin et l'exécution (et l'apparition de Iaokanann décapité) sont étroitement associés. En d'autres termes, tout se passe pendant le festin, le point culminant de l'histoire. Cette juxtaposition des scènes est conforme au récit biblique. Dans son analyse perspicace de l'avant-texte documentaire du festin d'*Hérodias*, Raymonde Debray-Genette a bien montré que près des termes « Festin » ou « Convives », Flaubert fait deux ajouts significatifs dans la marge du f° 740r après l'énumération des convives, en offrant « un intéressant détournement de documents[13] » :

[f° 145 (740r)]

	inspecteur des oliviers, etc.	– S'oindre la poitrine parce
Publicains. etc.		qu'elle contient le cœur
		Myrobalon de Petra
		Styrax de Syrie.[1]
Juifs.		Les juifs tenaient à faire ressembler un repas
Syriens. –		à un sacrifice (Derenbourg)

Raymonde Debray-Genette vérifie la note de lecture de l'auteur : « Je ne lis nulle part dans la *Palestine* de Derenbourg que « *les Juifs tenaient à faire ressembler un repas à un sacrifice* ». Suivant en cela le récit de Josèphe,

---

[13] Raymonde Debray-Genette, « Les débauches apographiques de Flaubert, (l'avant-texte documentaire du festin d'*Hérodias*) », in *Roman d'Archives*, Presses Universitaires de Lille, 1987, p. 64.

Derenbourg cite, bien sûr, quelques grands et dangereux tournants dans la vie du peuple juif où se commettent des assassinats lors de festins, comme chez d'autres peuples[14]. » C'est donc, d'après Raymonde Debray-Genette, « une tournure affirmative et drastique chez Flaubert[15]. » Un peu plus loin, elle écrit aussi concernant le repas assimilé à un combat : « on lit dans Dezobry (*Rome*) que c'était un trait fondamental du tempérament romain et méridional que de faire dégénérer tout repas en combats, au point de garder la coutume de les mimer[16]. » De ce fait, Flaubert énumère en bas de marge, « Menus propos », quelques « assassinats pendant les festins[17] » :

[f° 145 (740r)]

> ⟨Meurtres⟩ Assassinats pendant les festins
> Alexandre Jannée 800 juifs crucifiés sous ses
> yeux
> Simon Machabée tué par son gendre Ptolémée
> g^r de Jéricho
> H le g^d tue Hyrcan
> Orode roi des Parthes, tué

Même si la critique a relevé que Flaubert interprète parfois à sa manière certains documents, insistons sur le fait que cette ancienne coutume des assassinats au cours des repas revêt à ses yeux une importance capitale et permet d'assimiler le repas à un sacrifice.

En vérité, Flaubert retient cette coutume, dès le premier stade du plan : il ajoute que Vitellius était sur le point de repartir : « Vitellius se trouve bien seul. On peut l'assassiner cela était commun dans les festins » [f° 89 (726r)]; deux folios après, dans la « table I », il note en marge : « Simon Macchabée, tué par son gendre Ptolémée gr de Jéricho / Hérode le gd tue Hyrcan. Orode roi des Parthes. tué / Festin d'Alexandre Jannée. 800 juifs crucifiés sous ses yeux (...) », avec une note « meurtres dans un festin » en marge [f° 90 (756r)]. C'est dans les *Antiquités judaïques* de Flavius Josèphe[18] que

---

[14] *Ibid*.
[15] *Ibid*.
[16] *Ibid*.
[17] *Ibid*., pp. 56-57. Manuscrits d'*Hérodias*, Bibliothèque Nationale, n.a.f. 23663, f° 145 (740r).
[18] Voir les « Notes de lecture », *BC*, t. I, p. 88 [f° 76 (673r)]. Effectivement, il s'agit ici de la lecture des *Antiquités judaïques* de Flavius Josèphe.

Flaubert a relevé ces informations sur Simon Macchabée aussi bien que sur Alexandre Jannée et les captifs égorgés et mis en pièces « pour faire croire aux ennemis qu'ils mangeaient de la chair humaine. » En se référant à Dezobry, Raymonde Debray-Genette compare la tête de Iaokanann à un « dessert » : « En effet, outre les premiers cérémoniaux et les trois services (réduits à deux chez Flaubert puisque la tête de Iaokanann servira de dessert), Dezobry indique que les festins romains se terminaient par des danses[19]. » Idée certes fort intéressante, mais un peu grotesque. Si l'on examine que l'expression « le 3e service » se trouve en marge du premier jet dans l'esquisse [f° 154 (705v)] où l'auteur fait apparaître Salomé et sa danse, il serait plus naturel et plus vraisemblable de penser que le 3e service était pour lui le moment de la danse, suivant la coutume romaine. Un peu plus loin, Debray-Genette accrédite cette idée : « Par conséquent l'épisode de la danse, inscrit dans le récit biblique, se trouve conforté par la tradition historique proprement romaine, jusque dans sa coloration exotique[20]. » Dans le texte final, Vitellius est tourmenté pendant le festin par des scènes de meurtres et de massacres, car « il avait rencontré des autels sur la route ; et les sacrifices d'enfants lui revinrent à l'esprit » (p. 169).

Jean-Pierre Richard a déjà fort pertinemment signalé l'importance du repas chez Flaubert : « la cérémonie alimentaire change de climat selon la situation et l'atmosphère propre de chaque roman, mais elle demeure toujours cérémonie, et toujours la table se dresse entre les hommes comme un lieu de rencontre, presque de communion[21]. » Bref, il s'agit presque d'un rituel religieux. Le banquet, festin somptueux, donne ainsi à Hérodias une belle et seule occasion de se venger de Iaokanann. On peut retrouver ce croisement du sang, de la danse et du repas dans un texte de jeunesse, *La Danse des morts*, écrit vers 1838 :

> (...) Ah ! je veux mourir d'amour, de volupté, d'ivresse ! et tandis que je mangerai des mets que moi seul mange, et qu'on chantera, et que des filles nues jusqu'à la ceinture me serviront des plats d'or et se pencheront pour me voir, <u>on égorgera quelqu'un, car j'aime, et c'est un plaisir de Dieu, à mêler les parfums du sang à ceux des viandes ; et ces voix de la mort m'endormiront à table</u>[22].

---

[19] Raymonde Debray-Genette, *op. cit.*, p. 47.
[20] *Ibid.*
[21] Jean-Pierre Richard, *op. cit.*, p. 137.

C'est Néron qui parle avec La Mort, et ce discours présente déjà tous les éléments importants du futur festin d'*Hérodias* : l'« amour », la « volupté », l'« ivresse », les « mets », les « filles nues jusqu'à la ceinture », les « plats d'or ». Le terme « égorger quelqu'un » est en outre particulièrement significatif, car « égorger » signifie à la fois « égorger une victime pour l'offrir en sacrifice » et « tuer un être humain en lui tranchant la gorge[23] ». Cette œuvre de jeunesse ne témoigne-t-elle pas de la tendance de l'auteur à associer la volupté et l'appétit dans le repas qui devient la scène d'un sacrifice ?

❖ *Images du sang et du délire*

Flaubert introduit une tension dramatique non seulement en situant le meurtre au milieu du festin, mais aussi en parsemant son récit d'abondantes images du sang et du délire. Sur ce point, il faut insister en particulier sur la question religieuse dont les convives discutent au chapitre III : le sujet de conversation passe des miracles accomplis par Jésus, le Nazaréen, à la question de la résurrection, et encore à l'apparition d'Élie, prophète qui doit le précéder, pour entrer dans le vif du sujet, le Messie. Marcellus confesse alors sa croyance au dieu de Mithra et évoque « le bonheur qu'il avait ressenti » pendant son baptême.

Ouvrons ici une parenthèse pour préciser le contexte historique de ce fait : au temps du royaume de l'ancienne Rome durant lequel apparaît Jésus-Christ, la religion de Mithra, venue de l'Inde par l'Iran, vénérait le dieu du Soleil, et fut en rivalité avec le christianisme pendant à peu près trois siècles, du 1er siècle avant J.-C. au IVe siècle après J.-C[24]. Il semble qu'il y a un certain chassé-croisé d'antagonismes religieux, judaïsme-christianisme-mithracisme, sur le plan historique. De sorte que dans *Hérodias*, l'exécution de Iaokanann constitue le pivot du passage du judaïsme au christianisme. En effet, ce qui nous semble frappant, c'est que l'initiation au culte de Mithra, ce dieu de l'élément lumière, presque solaire, fait naître une nouvelle vie par

---

[22] Gustave Flaubert, « La Danse des morts », *Œuvres de jeunesse*, dans *Œuvres complètes*, I, édition présentée, établie et annotée par Claudine Gothot-Mersch et Guy Sagnes, Gallimard, Bibliothèque de la Pléiade, 2001, p. 431. Souligné par nous.

[23] Cf. *Le Grand Robert de la Langue française, op. cit.*, p. 823.

[24] Cf. Martin J. Vermaseren, *Mithra ce dieu mystérieux*, édition Sequoia, 1960, traduit en français ; Franz Cumont, *Les mystères de Mithra*, H. Lamertin, Bruxelles, 1913 traduit en japonais par Ogawa Hideo, Heibon-sha, 1993 (フランツ・キュモン,『ミトラの密儀』, 小川英雄訳, 平凡社), Voir aussi *Le Grand Dictionnaire Encyclopédique Larousse, op. cit.*, p. 6990.

le sacrifice d'un taureau et le don du sang sacré par lequel l'humanité pourra être sauvée, et la paix assurée. Le bonheur éprouvé par Marcellus, lieutenant du Proconsul, lors de son baptême de Mithra, signifie l'extase devant le sacrifice sanglant.

Le sacrifice sanglant d'une offrande s'applique parfaitement au dessein de vengeance d'Hérodias, à son intention meurtrière envers Iaokanann, d'autant plus qu'à sa dernière apparition, au moment de l'exécution, elle est semblable à Cybèle. Un des principaux rites de la religion de Cybèle, culte officiellement adopté par les Romains comme nous l'avons montré auparavant, consiste justement dans le sacrifice sanglant d'un taureau, le taurobole. Selon le *Dictionnaire des symboles*, « à l'époque de la décadence romaine, Cybèle sera associée au culte d'Attis, le dieu mort et ressuscité périodiquement, dans un culte dominé par les étranges amours de la déesse, <u>par des rites de castration et par les sacrifices sanglants du taurobole</u>[25]. »

❖ *Le Sabbat*

Le thème du sang et du délire renvoie à un autre aspect du banquet : *le Sabbat*. La décapitation de Iaokanann et la danse de Salomé, tournant « frénétiquement, comme le rhombe des sorcières », ayant lieu en pleine nuit, le festin prend des allures d'orgie. On peut se demander si Flaubert s'est intéressé au sabbat des sorcières, car l'une des caractéristiques les plus importantes d'Hérodias-Salomé est, comme nous l'avons dit dans le chapitre précédent, *l'envoûtement*. Grand lecteur de Michelet, il fut très impressionné par son livre intitulé *La Sorcière* : « Voilà huit jours que je veux aller vous voir pour vous parler de votre prodigieuse *La Sorcière*, que j'ai dévorée en une nuit d'une seule haleine. Mais je n'ai pas eu une minute à moi tous ces jours-ci. (...) Mais ce qui me reste, à moi, c'est une admiration et une sympathie (sans bornes ni restrictions) pour votre génie et pour votre personne[26]. » Le 25 novembre 1862, Michelet lui avait envoyé ce livre accompagné d'une lettre. Or, nous constatons qu'il y a plusieurs éléments communs dans ce livre-ci avec le banquet d'Hérodias. En effet, la Messe noire de Sabbat est divisée en plusieurs stades : d'abord, l'introït de la messe a lieu dans un sanctuaire et le banquet commence par la danse d'une femme :

---

[25] Cf. *Dictionnaire des Symboles, op. cit.*, p. 271. Souligné par nous.
[26] *Correspondance*, III, Gallimard, Bibliothèque de la Pléiade, p. 264 (lettre à Jules Michelet).

LE FESTIN COMME RITE RELIGIEUX

> Celle-ci, <u>danse tournoyante, la fameuse *ronde du Sabbat*</u>, suffisait bien pour compléter ce <u>premier degré d'ivresse</u>. Ils tournaient dos à dos, les bras en arrière, sans se voir[27];

Outre cette danse tournoyante comme celle de Salomé, il y a le chassé-croisé d'une jeune femme avec une vieille, comme si Hérodias rajeunissait avec l'apparition même de Salomé :

> (...) La vieille n'était plus vieille. Miracle de Satan. Elle était femme encore, et désirable, confusément aimée[28].

Essayons d'analyser deux chassés-croisés d'Hérodias-Salomé pendant le festin. La danse commence par le dévoilement de Salomé sur l'estrade (c'est nous qui soulignons) :

> Sur le haut de l'estrade, elle retira son voile. <u>C'était Hérodias, comme autrefois dans sa jeunesse.</u> Puis, elle se mit à danser.   (p. 171)

> Vitellius la compara à Mnester, le pantomime. Aulus vomissait encore. Le Tétrarque se perdait dans un rêve, et ne songeait plus à Hérodias. <u>Il crut la voir près des Sadducéens. La vision s'éloigna.</u>
> <u>Ce n'était pas une vision.</u> Elle avait fait instruire, loin de Machærous, Salomé sa fille, que le Tétrarque aimerait ; et l'idée était bonne. Elle en était sûre, maintenant !   (p. 172)

Cette vision d'Hérodias qui disparaît se superpose immédiatement, par le discours indirect libre d'Hérodias, à une vision spectaculaire de Salomé.

Quant à la Messe Noire présentée par Michelet, au milieu du vertige causé par la danse, il s'agirait d'« un sacrifice » pour satisfaire la soif de le posséder. C'est ainsi qu'apparaît « l'hostie » :

---

[27] Jules Michelet, *La Sorcière*, Société des textes français modernes, v. 1 et 2, p. 136. Souligné par nous. Cf. Jean Lorrain décrit « l'immémorial image » de la danse sabbatique de Salomé à l'instar de Flaubert : « Dans un décor de désolation, au milieu de roches fantômes et de blêmes montagnes de cendres, sous le jour funèbre des rampes éclairées au bleu, elle personnifiait l'âme du sabbat ; » (Jean Lorrain, *Monsieur de Phocas*, GF Flammarion, 2001).

[28] *Ibid.*

(...) Au moment où la foule, unie dans ce vertige, (...) on reprenait l'office au *Gloria*. L'autel, l'hostie apparaissait. Quels ? La femme elle-même[29].

Dans *Hérodias*, l'hostie n'est pas une femme, mais Iaokanann lui-même. Toutefois, Salomé est l'objet de tous les regards des spectateurs unis dans la convoitise, comme si elle offrait son corps pour être mangée symboliquement. Comme si l'office du Gloria de la Messe Noire se mettait en œuvre, Hérodias et les autres attendent impatiemment que l'hostie apparaisse. Alors la fureur « sanglante » d'Hérodias exige la décapitation. Selon Michelet, le troisième stade constitue le « but principal du Sabbat » : c'est « l'inceste ». Dan la danse de Salomé, l'inceste est achevé par la rencontre muette des yeux du Tétrarque et de Salomé à l'apogée de la danse, au moment où le « sacrifice » va être demandé : « Elle ne parlait pas. Ils se regardaient. » Comme l'indique Hans Peter Lund, cette rencontre des yeux serait notamment « une invitation au coït[30] ». Soulignant la connotation voluptueuse de ce passage, Flaubert écrit en marge du scénario / esquisse de la danse : « Soif de la posséder. Il sent comme des sources chaudes en lui. — de temps à autres des cris lui échappent. — décrire sa figure. à la fin de la danse elle lui baise la main. — Alors il n'y tient plus (faire croire au lecteur qu'il va décharger) » [f° 112 (713v)]. On peut assimiler ainsi cette rencontre des yeux à un inceste, au coït comme dans un rêve éveillé.

Arrive enfin le moment où « avant l'aube, le Satan s'évanouit[31] » après la Messe. La mention de « l'aube » est importante, car on constate le parallélisme entre le Sabbat et le festin d'Hérode, qui s'achèvent tous deux avant l'aube. Il ne reste qu'Antipas, des pleurs sur les joues, en face de la tête de Iaokanann décapitée. Au lever du soleil, on apportera la réponse espérée :

À l'instant où se levait le soleil, deux hommes, expédiés autrefois par Iaokanann, survinrent, avec la réponse si longtemps espérée.

(p. 176)

Tout s'achève au lever du soleil et la réponse apportée fait se convertir

---

[29] *Ibid.*, p. 137.
[30] Hans Peter Lund, *op. cit.*, p. 114.
[31] Jules Michelet, *op. cit.*, pp. 157-170.

Phanuel au christianisme. Tout est fini comme si les égoïsmes sataniques des convives s'évanouissaient. Tous les éléments sabbatiques du festin donnent l'impression d'une initiation mystique et diabolique, ce qui rend la danse de Salomé encore plus vertigineuse.

3. *Hérodias comme sacrificatrice*

La nécessité du manteau du Grand-Prêtre au moment du sacrifice, le festin comme sabbat ou rite religieux durant lequel on exécute la décapitation ... L'étude de ces métaphores nous amène enfin au rôle essentiel de l'organisatrice du sacrifice. Hérodias est la grande organisatrice de ce banquet sacré. Le narrateur signale dès le début, ne l'oublions pas, qu'« Hérodias sentit bouillonner dans ses veines le sang des prêtres et des rois ses aïeux. » (p. 139) Sur les racines de sa personnalité, Flaubert signale son caractère très fort dès le premier stade du plan :

[f° 91 (741v)]

<u>Fortes femmes</u>

Plancina,ᵃ la femme de Pison. (10 ans auparavant en 19 de JC. German[icus] en Syrie.

Julie, la fille d'Auguste, méprisait Tibère son mari. exilée en 15. – Hér. avait pu la connaître

Cléopâtre *Livie cherchait*

Sémiramis *des vierges à*   ⟦X ⟨Hérodias comme la gᵈᵉ Mariamne se moquait de la famil-

Thermusa.   Augusteᵇ   le des Hérodes⟩ ⌠*ses ancêtres ont été rois a sacrificateurs.* ⟨Son mé-

arg.[uments] d'Anti-   pris de Maltacé la Samaritaine⟩ ⌠*nièce d'Archelaüs²* ‖ Argument

pas contre Hér.   pʳ Hérode³ (Lévitique 20-21.

Flaubert assimile ici Hérodias aux « fortes femmes » historiques comme « Cléopâtre », « Sémiramis », « Thermusa » ou « Livie » « qui cherchait des vierges à Auguste ».

Il ajoute aussi à l'interligne inférieur : « ses ancêtres ont été rois & sacrificateurs. » D'où son mépris pour Antipas. Issue de la famille des Asmonéens, elle était donc du sang royal et illustre des prêtres, destinée à être elle-même sacrificatrice. C'est bien elle, « coiffée d'une mitre » d'évêque, dont le sang exige le sacrifice de Iaokanann. Ce n'est pas seulement le « signe d'un haut rang », comme le qualifie Lund[32], mais il s'agit

---

[32] Hans Peter Lund, *op. cit.*, p. 89.

plutôt ici de l'exécution d'un sacrifice par le sacrificateur. D'origine perse et phrygienne, la « mitre » représente une coiffure ou une sorte de couronne[33] qui ressemble aux bonnets phrygiens que portent Mithras et Attis, fils de Cybèle. De nos jours, la mitre désigne une haute coiffure triangulaire de cérémonie portée notamment par les évêques. En fin de compte, « coiffée d'une mitre », Hérodias apparaît comme une femme-évêque qui dirige ce banquet sacré ; autrement dit, elle est la « sacrificatrice ». Le banquet s'apparente donc bien à un rite, comme J.-P. Richard l'a bien signalé : « parfois même, le repas apparaît comme un rite religieux[34]. » À partir de là, on saisit mieux le sens de l'accusation portée par Iaokanann contre Hérodias : « Tu as dressé ta couche sur les monts, pour accomplir tes sacrifices ! »

Remarquons que c'est bien Iaokanann, le futur sacrifié, qui discerne comme un présage le rôle essentiel d'Hérodias, qui mettra tout en œuvre pour accomplir le sacrifice. Cette accusation prend tout son sens au point culminant de cette histoire, à l'exécution de Iaokanann.

Outre sa mitre d'évêque, la patère, dont se servaient les Romains[35] pour les sacrifices, constitue un autre symbole du rôle essentiel d'Hérodias qui apparaît avec cet accessoire à la main au moment où, incarnée en Cybèle, elle rend hommage à César : dès lors, le banquet se transforme en rite religieux et sacrificatoire.

De plus, il semble qu'Hérodias, conservatrice, était plus favorable aux Sadducéens qu'aux Pharisiens. Elle semble même comploter avec eux. Pendant que Salomé danse, le narrateur nous révèle que « le Tétrarque se perdait dans un rêve, et ne songeait plus à Hérodias. Il crut la voir près des Sadducéens », ce qui laisse supposer qu'elle entretenait effectivement des relations ambiguës avec les conservateurs Sadducéens. Quoi qu'il en soit, pendant le festin, ils entourent avec sollicitude Aulus, malade à cause de sa

---

[33] Cf. Martin J. Vermaseren, *op. cit.*, pp. 59-62. Voir aussi Dr Frédéric Creuzer, *Religions de l'Antiquité*, t. 4, seconde partie, planches, Treuttel et Würtz, 1841. Voir les planches n° 229, n° 230 pour les dessins de Cybèle et Attis. Voir aussi John R. Hinnells, *Persian Mythology*, Seido-sha, 1993 (ジョン・R・ヒネルズ,『ペルシャ神話』, 井本英一+奥西俊介, 青土社).

[34] Jean-Pierre Richard, *op. cit.*, p. 137.

[35] Selon le *Grand Dictionnaire Universel du XIXe Siècle de Larousse*, « une patère » désigne une « espèce de coupe de bronze, d'argent ou d'or, très-évasée, dont les Romains se servaient dans les sacrifices, soit pour offrir aux dieux les viandes qu'ils leur consacraient, soit pour faire les libations. »

gloutonnerie, et « le lendemain, la sacrificature leur fut rendue. »

En fait, la connotation rituelle de la « mitre » était familière à Flaubert. Il l'utilise aussi dans *Salammbô* et *La Tentation de saint Antoine*. Dans *Salammbô*, les personnages importants comme l'évêque sont coiffés d'« une mitre » :

> Giscon, bientôt, apparut au fond du jardin, dans une escorte de la Légion sacrée. Son ample manteau noir, retenu sur sa tête à une mitre d'or constellée de pierres précieuses, et qui pendait tout à l'entour jusqu'aux sabots de son cheval, se confondait, de loin, avec la couleur de la nuit[36].

La « mitre d'or » de Giscon et la « mitre blanche » d'Abdalonim[37], intendant-des-intendants, attestent d'un haut rang religieux. Nous rencontrons enfin la même « mitre assyrienne » dans le passage où Hamilcar dirige le rite pour offrir les sacrifices d'enfants à Moloch :

> Hamilcar, en manteau rouge comme les prêtres de Moloch, se tenait auprès du Baal, debout devant l'orteil de son pied droit. Quand on amena le quatorzième enfant, tout le monde put s'apercevoir qu'il eut un grand geste d'horreur. Mais bientôt, reprenant son attitude, il croisa ses bras et il regardait par terre. De l'autre côté de la statue, le grand-pontife restait immobile comme lui ; baissant sa tête chargée d'une mitre assyrienne, il observait sur sa poitrine la plaque d'or couverte de pierres fatidiques, et où la flamme se mirant faisait des lueurs irisées ; Il pâlissait, éperdu. Hamilcar inclinait son front ; et ils étaient tous les deux si près du bûcher que le bas de leurs manteaux, se soulevant, de temps à autre l'effleurait[38].

Dans ces exemples, il est clair que l'auteur combine toujours « le manteau du prêtre » avec « une mitre » au moment du rite religieux. D'ailleurs, « le

---

[36] Gustave Flaubert, *Salammbô*, CHH, t. 2, 1971, p. 47-48. Souligné par nous.

[37] *Ibid*., p. 135. L'auteur ajoute encore une explication sur la mitre : « Tous les intendants se tenaient les bras croisés, la tête basse, tandis qu'Abdalonim levait d'un air orgueilleux sa mitre pointue. » (p. 137)

[38] *Ibid*., p. 238. Souligné par nous.

manteau rouge » d'Hamilcar nous rappelle le « péplos d'écarlate » d'Hérodias au moment où elle rend hommage à l'Empereur, signes évidents du rite sanglant.

Relevant la relation entre « le sacrificateur » et la « divinité », Julia Kristeva écrit : « Les deux séries : sacrificateur et « divinité », loin d'être homomorphes, doivent précisément, dans le sacrifice, établir leur rapport. Nous sommes donc en présence non pas encore d'une relation posée, mais de son élaboration[39]. » Effectivement, nous pouvons nous demander si Hérodias, jouant le rôle de sacrificatrice, ne partagerait pas quelque relation avec la divinité malgré sa conspiration égocentrique. Sans être sacrifié, Iaokanann ne serait pas Élie annonçant la venue du Messie. Autrement dit, Hérodias a apporté en un sens une contribution au christianisme. Kristeva continue : « D'autre part, et en même temps, pour établir une relation (entre le sacrifiant et la divinité), cette chaîne métonymique n'en doit pas moins se rompre : c'est la destruction de la victime. Métonymie et rupture, telle est la logique de ce « rapport » qui n'est pas encore un « est », mais prépare sa position. Quelle est sa conséquence ? — La métonymie brisée ayant mis en place une divinité, une réponse est supposée de sa part, en récompense ; plus encore, une « continuité compensatrice » qu'est la prière, succède à la rupture qu'est le meurtre. Tout le circuit de la communication symbolique entre deux instances discursives hiérarchisées est ainsi mis en place (don-récompense-louange symbolique), circuit sur lequel repose l'économie symbolique[40]. » C'est justement le cas du meurtre de Iaokanann. Ce faisant, la réponse de la part de la divinité (la réponse apportée par les deux hommes) convertira Phanuel qui continuera à murmurer des prières. Le sacrifice de Iaokanann en tant que don aura pour récompense la venue du Messie, ce que suggère la dernière scène de la prière du Phanuel au milieu de la basilique, bâtiment primitif du christianisme. Hérodias ne joue-t-elle pas ainsi un rôle essentiel aux origines du christianisme ?

4. L'estrade comme autel symbolique

Comment Flaubert établit-il la scène du sacrifice ? Dans l'incipit du chapitre III, l'espace de la salle du festin est indiqué par le narrateur comme

---

[39] Julia Kristeva, *op. cit.*, p. 75.
[40] *Ibid*.

étant « une basilique ». Ce bâtiment qui avait servi de synagogue juive se transforma en église chrétienne au début du christianisme. R. B. Leal analyse ainsi ce passage, en tenant compte de la posture de Phanuel : « The final scene, with Antipas pondering the sacrifice of John and Phanuel praying, arms extended, in the middle of the main nave, transforms the banqueting-hall into the basilica to which it was likened at the outset[41]. » En effet, le terme « basilique » est utilisé à l'incipit comme simple terme architectural, mais il prend toute sa dimension religieuse à la fin du récit avec les prières de Phanuel. Rappelons encore une fois l'espace du festin dans lequel s'achève la conspiration d'Hérodias-Salomé (c'est nous qui soulignons) :

> Elle avait trois nefs, comme une basilique, et que séparaient des colonnes en bois d'algumim, avec des chapiteaux de bronze couverts de sculptures. Deux galeries à claire-voie s'appuyaient dessus ; et une troisième en filigrane d'or se bombait au fond, vis-à-vis d'un cintre énorme, qui s'ouvrait à l'autre bout. (p. 160)

Hérodias se trouve dans la troisième galerie, « en filigrane d'or », en face du « cintre énorme » par où Salomé va faire son entrée. Deux paragraphes plus bas, on remarque la présentation de « la table proconsulaire » où sont assis les trois principaux personnages masculins : Antipas, Vitellius et son fils Aulus :

> La table proconsulaire occupait, sous la tribune dorée, une estrade en planches de sycomore. Des tapis de Babylone l'enfermaient dans une espèce de pavillon. (p. 160)

« Sous la tribune dorée » signifierait la place au fond, la plus élevée, ce qui est souligné par le fait que « ses [Aulus] pieds nus dominaient l'assemblée. » Mais ce qui est le plus important pour notre analyse, c'est qu'il s'agit d'un espace clos et enchanteur, orné de « tapis de Babylone » et que la scène capitale va se dérouler sur cette « estrade ».

Au cours de la discussion à table, discussion dont le thème principal est celui de la Résurrection, un homme se trouve derrière le Tétrarque sur l'estrade et en descend pour défendre Jésus (C'est nous qui soulignons) :

---

[41] R. B. Leal, « Spatiality and structure in Flaubert's *Hérodias* », *op. cit.*, p. 816.

Derrière le Tétrarque, un homme se leva, pâle comme la bordure de sa chlamyde. <u>Il descendit l'estrade</u>, et, interpellant les Pharisiens :
— « Mensonge ! Jésus fait des miracles ! »   (p. 163)

Pourquoi cet homme se trouvait-il sur l'estrade ? Il vient faire une déclaration importante pour annoncer la présence de Jésus. D'autre part, la hauteur de l'estrade est une menace pour le Tétrarque, parce qu'au moment de l'échauffourée, c'est d'abord Antipas lui-même qui manque d'être assassiné (c'est nous qui soulignons) :

> (...) Une douzaine, scribes et valets des prêtres, <u>nourris par le rebut des holocaustes, s'élancèrent jusqu'au bas de l'estrade</u> ; et avec des couteaux ils menaçaient Antipas, qui les haranguait, pendant que les Sadducéens le défendaient mollement.   (p. 168)

Il semble que le rite du sacrifice symbolique s'opère sur cette « estrade » et cet incident avec Antipas n'est qu'un présage du sacrifice. Reprenons encore une fois la scène du changement brusque où Antipas tombe dans une situation périlleuse (c'est nous qui soulignons) :

> <u>Antipas, bien vite, tira la médaille de l'Empereur</u>, et, l'observant avec tremblement, il la présentait du côté de l'image.
> <u>Les panneaux de la tribune d'or</u> se déployèrent tout à coup ; et à la splendeur des cierges, entre ses esclaves et des festons d'anémone, <u>Hérodias apparut</u>, — coiffée d'une mitre assyrinne qu'une mentonnière attachait à son front ; (...)
> Mais il arriva <u>du fond de la salle</u> un bourdonnement de surprise et d'admiration. <u>Une jeune fille venait d'entrer.</u>   (p. 170)

La scène est spectaculaire et le mouvement focal se déplace rapidement : Antipas présente la médaille de l'Empereur sur « l'estrade » quand Hérodias fait son apparition dans « la tribune d'or » au-dessus de lui, ce qui donne le signal de celle de Salomé qui arrive « du fond de la salle », s'approche du Tétrarque et vient « se dévoiler » sur le haut de l'estrade.

N'oublions pas qu'Hérodias se trouve toujours au-dessus de « l'estrade », dans « la tribune dorée », de sorte que c'est elle qui domine les hommes. Nous avons déjà signalé plus haut le principe des religions syriennes dont Flaubert a tenu compte pour adopter cette disposition des protagonistes. On remarque ainsi que c'est Hérodias qui, dominant la salle, tire les ficelles du haut de cette « tribune dorée ». Enfin, pour donner un coup décisif au Tétrarque, Salomé, toujours sur l'estrade, tourne autour de lui comme une sorcière du sabbat (C'est nous qui soulignons) :

> Elle se jeta sur les mains, les talons en l'air, <u>parcourut ainsi l'estrade</u> comme un grand scarabée ; et s'arrêta, brusquement.   (p. 173)

C'est sur « l'estrade » que Salomé s'incarne en « grand scarabée » symbolique et les fourreaux de couleur finissent par entourer son visage « comme des arcs-en-ciel », mais nous allons revenir sur ces symboles dans le chapitre suivant. Le signal d'Hérodias déchirera le silence de « la tribune », au-dessus de cette « estrade » : « Un claquement de doigts se fit dans la tribune. »

Au moment où Mannaeï rentre bouleversé, incapable de mettre à exécution la décapitation, c'est sur « la tribune » qu'Hérodias révèle son intention atroce (C'est nous qui soulignons) :

> La fureur d'Hérodias dégorgea en un torrent d'injures populacières et sanglantes. <u>Elle se cassa les ongles au grillage de la tribune</u>, et les deux lions sculptés semblaient mordre ses épaules et rugir comme elle.
> (p. 174)

À la fin, la tête de Iaokanann décapitée est apportée par Salomé jusqu'à hauteur de « la tribune », et rapportée ensuite par une vieille femme « que le Tétrarque avait distinguée le matin sur la plate-forme d'une maison, et tantôt dans la chambre d'Hérodias. » Ce rappel du Tétrarque révèle toute la conspiration d'Hérodias envers le Tétrarque, et la désillusion l'a fait reculer « pour ne pas la [la tête décapitée] voir. » Enfin, c'est Mannaeï qui « descendit l'estrade, et l'exhiba aux capitaines romains, puis à tous ceux qui mangeaient de ce côté », comme s'il présentait un sacrifice sur l'autel de la table du banquet sacré.

Le mouvement entre l'estrade et la tribune se poursuit jusqu'à ce que la tête de Iaokanann soit offerte. Donc, la table, l'estrade et la salle du festin composent un « autel » symbolique sur lequel l'on fait une offrande. À cet égard, il est à noter que de nombreux signes symbolisent l'autel :

> Les Pharisiens les avaient repoussées comme indécence romaine. Ils frissonnèrent <u>quand on les aspergea de galbanum et d'encens</u>, composi-

tion réservée aux usages du Temple. (p. 162)

Dans le domaine religieux, le terme « aspersion » s'emploie pour marquer l'action d'asperger d'eau bénite[42]. D'ailleurs, il s'agit ici de la « composition réservée aux usages du Temple », composition pour l'autel. Dans les avant-textes, Flaubert utilise le même terme, « aspersion », à propos de l'« aspersion du taurobole » [f° 351 (647v)] pour évoquer le rite du baptême de Mithra. D'autre part, nous remarquons dans ses notes de lecture sur l'*Essai sur l'histoire et la géographie de la Palestine* de Derenbourg des références aux parfums et à l'encens :

[f° 58 (663v)]

Le Lévirat	d'après les Sadducéens, n'était ordonné qu'à l'égard de la fiancée du frère mort ‖ α cessait de l'être dès que le mariage était consommé.
L'agneau pascal	devait être mangé entièrement avant l'aurore
chez les	docteurs mangeant en commun on portait sur la table des parfums pʳ rappeler l'encens ‖ brûlé sur l'autel et l'on tenait à parfaire ainsi la ressemblance entre le sacrifice α le ‖ repas. on possédait des appareils particuliers pʳ les sabbats α les jours de fête, où la loi ‖ s'opposait à l'action d'allumer des aromates.

Nous trouvons ici une ressemblance évidente « entre le sacrifice et le repas ». Flaubert, averti du *Lévirat* ou de la coutume juive, a donc transformé le festin en sacrifice avec tous les accessoires qui évoquent l'office de la sacrificature. Il ne faut pas oublier non plus que « l'estrade », place la plus élevée et dominante, est aussi un lieu de révélation : Jacob crie depuis cet endroit quelle est l'identité du Messie et celle d'Élie ; Salomé s'y dévoile enfin comme Hérodias dans sa jeunesse.

« L'estrade » apparaît ainsi comme une sorte d'autel symbolique dans ce banquet sacré. Néanmoins, contre toute attente, cette disposition n'était pas

---

[42] Cf. *Grand Dictionnaire Universel du XIXᵉ Siècle de Larousse* : l'aspersion est l'« action de jeter de l'eau bénite ou quelque autre liquide, dans une cérémonie religieuse » ; « Pratiquée, ainsi que l'ablution, de temps immémorial chez presque tous les peuples, comme mode de consécration et comme symbole de purification morale, elle témoigne de la ressemblance des rites des diverses religions ».

prévue au premier stade des brouillons. Comment cet espace s'est-il formé ?
Nous voulons vérifier maintenant la genèse de plusieurs passages importants
dans lesquels « l'estrade » joue un rôle essentiel.

✥ Le cas Jacob

Dans les esquisses, les esquisses-brouillons et les brouillons-esquisses
jusqu'au premier stade des brouillons, on constate que Jacob ne s'appelle pas
Jacob, mais Thama [f° 356 (558v)], Lamech [f° 356 (558v) ; f° 357 (624r)]
ou Balac [f° 348 (623r) ; f° 366 (620r) ; f° 367 (622v)]. Dans le texte final,
l'estrade n'est pas clairement mentionnée au moment de l'apparition de
Jacob. Les expressions « Derrière le Tétrarque » et « Il descendit l'estrade »
confirment qu'il s'est d'abord placé sur l'estrade, puis descend dans la nef.
Cependant, dans le brouillon-esquisse, au f° 363 (634v), Flaubert avait fait
remonter Balac sur l'estrade : il « monte sur l'estrade p. qu'on entende
mieux — & pâle, convaincu, vibrant [sic] — « « Elie est venu. » », en marge
de quoi il note : « ou derrière Antipas. » En fait, c'est pour mieux faire
entendre à tout le monde sa révélation — « Il est venu, Élie » — que cet
officier remonte sur l'estrade. Intéressant de noter que l'auteur, en bas du
même folio, place cet officier « sur la 1ère marche de l'estrade & tourné vers
la foule » pour crier la vérité décisive : « Elie, c'est Ioakamman [sic] » :

[f° 363 (634v)]

mes le connaissaient α p. qu'on l'entendit mieux	Au h¹ bout de la salle Balac ⌊*entouré de monde α* gesti- culant, ~~on voulait le faire se rasseoir~~ ‖ répétait «Je l'ai vu je l'ai vu! ⌊*s'épuisait à crier* ~~qu'il l'avait vu~~ ⌊*qu'il* ~~je~~ le connais. α vous aussi. — ~~enf~~ – «~~Elie, c'est Ioakanam~~.» ⌊*se plaça sur la* 1ère *marche de l'es-* *trade – α tourné vers la foule crie – Elie, c'est Ioakamman*⁷

Ainsi, il descend et remonte sur l'estrade ou sur la première marche des
gradins pour qu'on entende mieux la vérité. Pourtant, dans la marge du
brouillon suivant, au f° 366, nous constatons qu'il « descend dans la nef et
interpellant Eléazar » lance son premier cri : « Jésus fait des miracles ». Puis
ce mouvement descendant se déplace au premier jet au f° 367 : « descendit
vers la table des prêtres » avec un ajout « tourna l'estrade ». On remarque
aussi en marge la notation : « au bas de la dernière des trois marches ».

[f° 367 (622v)]

il sortit↪	Il ~~descendit vers la table des prêtres~~ ⌈*tourna* l'estrade. α ~~atospr~~
il s'arrêta sur ⌈*au bas de*	⌈*interpellant* ⌈*apostrophant* Eléazar lui cria
la dernière des trois mar-	« – Tu mens, ⌈*Eléazar* Jésus ~~mon maître~~ fait des miracles. »
ches p. *prier le *vit bien	⌈*on en parlait* ~~Des galiléens~~ Alors des hommes de la Ga-
α tourné vers Eléazar	lilée ⌈*hommes* ⌈*galiléens* ~~ennemis des pharisiens~~ ⌈*Jérusalem*
~~tourné vers Eléazar lui~~	dirent ⌈*déclarerènt* ⌈*affirmèr[ent]* ‖ ~~qu'on tout haut~~ qu'on ⌈*le*

De plus, Flaubert supprime dans les folios suivants l'expression « il monta sur la première marche de l'estrade » aussi bien que l'explication « p. qu'on l'entendit » et « qui domine & tourné vers la foule » au f° 368 (626v). Ainsi, l'auteur ne considère plus l'estrade comme prépondérante pour Balac :

[f° 368 (626v)]

> ~~Au haut bout de la salle~~ ⌈*Au hau* ⌈*Cependant tumulte*[7]
> Balac ⌈~~entouré de monde~~ gesticulait, s'épuisait ⌈*se* [ill] à crier qu'il ‖ en était sûr ⌈*l'avait vu* ~~Car son maître~~ ⌈*car Jésus* l'affirmait α il l'avait vu! – il l'avait vu – ‖ d'ail ~~eux-mêmes d'ailleurs on~~ ⌈*d'ailleurs on le con* ⌈*tous* le connaissait. – α ~~p. qu'on l'entendit~~ mieux ⌈*se faire entendre* ‖ ~~il monta sur la première marche de l'estrade~~ ⌈*qui *domine* ⌈*qui domine* α ~~tourné vers la foule~~ ⌈*à pleine poitrine* ⌈α il ajouta plus fort ‖ ~~cria~~ – «Vous le connaissez! – Elie, ~~c'est~~ ⌈*c'est* Ioakanam»
> ⌈*répliqua l'*

D'autre part, en supprimant « sur la dernière marche », il hésite, au f° 369, entre les verbes « descendait », « sortit », « s'arrêta » et choisit enfin une variante en interligne supérieur, à la troisième campagne « descendit l'estrade » :

[f° 369 (631v)]

> ⌈*a* ~~son épaule~~
> Il s'av ~~descendait~~ ⌈*descendait* ⌈*Il sortit* ⌈*descendit* l'estrade, s'arrêta ⌈α ⌈*et cria* ~~sur la dernière marche~~, ⌈α ~~cria~~ tout haut ⌈*déclara*.

Nous remarquons ainsi le tâtonnement de l'auteur pour la notation de

« l'estrade » en ce qui concerne Balac. S'il a d'abord choisi « sur la première marche de l'estrade », c'est pour que Balac révèle la vérité : « Élie, c'est Iaokanann ». Mais il finit par laisser un simple syntagme « descendit l'estrade » et ne le fait plus remonter sur l'estrade.

La descente de Jacob

f° 348 (623r)

« Un officier / Balac. — assis derrière sur un tabouret. » ; ajout : « il était arrivé au moment même / où l'on se mettait à table » « L'officier — « fait des miracles » ; ajout : « se lève »

f° 349 (625r)

« L'officier » : suppression : « lui dit doucemt. » ; ajout « L'officier » « monte sur une table & crie » — « Elie est venu. »

f° 350 (627r)

« Cependant on contestait à l'officier son assertion — il se débat. & le tumulte augmente car il a protesté qu'il a vu Elie » « Car Elie c'est Iaokanam »

f° 356 (558v)

suppression : « Derrière lui » « Thama » ; ajout et suppression « Lamech » ; ajout « derrière lui » ; suppression : « un de ses officiers venait » ; « d'arriver & voulait lui parler » ; en marge : « un officier de sa garnison » ; ajout : « de Tibériade venait »
« L'officier Thamar se redresse » ; ajout « Balac se lève » « entre le tétrarque & Aulus » « Pas vrai — « il fait des miracles ! »
« Lamech gardait un entêtemt doux » ; suppression « Lamech » ; ajout « Balach hésite — mais tant pis — la vérité doit être déclarée » « se rapproche les prêtres & leur dit « C'est le Messie. »

f° 357 (624r)

suppression : « Lamech » ; ajout : « Balac » ; « monte sur l'estrade p. qu'on l'entende mieux. & pâle, convaincu, vibrant — crie « Elie est venu. »
« Mais au ht bout de la salle Lamech » ; suppression : « se démenait » ; ajout : « gesticulait. »

f° 362 (636v)

« Balac » ; suppression : « ne répondait pas » « était descendu dans la nef — ayant les prêtres d'un » ; ajout : « debout entre les 2 tables &

souriant d'un air de dédain mystique »
suppression : « Et Balac hésite mais il doit dire » « confesser la vérité — comme partagé entre deux devoirs contraires. »

f° 363 (634v)

suppression : « Balac reste muet entre les civils & les Prêtres interrogé sa mine — répond mal mais est inébranlable. » / « Balac, » suppression : « monte sur l'estrade p. qu'on entende mieux — & pale, convaincu, vibrant. » « — « Elie est venu » ; ajout : « — Mais Il est venu » « Elie. » ; en marge : « ou derrière Antipas » / suppression : « Elie, c'est Ioakanam. » ; ajout : « se plaça sur la 1ère marche de l'estrade — & tourné vers la foule crie » ; en marge : « p. qu'on l'entendit mieux »

f° 366 (620r)

ajout : « capitaine de sa garnison de Tibérias » « survenu tout à l'h. » « s'était posé sur une escabelle derrière lui » « p. l'entendre d'événemts extraordinaires. » / « Balac, l'officier se leva » ; ajout : « à ce mot » « d'un bond entre Vitellius & Antipas » ; En marge : « descend dans la nef et interpellant Eléazar »

f° 367 (622v)

suppression : « Balac l'officier se leva d'un bond, Entre Vitellius » « descendit vers la table des prêtres » ; ajout : « Jésus fait des miracles. » ; en marge : « il sortit » « il s'arrêta sur » ; ajout : « au bas de la dernière des trois marches » / « Balac debout entre tables & celle des prêtres » / « Balac » ; ajout : « semblait se retenir »

f° 368 (626v)

suppression : « il monta sur la première marche de l'estrade qui domine » ; suppression : « p. qu'on l'entendit » ; ajout : « se faire entendre »

f° 369 (631v)

« descendit l'estrade » ; suppression : « descendait », « sortit », « sur la dernière marche »

Il atténue ainsi l'importance de la montée de « l'estrade » pour la présentation de Balac, dont le nom se transformera en Jacob dans les folios suivants. Jacob descend « l'estrade » à partir du f° 362. Dans le texte final, il descend du haut de l'estrade dans la nef mais ne remonte plus sur l'estrade. Il est à supposer que l'auteur réservera « le haut de l'estrade » pour le personnage le plus important, Salomé, dans la rédaction qui suivra.

❖ *Le cas Salomé*

Contrairement aux notations de « l'estrade » se rapportant à Jacob, on remarque que la rédaction de celles ayant trait à Salomé progresse d'une façon inverse. À l'opposé de la version définitive dans laquelle Salomé retire son voile « sur le haut de l'estrade », le lieu de sa danse est instable au stade de l'esquisse :

[f° 376 (653v)]

> ~~La musique~~ ↑*dans la tribune*. petite flûte ↑*s'éleva* comme un gazouillemt ↑*d'oiseau* ~~part dans les tribunes~~. ‖ Elle danse. ↑*~~sur l'estrade~~* ↑*~~dans l'intervalle entre la table & la première marche~~* ~~Cherche qq chose~~. – ↑*écarta ses yeux enfantins se réveille*

Effectivement, à l'expression « Elle danse » au premier jet, Flaubert ajoute en interligne supérieur « dans l'intervalle entre la table & la première marche » à la 1ère campagne, tandis qu'il ajoute « sur l'estrade » à la 3e campagne, deux ajouts supprimés par la suite [f° 376 (653v)]. C'est quand l'auteur s'occupe de la rédaction syntagmatique de l'incipit du chapitre III, trois folios plus loin, qu'il ajoute au syntagme « sur une estrade en planche de cèdre », la variante en interligne supérieur, à la 2e campagne : « où l'on montait par trois gradins » [f° 379 (645v)]. Comme nous avons vu plus haut dans le cas de Balac un ajout « au bas de la dernière des trois marches », il s'agit de la même « estrade » dont Salomé fait le tour. Pourtant, à partir du f° 399, brouillon-esquisse de la danse, Salomé commence à monter ces gradins :

[f° 399 (639r)]

> Elle ~~salue~~ ~~arrive sur~~ ↑*monte les gradins* ↑*arrivée au dernier* ↑*de* l'estrade. ~~Salue~~ – S'arrête sur le **dernier** ↓*se prosterne devant le Tétrarque. Ouvre son voile a le regarde*. ~~Ses yeux se relève~~ – Sa figure M⁴

L'auteur supprime les verbes « salue », « arrive sur », tandis qu'il ajoute en interligne supérieur d'abord « arrivée au dernier » à la 1ère campagne, ensuite « monte les gradins » et « de l'estrade » à la 3e campagne. Il écrit aussi : « s'arrête sur le dernier » avec une variante à l'interligne inférieur « se prosterne devant le Tétrarque. Ouvre son voile & le regarde. » Remarquons que l'écriture des références à l'estrade en rapport avec Salomé s'accorde avec son dévoilement. La prosternation n'apparaît plus dans le texte final, mais on remarque plutôt une atmosphère mystique.

[f° 400 (637r)]

> ~~Quand elle fut montée~~ Elle ~~monta~~ ⌊*gravit* ~~les~~ ⌊*quand elle fut* ⌊*sur la dernière* marches ~~de l'estrade~~. – Sur la dernière se ‖ prosterne/*a* ~~en face~~ ⌊*du* d'Antipas ⌊*devant le tétrarque*. – ⌊*puis* ~~et~~ ouvre son voile. ~~α le regarde~~ . . – –
> Antipas se croit fou. – ~~C'était sa mère~~, ⌊*il croyait voir* Hérodias jeune. comme autrefois... ⌊*ce jour* . . . ‖ quand il l'avait vue.

La montée de l'estrade par Salomé se précise au f° 400 (637r), au brouillon-esquisse : à la place des syntagmes verbaux comme « fut montée », « monta », « gravit », l'auteur ajoute « sur la dernière marche » en interligne inférieur à la 2e campagne, et « devant le tétrarque » en interligne inférieur à la 3e campagne. Ainsi le passage commence à se fixer autour de la prosternation devant le Tétrarque sur la dernière marche. Juste après, Flaubert s'intéresse au dernier passage de la danse, où il signale le tournoiement : « Elle ne s'arrête pas — fait le tour de l'estrade » [f° 402 (651r et 652r)]. C'est peut-être à ce stade que Flaubert a pris conscience, en décrivant le tournoiement de Salomé autour de l'estrade, de l'importance de celle-ci. Néanmoins, il est encore hésitant pour déterminer l'endroit même où va se dévoiler la jeune fille :

[f° 403 (646r)]

> et ⌊*Puis* quand elle fut ~~au milieu~~ ⌊*au h*ᵗ de l'estrade en face d'Antipas, elle ~~ôta~~ ⌊*retira* son voile, rapidemt ⌊*vivemt* comme un nuage disparaît Alors il eut presque peur
>
> Qui donc était-ce? ⌊*et* ~~l'on s'interrogeait~~ – ~~α les convives~~ ⌊*tous* ⌊*les convives* se penchaient ‖ ~~entre les flam candélabres~~ ⌊*sur les tables* p. la voir passer. Elle glissait, le long ⌊*marchait lentement autour* des tables – sans même faire craquer ses petites ‖ sandales en peau ⌊*duvet* de colibris – comme un nuage – comme une météore
> Quand ~~elle fut~~ ⌊*sur* ~~sur~~ la dernière marche ⌊*quand* ⌊*Puis* arrivée ⌊*au mi*[*lieu*] de l'estrade ‖ ‖ ~~elle se prosterna devant le tétrarque, puis~~ ‖ elle *ôtait ⌊*retira* son voile

[f° 404 (641r)]

Quand elle fut ↑*Puis* au haut de l'estrade, en face d'Antipas, elle ~~retira~~ ↑*ôta* ↑*ôta* son voile ‖ ~~vivemt comme un nuage disparaît~~ – α il eut presque peur. C'était ‖ Hérodias ~~telle qu'autrefois~~ ↑*comme autrefois*, dans la magnificence de sa jeunesse α le ‖ charme de sa pureté.

Au f° 403 du brouillon, l'auteur signale « la dernière marche », en ajoutant une variante en interligne supérieur, à la 3ᵉ campagne « au mi[lieu] de l'estrade ». Pourtant, faisant une rature : « elle se prosterna devant le tétrarque, puis elle ôtait », il recopie le même passage en marge, mais il surcharge le terme « au milieu » par « au haut de l'estrade en face d'Antipas, elle retira son voile, (...). » Si Debray-Genette remarque l'importance du recopiage dans les manuscrits de Flaubert, et appelle ce système de recopiage « les débauches apographiques[43] », on peut attribuer la même importance au recopiage en marge. Debray-Genette écrit : « Comme toujours chez Flaubert, les additions de bas de page sont des sortes de pilotis[44]. » De même, on peut remarquer que le recopiage et la réécriture en marge deviennent souvent le premier jet à la rédaction suivante dans les avant-textes de Flaubert.

Ainsi, « au haut de l'estrade » en marge du f° 403 réapparaîtra au premier jet du f° 404 : mais, il ajoute la peur d'Antipas, « la magnificence » de cette fille, avec une proposition subordonnée « Quand elle fut ». La signification de ce soulignement se vérifie aux folios suivants, car l'auteur, cherchant toujours la présentation la plus impressionnante pour la jeune fille, hésite encore entre les dispositions « au haut » et « devant » au f° 409. Il choisit encore au f° 413 une proposition subordonnée : « Quand elle fut au haut de l'estrade », mais enfin il finit par biffer l'expression « Quand elle fut » à la mise au net :

[f° 414 (533)]

~~Quand elle fut au~~ ↑*Puis* ↑*Sur le* haut de l'estrade, ~~en face~~ elle retira ~~d'Antipas, elle~~ *ôta retira⁴ ‖ son voile ~~son voile~~. C'était Hérodias ~~dans la magnificence de~~ ↑*comme autrefois dans* sa jeunesse

---

[43] Raymonde Debray-Genette, « Les débauches apographiques de Flaubert (l'avant-texte documentaire du festin d'*Hérodias*), *op. cit.*, p. 39.
[44] *Ibid.*, p. 50.

Après la suppression d'une proposition un peu lourde et la rature du mot « la magnificence », l'apparition de Salomé devient plus impressionnante grâce à la simplicité de la phrase.

Parallèlement à cette rédaction de l'apparition de Salomé, Flaubert entame l'approfondissement du dernier mouvement de la danse à partir des trois folios précédents : il renonce à l'expression banale « elle fit qques pas [sic] » pour la remplacer par : « parcourut l'estrade ».

[f° 411 (648r)]

> Elle ~~avait sauté~~ sur l/ses mains ↑*se jeta* ↑*par terre*[1], ⟨a⟩ les pieds en ~~l'air~~ ↑*haut* ↑*l'air*, la tête en bas,/ – ~~elle fit~~ ‖ ~~qques pas~~. ↑*parcourut*[2] *l'estrade de cette manière*, comme un ↑g^d scarabée – ~~puis~~ ↑*a brusquemt* s'arrêta devant lui.

C'est au f° 411 (648r), esquisse-brouillon, que le symbolique « grand scarabée » apparaît, et que le syntagme « parcourut l'estrade de cette manière » remplace l'expression « fit qques pas ». La rencontre dramatique du terme « un grand scarabée » et le syntagme verbal « parcourut l'estrade » créent une atmosphère étrange et grotesque, à cause de la différence insolite de proportion entre l'insecte et l'espace. Il est à remarquer que l'apparition de Salomé « sur le haut de l'estrade » apparaît enfin après la trouvaille de cette dernière posture de la danse du « grand scarabée », autrement dit, après que l'auteur a conçu la signification essentielle de « l'estrade » comme « autel ».

Plus l'auteur réécrit la scène du dévoilement de l'identité, plus on constate que Salomé remonte « l'estrade » : elle se trouve d'abord « sur la dernière marche », puis « au milieu », enfin « au haut » et « sur le haut ». Si Salomé se place « sur le haut de l'estrade » dans la version définitive, c'est parce qu'elle doit annoncer et dévoiler son identité comme Hérodias jeune, du haut de cette estrade qui domine toute la salle. Mais ce qui importe dans notre analyse, c'est que l'arrêt de la danse, qui donnera le coup de grâce à Antipas, se termine aussi sur cette « estrade » où Salomé apparaît comme « un grand scarabée ». Ce n'est plus Balac qui crie « sur la 1ère marche de l'estrade », mais c'est Salomé, un des personnages-clés qui s'y dévoile en tant qu'instrument de sa mère. Finalement, Flaubert place un seul personnage sur *le haut de l'estrade*, ce qui donne à la jeune fille une splendeur éblouissante et une magnificence inouïe.

La montée de Salomé

Apparition de Salomé	L'incipit	La Danse
f° 376 (356v) suppression : « sur l'estrade »; « dans l'intervalle entre la table & la première marche » f° 399 (639r) ajout : « monte les gradins » ; « arrivée au dernier de l'estrade » : « S'arrête sur le dernier » f° 400 (637r) suppression : « Quand elle fut montée » ; « de l'estrade » ; ajout : « sur la dernière ». « Sur la dernière se prosterne ». ajout : « devant le tétrarque » f° 403 (646r) « quand elle fut sur la dernière marche » ; « au milieu de l'estrade » ; suppression : « au milieu » ajout : « au ht de l'estrade en face d'Antipas, elle retira son voile » f° 404 (641r) « Quand elle fut au haut de l'estrade » f° 409 (642r) suppression : « devant » « Quand elle fut au ht de l'estrade » f° 414 (533) suppression : « Quand elle fut au l'estrade »	f° 354 (618v) ajout : « une estrade » ; suppression : « à trois marches » ; ajout : « gradins » f° 379 (645v) « Sur une estrade en planches de cèdre » ajout : « où l'on montait par trois gradins »	f° 402 (651r et 652r) « fait le tour de l'estrade » f° 411 (648r) suppression : « elle fit qques pas. » ajout : « parcourut l'estrade de cette manière, comme un gd scarabée »

❖ *Relation corrélative de « l'estrade-tribune »*

Notre analyse de « l'estrade » liée à Jacob et Salomé montre que la présentation de « l'estrade » est toujours en corrélation avec la présentation de « la tribune dorée ». Flaubert les mentionne généralement dans le même folio. Dans le brouillon, au f° 399, on remarque la présentation de « la tribune d'or » dont la balustrade « faisait saillie sur l'estrade — dominant le tétrarque » en même temps que Salomé « monte les gradins » et arrive « au dernier de l'estrade » :

[f° 399(639r)]

anneaux ⌈spirales nombreuses	elle ressemblait à Cybèle. accotée de ses ~~deux~~ lions.
– mentonnière de perles	~~Elle était debout, tout~~ ⌈*Debout* au bord de la balustrade ~~qui~~
ample tunique safran	faisait saillie ‖ ~~au dessus~~ de ⌈~~au dessus~~ ⌈*sur* l'estrade. – do-
à plis droits.	minait le tétrarque – ~~court α ramassé~~ ‖ ~~et semblait beaucoup~~
	~~plus g^{de} que lui~~. – *α tenait une coupe* – plate[1]

Néanmoins, au f° 400, Flaubert supprime l'indication de « l'estrade » pour Hérodias et Salomé en même temps, ce qui fait que la corrélation entre ces deux endroits devient plus ambiguë :

[f° 400 (637r)]

> semblait à Cybèle accotée de ses ‖ lions. ⌈*et* Debout ~~sur le bord de~~ ⌈*sur la* la balustre[3] ~~faisant saillie sur l'estrade~~ ⌈*qui* ⌈*dominait* ⌈*Antipas* ‖ – ~~elle ten – dominait Antipas,~~ ⌈ *et* ⌈*elle* tenait ⌈*dans ⌈*à* *sa main ~~une coupe plate~~ ⌈*cratère large*. *un petit cratère*[4]
>
> ~~Quand elle fut montée~~ Elle ~~monta~~ ⌈*gravit* les ⌈*quand elle fut* ⌈*sur la dernière* marches ~~de l'estrade~~. – Sur la dernière se ‖ prosterne/a ~~en face~~ ⌈*du* d'Antipas ⌈*devant le tétrarque*. – ⌈*puis* ~~et~~ ouvre son voile. ~~α le regarde~~ . . – –

D'autre part, la surveillance exercée par Hérodias se manifeste surtout au début de la danse. Au f° 376, à l'esquisse, l'auteur biffe « la tribune » ainsi que « l'estrade ». Ôhashi Eri commente ce passage et qualifie les yeux de Salomé comme étant ceux d'un enfant très pur et sans souci[45]. Pourtant, il

---

[45] Ôhashi Eri, *op. cit.*, p. 33.

nous semble que cet air indécis de Salomé provient seulement de la tension liée au commencement de la danse :

[f° 376 (653v)]

<table>
<tr><td>– et/elle se met en
~~d'abord ferme les yeux~~
puis se réveille ↑M les^a
2 mains sur la joue gauche</td><td>~~La musique~~ ↑*dans la tribune*. petite flûte ↑*s'éleva* comme un gazouillemt ↑*d'oiseau* ~~part dans les tribunes~~. ‖ Elle danse. ↑*sur l'estrade* ↑*dans l'intervalle entre la table α la première marche*
~~Cherche qq chose~~. – ↑*écarta ses yeux enfantins se réveille*</td></tr>
</table>

Pourquoi écarte-t-elle les yeux ? C'est parce qu'Hérodias lui donne le signal de danser du haut de la tribune, ce qui se vérifie au f° 401, au brouillon-esquisse, où la phrase « Elle écarte les yeux » du premier jet succède directement à la note de régie : au-dessus de la note de régie « des gazouillements s'échappèrent de la tribune », la description de l'air de Salomé commence par la phrase suivante : « Elle écarte les yeux — comme une personne qui se réveiller/e ». Effectivement, il semble que ce sont ces gazouillements de la flûte qui donnent à Salomé le signal de la danse, si l'on tient compte des notes supprimées en marge : « elle cherchait qqu'un — parut indécise & comme p. partir en route [sic] » :

[f° 401 (647r)]

<table>
<tr><td>elle ouvrit de g^{ds}
regarda de droite α de
gauche ↑*évidemmt elle*
~~cherchait~~ ↓*qq chose*.
qqu'un – parut indécise
α comme p. partir en</td><td>~~Un gazouillemt d'oiseau *prolongeait une flûte~~ ↑*Le gazouillemt d'un oiseau* ↑*des sons de flûte, ~~comme~~* ↑*des gazouillements* s'échappa/↓èrent de la tribune

Elle écarte les yeux – ~~eut l'air de~~ se ↑*comme une personne qui se* réveiller/e . . ~~air gai~~, ‖ plein d'espérances. ↑*avec des ~~crotales~~* se met en quête, ~~se met~~ ↑ – appelait s'arrêtait, ~~recom-~~</td></tr>
</table>

L'auteur signale en bas de marge de ce même folio : « un instant il la crut la voir du côté droit. entre bas de l'estrade & la table des prêtres — la tête en avant comme une panthère qui guette sa proie. — Mais la vision mauvaise disparut / Il ne s'était pas trompé sur sa figure. Hérodias venait épier si son plan avait réussi. avait fait [élever loin] secrètemt sa fille, puis venir à Mach. p. que par elle elle put dominer le tétrarque [sic]. » Remarquons ici le symbolisme naissant de la femme fatale, Hérodias étant comparée à « une panthère qui guette sa proie », symbole de luxure qui apparaît dans *Salomé dansant devant Hérode* de Gustave Moreau. Évidemment, Flaubert approfondit ce passage sur la surveillance d'Hérodias, car il signale la réaction ouverte de la tribune dans le folio suivant [f° 402], au scénario-esquisse :

[f° 402 (651r et 652r)]

> Elle ne s'arrête pas – fait le tour de l'estrade, de plus en plus vite, à ‖ a croire qu'elle va s'enfuir
> – Arrête! je te donnerai[1] x»
> Un rugissemt de triomphe dans la tribune

« Un rugissement de triomphe dans la tribune » nous révèle la présence des regards fixes des femmes d'en haut. C'est au même folio que le mot « scarabée », expression-clé de la comparaison de la danse avec la résurrection, apparaît pour la première fois. La signification symbolique de « l'estrade » commence à se figer, semble-t-il, car il s'agit d'un insecte qui « parcourut l'estrade » dans le texte final. Un peu plus bas, dans le même folio, l'auteur ajoute l'expression « claquemt de doigt dans les tribunes [sic] » :

[f° 402]

> dras – elle ne sait que répondre ⌊a il y eut un silence. ⌈Mais un petit bruit ⌈claquemt de doigt dans les ‖ tribunes elle y monte. ~~Hérodias l'avait fait élever à l'écart, puis~~ ‖ ~~venir pensant que par elle, elle pourrait gouverner le tétrarque~~ ⌊a ~~elle avait eu~~ ⌊a ~~l'événemt lui donait~~ ⌊raison

Remarquons que Flaubert efface la mention d'un complot d'Hérodias selon lequel elle aurait élevé Salomé pour « gouverner le tétrarque ». Il nous semble que Flaubert déplace l'explication de son complot dans la narration du texte final pour atténuer la surveillance d'Hérodias.

Le signal de la danse par « des roucoulements de flûte » est maintenu, au f° 408, mais l'auteur supprime l'expression « Elle écarte les yeux ». Le sens du signal devient ainsi plus vague. En même temps, il hésite dans le même folio, car il supprime l'expression « au bas de l'estrade » en ce qui concerne la surveillance d'Hérodias. Il biffe enfin, au f° 409, au stade suivant, « de l'estrade près de Jonathas », ajoutant « de la dernière marche près d'Eléazar ». C'est au f° 409 qu'il précise enfin la position de Salomé au début de la danse : « au ht de l'estrade [sic] », soulignant ainsi la position élevée de Sálome.

LE FESTIN COMME RITE RELIGIEUX

[f° 409 (642r)]

α ne pensait plus à Hérodias. Un momt ‖ il crut la voir. ~~Elle était~~ au bas ~~de l'estrade près de Jonathas~~ ⌈*de la dernière* *marche près*⌉ ~~des Sadducéens~~ ⌈*d'Eléazar.* ~~à demi~~ courbé ‖ comme une panthère ~~qui~~ guette sa proie. Heureusemt la vision ‖ s'éloigna.

Pas de grand changement en ce qui concerne le signal au f° 413, mais finalement, à la mise au net, Flaubert supprime ce signal de la tribune, effaçant la phrase : « de la tribune Des roucoulements de flute s'échappèrent » :

[f° 414 (533)]

~~Quand elle fut au~~ ⌈*Puis*⌉ ⌈*Sur le* haut de l'estrade, ~~en face~~
elle retira ~~d'Antipas, elle *ôta retira⁴~~ ‖ son voile ~~son voile~~. C'était Hérodias ~~dans la magnificence de~~ ⌈*comme autrefois dans* sa jeunesse
⌈*~~de la tribune Des roucoulements de flûte s'échappèrent~~*⌉
α ⌈*Puis* elle se mit à danser

Dans cette apparition de Salomé « sur le haut de l'estrade », la vision d'Hérodias et son influence sont tellement franches que l'auteur semble supprimer tous les signes du gouvernement d'Hérodias ayant pour objectif de concentrer l'attention du lecteur sur Salomé. Ce qui importe pour notre analyse, c'est que plus « l'estrade » gagne de l'importance en rapport avec la danse de Salomé, plus l'auteur biffe la mention de « l'estrade » quand il s'agit d'Hérodias. De telle sorte que « l'estrade » donnera davantage une impression spectaculaire au moment du dévoilement de Salomé ainsi que de son parcours comme un grand scarabée.

La présence de la tribune est aussi renforcée par celle des femmes dans la tribune dans les avant-textes. On les remarque dans le texte final, uniquement dans le passage suivant (C'est nous qui soulignons) :

— « Élie ! Élie ! » répéta la foule, jusqu'à l'autre bout de la salle. Tous, par l'imagination, apercevaient un vieillard sous un vol de corbeaux, la foudre allumant un autel, des pontifes idolâtres jetés aux torrents ; et les femmes, dans les tribunes, songeaient à la veuve de Sarepta.   (p. 164)

C'est dans l'esquisse du passage de la tentative d'assassinat d'Antipas, au f° 352, que nous trouvons d'abord la présence des femmes et des enfants dans la tribune :

[f° 352 (633r)]

> ~~Dans~~ [ill] Dans les tribunes, *~~voil~~ ↑*voiles* ~~blanc~~ des blancheurs comme des ailes ‖ cris aigus. – Ce sont les femmes α les enfants qui ont peur

Pas de grande modification au f° 359, l'esquisse-brouillon, mais l'auteur supprime au stade du brouillon, au f° 374, « cris aigus de femmes & d'enfants » dans la tribune, ce qui voile désormais leur existence dans la tribune :

[f° 374 (631r)]

> ceux qui l'avaient direc- ~~lui et ou à Ioakanam – Avouent leurs principes~~ ‖ ~~d'assassinat~~
> temt ~~accep~~ acceptée la laissent voir des poignards – ⌊~~Dans les tribunes, cris aigus~~ ‖
> conquête sur la ↑α la ~~de femmes α d'enfants effrayés ils cr croyant qu'on va se bat-~~
> haine éclatait encore ~~tre.~~ ⌉ ‖ – ~~des Pharisiens s'enhardissent, montent sur~~ ↑ – *une*
> plus *vive*. α les physio- *douzaine* – *scribes* ~~aigris~~ *nourris de poireaux aigris par des³ dispu-*

Il est à signaler que l'auteur commence à les faire disparaître, car au folio suivant, f° 376, il s'occupe du signal de la danse, comme nous l'avons dit plus haut, hésitant à supprimer de la même manière l'existence de la tribune : « part dans les tribunes ». Tandis qu'il insère encore l'encouragement des femmes, en supprimant l'indication de place : « d'en haut petits ».

[f° 376 (653v)]

> ricanemt. Mais ~~Vitellius~~ – ~~Mais~~ ↑*Antipas renaissait* ‖ toute sa jeunesse, ~~asp~~ il la humait à pleine poitrine ↑*narrines*. ~~e'é Elle ne~~ ‖ ~~s'était pas tro~~ ↑*Hér vit pas à compter sur ces deux là* Hér. ~~l'avait fait élever à l'écart~~ – puis venir avec l'idée ‖ qu'elle pourrait par elle ~~tenir Antipas~~. – ça réussissait. – de temps à autres ‖ p/~~d'en haut petits~~ signes d'encouragemt⁶.

Outre ces suppressions au sujet de la notation de la tribune, on remarque dans le même folio l'enchevêtrement de la présentation du complot d'Hérodias : l'auteur efface la présence de « la vieille femme » en même temps qu'il ajoute « rugissement de triomphe dans la tribune » en marge, comme dans le f° 402. Il s'agit ici de la vieille femme qui avait accosté Salomé au moment de son apparition énigmatique aux chapitres précédents :

[f° 376 (653v)]

  des cataractes – ⌊ ~~Au centre, de l'espace où elle dansait la vieille femme~~
   – hanches.   ~~claquait dans ses~~ ‖ ~~mains p. marquer la mesure α c~~*h*~~antant une~~
  pantomime[c]   ~~chanson de Gadès~~.

Syntagmatiquement, Flaubert s'occupe de la rédaction de l'esquisse de la suite du même passage dans le folio suivant, f° 377 : f° 376 se termine au serment d'Antipas, et f° 377 commence par la réaction de la tribune. On remarque en marge un ajout supprimé « un petit bruit dans les tribunes l'y appelle » aussi bien que la suppression de la présence d'Hérodias dans la tribune qui « en haut lui fait un signe ». Enfin, on constate sa réapparition au moment où l'on conteste que Mannaeï exécute la décapitation de Iaokanann :

[f° 377 (655v)]

  dras je te le donnerai[a]
  – ~~un petit bruit dans~~ ~~Hérodias en haut lui fait un signe~~ – elle disparaît – On l'at-
  ~~les tribunes l'y appelle~~. tend. Où est ce ‖ ~~redem~~ redescend ⌊*en redescend très peu de*
  ~~Elle y monte~~[b]   *temps après* ⌊*dans la tribune* un petit bruit[2] ~~on attend~~ ⌊On com-
        mençait à s'inquiéter de son absence. Elle descend[3]
        D'une voix α d'un air enfantin.

Apparemment, l'auteur essaie d'effacer la domination trop visible d'Hérodias. Il laisse dans le texte final sa réapparition et un bruit qui se transformera en l'expression : « un claquement de doigts se fit dans la tribune ». La suppression de son existence est maintenue au folio suivant, à l'esquisse de la tête apportée [f° 378] :

[f° 378 (641v)]

       Elle monte dans la tribune ~~p. être offerte à Hérodias~~ ⌊*en cou-*
      rant légèremt.
        ~~Elle revient~~ ⌊*La vieille femme*[3] ⌊*rapporte la tête* dans la
      salle. ⌊*Mannaeï prend le plat* α *le présente à*

L'intention de l'auteur s'intensifie ; il efface le destinataire à qui Salomé doit offrir la tête et change le rôle de Salomé et celui de « la vieille femme » qui rapporte la tête dans la salle. Contrairement à la disparition du son de la « flûte », d'« un rugissement » de la tribune et la présence d'Hérodias qui reste à l'arrière-plan, c'est « la vieille femme » qui travaille sous les ordres de celle-ci. Nous trouvons trois fois, en effet, cette vieille femme juste au moment des trois apparitions de Salomé dans la version définitive.

Passons maintenant à d'autres exemples du thème de « la tribune ». Au moment du climax de la danse, l'auteur avait d'abord noté la réaction des femmes dans la tribune. Dans le brouillon-esquisse numéroté B [f° 401], il ajoute le syntagme « plein de femmes se rabattirent », en marge duquel il décrit la vision d'Hérodias qui guette Antipas « comme une panthère » :

[f° 401 (647r)]

entre le bas de l'estrade	– ↑son dos mordoré – α la face impassible – mystère *irrite³
α la table des prêtres – la	tambourins ‖ harpes α flûte. ↑semait l'amour³ ↑De toute sa
tête dans les épaules ↑à	personne sortent comme des flammèches d'incendie⁸ ↓Les clair-
demi recourbée ↓en avant	voies les ↑deux galeries latérales ↓pleine de femmes se rabat-
comme une panthère qui	tirent ↓ – flambeaux. ↓Elle tournait

Dans la rédaction suivante, brouillon-esquisse numéroté B [f° 401], Flaubert recopie le même passage, mais il biffe « se rabattirent » et écrit « baissèrent ». Apparaît ici la « galerie à clairvoie » que nous trouvons à l'incipit du chapitre III. L'excitation restant toujours très vive, l'auteur semble cependant vouloir supprimer au stade suivant le rabaissement des « panneaux », « les femmes » et « les nègres » [f° 412] :

[f° 412 (649r)]

de la salle illuminée	convoitise. – Les auvents ↑panneaux ‖ des galeries [ill] ↑Les
↓de la basilique des	deux tribunes ↑en ↑se *repliant ↑[ill] se *rabaissèrent ↓relevèrent
nègres, des femmes α	leurs panneaux. ↑laissant voir dans les hauteurs de la *basilique
leurs ↑des	au bord des femmes des nègres ↓des *esclaves des nègres des ‖
les femmes α	enfants α des nègres devant la ↓qui regardaient la danseuse.

Le recopiage des personnages en marge montre l'hésitation de l'auteur, qui est confirmée au stade suivant, car il réécrit encore l'abaissement des panneaux avec les personnages : « Les deux tribunes en grillage abaissèrent leurs panneaux, laissant voir dans les hauteurs de la salle illuminée, des nègres, des femmes & leurs enfants qui contemplaient la danseuse. » [f° 415

(650r)] On constate ici que l'auteur remplace le mot « regardaient » par « contemplaient », ce qui intensifie la focalisation extérieure des spectateurs. Cette intensification de la focalisation induit un effet inattendu : à la mise au net numérotée 27 [f° 416 (534)], quand l'écrivain avance la rédaction des brouillons verticalement, il supprime toute réaction de la tribune. Il semblerait que l'excitation dans la tribune soit assimilée à celle du bas de la salle, d'autant plus que l'auteur indique au f° 410 (643r) les réactions des deux côtés, soit celle d'en bas, soit celle de la tribune : « La foule d'en bas y répondit » ; « au bord, nègres, femmes avec leurs enfants. » Quoi qu'il en soit, écrivant toujours selon une esthétique de la condensation, Flaubert rature la plupart des présences féminines d'en haut, dans « la tribune », excepté la contemplation des femmes. En d'autres termes, cette suppression focalise tous les regards sur la danse de Salomé et cette focalisation se poursuivra jusqu'au coït sans voix entre Salomé et Antipas. Ajoutons que la séquence « Elle ne parlait pas. Ils se regardaient » apparaît justement dans le même brouillon où l'écrivain commence à raturer la description des femmes [f° 412 (649r)], comme nous l'avons transcrit. Faut-il penser que la focalisation sur le regard des spectateurs annonce la rencontre des yeux dans le silence ?

La corrélation « estrade-tribune » est ainsi approfondie au cours du mouvement avant-textuel. Plaçant Hérodias-Cybèle dans « la tribune » au dessus de « l'estrade » où se trouve la table proconsulaire d'Antipas, l'écrivain était, répétons-le, toujours conscient de ce qu'il avait noté dans l'esquisse numérotée IX, f° 361 : « le Principe femelle dominant le Principe mâle (...) (en Syrie, c'est le principe femelle qui domine) ». On constate ainsi au f° 410 (643r) l'indication de la domination d'Hérodias : « P. être toujours la dominatrice ». Il s'ensuit que toutes les dispositions « estrade-tribune » symbolisent la puissance de chaque personnage : Hérodias, Salomé, Jacob et Antipas. C'est dans ce dispositif théâtral que nous pouvons trouver maintenant la nouvelllle signification de « l'appareil scientifique », dans lequel les personnages jouent son rôle chacun à sa position définie.

❖ L'achèvement de « l'estrade-tribune »

L'appareil « estrade-tribune » mis en place, essayons de montrer comment cette « estrade » se transforme en autel symbolique au moment du festin.

Il s'agit d'abord de l'image d'un autel où l'on offre des sacrifices. De ce point de vue, l'imagination de Vitellius qui soupçonne les holocaustes à la table proconsulaire renforce l'image de l'autel pour ceux qui se trouvent à la table aussi bien que pour les lecteurs. L'écrivain avait supprimé, dès le stade de l'esquisse numérotée VIII, l'« autel de Moloch » et ajouté : « il se trouvait dans le pays de Moloch. » [f° 360 (639v)] De même, il remplace « les sacrifices humains » par les « sacrifices d'enfants n'étaient pas finis, disait-on », ce qui atténue dans le texte final l'image des sacrifices humains [f° 360 (639v)]. Outre cette atténuation, il recopie en marge de la rédaction suivante une expression concernant le sacrifice : à l'expression « avec l'histoire de l'homme qu'on engraissait dans le Temple », il ajoute le terme important, « sanctuaire » [f° 375 (638r)]. Il semble qu'il s'agit d'un homme qu'on engraissait en vue d'un sacrifice. À ce stade, le terme « sanctuaire » renvoie clairement à l'idée d'autel et de sacrifice :

[f° 375(638r)]

	Egyptiens ⌈ce Moloch dont il avait vu... on lui ‖ avait montré sur la route un ⌈des anciens autel de Moloch ⌈a il se ‖
avec l'histoire de l'homme qu'on nour ⌈engraissait dans le Temple ↓sanctuaire il	trouvait dans leur pays ⌈de Moloch a les sacrifices d'enfants revenaient ⌈revinrent à sa ‖ mémoire. – Maintenant encore, suivant la renommée ⌈disait ⌈disait-on, ils nourrissaient ‖ secrètement ⌈mystérieusemt un homme p. l'égorger au bout de

Pourtant, l'image du « sanctuaire » n'est pas seulement liée à l'imagination du Proconsul ; quatre folios plus loin, dans la rédaction syntagmatique de l'incipit du chapitre III, nous retrouvons le même terme « sanctuaire » au milieu des tâtonnements de l'auteur :

[f° 379 (645v)]

La table[c]	ble ‖ établie sous la tribune dorée ⌈proconsulaire au fond ⌈était[4] ⌈se dressait[4] ⌈sous la tribune dorée[3] ψ[9] – Sur une estrade ⌈au milieu en planches ⌈en parquet en planches de ‖ cèdre à ⌈où l'on montait par trois gradins – Des tentures en ⌈des tapisseries de Babylone ⌈appendues ⌈accro ⌈aux murs ⌈autour en faisaient ↓l'enfermaient dans[11] ‖ une espèce ⌈[2 ill] de tente, ↓d'appartement – de sanctuaire ↓de pavillon.

Juste après le passage « la table proconsulaire se dressait sous la tribune dorée », « sur une estrade », nous pouvons constater les tâtonnements de l'auteur pour décrire un espace enclos, enfermé par « des tapisseries de

Babylone ». Il y ajoute à « une espèce » « d'appartement — de sanctuaire » qu'il remplace immédiatement par « de pavillon ». N'est-ce pas surprenant que l'endroit où un piège est tendu contre Antipas soit présenté au début comme « une espèce de sanctuaire », terme qui signifie « un lieu le plus saint d'un temple, d'une église » ou « un édifice consacré aux cérémonies d'une religion[46] » ? Dans le temple juif, il s'agit d'« une partie secrète où était gardée l'arche d'alliance ». Par ailleurs, quand ce mot « sanctuaire » disparaît du f° 381, nous remarquons que l'écrivain écrit « sycomore » à la place d'« une estrade en planches de cèdre », ce qui renforce la connotation biblique : tantôt la vanité, tantôt la folie[47].

De plus, nous remarquons la comparaison « un repas comme un acte religieux » par les Pharisiens dès le stade de l'esquisse numérotée II [f° 348 (623r)]. Apparemment, comme nous l'avons montré plus haut, Flaubert profite ici de ses notes de lecture concernant les coutumes des Juifs. Ce qui est frappant encore, c'est que l'on rencontre le thème de « l'aspersion » : « Eléazar tressaillit indigné sous une aspersion de galbanum & d'encens qui était mélange réservé p. le Temple ». Pas de changement sur ce passage au stade suivant, esquisse-brouillon numérotée II [f° 355 (619v)]. Néanmoins, on constate au stade du brouillon que le sens du terme « aspersion » est atténué, parce que l'auteur transforme le substantif en adjectif verbal « aspergés ». Le mot « aspersion » évoque le baptême religieux par aspersion, tandis que le participe passé « aspergés » est utilisé simplement dans le sens de « mouillés ». On peut signaler ainsi l'estompage de la connotation religieuse :

[f° 383 (619r)]

> ~~usage de Rome~~ ↑*indécence romaine,* ‖ un ↑*tout* repas ~~était p.~~ ~~eux~~ ↑*devait être* ~~dans leurs~~ [ill] une ~~action~~ acte/*ion* religieuse. α ~~les leurs sourcils~~ ‖ ~~se fronçaient devant l'inconvenance de leur~~ [ill] – Ils ~~eurent~~ frémirent ↑*tressaillirent* ‖ ~~d'indignation~~ en se ~~sentant mouillés~~ ↑*humides* ↓*aspergés* ↑*quand on* ↑*par/* [ill] par des gouttes de galbanum α d'encens ‖ composition ~~destinée~~ ↑*mélange* ↓*réservée p.* ↑*qu'ils réservaient* aux usages du temple.

L'importance de ce vocable augmente, si l'on considère que l'auteur l'utilise dès l'esquisse numérotée V au sujet de la discussion sur la Résurrec-

---

[46] Cf. *Le Grand Robert de la Langue française*, op. cit., t. VIII, p. 568.
[47] Cf. *Dictionnaire des symboles*, op. cit., p. 728

tion lors du banquet : ayant raturé « recevoir le taurobole », il ajoute « adorateur de Mithra racontait son baptême », lequel il biffe et remplace par le syntagme « aspersion du taurobole » [f° 351 (647v)]. Il est ainsi clair que Flaubert utilise « l'aspersion » dans un sens religieux pour signifier « le baptême » :

[f° 351 (647v)]

> immor[ta]lité ‖ de l'âme ⌈*comme les Grecs* – O̶n̶ ̶s̶'̶é̶p̶a̶n̶c̶h̶a̶i̶t̶ [ill] ⌈*Marcellus avait* [ill] d̶e̶ ̶r̶e̶c̶e̶v̶o̶i̶r̶ ̶l̶e̶ ̶t̶a̶u̶r̶o̶b̶o̶l̶e̶ ⌈*adorateur de Mithra racontait son* b̶a̶p̶t̶ê̶m̶e̶ ⌈*aspersion* du ‖ taurobole. U̶n̶ ̶s̶y̶r̶i̶e̶n̶ ⌈*et Mar L'officier* l'engageait à venir avec lui (– à f̶a̶i̶r̶e̶

L'« aspersion du taurobole » consiste à être aspergé de gouttes du sang du taurobole au cours des célébrations rituelles en l'honneur de Mithra. Le syntagme « aspersion du taurobole » figure encore dans l'esquisse-brouillon numérotée V : Flaubert écrit d'abord « et lui racontait sa joie en receva le sang [sic] », qu'il biffe tout de suite, et réécrit « sous l'aspersion du Taurobole » :

[f° 358 (646v)]

> Marcellus a̶d̶o̶r̶a̶t̶e̶u̶r̶ ̶d̶e̶ ̶M̶i̶t̶h̶r̶a̶ ⌈*a* sympathisait avec L̶a̶m̶e̶c̶h̶ ⌈*Balac* ‖ et lui racontait sa joie e̶n̶ ̶r̶e̶c̶e̶v̶a̶ ⌈*le sang* ⌈*sous l'aspersion* du Taurobole. Lamech voulait ‖ qu'il quittat tout p.

Il semble qu'il commence à supprimer les mots trop forts pour parler du sacrifice. L'estompage sera complet à l'avant-mise au net, car il rature même le mot « taurobole » et écrit en interligne supérieur à la troisième campagne, « le bonheur » que Marcellus avait ressenti sous le baptême de Mithra [f° 394 (628r)]. Il a même failli raturer le terme « de Mithra » en interligne supérieur à la deuxième campagne ; les termes « le bonheur » et « le baptême de Mithra » sont ainsi fixés dans la mise au net pour atténuer l'image du sang et du sacrifice [f° 398] :

[f° 394 (628r)]

> quaient des oracles. Marcellus a̶ ⌈*a* Jacob ‖ s'étaient joints α Le premier narrait au second l̶a̶ ̶j̶o̶i̶e̶ ⌈*le bonheur* qu'il avait r̶e̶s̶s̶e̶n̶t̶i̶e̶ ⌈*éprouvée* ‖ sous le baptême d̶u̶ ̶t̶a̶u̶r̶o̶b̶o̶l̶e̶ ⌈*de Mithra* ⌈*de Mithra*. α Jacob l'engageait à suivre Jésus. Les vins ‖ de pal-

LE FESTIN COMME RITE RELIGIEUX

Encore un mot au sujet du passage « on les aspergea de galbanum et d'encens, — composition réservée aux usages du Temple ». Rappelons que Flaubert insiste sur « la ressemblance entre le sacrifice & le repas », comme le montrent ses notes de lecture sur le *Lévirat* :

[f° 58 (663v)]

> docteurs mangeant en commun on portait sur la table des parfums p^r rappeler l'encens ‖ brûlé sur l'autel et l'on tenait à parfaire ainsi la ressemblance entre le sacrifice α le ‖ repas. on possédait des appareils particuliers p^r les sabbats α les jours de fête, où la loi ‖ s'opposait à l'action d'allumer des aromates.

Ainsi, il est à noter que « des parfums » sont utilisés « pour rappeler l'encens brûlé sur l'autel » et il s'agit toujours de l'évocation de « l'autel » dans la description du festin.

Les « sacrifices d'enfants », le « sanctuaire », l'« aspersion du taurobole », le « sang », les « parfums » et l'« encens »... toutes ces images se focalisent, et évoquent « le sacrifice » et « l'autel » dans la description du banquet comme métaphore. Flaubert a rassemblé ces images du sang et du sacrifice comme les accessoires et les décors au moyen des vocables « scientifiques » pour mettre en marche cet « appareil » théâtral au moment du festin. Ainsi, l'estrade apparaît comme un « espace de sanctuaire » et devient l'« autel symbolique » sur lequel est sacrifiée la tête de Iaokanann.

CHAPITRE IV
LA RÉSURRECTION

Tout « l'appareil scientifique », ou en d'autres mots, l'appareil « estrade-tribune » qui sert d'autel symbolique, converge à la fin vers le thème ultime et fondamental de ce récit : la Résurrection. Dès le chapitre I, l'expression énigmatique de Iaokanann nous interpelle : « Pour qu'il grandisse, il faut que je diminue[1] ! » Le pronom personnel « il » désigne le Christ qui sera le Messie, et on retrouve la même formule à la fin du récit. Cette expression apocalyptique est présente à travers tout ce conte, car ce n'est pas seulement Iaokanann qui se sacrifie, mais également Jésus, pour le salut du monde. Par la citation de cette expression énigmatique tirée de l'*Évangile selon saint Jean*, Flaubert introduit dans la discussion du festin la question de la Résurrection, principe fondamental du christianisme, qui s'applique ici à Iaokanann, incarnation d'Élie, grand prophète ressuscité[2], comme au Messie. Afin de

---

[1] *TC*, p. 134. Selon P.-M. de Biasi, en référence à l'argot du XIXe siècle, on peut interpréter le verbe « diminuer » d'une manière plus concrète, au sens de « trancher la tête » ou « guillotiner » : « Mais Flaubert le voltairien s'amuse : le contexte immédiat de la décapitation oblige à interpréter le verbe « diminuer » d'une manière concrète, au sens où dans l'argot du XIXe siècle, on disait « raccourcir » pour « trancher la tête ou « guillotiner ». », *op. cit.*, p. 176 (voir la note 4). Voir aussi *Évangile selon saint Jean*, (III-30), *La Bible, op. cit.*, p. 1382 : « Il faut qu'il croisse et que je diminue. » P.-M. de Biasi signale l'ironie de l'auteur à l'égard du vocable « diminuer », mais étant donné que la formule avait été utilisée auparavant dans la traduction de Le Maistre de Saci, l'ambiguïté demeure quant à savoir si cette formule provient de l'ironie de l'ancienne époque ou de l'ironie de l'auteur.

[2] Cf. *Évangile selon saint Marc* (VI : 14-16) : avant même la décollation de Jean, l'évangéliste évoque la résurrection d'Élie : « Or la réputation de Jésus s'étant beaucoup répandue, le roi Hérode entendit parler de lui ; ce qui lui faisait dire : Jean-Baptiste est ressuscité après sa mort ; c'est pour cela qu'il se fait par lui tant de miracles. (...) Hérode, entendant ces bruits différents, disait : Jean à qui j'ai fait trancher la tête, est celui-là même qui est ressuscité après sa mort. » (*La Bible, op. cit.*, p. 1316) À la table de la fête, on discute de la résurrection d'Élie (*TC*, p. 164-165).

montrer comment ce thème de la résurrection s'entrelace avec le « festin comme rite religieux », nous allons analyser l'originalité et le sens de la danse de Salomé qui est l'acmé du récit et du festin, raison qui pousse Kudo Yoko à qualifier Flaubert de précurseur dans la description détaillée[3] des innombrables métaphores de la danse de Salomé.

1. La danse de Salomé

❖ *Un changement d'optique dans l'écriture : les regards*

Examinons tout d'abord le jeu des regards au moment de la danse de Salomé. Comme nous l'avons vu auparavant, les circonstances et le mode d'apparition de Salomé sont subtilement agencés par l'auteur. C'est seulement dans le dernier chapitre que Salomé est identifiée comme étant la fille d'Hérodiade, au moment où Iaokanann est exécuté et où sa tête est rapportée sur un plat par une vieille femme. Si l'accent est mis sur l'apparence physique de la jeune femme et sur le regard séduit du Tétrarque au moment de son apparition énigmatique, Flaubert mentionne également les regards masculins de l'assistance qui pèsent sur elle tout au long de sa danse, ainsi que les regards des femmes dans la tribune[4], comme si le regard d'Antipas s'élargissait à celui de tous les hommes, le regard de chacun en particulier devenant un seul et unique large regard du public masculin en présence. Lucette Czyba souligne ce point : « Aussi bien le regard tiers multiplie-t-il le pouvoir érotique de la danse de Salomé : un corps féminin convoité par tout un public masculin devient éminemment convoitable. (...) Comme le souligne la structure même du passage, le désir d'Hérode, destinataire véritable de cette danse, s'accroît de celui de tous les autres spectateurs[5]. » Et la danse de Salomé est pour ainsi dire rendue vénéneuse par ce large regard circulaire dont la convoitise est exacerbée par la musique. Cette scène dévoile non seulement la provocation visuelle de la chair, mais aussi l'agencement subtil de l'auteur stimulant à la fois les cinq sens des

---

[3] Kudo Yoko, *op. cit.*, p. 68.
[4] *TC*, p. 164. Voir aussi notre analyse « Relation corrélative de « l'estrade-tribune » dans le chapitre III : Le Festin comme rite religieux ».
[5] Lucette Czyba, *Mythes et idéologie de la femme dans les romans de Flaubert*, Presses Universitaires de Lyon, 1983, p. 296.

spectateurs et des lecteurs. Nous allons donc d'abord suivre la description de la danse paragraphe par paragraphe, pour mettre en évidence les différents mouvements, notamment le mouvement optique.

[Résumé de la danse par paragraphe]

1. Entrée de Salomé.
2. Son allure : un voile bleuâtre lui cache la poitrine et la tête, mais on peut distinguer ses yeux, ensuite ses oreilles, sa peau, ses épaules, ses reins, ses caleçons et enfin de petites pantoufles.
   Les regards descendent du buste vers le bas, comme pour la « lécher » uniformément.
3. Dévoilement sur l'estrade : la vision d'Hérodias par le Tétrarque.
4. Commencement de la danse. On découvre successivement : ses pieds, ses bras arrondis, et l'image d'un papillon prêt à s'envoler et d'une Psyché.
   La danse des pieds attire l'attention des spectateurs, puis l'impression de la légèreté de la Psyché prolonge le mouvement ascendant.
5. Modulation des sons : la danse s'accorde au rythme musical, et répète un petit balancement de haut en bas, allant de ses paupières à sa taille, puis à son ventre, à ses deux seins, à son visage et à ses pieds. En même temps, le mouvement devient plus saccadé : « se tordait la taille », « balançait », « des ondulations », « trembler », « n'arrêtaient pas ».
6. Les trois spectateurs principaux : Vitellius, Aulus, Antipas.
7. L'explication de l'auteur et la pensée d'Hérodias.
8. Danse de l'Amour : on arrive au passage le plus intéressant, l'emportement de l'Amour. La danse représente maintenant la volupté, la sensualité et le balancement frénétique s'intensifient. Ses oreilles, puis son dos, ses bras, ses pieds, ses vêtements, ses genoux, ses jambes, et son menton en bas. Les brillants, l'étoffe de ses vêtements et sa chair se fondent, et d'invisibles étincelles jaillissent. Encore une fois, le mouvement optique descend du haut en bas, mais avec de grands écarts, le menton frôle le plancher. Il semble donc que toute la puissance du désir tourne autour de son menton alors qu'elle a la tête en bas ; il semblerait qu'à partir de ce moment-là, ce ne sont plus les spectateurs qui convoitent Salomé : c'est elle maintenant qui les capture ouvertement.

9. Traque d'Antipas par Salomé : Salomé accule désormais Antipas jusqu'au bout, en tournant frénétiquement autour de sa table « comme le rhombe des sorcières ». En véritable sorcière, elle tend un filet invisible pour le capturer, dans lequel il finit par tomber, tout en demandant la récompense.
10. L'acmé de la danse : au climax de sa danse, Salomé marche sur les mains. Elle s'arrête dans la position du « grand scarabée ».
11. Arrêt en gros plan à partir de sa nuque vers ses vertèbres, ses jambes, son épaule, sa figure, ses lèvres, ses sourcils, ses yeux et des gouttelettes à son front.
   Le mouvement optique change du vertical au latéral. Le large regard du public suit sa nuque verticalement jusqu'à son épaule qui vient frôler sa figure près du plancher. Puis il se déplace de ses lèvres à son front.
12. Focalisation sur un spectacle sans parole. Leurs yeux se rencontrèrent.
13. Un claquement de doigts d'Hérodias dans la tribune.
14. Le cri de Salomé qui éclate soudain : « La tête de Iaokanann ! »
15. Le Tétrarque vaincu.

On voit les regards du public, le large et unique regard si on peut l'appeler ainsi, se focaliser autour de la chair de Salomé, suivant un mouvement bien définie. Ce regard se déplace entre le buste et la partie inférieure du corps, surtout les pieds[6]. Néanmoins, il est difficile de nous figurer ce mouvement des regards, car il y a des moments pendant lesquels son sens de direction s'inverse.

De haut en bas   ↓
De bas en haut   ↑
La modulation (du haut en bas)   ↳
De haut en bas (le menton au plancher)   ↳
Le tournoiement   ↺
De bas en haut (sur les mains, dans la figure)   ↰
De bas en haut et puis en bas (un angle droit)   ↱ ↵

---

[6] P.-M. de Biasi note aussi le fétichisme de la chaussure féminine en ce qui concerne Hérodias et Salomé. Voir les notes (*TC*, p. 155, note 5 ; p. 171, note 2) Néanmoins, il ne prête pas attention à l'importance du saut renversé de Salomé comme une variante de la danse fétichiste.

Ces moments se succèdent subtilement, suivis par les regards masculins rivés sur Salomé. Dans l'arrêt final « comme un grand scarabée », Salomé sur les mains, les talons en l'air, dans une position inversée, symbolise le retournement qui s'est produit dans la relation de convoitise qu'elle entretient avec les hommes. Tous, y compris Antipas, essaient de la capturer, mais c'est Antipas qui finit par être lui-même emprisonné, sans qu'une seule parole ne soit prononcée. Et le large regard des spectateurs est entraîné tout entier dans ce renversement de situation, dans lequel Antipas et Salomé s'unissent en silence.

❖ *La volte-face des symboles dans l'écriture*

Dévorée par les regards de convoitise des hommes, Salomé, qui est « sans voix », s'est servie uniquement jusqu'ici de l'attrait de sa chair voluptueuse. Ce n'est qu'au moment où elle sent que sa victoire est proche qu'elle sort brusquement de son aphasie. Qu'est-ce qui se substitue donc à sa voix lors de cette aphasie ?

Si l'on examine de près la question, cette jeune fille énigmatique « sans voix » est parée de tout un éventail de symboles et d'allégories. Durant sa danse tour à tour lascive et frénétique, les mots descriptifs s'entortillent comme les accessoires et les parures s'enroulent artistiquement autour de sa chair pour faire corps avec elle devenant ainsi un langage ensorcelant. Brunetière a déjà signalé « l'érudition incohérente[7] » de ces pages descriptives, alors que D. L. Demorest, dans *L'Expression figurée et symbolique*, apprécie leur « harmonie imitative » et écrit : « mais, en tout cas, ces images multiples appliquées aux divers mouvements de la danse ne manquent certainement pas d'harmonie imitative, et leur multiplication est au contraire un indice de plus d'un art toujours sûr de lui, et capable de suggérer encore bien plus qu'il n'exprime[8] ». Il faut toutefois préciser la description de ces symboles afin de montrer la signification profonde de la danse de Salomé.

Nous avons déjà remarqué dans le chapitre II l'influence de Cybèle. H. P. Lund soutient qu'« elle n'exprime plus aucun sentiment précis —

---

[7] Ferdinand Brunetière, *Le Roman naturaliste*, Calmann-Lévy, 1875, pp. 32-46.
[8] D. L. Demorest, *L'Expression figurée et symbolique dans l'œuvre de Gustave Flaubert*, Slatkine Reprints, 1967, p. 588. Sur l'analyse de Brunetière, Demorest écrit : « Brunetière trouve que les multiples comparaisons accumulées dans les premières pages de cette danse tombent dans l'érudition incohérente, qu'elles n'auraient pu se présenter à l'esprit d'aucun spectateur, et qu'elles sont de trop. »

sinon la volupté —, et ne fait que ressembler à d'autres femmes qui dansent[9]. » Mais n'est-elle qu'une femme qui danse ? Flaubert complique les perspectives car il use également de symboles antagonistes : la spiritualité et la sensualité. Relevons maintenant ces antagonismes pour découvrir les caractéristiques de la danse phrase par phrase (C'est nous qui soulignons).

> (...) Elle le poursuivait, plus légère qu'un papillon, <u>comme une Psyché curieuse, comme une âme vagabonde, et semblait prête à s'envoler.</u>
> (p. 171)

L'espoir est représenté par un « papillon », esprit léger, et « une Psyché curieuse », qui représentent tous deux l'âme, ce qui introduit une dimension spirituelle dans ce contexte amoureux. D'ailleurs, si on tient compte de la mythologie grecque de Psyché et Éros[10], il est évident qu'elle cherche Éros. La danse de Psyché est donc une invitation à la recherche d'Éros, son alter ego. Le fond spirituel de la danse est accentué davantage par l'utilisation des « crotales » qui étaient des instruments dont se servaient en particulier les prêtres et les prêtresse de Cybèle. H.P. Lund insiste sur la source de la danse : « Les deux danses se distinguent ainsi l'une de l'autre comme âme et corps, langueur et épanouissement. Cette différence est précisément le propre du culte de Cybèle[11]. » Flaubert a ainsi voulu donner une dimension spirituelle à la danse.

> (...) Ses attitudes exprimaient des soupirs, et toute sa personne une telle langueur <u>qu'on ne savait pas si elle pleurait un dieu, ou se mourait dans sa caresse.</u>
> (pp. 171-172)

Vient ensuite l'accablement, introduit par la phrase suivante située dans un contexte amoureux et religieux : « (...), et toute sa personne une telle langueur qu'on ne savait pas si elle pleurait un dieu, ou se mourait dans sa caresse. » Le mot « dieu » laisse entrevoir un contexte religieux, non-érotique, mais l'expression « sa caresse » l'efface aussitôt après pour évoquer la danse voluptueuse.

---

[9] Hans Peter Lund, *op. cit.*, pp. 112-113.
[10] Barbara G. Walker, *The Woman's Encyclopedia of Myths and Secrets*, Harper & Row, Publishers, Inc., 1983, p. 656 (『神話・伝承辞典―失われた女神たちの復権』, 山下主一郎主幹共訳, 大修館書店).
[11] Hans Peter Lund, *op. cit.*, p. 113.

LA RÉSURRECTION

La passion des amoureux se superpose à l'enthousiasme des « prêtresses des Indes, comme les Nubiennes des cataractes, comme les bacchantes de Lydie. » Lund, comparant cette danse à celle de Cybèle, affirme que c'est un « rappel voilé des bacchanales et de l'origine du culte de Cybèle » : « La frénésie lascive (le terme est dans les brouillons) rapproche encore plus cette danse du culte de Dionysos. Les « tympanons » et les cymbales (ces dernières sont nommées dans les brouillons) sont les instruments mêmes qui accompagnaient la deuxième partie du culte de Cybèle[12]. » Néanmoins, il ne faudrait pas simplement limiter la signification de la danse à la seule comparaison du culte de Cybèle. La harpe, quant à elle, symbolise l'esprit d'un homme tiraillé entre l'instinct et la soif de spiritualité[13]. De même que Salomé se renverse de tous côtés, les symboles passent sans cesse de la spiritualité à la volupté.

En acculant Antipas, Salomé révèle sa véritable nature, celle d'une sorcière : littéralement elle devient l'instrument d'Hérodias, s'approche et tourne autour d'Antipas « comme le rhombe des sorcières » dans le but de l'ensorceler et d'obtenir la permission de l'exécution de Iaokanann. Selon le *Dictionnaire des symboles*, « le rhombe » est un « instrument de musique, révélé au cours de l'initiation » ; « Par sa rotation, le rhombe produit un son analogue au tonnerre et au mugissement du taureau (d'où encore son nom anglais de bull-roarer[14]). » Rappelons que l'image du taureau a été évoquée au cours du festin à propos du taurobole dans le baptême de Mithra aussi bien que celui du culte de Cybèle. Quant à la sonorité du « rhombe », « les mystérieux gémissements qu'ils entendent la nuit, provenant de la jungle, emplissent les non-initiés d'une terreur sacrée, car ils devinent en eux l'approche de la divinité[15]. » Si le tournoiement de Salomé achève de captiver Antipas pour lui arracher la permission de faire décapiter Iaokanann, n'est-ce pas à ce moment où la machine infernale de Dieu, la fatalité religieuse en quelque sorte, se met en branle sous l'apparence de la sensualité de la danseuse ?

Ayant arraché la permission du Tétrarque, Salomé se dresse sur ses mains, les talons en l'air pour s'incarner en « grand scarabée. » Or, le scarabée est

---

[12] *Ibid*. Mais, Lund n'indique pas clairement ses sources quant à la nature des instruments liés au culte de Cybèle.
[13] Cf. *Dictionnaire des symboles, op. cit.*, p. 392.
[14] *Ibid*., p. 652.
[15] *Ibid*.

un symbole cyclique du soleil, du fait qu'il roule en boulettes ses excréments[16]. Le *Dictionnaire des symboles* précise : souvent appelé « le dieu Khépri », « le soleil levant », soit le symbole de la résurrection[17]; tout comme la résurrection d'Élie, celle de Iaokanann s'impose donc à ce moment. Quel était le point de vue de Flaubert sur le scarabée ?

C'est au retour de sa visite du Sphinx (Abou-el-Houl : le père de la terreur) pendant son voyage en Égypte que le jeune Flaubert l'a vu pour la première fois : « En revenant, j'ai trouvé sur la poussière un gros scarabée que j'ai empoigné et qui est piqué dans ma collection[18]. » Il semble que cet insecte jouissait d'une grande considération de la part de Flaubert, si bien qu'il se servait même d'un cachet à l'image de cet insecte. Une lettre à Louise Colet du 16 janvier 1852 nous révèle l'information suivante : « Je mettrai au chemin de fer *Saint Antoine* et un presse-papier qui m'a longtemps servi. Quant à la bague, voici le motif pourquoi je ne te l'ai pas donnée encore : elle me sert de cachet. Je me fais monter un scarabée que je porterai à la place. Je t'enverrai donc bientôt cette bague[19]. » Outre ce souvenir précieux, Flaubert a dû lire le passage sur l'image sacrée de cet insecte dans *L'Insecte* de Jules Michelet, comme le suggère l'admiration exprimée par Flaubert pour ce grand auteur dans une lettre datée du 26 janvier 1861 le remerciant pour l'envoi du livre *La Mer* : « Au collège, je dévorais votre *Histoire romaine*, les premiers volumes de l'*Histoire de France*, les *Mémoires de Luther*, l'*Introduction*, tout ce qui sortait de votre plume. Avec un plaisir presque sensuel, tant il était vif et profond. Ces pages (que je retenais par cœur involontairement) me versaient à flots tout ce que je demandais ailleurs vainement : poésie et

---

[16] Cf. Imamori Mitsuhiko, *op. cit.*, pp. 212-215. Voir aussi Imamori Mitsuhiko, *Souvenirs entomologiques photographiques—Scarabée*, Heibon-sha, 1991 (今森光彦, 『写真昆虫記 スカラベ』, 平凡社).

[17] *Dictionnaire des symboles*, *op. cit.*, p. 679. « Le scarabée est surtout connu comme symbole égyptien. Symbole cyclique du soleil. Il est l'image du soleil qui renaît lui-même : Dieu qui revient. (...) Aussi symbolise-t-il le cycle solaire du jour et de la nuit. »

[18] *Corr.*, *deuxième série (1847-1852)*, p. 157 (lettre du Caire à Louis Bouilhet en date du 15 janvier 1850) ; voir aussi Gustave Flaubert, le *Voyage en Égypte*, édition intégrale du manuscrit original établie et présentée par P.-M. de Biasi, Grasset, p. 219 : « Mercredi, retour au Caire — presque toujours sous des palmiers. La poussière qui s'étend sous leurs pieds est clairsemée des jours du soleil qui passent dessous — un champ de fèves en fleur embaume — le soleil est chaud et bon. Je rencontre un scarabée sous les pieds de mon cheval. (...) Ce mercredi 12 était l'anniversaire de ma naissance — 28 ans. » On constate que le scarabée est toujours lié au soleil égyptien et à la renaissance.

[19] *Corr.*, *ibid.*, p. 342.

réalité, couleur et relief, faits et rêveries[20]; » Homme de science, Flaubert avait dévoré ainsi les livres de Michelet dès sa jeunesse. Un peu plus loin, il confirme : « Devenu homme, mon admiration s'est solidifiée. Je vous ai suivi d'œuvre en œuvre, de volume en volume, dans le *Peuple*, la *Révolution*, l'*Insecte*, l'*Amour*, *la Femme*, etc., et je suis resté de plus en plus béant devant cette sympathie immense qui va toujours en se développant, cet art inouï d'illuminer avec un mot toute une époque, ce sens merveilleux du vrai qui embrasse les choses et les hommes et qui les pénètre jusqu'à la dernière fibre[21]. » Ce qui frappe, c'est que Flaubert est toujours charmé par le « sens merveilleux du vrai qui embrasse les choses » dans les œuvres de Michelet. On peut trouver des images mythiques du « scarabée » dans le chapitre « Métamorphose » de *L'Insecte* :

> Isis reportait son espoir sur le scarabée sacré, il naît trois fois, il meurt trois fois, comme larve, nymphe, ce scarabée. <u>Du plus rebutant sépulcre il jaillit étincelant.</u> Il brille, il éclipse tout. <u>Dans son aile de pierreries se mire le tout-puissant soleil.</u> Ne voyez-vous pas ce petit miracle, confident muet du tombeau, qui nous joue le jeu de la destinée ? les pensée d'immortalité qu'y puisa la grave Égypte...[22]

Précisément, l'image sacrée de cet insecte est étroitement liée au sens de la résurrection et au système solaire, ce qui rappelle dans *Hérodias* le « sépulcre » et la résurrection étincelante du prophète en tant que saint homme. Venons-en au passage de la danse, car il nous semble important que ce symbole révélateur et cette posture ultime du « scarabée » soient présentés sur « l'estrade », autel symbolique de l'offrande de Iaokanann. Il est clair maintenant que le symbole de la résurrection ajoute un sens positif à la permission de la décapitation (C'est nous qui soulignons).

> Sa nuque et ses vertèbres faisaient un angle droit. Les fourreaux de couleur qui enveloppaient ses jambes, lui passant par-dessus l'épaule, <u>comme des arcs-en-ciel, accompagnaient sa figure</u>, à une coudée du sol.

---

[20] *Corr.*, *ibid.*, p. 342. C'est dans la même lettre que Flaubert parle de l'esthétique d'un « livre sur rien ».
[21] *Corr.*, *quatrième série (1854-1861)*, p. 416.
[22] Cf. Jules Michelet, *L'Insecte*, dans *Œuvres Complètes*, XVII, Flammarion, 1986, p. 325. Souligné par nous.

> Ses lèvres étaient peintes, ses sourcils très noirs, ses yeux presque terribles, et des gouttelettes à son front semblaient <u>une vapeur sur du marbre blanc</u>. (p. 173)

L'arrêt en gros plan met de nouveau l'accent sur la gloire de Dieu, du Messie, car « des arcs-en-ciel » accompagnent cette position finale, et sa figure même. P.-M. de Biasi, comparant cette description avec celle de la danseuse Azizeh que Flaubert a vue en Égypte, précise que « Salomé mime l'enjeu de sa danse : une décapitation[23], citant la description de la danse dans le *Voyage en Égypte* : « son col glisse sur les vertèbres d'arrière en avant, et plus souvent de côté, de manière à croire que la tête va tomber — cela fait un effet de décapitement effrayant[24]. » Ainsi, ce mouvement suggère l'image de la tête décapitée accompagnée d'« arcs-en-ciel ». Or, justement, l'« arc-en-ciel » est généralement considéré comme le « symbole du pont médiateur entre la terre et le ciel que traversent les dieux et les héros[25]. Iaokanann devient enfin un des apôtres et passe de la terre au ciel après avoir été martyrisé, car ce symbole se situe à la fin de la danse. Qui plus est, « L'arc-en-ciel » est interprêté dans la *Genèse* de l'*Ancien Testament* comme la résurrection de l'ordre cosmique et la naissance d'un nouveau cycle, mais il signifie aussi la conclusion d'une nouvelle alliance[26]. Il y a donc là un symbole extrêmement important : la prophétie de Iaokanann s'est accomplie, et son exécution ouvre un nouveau cycle religieux, celui du christianisme. Comme l'a souligné Jane Robertson au sujet de l'existence de la dualité religieuse dans les invectives de Iaokanann[27], « l'arc-en-ciel » de cette dernière posture constitue une sorte de pivot, d'un point de vue historique, entre l'*Ancien Testament* et le *Nouveau Testament*. Le rôle de Salomé comme médiatrice s'éclaircit maintenant, d'autant plus qu'elle entraîne la mort, le martyre d'Iaokanann, sans connaître le dessein de Dieu. La comparaison des « gouttelettes à son front » de la dernière pose de Salomé comme « une vapeur sur du marbre blanc[28] » correspond à la description du temple de

---

[23] *TC*, p. 173, voir note 3 : « En Égypte, Flaubert avait observé ce type très particulier de mouvement chez une danseuse dont il appréciait aussi beaucoup les charmes, la petite Azizeh. [sic] »

[24] Gustave Flaubert, *Voyage en Égypte, op. cit.*, p. 295.

[25] Cf. *Dictionnaire des symboles, op. cit.*, p. 62-63.

[26] Cf. *La Bible, op. cit.*, p. 14, *Genèse*, (IX : 12-17) : « Dieu dit ensuite : Voici le signe de l'alliance que j'établis pour jamais entre moi et vous, et tous les animaux vivants qui sont avec vous. »

Jérusalem dans le chapitre I, « ses murailles de marbre blanc », ce qui montre le changement du rôle de Salomé, qui de séductrice devient médiatrice sacrée.

Malgré le succès apparent de la danse voluptueuse, nous découvrons ainsi l'apparition de plus en plus évidente de la spiritualité. La volupté (la langueur — la caresse — la convoitise — la volupté poussée à son paroxysme) se superpose à la spiritualité (la Psyché ou l'âme vagabonde — l'extase de la caresse de Dieu — l'enthousiasme des prêtresses — le rhombe des sorcières — un grand scarabée symbolisant la résurrection — les arcs-en-ciel symbolisant la conclusion de la nouvelle alliance). Flaubert utilise toujours des comparaisons et des métaphores pour évoquer simultanément l'image voluptueuse en même temps que l'image mystique.

En référence à l'étymologie, Barbara Walker rappelle que le terme « Salomé » est issu d'un mot hébreu, « shalom », qui signifie généralement la « paix[29] ». Originellement, « Salomé » désignait l'une des « Horae », les grandes prêtresses. Suivant Walker, le nom de « Salome » provient de la traduction du nom de la troisième Horae, Irene, qui symbolisait la « paix[30] ». Dans *La Bible*, on retrouve plusieurs Salomés : certaines sont de simples

---

[27] Jane Robertson, « The structure of *Hérodias* », in *French Studies*, vol. 36, n° 1-4, 1982, pp. 174-175. Robertson remarque que l'accent est mis sur la conception du monde judaïque au début du récit, et chrétien à la fin. Ainsi, la parole d'Iaokanann joue un rôle de pivot dans cette histoire et ses invectives impliquent les deux conceptions du monde : « However, with the narration of the miracle of Jacob's daughter the last chapter also includes the perspective of the New Testament. There is thus a shift of emphasis from the Old Testament at the beginning of the story to the New at the end, while the most dramatic passage in the central chapter is transitional in that the voice of the prophet includes both. This movement reflects the importance of the story as a turning point. »

[28] Il y a une formule analogue à « du marbre blanc » dans les manuscrits de *La Tentation de saint Antoine* à propos de la mort d'Adonis : « des femmes pleuraient—& leurs larmes tombaient sur ses pieds nus, comme les gouttes d'eau sur du marbre blanc ». (Cf. manuscrits de la Bibliothèque Nationale, n.a.fr. 23665 f° 166) ; voir aussi Kanasaki Haruyuki, « Le mythe d'Adonis dans *la Tentation de saint Antoine* », in *Studies in Language and Culture*, Faculty of Language and Culture, Graduate School of Language and Culture, Osaka University, n° 26, 2000 (金崎春幸, 「『聖アントワーヌの誘惑』におけるアドニス神話」, 『言語文化研究』, 大阪大学言語文化部大学院言語文化研究科).

[29] Cf. Barbara G. Walker, *op. cit.*, pp. 701-702 ; voir aussi *Dictionnaire biographique du Christianisme*, Nippon Kirisuto-kyôdan Shuppan-kyoku, 1986, p. 569 (『キリスト教人名辞典』, 日本基督教団出版局) : le terme hébreu « שלום (sā-lôm) » signifie « paix ».

danseuses, d'autres assistent à des scènes importantes[31] : l'une d'entre elles se trouvait au-dessous de la croix (*Marc*, XV : 40) ; une autre s'est rendue au tombeau, pour aller mettre des huiles parfumées sur le corps de Jésus (*Marc*, XVI : 1) ; une Salomé est aussi la mère des fils de Zébédée (*Matthieu*, XXVII : 56) ; une autre encore est une des sœurs de Marie, mère de Jésus (*Jean*, XIX : 25). Aussi constatons-nous l'importance de la sainteté inhérente au nom de « Salomé » dans l'histoire mythologique ainsi que dans *La Bible*. Quant à la filiation d'Hérode, sa grand-mère s'appellait aussi Salomé qui était plus vénéneuse[32].

Salomé a donc souvent été affiliée à une lignée sainte ou mythique. L'interprétation des symboles va maintenant nous conduire à mettre en évidence les deux gloires finales, celle d'Hérodias dont le plan a réussi, et celle, plus grandiose, de Dieu.

❖ *Les miroirs successifs — le rythme*

Focalisation des regards, volte-face de la situation, mélange des symboles... Le rythme de la phrase contribue également à évoquer l'enchaînement des différents moments. Notons que c'est surtout la répétition des mêmes segments du discours qui fait ressortir les symboles, les expres-

---

[30] Barbara G. Walker, *ibid.* : Walker postule qu'il est possible que Iaokanann ait été sacrifié pour le rite, si on considère que l'apparition des « Salomés » se rattache toujours aux scènes où il s'agit de la mort et de la naissance. Voir aussi *Encyclopaedia Judaica*, vol. 14, Keter Publishing House Ltd., Jerusalem, 1971-1972, pp. 690-691. Cf. *New Larousse Encyclopedia of Mythology*, translated by Richard Aldington and Delano Ames, Paul Hamlyn, 1959, p. 138 : « The number of the Horae varied. The Athenians venerated two : Thallo, who brought the flowers ; and Carpo, who brought the fruits. Hesiod counted three Horae : Eunomia, Dike and Irene. (...) Eunomia saw that the laws were observed ; Dike attended to justice, Irene to peace. »

[31] Barbara G. Walker, *ibid.* ; voir aussi, *Dictionnaire biographique du Christianisme*, *op. cit.*, p. 569 ; John Bowker, *The Complete Bible Handbook*, *op. cit.*, p. 315.

[32] La plus connue est la sœur d'Hérode le Grand qui était une forte femme et commit des meurtres pour prendre le pouvoir. Cf. Morton Scott Enslin, *Christian Beginnings*, Part I and II, Harper Torchbooks, 1938, p. 49 ; pp. 38-60, chapter III, « The rise and rule of Herod » ; Flavius Josèphe, *Antiquitates Judaicae*, traduit du grec en japonais par Gôhei Hata, Yamamoto Shoten, Tokyo, 1979-84 (フラウィウス・ヨセフス, 『ユダヤ古代誌』, 秦剛平, 山本書店) ; voir aussi Flavius Josèphe, *La Guerre des Juifs*, traduit du grec par Pierre Savinel, Les Éditions de Minuit, 1977, p. 185. La sœur d'Hérode calomnie Mariamne, la femme de son frère, avec pour dessein de la tuer avec son mari. Il y a au moins trois Salomés d'après Josèphe ; Imura Kimié, *La Métamorphose de Salomé*, Sinsho-kan, 1990, pp. 12-15 (井村君江, 『「サロメ」の変容』, 新書館).

LA RÉSURRECTION

sions figurées et les images. Observons les passages ci-dessous :

1. 1 verbe pour 3 objets : « on distinguait les arcs de ses yeux, les calcédoines de ses oreilles, la blancheur de sa peau. » (p. 170)
2. 3 groupes (verbe + objet) : « elle se tordait la taille, balançait son ventre avec des ondulations de houle, faisait trembler ses deux seins, » (p. 171)
3. 2 groupes (sujet + verbe) : « son visage demeurait immobile, et ses pieds n'arrêtaient pas. » (p. 172)
4. 3 groupes (sujet + verbe) : « Vitellius la compara à Mnester, le pantomime. Aulus vomissait encore — Le Tétrarque se perdait dans un rêve, » (p. 172)
5. 1 verbe pour 3 groupes nominaux : « Elle dansa comme les prêtresses des Indes, comme les Nubiennes des cataractes, comme les bacchantes de Lydie. » (p. 172)
6. 2 groupes (sujet + verbe) : « Les brillants de ses oreilles sautaient, l'étoffe de son dos chatoyait ; » (p. 172)
7. 3 groupes nominaux + verbe : « de ses bras, de ses pieds, de ses vêtements jaillissaient d'invisibles étincelles qui enflammaient les hommes. » (p. 172)
8. 4 sujets + 1 verbe : « et les nomades habitués à l'abstinence, les soldats de Rome experts en débauches, les avares publicains, les vieux prêtres aigris par les disputes, tous, dilatant leurs narines, palpitaient de convoitise. » (p. 172)
9. 1 verbe + 4 objets : « Tu auras Capharnaüm ! la plaine de Tibérias ! mes citadelles ! la moitié de mon royaume ! » (p. 173)
10. 4 groupes (sujet + attribut) : « Ses lèvres étaient peintes, ses sourcils très noirs, ses yeux presque terribles, et des gouttelettes à son front semblaient une vapeur sur du marbre blanc. » (p. 173)

D'une façon générale, les mêmes segments sont répétés 3 ou 4 fois, et il semble que l'équilibre d'une phrase soit modifié avec des éléments de plus en plus longs. Les images et les nombres de groupes prolifèrent, se diffusent, en substituant les uns aux autres la partie du corps et les mouvements. Les expressions figurées s'unissent pour aboutir à une paralysie. C'est un peu comme si on regardait la scène dans un miroir à trois faces. Le côté droit et le côté gauche s'opposant, les scènes qui s'y reflètent se multiplient : de même la structure des phrases (1 verbe + 3 parties du corps) croise d'autres phrases : 3 groupes (1 verbe + corps) ; ou 3 groupes (1 sujet + 1 verbe), afin de détailler les attraits de Salomé en train de danser.

Ainsi, cette paralysie de la scène rappelle la torpeur, l'ivresse et le désordre de la multitude en pleine nuit, précisément au moment du Sabbat, comme nous l'avons montré. En d'autres termes, pendant que les images successives de la danse se superposent aux accompagnements musicaux qui s'enchaînent dans le fond, le gouffre extraordinaire de la convoitise diffusée par le corps de la jeune fille envoûte tous les hommes, sans distinction de catégorie sociale. Les différentes étapes de la tentation s'amplifient avec le trouble émotionnel grandissant des prisonniers, jusqu'à ce que le son de la harpe s'élève et que la multitude y réponde, que les tympanons résonnent, que la foule hurle et que l'émoi des spectateurs atteigne son comble...

2. *Les Jumeaux* : *Iaokanann et Salomé*

Salomé est à la fois une séductrice et une médiatrice sacrée, ce qui, paradoxalement, la rapproche de Iaokanann. Nous allons donc préciser leur apparition, leur action et enfin le rythme de la narration.

❖ *L'apparition concordante*

L'existence de Salomé symbolise toujours la chair féminine, tandis que celle de Iaokanann n'est que paroles. Jusqu'à la fin du festin, Iaokanann n'existe que par ses paroles, et quand il fait son apparition, il ne reste que sa tête qui représente la voix. De même, Salomé n'apparaît complètement qu'à la fin du festin. Le chapitre I ne mentionne qu'une parole énigmatique de Iaokanann, et le corps de Salomé, incarnation de la chair, ne se dévoile que partiellement. Le mouvement énigmatique et élastique de la jeune fille symbolise celui de sa future danse (c'est nous qui soulignons).

> (...) L'ombre du parasol se promenait au-dessus d'elle, en la cachant à demi. Antipas aperçut deux ou trois fois <u>son col délicat, l'angle d'un œil, le coin d'une petite bouche</u>. Mais il voyait, <u>des hanches à la nuque</u>, toute sa taille qui s'inclinait pour se redresser d'une manière élastique.
> (p. 141)

À travers le chapitre II, Jean n'existe qu'en tant que parole prophétique, tandis que le Tétrarque ne voit qu'un bras nu de Salomé : la vieille femme écartant le rideau, il pourrait la voir, mais l'auteur ne la décrit pas et seule sa nudité cachée l'excite. À la fin, au chapitre III, Salomé apparaît la poitrine et la tête voilées. C'est sur « l'estrade », autel symbolique, qu'elle retire « son voile bleuâtre », et encore la nomination de la partie voilée porte sur la « poitrine » et la « tête ». La dissimulation du corps tire à sa fin et dans la dernière posture d'« un grand scarabée », l'auteur fait la description à partir de sa nuque (C'est nous qui soulignons) :

> Sa nuque et ses vertèbres faisaient un angle droit. Les fourreaux de couleur qui enveloppaient ses jambes, lui passant par-dessus l'épaule, comme des arcs-en-ciel, accompagnaient sa figure, à une coudée du sol. Ses lèvres étaient peintes, ses sourcils très noirs, ses yeux presque terribles, et des gouttelettes à son front semblaient une vapeur sur du marbre blanc. (p. 173)

Parcourant l'ensemble de son corps au cours de la danse, la focalisation se dirige à la fin vers sa figure, sa tête, à commencer par « sa nuque et ses vertèbres », ce qui, comme nous l'avons dit plus haut en mentionnant la remarque de P.-M. de Biasi, évoque la « décapitation », rappel du souvenir de l'auteur en Égypte[33]. Et l'auteur continue à dépeindre « ses lèvres », « les yeux », jusqu'à « ses sourcils » et « son front ». Lorsqu'à la fin apparaît la tête de Iaokanann, Mannaeï descend de l'estrade, autel symbolique, et on examine cette offrande :

> La lame aiguë de l'instrument, glissant du haut en bas, avait entamé la mâchoire. Une convulsion tirait les coins de la bouche. Du sang, caillé déjà, parsemait la barbe. Les paupières closes étaient blêmes comme des coquilles ; et les candélabres à l'entour envoyaient des rayons. (p. 175)

Les termes désignant la tête de Iaokanann — « la mâchoire », « les coins de la bouche », « les paupières closes » — sont quasiment les mêmes que ceux de la description de Salomé : « coin d'une petite bouche », la « nuque », « paupières entre-closes ». Malgré le grotesque de la juxtaposition sur la

---

[33] Gustave Flaubert, *Voyage en Égypte*, op. cit., p. 295.

table de la tête décapitée et du repas, la scène baigne dans une atmosphère de spiritualité. D'après P.-M. de Biasi, l'allusion au tableau de Gustave Moreau est ici maintenue : « la tête de Jean, décrite comme celle des toiles flammandes, est éclairée par un rayonnement à la Moreau[34]. » La nudité de Salomé se dévoile de bas en haut au fur et à mesure du récit, jusqu'au visage, ce qui peut être lu comme un signe annonciateur de l'exécution de Iaokanann. Sur ce point, rappelons l'analyse du dévoilement par Hasumi Shiguéhiko : « Si le discours narratif du chapitre I s'organise autour de la seule hantise souterraine d'Antipas, le chapitre II suit un mouvement de descente verticale accompagné d'un processus de dévoilements successifs des choses qu'il voulait cacher à Vitellius[35]. » Tout le récit s'organise autour des choses cachées qui vont être dévoilées. Ainsi, au point de vue du dévoilement aussi, nous pouvons considérer Salomé et Iaokanann comme des jumeaux. L'analyse thématique du cercle par Hasumi confirme notre idée sur le parallélisme entre Iaokanann et Salomé : la force pernicieuse de la parole de Iaokanann annoncée au chapitre I se concrétise au chapitre II, « centre étant marqué par la fosse ouverte » : « Tout concourt à enfermer Antipas au milieu d'une série de cercles concentriques. » Enfin, au chapitre III, Antipas est littéralement prisonnier, car « il deviendra le centre de la danse circulaire de Salomé, qui l'inhibera totalement[36]. »

Pour ce qui est du symbole de la décollation, il vient s'ajouter un autre augure, autrement dit, l'étude du ciel par Phanuel : « la constellation de Persée se trouvant au zenith. » Effectivement, elle symbolise l'histoire de Persée qui a décapité la Méduse. Frédéric Baudry, bibliothécaire érudit et spécialiste de l'astronomie hébraïque, que Flaubert avait interrogé sur ces étoiles, avait répondu : « Algol est le mot arabe lui-même *al-gol*, la goule, le vampire ; c'est la traduction de la tête de la Méduse que cette étoile est censée figurer, dans la constellation, sur le bouclier de Persée[37]. » Ce détail

---

[34] *TC*, p. 39 : « Dans la version définitive, l'allusion est maintenue mais sous une forme très atténuée, comme un simple signal pour lecteur averti : la tête coupée de Jean, décrite comme celle des toiles flamandes, est éclairée par un rayonnement à la Moreau ». Mais si Flaubert a rejeté le plan de « la tête qui se confond avec le soleil dont elle masque le disque », il nous semble plus naturel de considérer que l'écrivain a évité une description trop explicite influencée par les tableaux de Moreau de 1876. À la place, nous pouvons postuler qu'il a plutôt adopté la représentation de la déesse, la Grande Mère, qui domine le tableau de Moreau.

[35] Hasumi Shiguéhiko, *op. cit.*, p. 62.

[36] *Ibid.*, pp. 65-67.

[37] Cf. *TC*, p. 158. Voir la note 3 de P.-M. de Biasi.

montre que les recherches historiques et scientifiques de Flaubert lui ont permis de représenter la réalité symbolique du récit. Mais enfin, pourquoi est-ce la tête qui est donnée en offrande à Dieu ? Parce qu'elle représente la matrice dont la voix annoncerait « la venue du Messie ».

La relation gémellaire entre Iaokanann et Salomé est confirmée par le parallélisme Iaokanann-Hérodias dans la description de leur colère, car Salomé reflète Hérodias jeune. Quand Hérodias raconte son humiliation au Tétrarque, la figure de Iaokanann est associée au lion et au tonnerre :

> (...) Il avait une peau de chameau autour des reins, et sa tête ressemblait à celle d'un lion. Dès qu'il m'aperçut, il cracha sur moi toutes les malédictions des prophètes. Ses prunelles flamboyaient ; sa voix rugissait ;
> (pp. 138-139)

Nous retrouvons ce rugissement dans la fureur d'Hérodias, associée aux lions de Cybèle : « Elle se cassa les ongles au grillage de la tribune, et les deux lions sculptés semblaient mordre ses épaules et rugir comme elle. » Iaokanann et Hérodias, l'un sur la hauteur d'un monticule, l'autre à la tribune, rugissent comme des lions et font pleuvoir des injures, au moment où ils sont les plus forts. Iaokanann est symbolisé par le soleil, qui domine le jour, tandis qu'Hérodias, incarnée en Cybèle, déesse de la lune, règne sur la nuit.

✣ *La sainteté ternaire*

La concordance, ou l'analogie esthétique de la tête entre Iaokanann et Salomé se manifeste sous un autre aspect analogue entre eux. Il importe que les invectives du fond du cachot ainsi que la description de la danse symbolisent leur existence. En effet, les invectives de Iaokanann se divisent en trois parties progressives.

1. Les invectives aux prêtres et au peuple
2. L'appel au Messie
3. Les invectives contre Hérodias

Le discours de Iaokanann atteint son paroxysme dans ses invectives contre Hérodias. Chaque stade s'achève d'ailleurs sur la même allusion à l'Éternel : « Et le fléau de l'Éternel ne s'arrêtera pas ! » ; « Il n'y a pas d'autre roi que l'Éternel ! » ; « L'éternel exècre la puanteur de tes crimes ! ». C'est ainsi toujours « l'Éternel », Dieu, qui domine son discours.

D'autre part, il est à remarquer que la danse de Salomé est répartie de la même manière :

1. le prélude : la légèreté et l'espoir
2. l'accablement et la langueur
3. l'emportement de l'amour et l'assouvissement frénétique

L'élasticité et la volupté, réduites au mouvement fétichiste des pieds, montre la progression de l'enthousiasme jusqu'à ce que la posture de la jeune fille s'inverse : « Ses pieds passaient l'un devant l'autre » ; « ses pieds n'arrêtaient pas » ; « Sans fléchir ses genoux en écartant les jambes » ; « les talons en l'air ».

Autre exemple de parallélisme : Iaokanann « appellait qqu'un », comme l'a noté l'auteur dans un brouillon [f° 315 (589v)] ; de même, les bras arrondis de Salomé « appelaient quelqu'un qui s'enfuyait toujours. » Chacun appelle ainsi ce qui ne se voit pas.

Iaokanann et Salomé apparaissent comme de vrais jumeaux, l'envers et la face, si bien que le rythme ternaire s'infiltre jusque dans le discours de Jean ainsi que dans la description de Salomé. Il va de soi que l'écrivain s'est inspiré de *La Bible*, surtout des discours des prophètes, pour la plupart du discours de Iaokanann[38], qui obéit à un certain rythme régulier. Dès le commencement, les imprécations de Iaokanann sont scandées selon une mesure à trois temps comme un morceau de musique (c'est nous qui soulignons) :

---

[38] Il semble que Flaubert a tiré profit des passages des *Évangiles selon Matthieu*, d'*Isaïe*, des *Prophètes*, ainsi que des *Psaumes*. Voir les notes des citations bibliques de Peter Michael Wetherill (Flaubert, *Trois Contes*, Édition P.-M. Wetherill, Bordas, Classiques Garnier, 1988, pp. 286-288). Joyce H. Cannon signale que Flaubert a utilisé les passages de *La Bible* (traduction par Édouard Reuss) mot à mot pour une des invectives de Iaokanann. Flaubert a laissé des notes de lecture sur la traduction de Reuss, mais nous savons que l'écrivain lisait également la traduction de Le Maistre de Saci. Dans le cas où il y aurait des passages dont il aurait profité mot à mot, il nous faudrait nous demander si c'est Flaubert ou plutôt *La Bible* qui présente une mesure ternaire. Cf. Joyce H. Cannon, « Flaubert's documentation for *Hérodias* », in *French Studies*, vol. 14, 1960, pp. 325-339 et voir surtout p. 334. Il s'agit des passages suivants : « Qu'ils se dissipent comme l'eau qui s'écoule, / Comme la limace qui se fond en marchant, / Comme l'avorton d'une femme qui ne voit pas le soleil. » Voir aussi *BC*, t. I, « Notes de Lecture », pp. 33-39.

— « Malheur à vous, Pharisiens et Sadducéens, <u>race de vipères, outres gonflées, cymbales retentissantes</u> ! » (p. 153)

« Malheur à toi, ô peuple ! et <u>aux traîtres de Juda, aux ivrognes d'Ephraïm, à ceux qui habitent la vallée grasse</u>, et que les vapeurs du vin font chanceler ! » (p. 153)

Ensuite, cette mesure ternaire devient régulière et souvent progressive :

« Qu'ils se dissipent <u>comme l'eau qui s'écoule, comme la limace qui se fond en marchant, comme l'avorton d'une femme qui ne voit pas le soleil</u>. (...) » (p. 153)

Tout en utilisant la comparaison marquée par la conjonction « comme », chaque proposition relative devient de plus en plus longue : d'abord, il n'y a qu'un seul verbe pronominal « s'écoule » ; ensuite le verbe pronominal avec un gérondif « en marchant » ; à la fin, le verbe a son objet. Relevons d'autres exemples :

— « Je crierai <u>comme un ours, comme un âne sauvage, comme une femme qui enfante</u> ! (...) » (p. 155)

Encore des comparaisons avec « comme », la phrase se basant toujours sur une mesure ternaire et progressive : d'abord un seul nom, ensuite un nom et un adjectif ; par la suite, un nom et une proposition relative. D'autre part, la mesure sera plus claire avec la répétition du pronom « il » et le futur qui annonce la vengeance du Seigneur :

« (...) Il retournera vos membres dans votre sang, comme de la laine dans la cuve d'un teinturier. Il vous déchirera comme une herse neuve ; il répandra sur les montagnes tous les morceaux de votre chair ! » (p. 153)

La répétition d'« il », « comme », « vous » et le futur simple évoquent un dieu impitoyable et le châtiment annoncé. Toutefois, il est vrai que Flaubert utilise aussi une mesure binaire :

« Il faudra, Moab, te réfugier dans les cyprès comme les passereaux, dans les cavernes comme les gerboises. (...) » (p. 153)

Malgré le changement du rythme, l'intention de l'auteur est plus claire avec le couple « dans » et « comme ». La régularité du rythme de la phrase caractérise celle de la rigidité de la Loi. Enfin, dans ses invectives contre Hérodias, la rage de Iaokanann explose, comme s'il était la langue même du Messie, selon un rythme toujours ternaire, de plus en plus combinatoire. Nous transcrivons ces invectives selon une disposition géométrique afin de mettre en relief l'agencement systématique :

« Tu as pris son cœur avec le craquement de ta chaussure.
Tu hennissais comme une cavale.
Tu as dressé ta couche sur les monts, pour accomplir tes sacrifices ! »
(p. 155)

« Le seigneur arrachera,
    tes pendants d'oreilles
    tes robes de pourpre,
    tes voiles de lin,
        les anneaux de tes bras,
        les bagues de tes pieds,
        et les petits croissants d'or qui tremblent sur ton front,
    tes miroirs d'argent,
    tes éventails en plumes d'autruche,
    les patins de nacre qui haussent ta taille,
        l'orgueil de tes diamants,
        les senteurs de tes cheveux,
        la peinture de tes ongles,
        tous les artifices de ta mollesse ;
    et les cailloux manqueront pour lapider l'adultère ! »
(p. 156)

Dans le groupe ternaire dont le sujet est « le seigneur », il y a quatre séries de compléments d'objet, qui se divisent chacune en trois segments, chaque série étant homogène grâce à l'utilisation des adjectifs possessifs « ton », « ta » et « tes », mais les groupes ternaires alternent géométriquement, comme nous l'avons montré ci-dessus. La dernière phrase est en général la plus longue dans chaque partie (il y a le cas où l'emphase exige une quatrième phrase marquée par un point d'exclamation). Albert Thibaudet avait remarqué le *et* de mouvement dans la construction ternaire dans le style de Flaubert[39]. Mais, comme il s'agit des véhéments invectives d'un prophète, Flaubert utilise moins ce procédé. L'autre exemple montre une série d'impératifs et de tournures à la voix passive, toujours agencés selon une mesure ternaire :

> « Étale-toi dans la poussière, fille de Babylone !
> Fais moudre de la farine !
> Ote ta ceinture,
>   détache ton soulier,
>   trousse-toi,
>   passe les fleuves !
>   ta honte sera découverte,
>   ton opprobre sera vu !
>   tes sanglots te briseront les dents !
>   L'Éternel exècre la puanteur de tes crimes ! »   (p. 156)

Confrontons à présent le rythme du discours de Iaokanann avec la narration de la danse de Salomé. Nous avons déjà montré dans la section précédente le rythme ternaire qui suscite un vertige voluptueux dans la description de la danse. C'est toujours le rythme ternaire, et de son improvisation qui domine de la même manière :

> (...) on distinguait les arcs de ses yeux,
>   les calcédoines de ses oreilles,
>   la blancheur de sa peau.   (p. 170)

> (...) elle se tordait la taille,
>   balançait son ventre avec des ondulations de houle,
>   faisait trembler ses deux seins, (...)   (p. 171)

---

[39] Thibaudet signale non seulement la phrase ternaire dans *Madame Bovary*, mais aussi le rythme quaternaire. (Albert Thibaudet, *op. cit.*, Gallimard, 1935, pp. 233-235.) Voir aussi P.-M. de Biasi, *op. cit.*, Flammarion, 1986, pp. 186-187.

Elle dansa comme les prêtresses des Indes,
   commes les Nubiennes des cataractes,
   comme les bacchantes de Lydie.   (p. 172)

On remarque aussi le rythme à deux temps :

et son visage demeurait immobile,
et ses pieds n'arrêtaient pas   (p. 172)

Les brillants de ses oreilles sautaient,
l'étoffe de son dos chatoyait.   (p. 172)

Enfin, l'explosion sensorielle s'exprime en une mesure quadruple tout comme l'emphase du discours de Iaokanann : « et les nomades habitués à l'abstinence, les soldats de Rome experts en débauches, les avares publicains, les vieux prêtres aigris par les disputes — tous — dilatant leur narines, palpitaient de convoitise. » ; « Ses lèvres étaient peintes, ses sourcils très noirs, ses yeux presque terribles, et des gouttelettes à son front semblaient une vapeur sur du marbre blanc. »

Deux faces d'une même médaille, Iaokanann et Salomé apparaissent selon une géométrie ternaire, le même rythme ternaire avec ses improvisations binaires et quadruples. Mais pourquoi le rythme ternaire ? Cette mesure fondamentale évoque immanquablement d'autres trilogies : les trois hommes qui portent la tête de Iaokanann, les trois hommes à la table proconsulaire, trois heures, la troixième heure, les trois galeries, les trois gradins, les trois apparitions de Salomé, enfin les trois chapitres et les *Trois Contes* ! Nul doute qu'il s'agisse de la trilogie, de la trinité chrétienne, si l'on considère que la langue même du Seigneur énoncée par Jean prend une allure ternaire. Faut-il considérer Salomé dans son ancien rôle en tant que troisième Horae, grande prêtresse grecque ? Vaut-il mieux considérer sa sainteté en face de Jésus dans *La Bible* ? Salomé est sainte comme une jumelle de Iaokanann. Ainsi, nous pouvons appliquer à ce rythme flaubertien ce que Meltzer qualifie « an attempt », en montrant « une succession de versets rythmés, analogues aux *Paroles d'un croyant* de Lamennais », citée par Eduard Maynial dans son introduction de *Salammbô* : « Flaubert's insistence on beginning every sentence with « And » seems to me to be as much an attempt to emulate the

---

[40] Françoise Meltzer, *op. cit.*, p. 17. Voir la note 7.

biblical *vav* as it is an experimentation with the prose poem[40]. » Le rythme ternaire est ainsi une autre tentative de Flaubert pour ce conte apocalyptique.

3. *Les images symboliques de la renaissance*

L'obsession du soleil, déjà présente dans le plan[41] comme l'a remarqué Raymonde Debray-Genette, constitue un des thèmes fondamentaux du récit. Néanmoins, parce que Flaubert n'exprime pas ouvertement l'analogie de la tête avec le soleil à la dernière scène[42], il évoque la résurrection et la renaissance par des images connotatives. Ainsi, nous allons réexaminer les images mythiques de Cybèle et Mithra.

D'abord, l'incarnation d'Hérodias en Cybèle au comble du festin fait apparaître le caractère orgiaque de la danse de Salomé et l'image du sang lié au sacrifice. Elle nous rappelle la dernière phase du culte de Cybèle, soit la légende d'Attis et le thème de la renaissance. Selon le *Dictionnaire des symboles*, « à l'époque de la décadence romaine, Cybèle sera associée au culte d'Attis, le dieu mort et ressuscité périodiquement[43] », et cela par des rites de castration et par les sacrifices sanglants du taurobole. Ce qui importe, c'est la fécondité de la vie : « dans une forme quasi délirante, elle symbolisera les rythmes de la mort et de la fécondité, de *la fécondité par la mort*[44]. » Pratiqué dans le culte de Cybèle et d'Attis, le taurobole était une cérémonie initiatique d'origine orientale, qui se répandit sous l'Empire romain au IIe siècle après J.-C., soit à une époque très proche du temps diégétique d'*Hérodias*. Pourtant, on remarque un lapsus ou une confusion de la part de l'auteur au sujet de ce terme « taurobole », parce qu'il l'utilise pour le mystère de Mithra, comme nous l'avons montré plus haut, dans les brouillons : il avait écrit « l'aspersion du taurobole » au lieu du « baptême de Mithra[45] ». Il se pourrait que le culte de Mithra fût relié avec le taurobole de Cybèle au moment où l'écrivain entamait la rédaction d'*Hérodias*, mais cette confusion

---

[41] Raymonde Debray-Genette, *Metamorphoses du récit, op. cit.*, pp. 202-203.
[42] *BC, op. cit.*, t. I, p. 110, f° 89 (726r), « Plan 2 ».
[43] *Dictionnaire des symboles, op. cit.*, p. 271.
[44] *Ibid.* Voir Hans Peter Lund, *op. cit.*, pp. 112-113. Cf. Martin J. Vermaseren, *Cybèle et Attis, op. cit.*, 1986.
[45] Voir *BC, op. cit.*, t. II, p. 325, [f° 351 (647v)], « esquisse » ; p. 336, [f° 358 (646v)], « esquisse-brouillon ».

est démantie de nos jours[46]. L'auteur répète l'allusion au culte de Cybèle, comme nous l'avons dit plus haut, en plaçant à la table du festin un marchand qui parle des « merveilles du temple d'Hiérapolis », ville de Syrie qui fut un des centres du culte de Cybèle.[47]

De plus, signalons qu'il y a, à Aphaka, un temple dédié à Adonis. D'après le *Mémento mythologique* de Flaubert, Adonis est « l'incarnation du Soleil » comme Mithra. En plus, d'après la mythologie, Adonis passait les huit mois de l'année avec sa maîtresse Astarté (soit Aphrodite) et quatre mois avec Proserpine dans les sombres demeures[48], ce qui symbolise les deux faces du mythe de ce dieu, la mort et la résurrection[49]. En faisant parler le marchand d'Aphaka, ville où se trouvait le temple d'Adonis, dieu qui a une certaine similitude avec Attis à cause de sa renaissance, Flaubert semble souligner le mythe de la resurrection.

Dans son *Mémento mythologique* pour *La Tentation de saint Antoine*, Flaubert a laissé des informations exhaustives sur le culte de Cybèle, à commencer par son origine située au « mont Cybelus ». Flaubert note sur la résurrection d'Attis : « Attis associé à Cybèle. *Attis perdu et retrouvé.* » ; « Sur le point d'être uni à la fille du roi et comme déjà on chantait l'hyménée, tout à coup

---

[46] Spécialiste des cultes de Cybèle et de Mithra, Ogawa Hideo confirme qu'il y avait certains points de vue selon lesquels ces deux cultes entretenaient des relations amicales, mais le rite de Cybèle, le taurobole, n'était pas pratiqué comme celui du culte de Mithra. (Ogawa Hideo, « La relation entre le culte de Mithras et le culte de Cybèle », in *Orient*, Société Japonaise de l'Extrême-Orient, 1993, pp. 38-54 ; p. 46, p. 48 (小川英雄、「ミトラス崇拝とキュベレ崇拝の関係について」、『オリエント』、第36巻第1号、日本オリエント学会):『それでは排撃しあうことなく共存していたオリエント系諸教の相互関係の実態はどのようなものであったろうか。それ等は平和的、友好的に交流し、互いに影響を与えあっていたのであろうか。キュモンがミトラス崇拝とキュベレ崇拝との間に想定したのは、まさにそのような関係であった。総じて、そのような点については史料は乏しいといわなくてはならないが、フェルマースレンが述べているとおり、彼が中心になって数十年間にわたって行われたローマ帝国オリエント系諸宗教の宗派別史料の集成は、これ等諸宗派の相互関係について新たに考察を加えることを可能にしている。』(p. 40)『その場合、ミトラス教の側にキュベレという地母神の崇拝から補われなくてはならないような男性的宗教としての弱点があった、という前提条件を想定することは必ずしも必要ではない。そこには古代オリエントの伝統に立脚した聖婚の儀式があったし、神が牛を殺す行為そのものは、地母神崇拝に通ずる豊饒儀礼であった。また、起源を見ると、そこにも地母神崇拝があった。従って、ミトラス教の歴史全体を通じて、キュベレ（大母）のような地母神に補佐される必要はなかったのである。』(p. 49)

[47] Cf. *TC*, p. 167. Voir la note 3.

[48] « Mémento mythologique de Flaubert pour *La Tentation de saint Antoine* », CHH, t. 4, p. 374.

[49] Cf. Barbara G. Walker, *op. cit.*, pp. 7, 8, 64, 65.

Agdistis se présente et jette Attis dans un transport furieux. Lui et le roi se mutilent de leurs propres mains, mais, à la prière d'Agdistis repentant, Jupiter accorde à chaque partie du corps d'Attis une éternelle incorruptibilité.[50] »

Quel est le sens du « taurobole » ? D'après Martin Vermaseren[51], on peut supposer grâce aux découvertes historiques qu'il s'agissait d'une sorte de rite d'offrande lié à une expiation psychologique. Quant au taureau, l'on considérait que l'énergie vitale de son sang avait quelque influence sur la longévité humaine[52]. Remarquons que la sexualité était étroitement présente dans le rite si on tient compte des inscriptions relevées sur de nombreux autels. Dans *la Tentation de saint Antoine* de 1849, après la castration des hommes et des galles, « soudain s'épanouit un nouveau dieu, qui porte à la place de la verge, entre les cuisses, un amandier chargé de fruits[53]. » Suit la scène des « prostitutions mystiques ». Aussi Flaubert semble-t-il relier le mythique et la sexualité, comme cela s'avère dans la danse de Salomé, ainsi que dans la résurrection.

D'autre part, l'image de Mithra pendant le festin offre une autre image du mythe du soleil. Vermaseren remarque que dans sa légende, le dieu lutte avec un taureau, si bien que la mise à mort du taureau constitue en effet le fond principal du culte, impliquant les exploits de ce dieu. Le plus important, c'est que Mithra a été assimilé au soleil, qu'il est souvent appelé « sol » qui signifie le soleil, qu'il est « le dieu de l'élément lumière[54] », pour emprunter l'expression de Vermaseren. Parce que l'on considérait le sang vital du taureau comme l'origine de la vie, le taurobole a un sens purificateur et régénérateur, que résume bien Vermaseren : « Il est clair en tous cas et indiscutable, que l'acte de Mithra doit être considéré comme salutaire et créateur ; la mort du taureau engendre une vie nouvelle. Et nous voilà au cœur même de tous les mystères antiques ; tous se centrent autour des problèmes cruciaux de la vie, de la mort et de la résurrection comme la

---

[50] « Mémento mythologique de Flaubert pour *La Tentation de saint Antoine* », *op. cit.*, p. 375. C'est nous qui soulignons.
[51] Martin J. Vermaseren, *Mithra ce dieux mystérieux*, *op. cit.*
[52] Ogawa Hideo, *op. cit.*, p. 49：「そこには古代オリエントの伝統に立脚した聖婚の儀式があったし、神が牛を殺す行為そのものは、地母神崇拝に通ずる豊饒儀礼であった。また、起源を見ると、そこにも地母神崇拝があった。」
[53] *La Tentation de saint Antoine*, version de 1849, CHH, t. 9, p. 270.
[54] Martin J. Vermaseren, *op. cit.*, p. 12.

nature nous les montre, d'année en année, dans un cycle toujours répété[55]».

Dans le *Mémento mythologique* de Flaubert pour *La Tentation de saint Antoine*, nous trouvons, de même, des informations assez pédantes sur le mystère de Mithra dans lesquelles l'écrivain rapporte même les sept degrés du mystère :

> C'est Dieu se produisant sous un aspect humain. <u>Son essence est la lumière intelligible</u>. Le but de la religion est de rendre l'homme semblable à <u>la lumière</u>, (...)[56]

> (...) Le jour de la fête de Mithra, seulement, il est permis au roi des Perses <u>de s'enivrer et de danser la danse nationale</u>. <u>Mithras</u> [sic] <u>est le soleil</u>, l'œil d'Ormuzd, celui qui féconde les déserts, <u>dispensateur de la lumière</u>.[57]

> (...) Il a son siège aux équinoxes entre les signes supérieurs et les signes inférieurs vers le point qui fait <u>la transition de la lumière aux ténèbres et des ténèbres à la lumière</u>. Le chien console le taureau et lui rappelle Sirius, l'étoile du chien, et <u>la résurrection</u> qui doit avoir lieu quand reparaîtra cette constellation.[58]

> <u>Sacrifices humains</u>. On cherche à lire l'avenir dans les entrailles. Furent défendus par Hadrien[59].

Le récit de la conversation sur Mithra se base sur ces connaissances de ce culte qui évoque le soleil, l'enivrement de la danse, la résurrection, ainsi que les sacrifices. De plus, n'oublions pas que le banquet occupe une place décisive dans ce mystère. Vermaseren explique : « Après l'épuisante chasse au taureau et l'émouvant prodige de la mise à mort, le séjour de Mithra sur terre se terminera par un banquet où la chair du taureau sera consommée en compagnie de Sol[60]. » Certains reliefs du Mithraeum représentent au recto la

---

[55] *Ibid.*, p. 57.
[56] « Mémento mythologique de Flaubert pour *La Tentation de saint Antoine* », *op. cit.*, p. 378. C'est nous qui soulignons. Dans ce mémento, on constate qu'il y a une confusion de la part de Flaubert concernant le terme « Mithra » et « Mithras ».
[57] *Ibid.*, p. 380. Souligné par nous.
[58] *Ibid.*, Souligné par nous.
[59] *Ibid.*, pp. 380-381. Souligné par nous.
[60] Martin J. Vermaseren, *op. cit.*, p. 81.

mise à mort et au verso le banquet, ce qui représente les deux faces d'une même médaille : la consommation d'un sacrifice ayant pour fin la renaissance. Ainsi, on constate une relation très étroite entre le banquet sacré et le sacrifice dans le rite.

Le taurobole de Cybèle, le sacrifice du taureau par Mithra, la résurrection d'Attis et la fécondité par la mort, la renaissance du cosmos dirigée par Mithra libérateur... toutes ces images symbolisent la renaissance. Il nous semble que le symbolisme de la dernière phrase du conte apparaît maintenant : « Et tous les trois, ayant pris la tête de Iaokanann, s'en allèrent du côté de la Galilée. Comme elle était très lourde, ils la portaient alternativement. » La Galilée se trouvant au nord-ouest de Machærous, la tête de Iaokanann semble être apportée vers l'ouest quand le soleil symbolisant le nouveau monde apparaît à l'est. Ce symbole désigne non seulement le rôle alternatif qu'on peut relever dans la parole de Jean, « Pour qu'il croisse, il faut que je diminue », mais aussi le cycle alternatif du soleil qui connote le christianisme.

Premier écrivain qui a dépeint la danse même de Salomé, Flaubert y a mis un grand nombre de significations par le procédé de la disposition des symboles au moment décisif de la danse : la volupté représentée par le jeu méticuleux des regards ainsi que l'évocation de la renaissance du sacrifice. En outre, le parallélisme de Iaokanann et de Salomé nous confirme la sainteté de cette jeune fille dans la sphère de leur apparition ainsi que dans la narration ternaire. L'exactitude de la mesure ternaire correspondant à la trilogie du christianisme, elle apparaît elle-même comme l'instrument de Dieu autant que celui d'Hérodias. Avec les images de Cybèle et de Mithra, le mythe du soleil et la reproduction fidèle du récit biblique, Flaubert met en relief la spiritualité du mythe et l'importance de la résurrection.

CHAPITRE V
LA RÉSONANCE DES MOTS, LE CARREFOUR DES IMAGES

Si le thème du festin semble si étroitement lié au thème de la résurrection, c'est notamment grâce à l'utilisation par Flaubert de symboles, métaphores et données historiques et scientifiques. Tous les éléments diégétiques — les cadres tripartites, le discours de chaque personnage, le moment de la scène (de l'aube au soleil levant), les symboles — contribuent ainsi à établir le grand mythe du christianisme. Toutefois, nous pouvons nous demander si l'écrivain a bien pris en considération toutes les images symboliques, réseau de symboles ou de métaphores au moment où il a entamé la rédaction. Nous le pensons concernant certains points, comme le thème du mythe du soleil, les chapitres tripartites, les trois apparitions de Salomé et le festin dans le chapitre III. Néanmoins, pour ce qui est des images symboliques, il semble qu'elles germèrent au cours de la relecture et de la réécriture. Il y aurait par conséquent une intertextualité à l'intérieur même des avant-textes. Quelle furent les motivations qui poussèrent Flaubert à se lancer dans une réécriture ? Pour tenter de trouver des éléments de réponse, nous allons analyser la formation particulière des images afin de révéler l'originalité symbolique de l'écriture flaubertienne.

1. *La résonance des mots, le carrefour des images*

Dans *Poétique de la prose*, Tzvetan Todorov essaie de schématiser les quatres stades d'une lecture-construction[1] :

---

[1] Tzvetan Todorov, *Poétique de la prose*, Éditions du Seuil, 1971 et 1978, « 10. La lecture comme construction », pp. 175-188.

1. Récit de l'auteur
   ↓
2. Univers imaginaire évoqué par l'auteur
   ↓
3. Univers imaginaire construit par le lecteur
   ↓
4. Récit du lecteur

Il signale qu'il s'agit d'« une relation de symbolisation » entre les étapes 2 et 3, alors que la « relation de 1 à 2, ou de 3 à 4 est de signification. » Ce sont donc deux univers imaginaires, pour l'auteur comme pour le lecteur, qui s'imposent selon lui. Or, pour un écrivain comme Flaubert, la lecture demande une extrême attention vis-à-vis des résonances des mots et des assonances ainsi que des sons similaires, d'autant plus qu'*Hérodias* est un livre qui a exigé de lui « un fort gueuloir[2]. » Avançant la rédaction, il signale dans une lettre à Tourgueneff écrite le 14 décembre 1876 : « Si je continue de ce train-là, j'aurai fini *Hérodias* à la fin de février. Au jour de l'an, j'espère être à la moitié. Que sera-ce ? Je l'ignore. En tout cas, ça se présente sous les apparences d'un fort gueuloir, car, en somme il n'y a que *ça* : la Gueulade, l'Emphase, l'Hyperbole. Soyons échevelés[3]! » Pendant la rédaction, il insiste à plusieurs reprises sur l'importance du « gueuloir » pour ce conte : « Je ne serai pas à Paris avant les premiers jours de février, afin d'arriver là-bas avec mon *Iaokanann* presque terminé. Cela, c'est un gueuloir, et que j'aurai plaisir à vous dégoiser, si vous m'accordez deux heures cet hiver, sans préjudice de deux autres heures pour ma bonne femme[4]. » Et même après la publication d'*Hérodias*, « le gueuloir » occupe les pensées de l'auteur : « j'ai relu dans cette nouvelle édition mes pièces favorites, avec le *gueuloir* qui leur sied, et ça m'a fait du bien[5]. » Ainsi, en considérant la sonorité évocatrice des images, il nous faut tenir compte des sons homophones et métaphores dans la version définitive aussi bien que dans les manuscrits.

---

[2] *Corr.*, *huitième série*, p. 9 (lettre à sa nièce Caroline du 17 janvier 1877) : « Maintenant, mon Caro, il ne faut pas se coucher, mais se mettre au festin de Machærous ! Ce sera un fort « gueuloir », comme disait mon pauvre Théo. »
[3] *Corr.*, *septième série*, p. 369 (lettre à Ivan Tourgueneff du 14 décembre 1876).
[4] *Ibid.*, p. 376 (lettre à Madame Régnier en date du 24 décembre 1876).
[5] *Corr.*, *huitième série*, p. 109. Voir la lettre à Leconte de Lisle datée du février 1878.

❖ *La répercussion des « claquements »*

Tout d'abord, nous remarquons dans la version définitive que « claquer » et « craquer » se font écho. Nous allons donc éclaircir le rôle des sons. Dans ses invectives contre Hérodias, Iaokanann assimile Hérodias à Iézabel, qui a apporté la vénération païenne de Baal. Effectivement, la séduction d'Hérodias est représentée par « le craquement » de chaussure, qui correspond au « claquement » de Salomé qui danse dans le chapitre III :

> (...) Ses caleçons noirs étaient semés de mandragores, et d'une manière indolente elle faisait claquer de petites pantoufles en duvet de colibri.
> (p. 171)

La scène commence par la métaphore des « mandragores[6] » et du « colibri[7] ». C'est au seuil du dévoilement de son identité que Salomé « faisait claquer de petites pantoufles », utilisées pour captiver Antipas et les spectateurs. Or, si les sons des verbes « craquer » et « claquer » sont utilisés dans le contexte de la volupté, ils le sont aussi dans celui de la mort, celle de Iaokanann : au moment où Antipas, effrayé par une voix lointaine, appelle Mannaeï, le futur bourreau de Iaokanann : « (...) ; et en claquant dans ses mains, il cria : — « Mannaeï ! Mannaeï ! » » (p. 132) ; à l'instant où Hérodias donne le signal d'appeler Salomé pour demander la tête de Iaokanann, tandis qu'elle reste à l'arrière-plan : « Un claquement de doigts se fit dans la tribune. » (p. 173) ; à la fin, quand Mannaeï, apercevant devant la fosse le Grand Ange des Samaritains, n'ose pas procéder à la décapitation, c'étaient ses dents qui « claquaient » (p. 174).

C'est ainsi que les homophones « claquer » et « craquer », malgré la différence des consonnes liquides [l] et [r], sont utilisés avec efficacité pour évoquer la volupté et la mort, car l'éros et la mort sont bien unis dans

---

[6] Cf. *Dictionnaire des Symboles*, *op. cit.*, p. 489 : « Les baies de mandragore, de la grosseur d'une noix, de couleur blanche ou rougeâtre, étaient en Egypte symbole d'amour : sans doute en vertu de leurs qualités aphrodisiaques » ; « la mandragore signifie les vertus curatives et l'efficacité spirituelle. »

[7] *Ibid.*, p. 219. *Le Colibri* était aussi le nom du journal littéraire bihebdomadaire de Rouen, dans lequel le jeune Flaubert avait publié deux œuvres, *Bibliomanie* (conte, le 12 février 1837) et *Une leçon d'histoire naturelle : genre commis* (le 30 mars 1837). La *Correspondance de Gustave Flaubert* (janvier 1830-juin 1851), Pléiade, t. I, p. 862.

Hérodias[8]. C'est ce que Mario Praz avait appelé « l'identification de la Luxure à la Mort qui se fondent en une seule image » dans *La Tentation de saint Antoine* : « l'orgie lugubre dans les catacombes ; Ennoia, celle qui fut Hélène la Belle, portant maintenant sur le visage des marques de morsures, sur les bras des traces de coups, déchirée et dégradée, qui s'est prostituée au monde entier, beauté typiquement sadique ; les histoires de vampires racontées par Apollonius ; les horribles tortures des religions exotiques ; la prostitution sacrée ; les mutilations des Corybantes ; Adonis et Osiris mis en pièces ; les nymphes gémissantes et sanglantes sous les haches des bûcherons ; le monstre Martichoras[9] ».

❖ *L'évocation des sons, l'évocation des images* : « *la mitre* »

Si Flaubert est tant attaché au gueuloir, s'il essaie d'éviter le débordement des assonances, l'analogie des homophones que nous retrouvons dans *Hérodias* nous démontre l'importance de leur sens. Ainsi, nous pouvons nous demander pourquoi « Mithra », dieu du soleil, se trouve placé à côté du terme « mitre assyrienne » pendant le festin. Au premier abord, il ne semble pas qu'il y ait une similitude de sens entre ces termes ; mais le *Mémento mythologique* de Flaubert pour *La Tentation de saint Antoine*[10] nous révèle qu'il existe une certaine analogie sémantique. Dans ses notes exhaustives sur « Mithra », Flaubert remarque, non seulement « les sept degrés de mystères », mais aussi tout un éventail de sens évoquant ce terme. Et dans ses écrits sur « les symboles secrets de la doctrine supérieures », il énumère les sept degrés des *Mystères de Mithra* :

> I. *Soldats.* Une couronne présentée et reçue avec ces mots : « Mithras est ma couronne[11]. »

---

[8] Cf. Ogane Atsuko, « Re-lecture de « Hérodias » — Identification et séparation chez Hérodias et Salomé », *op. cit.*, pp. 27-32.
[9] Mario Praz, *La Chair, la mort et le diable dans la littérature du 19ᵉ siècle, Le Romantisme noir*, traduit de l'italien par Constance Thompson Pasquali, Éditions Denoël, 1977, p. 153.
[10] « Mémento mythologique de Flaubert pour *La Tentation de saint Antoine* », CHH, t. 4, pp. 376-381.
[11] *Ibid.*, p. 380. C'est nous qui soulignons.

Mithra-Mithras, <u>mâle et femelle</u>[12].

Mithra signifie à la fois soleil et amour et <u>une coiffure que les Grecs représentent par le feminin Mithra</u>[13].

Bien que « Mithra » et « la mitre » soient en apparence tout à fait différents, ces termes présentent des analogies sémantiques : « mitre » signifie en effet « coiffure » : dans l'antiquité, il s'agissait d'une « coiffure haute et pointue des anciens Perses », et ce terme, en grec, signifie « bande », « bandeau », ou « ruban », tout ce qui a une relation avec la coiffure. C'est aussi une « coiffure que portent, en officiant, les cardinaux, les évêques et certains abbés, dits mitrés[14]. » D'autre part, dans les mystères de Mithra, la signification de la coiffure ou de la couronne est étroitement liée à ce dieu du soleil. Enfin, c'est « Mithra » lui-même qui porte « la mitre » !

Mithra porte le soleil ou la mitre. Massue. Lance. Arc. Flèches. Glaive[15].

« La mitre » peut donc se substituer au « soleil » dans les limites de l'écriture. Nul doute que Flaubert, attentif aux connotations et aux sonorités des mots, attire ici l'attention du lecteur sur le mythe du soleil ou le sacrifice.

Pour ce qui est de « la mitre assyrienne » dont Hérodias est coiffée, Flaubert hésite dans le brouillon-esquisse [f° 399 (639r)] sur sa coiffure, et écrit d'abord « la tour de Cybèle », « coiffée d'une tour », ou en marge : « coiffée comme Aphrodite Mœra », « une visière droite », avec des ajouts supprimés : « deux nasses comme les bustes de Faustine », « bandeaux ». L'auteur ajoute deux fois en marge l'expression « coiffée comme Aphrodite Mœra ». Peut-être y a-t-il un lapsus de sa part, « Mœra » correspondant à « Moira » qui signifie en français le « Destin » ou une « Loi inconnue et incompréhensible » dans la mythologie grecque. C'est un terme issu du grec

---

[12] *Ibid*. Souligné par nous.
[13] *Ibid*., p. 381. Nous soulignons.
[14] Cf. *Grand Dictionnaire Universel du XIXe Siècle de Larousse*, op. cit., t. XI, p. 349.
[15] « Mémento mythologique de Flaubert pour *La Tentation de saint Antoine* », op. cit, p. 381.

« *Moîρα* »[16], signifiant « fatalité » ou « la déesse de la mort ». Ce serait alors un signe de la fatalité incarnée par Hérodias, l'organisatrice du rite. Nous constatons ainsi qu'elle devient une figure de la femme fatale, responsable du destin de Iaokanann.

[f° 399 (639r)]

coiffée comme Aphrodite	La tribune dorée ⌈*en filigrane* ⌈*à grille* ⌈*d'or*, qui avait deux
Mœra. une et	battants *à son milieu* – *s'ouvrirent* ⌈*s'ouvrir* ‖ ⌈*dans* un flot
visière droite	de lumière *comme une* *merveille* s'en échappa – des cierges
deux nasses –	brûlait ‖ voiles blancs – . ⌈ – *des femmes.* – *qq-unes des enfants*
comme les bustes de	*sur leur bras* α Hérodias . . ⌈*apparut* – *la tour de Cybèle* ⌈*coif-*
Faustine – bandeaux –	*fée d'une tour* voile très ‖ *fin par dessus* – tunique ⌈[ill] ⌈*safran*
deux nasses sombres	fendue dans toute la longueur des br/manches – .
comme l'Erèbe	Et comme ⌈*les* il y avait deux lions sculptés contre ⌈*plaqués*
coiffée comme Aphrodite	*sur le lambris* ⌈*monstres pareils à ceux du trésor des Atrides* ⌈*se*
Mœra – cheveux des	hissaient contre les linteaux de la ‖ porte, ⌈*comme* *idole* –

L'écrivain écrit enfin le terme « bandeaux », une sorte de coiffure portée par Mithra, d'après ses notes. En fait, Flaubert a ajouté l'expression « mitre assyrienne » comme variante au stade suivant [f° 400 (637r)], mais c'est un lapsus de sa part, car il écrit par la suite « une mythre » [mitr (ə)], « mithre assyrienne » [mitr as], ce qui montre l'importance qu'il accordait aux sonorités :

[f° 403 (646r)]

lawsonia roses α [ill]	les ⌈*et dans la lumière des* cierges, ⌈*entre les voiles des femmes,*
⌈*entre rinceaux*	des eunuques ⌈*les X – α* Hérodias ‖ apparut. portant coiff
⌈*de mandragores*	⌈*coiffée* ⌈*d'une* mythre ⌈*mithre* ⌈*mithre* assyrienne, retenue
résilles les voiles ⌈*résilles*	⌈*à son front par* ⌈*que fixait* ⌊*fixait* ⌈**avec/par* une menton-

---

[16] Effectivement, « *Moîρα* » signifie en grec la « femme fatale » (Cf. *Greek-Japanese Lexicon*, Daigakusyorin, Tokyo, 1991, édité par Harukaze Furukawa) (『ギリシャ語辞典』, 古川晴風編著, 大学書林) ; « *Moîρα* », avec une majuscule signifie la déesse de la fatalité (*A Greek-English Lexicon*, compiled by Henry George Liddelle and Robert Scott, Oxford at the Clarendon Press, 1968) D'après le *Grand Dictionnaire encyclopédique de Larousse*, « Moira n'est pas une divinité anthropomorphique », mais « une Loi ». « À l'origine, chaque humain avait sa « moira » personnelle, qui était sa « part » de destin. Les trois sœurs Atropos, Clotho et Lachesis sont aussi appelées les *Moires*. » (Librairie Larousse, 1984) Cf. *Shôgakukan Robert Grand Dictionnaire Français-Japonais*, Tokyo, Shôgakukan, 1988, p. 1572 (『小学館ロベール仏和大辞典』, 小学館).

Remarquons que Flaubert associe le vocable [mitr(ə)] au domaine religieux : d'une part, comme nous l'avons indiqué auparavant, une « mitre » est une coiffure que le sacrificateur porte au moment du rite ; d'autre part, c'est « Mithra » qui représente le dieu du soleil. « La mitre » tout comme « Mithra » sont associés à la mission importante de la résurrection au moyen du tauricide. Le vocable « mitre » occupe donc une place importante dans l'univers imaginaire évoqué par l'auteur, malgré son rejet des assonances : « Quand je découvre une mauvaise assonance ou une répétition dans une de mes phrases, je suis sûr que je patauge dans le faux[17] ». De sorte que s'il s'est risqué à utiliser des sons analogues[18] dans la même scène de la discussion religieuse à la table du festin, c'est que ces termes devaient s'imposer. À l'opposé, dans leur univers imaginaire les lecteurs perçoivent d'abord des sons similaires qui évoquent des images, dont l'importance n'apparaît pas clairement.

Effectivement, comme le remarque de P.-M. de Biasi[19], l'association des idées joue aussi un rôle décisif, concernant la découverte de Iaokanann. L'investigation de Vitellius est provoquée par l'évocation des cuirasses par Aulus qui a vu « des marmites » dans un caveau (chapitre II). Ce qui nous intéresse, c'est qu'Aulus remarque aussi un enfant très beau dans la cuisine, qu'il appelle « l'Asiatique » (chapitre III), mais Flaubert avait désigné dans une esquisse « un marmiton qu'il a remarqué dans les cuisines & qui lui plaît. » Est-ce par hasard si Flaubert emploie deux termes — « marmites » et « marmiton » — aux sonorités si proches ? Si Flaubert a rédigé syntagmatiquement les chapitres II et III, il paraît que le terme [marmit] a évoqué non seulement les cuirasses dans le chapitre II, mais aussi par la suite le terme « marmiton ».

---

[17] *Corr.*, *septième série (1873-1876)*, p. 290 (lettre à George Sand du mars 1876).
[18] Il est bien connu que Flaubert prêtait beaucoup d'attention aux sonorités et chassait les assonances : « C'est pour cela que la phrase de la meilleure intention rate son effet, dès qu'il s'y trouve une assonance ou un pli grammatical. » (*Corr., quatrième série*, lettre à Ernest Feydeau d'août 1857) ; « Et les *affres* de la phrase commenceront les supplices de l'assonance, les tortures de la période ! Je suerai et me retournerai (comme Guatimozin) sur mes métaphores. » (*Ibid.*, p. 216) ; « Je crois que l'arrondissement de la phrase n'est rien, mais que *bien écrire* est tout, parce que « bien écrire c'est à la fois bien sentir, bien penser bien dire » (Buffon). Le dernier terme est donc dépendant des deux autres, puisqu'il faut sentir fortement afin de penser, et penser pour exprimer. (...) Enfin, je crois la forme et le fond deux subtilités, deux entités qui n'existent jamais l'une sans l'autre. » (*Ibid., septième série*, p. 290)
[19] *TC*, p. 148. Voir la note 2.

Il est vrai que l'association d'idées et d'images restera voilée dans l'univers imaginaire de l'auteur. Néanmoins, les assonances, le gueuloir, les homophonies et les rimes sont tellement évocateurs dans *Hérodias*, qu'ils contribuent à la description de l'histoire symbolique et apocalyptique.

✥ *Le sifflement de Salomé*

Dans la danse de Salomé aussi, les sonorités jouent un rôle très efficace et éloquent. Essayons de repérer l'utilisation itérative du son [s] dans la description de sa danse :

> <u>S</u>es pieds pa<u>s</u>saient l'un devant l'autre, au rythme de la flûte et d'une paire de crotales. <u>S</u>es bras arrondis appelaient quelqu'un, qui <u>s</u>'enfuyait toujours. Elle le pour<u>s</u>uivait, plus légère qu'un papillon, comme une P<u>s</u>yché curieuse, comme une âme vagabonde, et <u>s</u>emblait prête à <u>s</u>'envoler.   (p. 171)

Au premier stade de la danse, la répétition des adjectifs possessifs et des verbes ayant le son [s] produit un effet de légèreté avec l'image de « Psyché » et du « papillon ». L'expression « une paire de crotales », sorte de cliquette employée dans le culte de Cybèle, suscite l'image d'un « crotale », serpent à sonnette très venimeux.

> Les <u>son</u>s funèbres de la gingras remplacèrent les crotales. L'accablement avait <u>s</u>uivi l'espoir. <u>S</u>es attitudes e<u>x</u>primaient des <u>soup</u>irs, et toute <u>s</u>a personne une telle langueur qu'on ne <u>s</u>avait pas <u>s</u>i elle pleurait un dieu, ou <u>s</u>e mourait dans <u>s</u>a care<u>ss</u>e. Les paupières entre-closes, elle <u>s</u>e tordait la taille, balançait <u>son</u> ventre avec des ondulations de houle, faisait trembler <u>s</u>es deux <u>s</u>eins, et <u>son</u> visage demeurait immobile, et <u>s</u>es pieds n'arrêtaient pas.   (p. 171)

Au deuxième stade, « les crotales » sont remplacés par « la gingras », et le son [s] redouble l'effet des « soupirs ». Mais la répétition des adjectifs possessifs et des verbes pronominaux (une vingtaine d'occurrences) renforce l'image du « serpent venimeux », au moment où la danse s'apparente à des « ondulations de houle[20] ».

Puis, ce fut l'emportement de l'amour qui veut être assouvi. Elle dansa comme les prêtresses des Indes, comme les Nubiennes des cataractes, comme les bacchantes de Lydie. Elle se renversait de tous les côtés, pareille à une fleur que la tempête agite. Les brillants de ses oreilles sautaient, l'étoffe de son dos chatoyait ; de ses bras, de ses pieds, de ses vêtements jaillissaient d'invisibles étincelles qui enflammaient les hommes. Une harpe chanta ; la multitude y répondit par des acclamations. Sans fléchir ses genoux en écartant les jambes, elle se courba si bien que son menton frôlait le plancher ; et les nomades habitués à l'abstinence, les soldats de Rome experts en débauches, les avares publicains, les vieux prêtres aigris par les disputes, tous, dilatant leurs narines, palpitaient de convoitise. (p. 172)

Au troisième stade de la danse, les occurrences des allitérations en [s] augmente jusqu'à une trentaine, soulignant la montée de l'érotisme. En outre, à mesure que le mouvement de Salomé s'intensifie, un autre son [ch] s'ajoute avec les termes « chatoyait », « fléchir », « débauches », « plancher », tel le sifflement du serpent. Effectivement, dans les brouillons-esquisses, on constate l'image du « serpent », car Flaubert avait ajouté au terme « chatoyait » — « comme la peau des serpents » [f° 407 (645r)] ; « des écailles des serpents » [f° 410 (643r)]. Par ces jeux de sonorités, associés aux mouvements de la danse de Salomé, Flaubert évoque le sifflement et l'ondulation du serpent, qui, rappelons-le, est toujours lié à l'érotisme dans l'œuvre de Flaubert. Quand Emma se montre plus avide vis-à-vis de Léon, l'image du serpent apparaît :

(...) Elle se déshabillait brutalement, arrachant le lacet mince de son corset, qui sifflait autour de ses hanches comme une couleuvre qui glisse[21].

D'autre part, Salammbô fait tomber ses vêtements autour d'elle avec un « balancement de tout son corps », quand le Python noir, grand serpent de

---

[20] Kashiwagi Kayoko remarque que l'expression « ondulation » évoque aussi l'image du cygne. Cf. « Flaubert et la tendance du Symbolisme », in *La lumière et l'ombre du Symbolisme*, Minerva-shobô, 1997, p. 179 (柏木加代子, 「フロベールと象徴主義の潮流」, 『象徴主義の光と影』, ミネルヴァ書房).

[21] *Madame Bovary*, CHH, t. 1, 1971, p. 302.

Tanit, vient l'envelopper et serrer contre elle « ses noirs anneaux tigrés de plaques d'or[22] ». Dans *Hérodias*, le terme même du « serpent » est supprimé par l'auteur, mais l'effet sonore de la danse de Salomé est suffisamment explicite.

❖ *Le renversement de la danse, le renversement du monde*

Dans la dernière pose de la danse, Flaubert met en relief l'image de la posture renversée : « comme un grand scarabée ». D'abord, le renversement de Salomé symbolise le renversement de son rôle : instrument d'Hérodias, elle devient une médiatrice sacrée, comme nous l'avons vu plus haut. À partir de cette pose renversée, les symboles signifiant la sainteté de Salomé sont plus nombreux : les « arcs-en-ciel » des fourreaux de couleur qui enveloppent ses jambes, évoquent le nouveau cycle qui commence ; « des gouttelettes à son front » qui semblent « une vapeur sur du marbre blanc » évoquent « les murailles de marbre blanc » du temple.

Mais le plus grand symbole de cette posture, ce serait le renversement du monde juif de l'Ancien Testament, par le monde du Nouveau Testament. Salomé « se renversait de tous les côtés, pareille à une fleur que la tempête agite. » De même, au cours du récit, les personnages se trouvent souvent renversés ou bouleversés. Ainsi, alors qu'il invective Hérodias, Iaokanann se renverse :

> L'homme effroyable se renversa la tête ; (p. 155)

D'autre part, quand Hérodias apparaît pour écouter la voix caverneuse de Iaokanann :

> Vaincue par une fascination, elle traversa la foule. (p. 153)

À côté du Tétrarque :

> Hérodias s'y affaissa, et pleurait, en tournant le dos. (p. 136)

Le verbe « s'affaisser » est répété :

---

[22] *Salammbô*, CHH, t. 2, 1971, p. 182.

> (...) « La tête de Iaokanann ! »
> —Le Tétrarque s'affaissa sur lui-même, écrasé.   (p. 173)

Antipas aussi se renverse littéralement quand il entend le nom de Iaokanann :

> Alors, il cria de toutes ses forces :
> — « Iaokanann ! »
> Antipas se renversa comme frappé en pleine poitrine.   (p. 164)

Enfin, le bourreau lui-même est écrasé par sa besogne :

> Il rentra, mais bouleversé.   (p. 174)

Ainsi, la répercussion des synonymes évoque le renversement mondial, renversement de l'ancien principe par le christianisme. Malgré le succès d'Hérodias, c'est toujours l'image du renversement qui domine cette histoire.

2. *La formation des symboles*

❖ *L'appareil « estrade-tribune »*

Le monde décadent du dispositif « estrade-tribune » est clos. Nous avons déjà examiné la composition d'« une estrade en planche de sycomore », « sous la tribune dorée », qu'enferment « des tapis de Babylone », cadre de l'ensorcellement du Tétrarque par la fille de Babylone. Néanmoins, cette composition ne fut pas envisagée dès le début de la rédaction. En effet, au début, « ces tapis » n'étaient pas babyloniens et n'enfermaient pas l'estrade pour former le monde clos au seuil de la rédaction. Nous sommes donc tentés de chercher quelle fut la motivation de l'auteur pour décrire symboliquement l'« estrade-tribune », bâtie sur ce mythe de la résurrection.

Dans une esquisse I [f° 347(617r)], on remarque des modifications concernant la disposition des tapis : en effet, des « tapisseries de couleur accrochées » et des « tapis bariolés » apparaissent à différents endroits dans le même folio.

[f° 347 (617r)]

        Elle avait trois nefs comme une basilique, **la plus g^de é-**
deux   tait séparée par les ‖ autres, par ↑par tapisseries de *couleur ac-*
crochées à des colonnes en bois d'algummin ↑*à cha[pi]teaux*
↑*de métal*[1] couvert de sculptures. & ‖ Ils supportaient **deux**

le plafond était haut. − ↑*a* ~~dans~~ ↑*au milieu de* ↑*cette obscurité*
dans les tribunes ↑*galeries* ~~peu~~ petits points ‖ étoiles. ↑*la*
nuit[4] ~~dans une forêt~~ par la baie ↑*ceintre*, ~~sur~~ ↑*on* voyait d'autres lumières sur les terrasses de la ‖ ville. ↑ − ~~dans les tribu-~~
~~nes entre les colonnes tapis bariolés de~~ [ill] ↑ − ~~au pied des colon-~~
~~nes, des pauvres, mangeant dans des écuelles de bois~~[5]

Flaubert ajoute « par tapisseries de couleurs accrochées à », variante en interligne supérieur à la troisième campagne, à « trois nefs comme une basilique, la plus gde était séparée », tandis qu'il élimine en bas l'expression ajoutée « dans les tribunes entre les colonnes tapis bariolés de ». Il semble que « des tapisseries de couleurs » seraient assez grandes pour séparer les nefs, alors que « les tapis bariolés » n'occupent que les tribunes. En outre, « la table royale », table proconsulaire, qui se trouve sur l'estrade dans la version définitive, est décrite à ce stade-là deux paragraphes après la mention des « tapis bariolés ». Dans une première esquisse, les images des « tribunes », des « tapisseries de couleur », des « tapis bariolés » et de la « table royale » ont été dispersées, dépendantes les unes des autres. Dans une esquisse numérotée VI [f° 352 (633r)], l'auteur élabore la séquence des tribunes : quand Antipas est sérieusement menacé, il y a un mouvement dans les tribunes au-dessus : « Dans les tribunes, des blancheurs des ailes cris aigus. — Ce sont les femmes & les enfants qui ont peur ». Ce n'est justement qu'après cette description des femmes dans la tribune dans l'esquisse numérotée VI que Flaubert commence à préciser la disposition de la tribune. En effet, au f° 353, deuxième esquisse de l'incipit, on constate qu'il n'y a pas « deux galeries » mais « deux rangs des colonnes de cèdre », « une galerie » et « une troisième » (« deux » sera assimilé à « deux galeries » au deuxième stade du brouillon, f° 381 [618r]). Ce qui est important selon nous, c'est que dans le même folio, f° 353, l'expression « des deux autres par des tapisseries de couleur accrochées » au début ainsi que « des tapis babyloniens » en bas sont tous deux raturés de l'incipit.

[f° 353 (644v)]

	Elle avait trois nefs comme une basilique. ~~la plus gran-de étant~~ ↑*que* séparée ‖ ~~des deux autres par des tapisseries~~
de chaque côté une gale-	~~de couleur accrochées à~~ ↑*deux rangs* des colonnes ‖ de cèdre
rie à clairvoie ↓~~de cha-~~	~~avec~~ ↑en bois d'algummin à chapitaux de métal couvert de
~~que côté~~ s'appuyait[a]	sculptures. – Au dessus ‖ ~~une galerie ouverte~~ ↑*de chaque côté*
↓*dessus*	~~deux tribunes p. les femmes~~ ↓*au* dessus s'étendait ↑*une galerie*
	~~à clairvoie~~ ↓*à clairvoie*. s'appuyait dessus. ‖ ~~au fond~~ ↑*a* une
	troisième ~~plus g^de que les autres~~ ↓*complètemt*[2] dorée ↓*en fili-*
large	*grane d'*[3]*or se* se bombait au fond, vis à vis ~~d'une g^de~~ ‖ ~~baie~~
	↑*ceintre* ↓**énorme* ~~la baie~~ qui s'ouvrait à l'autre bout. – ~~sur~~
L/Des lits ↑*triclinium*..	~~d/l/des tapis babyloniens~~ ‖ pendaient aux murs. ~~p~~

Outre cette rature, il est à signaler que « les tapis bariolés » qui étaient contigus à « la baie » et au « ceintre » au f° 347 sont déplacés au paragraphe précédent, et remplacés par « des tapis babyloniens » au f° 353 (644v). Comme nous l'avons expliqué, les sons similaires stimulent le glissement des images dans la pensée de l'auteur. Il est possible que l'épithète « babyloniens » fasse écho aux sons similaires [ba] et [rjo] de l'épithète « bariolés », qui signifie *magnificence* ou *multicolore*. Et ce terme semble provenir du terme « tapisseries de couleur » dans la description de la « basilique » du même brouillon, parce que l'expression « des tapis bariolés » n'apparaît plus dans le paragraphe suivant. Remarquons également qu'il y a une rature de « deux tribunes p. les femmes » en même temps que l'ajout de « triclinium » en marge de la rature de « des tapis babyloniens » [f° 353 (644v)]. Il semble que les accessoires de « l'estrade », le « triclinium » de la table proconsulaire et les « tapis babyloniens », commencent à se rattacher au cours de la réécriture.

Au stade suivant, le brouillon-esquisse numéroté I, Flaubert achève la disposition des galeries en même temps que les « tapisseries babyloniennes » sont effacées du premier paragraphe, pour être placées plus bas dans le paragraphe où se trouve « la table royale » :

[f° 354 (618v)]

        Dans l'intérieur du fer ⌈à cheval – espace libre. Un eu-
        nuque tricliniarque. ⌈ – ..Sa mine ∥ surveille – avait ⌈a il a-
        vait soin de ~~faire toujours face~~ – la table ⌈ne jamais tourner [le
qui se trouvait ⌈établi dos] à la table ~~royale~~ ⌈proconsulaire –
sous la tribune dorée Au h¹ ~~bout de la salle, sous⁵ la tribune dorée~~ – un ⌈au mi-
        lieu sur ⌈une ⌈estrade. ~~à trois marche~~ – en planches de ~~citre~~ cè-
        dre, – trois ~~marches~~ ⌈gradins La table royale ∥ ~~sur un plancher
        de cèdre plus élevé~~ ⌈estrade à trois marches ⌠en faisait une
        espèce de tente, d'appartemt ∥ ~~tendu~~ ⌈des tentures⁶ et de ta-
        pisseries babyloniennes. –

 Dans le paragraphe commençant par « Au ht bout de la salle, sous la tribune dorée », l'auteur ajoute le mot « estrade » pour la première fois, ainsi que les termes « en plancher de cèdre » et « trois gradins ». Au dessus de ce paragraphe se trouve la scène d'« un eunuque tricliniarque » qui ne tourne jamais le dos à la table proconsulaire. Flaubert réécrit en marge « établi sous la tribune dorée », afin de préciser la topologie du lieu. De telle sorte que la « table proconsulaire », « la tribune dorée » et « l'estrade » se rattachent les unes aux autres.

 D'autre part, les consonnes [t] et [tɑ̃t] semblent obséder l'auteur. À « une espèce de <u>t</u>en<u>t</u>e », « d'appartement <u>t</u>en<u>d</u>u », il ajoute « des <u>t</u>en<u>t</u>ures et de <u>t</u>apisseries babyloniennes » (c'est nous qui soulignons). Ce qui nous intéresse, c'est qu'il tâtonne autour des images des « tapis » en employant les consonnes [t] et [tɑ̃], ce qui l'amènera à l'idée de la « tente », autre espace clos. Ainsi, au f° 354, nous constatons que tous les mots-clefs — « la table proconsulaire », « la tente », « la tribune dorée », une « estrade » ainsi que « des tapisseries babyloniennes » — sont finalement rassemblés.

 D'après le *Corpus Flaubertianum*, édition diplomatique et génétique des manuscrits par Giovanni Bonaccorso, l'auteur arrête ici la rédaction paradigmatique de l'esquisse I, et s'occupe syntagmatiquement des scènes suivantes, jusqu'au stade suivant, esquisse I, f° 379 (645v). Ce qui est frappant, c'est que ce n'est qu'après avoir achevé la rédaction de la séquence de Jacob sur « l'estrade », de la fin de la danse de Salomé sur « l'estrade » et du colloque d'Hérodias avec sa fille dans « la tribune » que Flaubert reprend la composition de l'« estrade-tribune ». Autrement dit, c'est au moment où Flaubert a remarqué l'importance de « l'estrade » que Flaubert a entamé la rédaction de

« l'estrade-tribune ». Nous avons montré plus haut que « la première marche de l'estrade » est réservée au dévoilement de Salomé, et que l'auteur a beaucoup tâtonné pour décrire cet espace. À ce stade de la rédaction, Flaubert désigne aussi « trois gradins » et oppose « la première marche de l'estrade » pour Salomé et « la tribune » où se trouvent les femmes dont Hérodias. La rédaction minutieuse du paragraphe de « la table proconsulaire » [f° 379 (645v)] suivra l'esquisse du final de la danse de Salomé dans laquelle Flaubert ajoute en interligne inférieur « de l'estrade de plus en plus vite » [f° 376 (653v)], ce qui montre l'importance croissante de « l'estrade » :

[f° 379 (645v)]

La table[c] ↑Le sol avait trois niveaux Dans l'intérieur du fer à cheval [⁹ un eunuque, sa mine, le tricliniarque ‖ surveillait tout. — Il avait soin de ne jamais tourner le dos à une estrade ↑à la table ‖ établie sous la tribune dorée ↑proconsulaire au fond ↑était⁴ ↑se dressait⁴ ↑sous la tribune dorée³] ψ⁹ – Sur une estrade ↑au milieu en planches ↑en parquet en planches de ‖ cèdre à ↑où l'on montait par trois gradins – Des tentures en ↑des tapisseries de Babylone ↑appendues ↑accro ↑aux murs ↑autour en faisaient ↑l'enfermaient dans¹¹ ‖ une espèce ↑[2 ill] de tente, ↑d'appartement – de sanctuaire ↑de pavillon.

Flaubert a raturé le passage « un eunuque, sa mine, le tricliniarque surveillait tout », mettant ainsi en relief de façon plus évidente « une estrade » et « sous la tribune dorée ». De plus, il paraît que l'obsession des « tapisseries de Babylone » et de la voyelle [a] a amené l'auteur à réécrire « appendues », « accro », « aux murs », « autour ». Aussi, rejetant les termes « tentures », « de tente » dont la syllabe principale est [tã], il écrit « l'enfermaient dans », ce qui accentue l'impression de fermeture et d'étouffement. D'ailleurs, on peut constater ici la présence de l'image du « sanctuaire », même si elle est raturée, ce qui est d'autant plus frappant selon nous que cet espace servira d'autel symbolique dans la version définitive.

La simplicité de la composition se maintiendra par la suite et au f° 381, brouillon suivant, l'auteur mettra la dernière main à cet espace clos :

[f° 381 (618r)]

sandales de feutre, circu-	⟦ La table proconsulaire était dressée ⌈se *dressait ⌈occupait
laient en ⌈N.	⌈occupait sous la tribune dorée, et *sur ⌈occupait une estrade
portaient des plateaux	en planches de cèdre ⌈sycomore – où l'on arrivait par trois gra-
[ill]ᵃ	dins ⟧ – et des tapis babyloniens ⌈de Babylone ⌊appendus
esp.[èce]ᵃ	autour ⌈[ill] ⌈suspendus ⌊appendus autour] l'enfermaient dans
	une ⟦ espèce ⌈man ⌈manière de pavillon

À propos du bois de l'estrade, il remplace « cèdre » par « sycomore », qui a davantage une connotation biblique. Toujours soucieux des sonorités et des assonances, il souligne trois fois la consonne [d] dans l'expression « une estra<u>d</u>e en planches <u>d</u>e cè<u>d</u>re [sic] » pour marquer l'attention d'éviter les répétitions inutiles. Évitant les assonances et les répétitions inutiles, cherchant l'image la plus connotative pour l'autel symbolique, Flaubert parvient finalement à l'expression « sycomore » pour le matériau de l'estrade.

La réécriture de l'écrivain s'appuie non seulement sur une optique symbolique mais aussi sur les sonorités, bref sur son *gueuloir*, ce que P.-M. de Biasi appelle « l'oralisation dans l'écrit » : « l'analyse des brouillons de Flaubert a fait émerger une multitude de marques graphiques indiquant la présence d'une structuration orale de l'écriture, et sous des formes repérables qui rendent possible une certaine reconstitution de ce processus de textualisation qu'était le « gueuloir » : paradigmes sonores, unités de souffle, chasse aux assonances, mesure des nombres de syllabes, etc., des matériaux inédits qui intéressent au plus haut point les nouvelles études stylistiques, attentives aux questions du rythme, de la mélodie, de la ponctuation, etc[23]. »

❖ *La résurrection* : *le scarabée et le sphinx*

Il est indéniable qu'en plus de l'impression de volupté éclatante, la danse de Salomé évoque aussi la résurrection, au moyen des symboles que sont le « grand scarabée » et les « arcs-en-ciel ». Mais quel a été le cheminement de l'auteur pour parvenir à ces termes ?

D'après le *Corpus Flaubertianum* par Giovanni Bonaccorso, Flaubert note simplement au stade du premier plan une intrigue conforme au récit

---

[23] Cf. *Magazine littéraire*, n° 401, septembre 2001, p. 39. Voir « La voix : Le gueuloir de Flaubert » écrit par P.-M. de Biasi.

biblique, comme nous apprend la note de régie : « entrée de Salomé / danses /colloque à part avec sa mère / Sa demande / serment d'Antipas » [f° 89 (726r)]. Au deuxième plan, Flaubert ajoute la surveillance d'Hérodias sur les trois hommes, notant les trois gradations de la danse avec des instruments musicaux, mais sans symboles. Au f° 112, scénario /esquisse, il approfondit la gradation de la danse avec des expressions psychologiques et ajoute en marge une scène intéressante :

[f° 112 (713v)]

> à la fin de la danse elle lui baise la main. — Alors il n'y tient plus (faire croire au lecteur qu'il va décharger) « demande-moi la moitié de mon royaume »

Contrairement à la version définitive dans laquelle la scène de la danse s'achève par la rencontre des yeux du Tétrarque avec ceux de Salomé dans sa posture de « grand scarabée », rappelons-le, il s'agissait d'abord d'un contact charnel entre eux. Au stade suivant, f° 376, la danse du « tournoiement » ainsi que les termes « estrade » et « saute sur les mains » font leur apparition. Néanmoins, il n'y a pas encore de comparaison frappante entre le saut et le « grand scarabée » ; pour évoquer la dernière posture de Salomé « attendant sa récompense » Flaubert écrit : « Devant lui — en sphinx, sans rien dire » :

[f° 376 (653 v)]

> Ne s'arrête pas. le fait des ⌈le tour − − ⌈de l'estrade de plus en plus vite ⌈à croire qu'elle allait s'envo[ler][10] a danse
> Je te donnerai   ⌈saute sur s/les ‖ mains ⌈la tête en bas. ⌈Sarepta Caph x x x
> x x x   − − − ⌈tout ce qu'elle voudra la moitié de ‖ mon royaume»
> se jete ⌈saute sur l/ses mains − ⌈puis ⌈ensuite la tête en bas fait ⌈ainsi qques ⌈g^{ds} pas, ainsi.
> Devant lui − en sphinx, sans parler ⌈rien dire. a ⌈a comme attendant sa récompense..

Il ajoute d'abord en interligne supérieur, à la première campagne, « saute sur les mains », « la tête en bas ». Ensuite, en deuxième campagne, « ainsi » et « gds » sont ajoutés à « pas ». Voici qu'apparaît peu à peu une image du scarabée. C'est au f° 402, scénario-esquisse numéroté C, qu'il ajoute en interligne supérieur, à « fait qques pas » : « les jambes par dessus » à la première campagne, et « comme un gd scarabée » à la deuxième campagne. Après l'avoir d'abord raturé, Flaubert réécrit le terme « scarabée » :

[f° 402 (651r et 652r)]

	— Elle ↑*avait* saute sur la t les mains, la tête en bas ↑*les jambes par dessus*. . fait qques pas ~~encore~~ ↑*comme un g^d *scarabée* ↑*scarabée* ‖ puis s'arrête devant lui, ~~en~~ ↑*œil de* ↑*sa figure de* sphinx ↓*pas l'air fatigué* – ~~sans rien dire~~. – ↓*un peu de sueur sur ses tempes comme de la rosée sur du marbre blanc*.
ses pieds délicats comme des fleurs, expressifs comme des prunelles. idole pernicieuse et charmante	
	– ⁴ ~~attendant sa récompense~~.
	– «Parle! ↑*Antipas plus épuisé qu'elle* ~~demande moi ce que tu voudras~~.
	Un ~~petit~~ silence ↑*ce que tu voudras – oui. ce que tu vou-*

L'image du « sphinx » suit l'expression « puis s'arrête devant lui » : Flaubert ajoute « œil de » à la première campagne et « sa figure de sphinx » à la deuxième campagne. Remarquons que l'image d'« un grand scarabée » apparaît à une ligne du terme « sphinx ». S'agit-il encore ici d'un effet du gueuloir, l'écrivain soulignant l'allitération du son [s], ou est-ce une analogie de leur connotation orientale ? En tout cas, l'image du « sphinx » est plus ancienne que celle d'« un grand scarabée » dans les brouillons. Ainsi, c'est l'impression mystérieuse et la monstruosité que poursuit Flaubert, comme le montre la note de régie pour Salomé dès le f° 160 (748r), esquisse numérotée A de la danse :

[f° 160 (748r)]

⟨elle *sphinx⟩ impression mystérieuse. monstruosité *mystère

– en demi cercle s'était élancée courait c'était^a – la vieille femme au centre Gadès. ⟨un paragraphe, décrivant l'effet après chacune des 3 danses.⟩	Elle danse 1° légère. insaisissable, capricieuse comme un papillon. ↑*avec accompagnemt d'une petite* ‖ flûte qui imite de petits cris d'oiseaux ↑|*effet sur la foule*| 2° puis c'est une danse langoureuse voluptueuse ‖ au son d'une grosse flûte, la gingras ↑(1) – α ⟨cela⟩ ↑4° *la danse* est *spirofond, a un caractère presque ‖ funèbre, 3° une danse désordonnée – avec flûte, tambourin α harpe. ↑*effet sur la foule M* ↑(2) Hér observe les ⟨phys⟩ trois hommes de la table royale. Vitellius reste impassible ↑α

Notons ici l'insistance de l'auteur sur l'impression de « mystère » et de « monstruosité » que procure le « sphinx ». Aussi Flaubert note-t-il l'image d'« idole » en marge du sénario-esquisse du f° 402 : « ses pieds délicats comme des fleurs, expressifs comme des prunelles. idole pernicieuse et charmante [sic] ». Ses pieds ont un tel pouvoir expressif qu'étrangement Flaubert les compare à « des prunelles ». L'envoûtement opéré par les pieds de la jeune fille est accentué par la mention des yeux. On peut remarquer ici l'expression « idole pernicieuse et charmante », qui sera l'élément essentiel de l'archétype de la femme fatale.

Ayant enfin opté pour la comparaison avec « un grand scarabée » au f° 411, Flaubert ajoute pour la première fois « parcourut l'estrade de cette manière », de telle sorte que s'accomplit l'étrange marche du grand insecte sur l'estrade. Reste que le « regard de sphinx » hante toujours l'écrivain :

[f° 411 (648r)]

[ill]	Elle avait sauté sur l/ses mains ⌊*se jeta* ⌊*par terre*¹, α les pieds en l'air ⌊*haut* ⌊*L'air*, la tête en bas,/– elle fit ‖ qques pas. ⌊*parcourut*² l'estrade de cette manière, comme un ⌊*g^d* scarabée – puis ⌊*α brusquement* s'arrêta devant lui.
Sa pose.	Sa figure ⌊*sourcils prodigieux* ⌊*nez fin* bouc[he] *très étroite*
Sa tête, à angle droit	– . . . ⌊*regard de* en sphinx – ⌊. . . *sans* **fatigue. sans émotion*
les jambes sur les épaules^a.	Un être qui n'est plus humain ‖ une idole perni *enchanteresse* ⌊*charmante* α *pernicieuse*. – pas fatiguée ⌊*aucune émotion pas de fatigue* seulemt un peu de ‖ sueur, comme du de la rosée
ses pantalons ⌊*bariolés*	sur un marbre blanc –

Présentant « Sa figure » au premier jet de l'esquisse-brouillon, f° 411, il la transforme « en sphinx » : « nez fin bouche très étroite », « sourcils prodigieux », « regard de », « sans fatigue. sans émotion ». On constate ainsi que le « sphinx » est à l'origine de la figure de Salomé. D'où vient l'élément inhumain : « un être qui n'est plus humain une idole enchanteresse charmante & pernicieuse. » Ces données sur les sourcils et sur le nez demeureront dans le folio suivant, f° 412, mais un grand changement s'opère : au lieu du « regard en sphinx » qui disparaît, il ne reste que « ses yeux extraordinaires de grandeur » et « ses sourcils très noirs ». Pourtant, l'écrivain maintient l'impression d'emphase, écrivant « nulle émotion pas de fatigue » en marge de la figure fixée de la jeune fille. Ici apparaît d'ailleurs l'image d'« un angle droit » qui évoque, d'après P.-M. de Biasi, le « mouvement étrange de

« décapitement » du cou, une posture de la danseuse Azizeh[24] ».

[f° 412 (649r)]

<blockquote>

Dans cette position. le derrière de sa tête faisait avec ses vertèbres ‖ un g^d ↑angle droit. les larges fourreaux <s>bariolés</s> ↑<s>de couleur</s> ↑de couleur qui enveloppaient ses jambes lui ‖ passant par dessus les épaules, ↑bordaient comme deux arcs en ciel <s>flanquaient</s> ↑bordaient ‖ <s>sa figure</s> ↑son visage presque <s>au niveau</s> ↑à raz ↑à une coudée du sol – son nez ↑<s>droit</s> était long α mince. ‖ ↑ses sourcils très noirs ses yeux extraordinaires de

α nulle émotion grandeur, ⌊↑<s>a sa petite</s> bouche petite. – | α nulle ↑<s>apparence</s>
pas de fatigue ce fatigue ‖ <s>a n pas d'</s> ↑α nulle émotion ↑<s>fatigue</s> – pas <s>plus</s>[3] de fatigue <s>qu'une idole</s> ↓seulemt. <s>qques</s>[4] gouttelettes à ‖ <s>ses joues</s> ↑<s>aux coins</s> ↑bords ↑<s>de sa bouche</s> ses lèvres comme de la rosée sur un marbre blanc –
</blockquote>

Mais est-ce un hasard si les deux symboles, le « scarabée » et le « sphinx » sont tous deux issus du sol égyptien ? Il est notoire que Flaubert a recours à ses souvenirs en Égypte : il a vu la danse de Kuchiouk-Hânem qui « exécuta une célèbre et attirante danse d'effeuillage connue sous le nom de l'abeille[25]. » Il s'agit de la danse de « l'almée » que les intellectuels et artistes européens appréciaient à cette époque[26]. Mais, le jeune écrivain, comme nous l'avons dit plus haut, s'est intéressé à cet insecte, l'a chéri au point de l'avoir fait monter sur une bague. Quant au « sphinx », dont l'impressionnante vision est rapportée dans son *Voyage en Orient*, il l'a aussi utilisé à maintes reprises dans ses œuvres, dont notamment *Salammbô*, *L'Éducation sentimentale*, et *La Tentation*. Il écrit à Ernest Chevalier à Rome : « La vue du Sphinx a été une des voluptés les plus vertigineuses de ma vie[27]. » Évidem-

---

[24] *TC*, p. 35. Voir « l'Introduction » de P.-M. de Biasi.

[25] Au sujet de la danse des « almées », voir : Lynne Thornton, *La Femme dans la peinture orientaliste*, ACR Édition Internationale, 1985, p. 136 : « Les femmes Ghawâzi, danseuses égyptiennes professionelles, se rencontrent dans un certain nombre de tableaux du 19ᵉ siècle. Bien qu'on les désignât sous le nom d'almées dans les années 1850, ce terme s'applique plus justement à des femmes qui improvisaient des chants et des poèmes.»

[26] Cf. Edward William Lane, *op. cit.*, pp. 384-389, « Public Dancers » : « Egypt has long been celebrated for its public dancing-girls ; the most famous of whom are of a distinct tribe, called "Ghawâzee." A female of this tribe is called "Ghawâzeeyeh" (...) » (p. 384).

ment, Flaubert connaissait la signification du sphinx appelé en Égypte
« Abou-el-Houl : le père de la terreur[28] », comme le montre ce souvenir de
l'excursion à Sakkarah avec Maxime Du Camp :

> (...) Je pousse des cris malgré moi — nous gravissons dans un tourbillon
> jusqu'au Sphinx. (...) Il grandissait, grandissait et sortait de terre comme
> un chien qui se lève. Abou-el-Houl (le père de la terreur) — le sable, les
> pyramides, le Sphinx, tout est gris et noyé dans un grand ton rose — le
> ciel est tout bleu, les aigles tournent en planant lentement autour du
> faîte des pyramides — nous nous arrêtons devant Sphinx — <u>il nous
> regarde d'une façon terrifiante</u>. Maxime est tout pâle. J'ai peur que la
> tête ne me tourne et je tâche de dominer mon émotion[29].

Du Sphinx, c'est donc surtout le regard « terrifiant » qui a captivé les jeunes
Gustave Flaubert et Maxime Du Camp. P.-M. de Biasi affirme à propos de
ce passage : « En fait, ce qui émeut vraiment Gustave, c'est le terrifiant, le
gigantesque : le signe de l'inhumain[30]. » À la Pyramide de Rhodopis, il écrit
aussi son impression sur le Sphinx :

> (...) <u>ses yeux semblent encore pleins de vie</u> — le côté gauche est
> blanchi par les fientes d'oiseaux, (...). Il est juste <u>tourné vers le soleil
> levant</u> — <u>sa tête</u> est grise — <u>oreilles</u> fort grandes et écartées ⟨comme un
> nègre⟩ ⟨le nez absent ajoute à la ressemblance en le faisant camard —
> au reste il était certainement éthiopien, les lèvres sont épaisses. ⟩ — <u>son
> cou</u> est usé et rétréci — devant sa poitrine, un grand trou dans le sable,
> qui le dégage[31].

La minutieuse description de la figure du sphinx — « sa tête », ses
« oreilles », son « nez », ses « lèvres » et « son cou », — est analogue à celle
de Salomé dans sa dernière posture : « sa nuque », « sa figure », « ses lèvres
peintes », « ses sourcils très noirs », « ses yeux presque terribles » dans la

---

[27] *Corr.*, *deuxième série*, p. 309.
[28] *Ibid.*, p. 156 (lettre à Louis Bouilhet du 15 janvier 1850).
[29] Cf. *Voyage en Égypte*, *op. cit.*, pp. 58-59. C'est nous qui soulignons.
[30] *Ibid.*, p. 59. Voir « l'Introduction » de P.-M. de Biasi.
[31] *Ibid.*, pp. 213-215. Souligné par nous.

version définitive. Mais dans le cas de Salomé, l'ordre de la description est inversé car, elle marche sur les mains. Symboliquement, le « Sphinx » est lié aux tombeaux et est « tourné vers le soleil levant[32]. » Venons-en à la question que nous avons posée : si l'on constate la présence des deux symboles égyptiens que sont le scarabée et le sphinx à une ligne près dans les brouillons, ce n'est pas seulement du fait de leur origine égyptienne, mais aussi à cause de leur signification analogue : l'un symbolisant la résurrection et le soleil levant ; l'autre étant le gardien de la nécropole, contemplant « le seul point de l'horizon où le soleil se lève », « Par sa barbe, il est roi ou dieu-solaire[33]. »

Dans *Salammbô*, Flaubert utilise le sphinx comme image de « l'immobilité » et comme « coiffure » d'une femme : « plus immobiles que des sphinx » ; « coiffé comme des sphinx » ; « mais des hommes, coiffé comme des sphinx » ; « devant le poitrail du sphinx, le père-de-la-terreur[34] ». Dans ce roman de Carthage, le Sphinx est naturellement lié à l'image du soleil : « Sur les dalles, — comme des sphinx, des lions énormes, symboles vivants du soleil-dévorateur ». Dans *L'Éducation sentimentale*, le romancier utilise « la sphinx » comme surnom d'un des personnages ; dans *La Tentation*, c'est également l'immobilité et le regard du sphinx sur lequels l'écrivain met l'accent.

Flaubert supprime finalement l'un des deux symboles orientaux car, détestant les répétitions inutiles, il voulait souligner la connonation de la « résurrection » qui accompagne l'image du « scarabée ».

Pour ce qui est des « arcs-en-ciel », symboles de promesse selon *L'Ancien Testament*, Flaubert semble s'être surtout intéressé à leur aspect visuel. La première notation d'un « arc » n'apparaît pas au début dans la description de la dernière posture de la danse de Salomé, mais au cours de la troisième danse. Dans le brouillon-esquisse, f° 407, dans l'évocation du complot d'Hérodias, en interligne inférieur, Flaubert ajoute à « son dos mordoré » : « tout en arrière faisant de son corps un arc ». En haut de la marge du même folio, on remarque aussi la notation d'un « arc » : « se courba se renversa formant un arc [sic] ». Il s'agit de la danse véhémente où son corps se

---

[32] Cf. *Dictionnaire des symboles, op. cit.*, pp. 722-723 : « Le Sphinx veille toujours sur ces nécropoles géantes ; sa face peinte en rouge contemple le seul point de l'horizon où le soleil se lève. »
[33] *Ibid.*, p. 722.
[34] Cf. *Salammbô*, CHH, t. 2, pp. 62, 87, 135, 177.

renverse, « en avant & en arrière, comme une fleur battue par la tempête » :

[f° 407 (645r)]

Elle dansa	cataractes ~~comme les prêtres~~ ‖ ⌈*comme les prêtresses* de l'In-
– puis se penchait en	de/*us*, comme les Bacchantes ~~de Lydie~~ ⌈*d'Ionie*. – ~~Son dos~~ ⌈*et*
avant.	avec ⌈*le fré[mi]ssemt de ses vertèbres* ~~aux secousses de ses ver-~~
	~~tèbres~~ ‖ son dos mordoré ⌈*et luisant* ⌈*chatoyait* ⌈*comme la*
les articulations dans	peau des serpents ⌈*en plein* ⌈*au soleil* ⌈*tantôt elle* ~~se cambr-cour-~~
leurs ondyles	~~bait~~ ⌈*renversait* ⌈*tout en arrière* faisant de son corps un arc.
puis en avant	⌈*marchant sur la pointe des pieds sur le bout des doigts*² elle
⌈*et* en écartant les jam-	se ‖ ~~prosterna~~ .. ⌈*délire* de toute sa personne semant l'amour
bes s'étendait à toucher	⌈*la convoitise* comme des flammèches ⌈*invisibles* ‖ d'incendie.
le sol du menton	~~un chœur de voix~~ .. ⌈p. *l'accompagner* ⌈*les* g^{ds} *instruments*
les jambes écartées	~~conservés p. le temps harpes, flûtes, tambourins~~ – – – ³

Pas de grand changement au f° 420, mais au f° 411, l'auteur décrit en marge la pose de la jeune fille. Il dessine son corps de la tête aux jambes et c'est ici que l'idée des « deux arcs en ciel » semble être née :

[f° 411 (648r)]

les jambes sur les	⌈*charmante* α pernicieuse. – ~~pas fatiguée~~ ⌈*aucune émotion pas*
épaules^a.	*de fatigue* seulemt un peu de ‖ sueur, comme ~~du~~ de la rosée
ses pantalons ⌈*bariolés*	sur un marbre blanc –
~~passaient~~ ⌈*revenaient*	s/Silence .. un petit claquement des doigts l'appella
par dessus ses épaules.	⌈*se fit dans la* ⌈g^{de} tribune ‖ elle y monta, ~~fut une minute~~
= deux arc en ciel.	~~absente~~ ⌈α revint. α d'une voix ‖ enfantine – à timbre d'ar-
Sa tête – au milieu	gent. – Je désire ⌈*que* ~~tu me donnes~~ dans un de ces plats la

Ce sont « deux arc en ciel [sic] » que Flaubert fait précéder du signe « égal », car « les pantalons revenaient par dessus ses épaules » et bordent son visage. L'image de l'« arc-en-ciel » est ainsi issue de l'image d'« un arc ». À propos de la formation des images dans la réécriture chez Flaubert, P.-M. de Biasi remarque : « La rédaction flaubertienne prend naissance dans les images mentales. Les tout premiers brouillons d'une œuvre sont souvent organisés autour de petits scénarios visuels qui se développent, parfois indépendamment les uns des autres, comme une série de noyaux d'images encore à peine verbalisées[35]. »

L'analyse de l'élaboration des symboles orientaux nous révèle ainsi la prépondérance de plus en plus frappante de la vision et du gueuloir chez l'écrivain. L'originalité de Flaubert réside dans le fait que, tout en explorant des données scientifiques, historiques et symboliques, en un mot « un appareil scientifique », il est parvenu à lier les sonorités ainsi que les connotations des images symboliques pour finir par tisser simultanément récit et style.

3. La formation des sentiments d'Hérodias

À la lecture des manuscrits de Flaubert, nous sommes presque certains que la plupart des caractères des personnages ont été déterminés dès le stade du plan. Ce sont l'impassibilité, la timidité d'Antipas, le mutisme jusqu'au dernier moment de Salomé et les invectives de Iaokanann. Sans changement ultérieur, leur caractère a été élaboré à travers esquisses et brouillons. Néanmoins, quant à celui d'Hérodias, il nous semble que la situation est un peu différente. Certes, à la table II du premier plan [f° 91 (741v)], le caractère d'Hérodias est fixé explicitement : elle est assimilée aux « fortes femmes » comme « Cléopâtre, Sémiramis, Thermusa ». Toutefois, au cours de la rédaction, on constate qu'Hérodias se montre d'abord moins orgueilleuse.

Dans le premier plan [f° 87 (708r)], l'auteur écrit l'indication ⟨H. & Ant. *devant différencier leurs inquiétudes⟩ qu'il a ensuite raturée. Il semble qu'il entame cette différenciation, décrivant d'abord les inquiétudes du Tétrarque, qui grandissent au cours de la rédaction du scénario, au f° 97 et au f° 101 :

[f° 97 (724r)]

⟨Situation des affaires d'Antipas. perturbations du commencement de son règne ↑ses antécédents.⟩ ⌈avait quitté Tibérias p^r
avait fondé Tibériade,   venir à Macherous, plus près des Arabes¹ ↑courts antécédents. —
appelé à lui des gens   étendue de son pouvoir¹ ‖ Vitellius devait venir à son secours.
de toutes sortes.   Mais ne venait pas. ⟨Il se demande⟩ p^r quoi ‖ ⟨quels sont les
⟨p^r avoir de l'argent projets de Vitellius?⟩ ↑il pouvait usurper la Judée comme Sabinus.
ouvrit comme Hyrcan   — S'allier même aux Arabes Ant ne compte plus sur lui ⟨Ant⟩ ⌈il

---

[35] *TC*, p. 35, Voir « l'Introduction » de P.-M. de Biasi.

LA RÉSONANCE DES MOTS, LE CARREFOUR DES IMAGES

le tombeau de David.⟩ en est à regretter de ne pas s'être ‖ uni aux Parthes. – *Les colonies*
⟨(le père de son beau *juives de Babylone pouvaient venir à son secours Agrippa à Rome*
père en avait envoyé à *l'accuse des Parthes α de Séjan*[2] ⌊*– son frère Philippe*. – ⟨*Les troubles*⟩
Varus)⟩ ⌊*La guerre civile* ⌊*du commencem[t] de son règne pouvait reprendre*[1]
      Agrippa à R. ⟨Par précaution, il avait amassé dans sa citadelle de g^{des} pro-
      le desservait visions d'armes α de ‖ vivres. Mais les hommes lui man-
          ↳ quaient.⟩ Pour savoir s'il pouvait compter ‖ sur des secours de
(2) l'intérieur, Antipas, sous prétexte de fêter l'anniversaire de sa
autre sujet d'inquiétu- naissance, ‖ avait invité p^r ce jour là à un g^d festin, les person-
de: ⟨il pensait aussi à⟩ nages les plus importants de la ‖ Galilée, les g^{ds} officiers de
Jean ⟨indécis sur ce son armée, les ⟨conseillers⟩ ⌈*principaux* fonctionnaires. vien-
qu'il en devait faire.⟩ draient-ils? (1)
⌊*enfin avait été obligé de* ⟨N. C'est à tout cela qu'il songeait⟩ en regardant l'horizon –
l'emprisonner[a] impatient ⌊*rappel du paysage* – Sa pose ⟨attentive⟩ ⌊*contemplative*
       ↳

Les inquiétudes du Tétrarque sont si grandes et confuses qu'elles sont exprimées au présent de l'indicatif ainsi qu'à l'imparfait. L'auteur rature les verbes d'introspection comme « il pensait aussi à » ou « Il se demande ». Après avoir biffé la question au présent « quels sont les projets de Vitellius ? », il commence à surcharger les monologues du Tétrarque à l'imparfait : « il pouvait usurper la Judée comme Sabinus.» ; « Les colonies juives de Babylone pouvaient venir à son secours (...). » ; « La guerre civile du commencement de son règne pouvait reprendre ». Si l'auteur écrit dans le paragraphe suivant : « C'est à tout cela qu'il songeait », il est clair qu'il manipule les temps verbaux en mettant les inquiétudes du Tétrarque au discours indirect libre, ce qui renforce sa timidité.

Pour ce qui est du caractère d'Hérodias, examinons la rédaction de la dispute entre Antipas et Hérodias au sujet de Jean, car le ton de sa contestation contre le Tétrarque change au cours de la réécriture. Dans l'esquisse, f° 115 (710r), bien que Flaubert ajoute le terme « éclate » pour introduire le discours d'Hérodias, son discours reste gêné :

[f° 115]

        Alors Ant prétend ⟨qu'il⟩ ⌊*que Jean* est inoffensif, fait semblant
        d'en rire. On le traitera comme on ‖ a traité le prophète Amos
        ⌊H. éclate – « Tu ne te rappelles donc pas qu'il m'a insulté,
          ↳
        un jour qu'ils passaient en char. – ⌊⟨il a *failli la perdre, [ill]
        maintenant [2 ill] p^r elle⟩

La genèse de la danse de Salomé

Comme nous l'avons signalé au chapitre I, à ce stade, le discours d'Hérodias est plus empreint de force que celui d'Antipas qui est au discours indirect. Mais au moins, elle semble contester le traitement de Iaokanann. Les folios de f° 117 à f° 126 aussi bien que f° 130 et f° 131 ne montrent pas de grand changement ; l'auteur continue simplement à souligner : « Her. Éclate ». C'est à partir de la rédaction des brouillons-esquisses que l'écrivain renforce son insolence.

[f° 202 (550r)]

– il était réduit à l'impuissance puisqu'il était en prison^a ⌈on d'ailleurs ⌈et on se savait pas où il était ⌈dans laquelle. – On le croyait mort on n'en parlait plus.	~~Mais selon~~ ⌈a *rien ne pressait suivant* le tétrarque ~~rien ne pressait~~ ⌈*Rien ne pressait dit le tétr*. Ioakanam n'était pas si dangereux ‖ Quoi? que peut-il faire. ~~il~~ ⌈*Ant* ~~affecta d'en rire. – On le traitera~~ ⌈*ses paroles ne sont pas comme la trompette de Jéricho – le temps des miracles est passé*. ⌈*il n'a même pas* ⌈aucune ~~son action sur~~ ‖ la multitude. ⌈*Ses paroles ne sont pas comme la trompette de Jéricho* L'enthousiasme ~~est~~ ⌈*était* ⌈était passé. – On le traitera comme on a traité autrefois^4 ‖ Amos. ~~a il affecta~~ ⌈*Ant*. ⌈*s'efforça* d'en rire.
– ~~il est réduit à l'impuisssance étant enfermé~~. – Ah! vraimt» dit H.	~~Hérodias l'écoutait avec impatience, en jouant avec sa tresse~~ – ~~elle éclata~~ ⌈*se lève α lui prend le poignet* ⌈*Hér. se leva d'un bond. α le saisissant au poignet*
– ou l'enth.[ousiasme] étant passé. Si jamais on ne l'écouterait plus. il se-	– «Tu ne te rappelles-donc plus/*as* le jour qu'il m'a insultée? ⌈*Ant. n'était pas avec elle.* ψ ⌈*N* ~~comme nous passions~~ ⌈*elle* ~~pass~~ ⌈*je passais* ‖ en char ~~devant lui~~ . . . ‖/*Le* ⌈ – obligés de

L'auteur approfondit ici le discours du Tétrarque, en effaçant la narration « Hérodias l'écoutait avec impatience, en jouant avec sa tresse — elle éclata ». En outre, il ajoute la riposte assez véhémente d'Hérodias : « se lève & lui prend le poignet » à la première campagne ainsi que « Hér. se leva d'un bond. & le saisissant au poignet » à la troisième campagne. Au stade suivant, f° 203, il efface une dizaine de lignes du discours du Tétrarque et laisse seulement le début et la fin de sa réponse : « Rien ne pressait suivant le Tétrarque. » ; « il s'efforça de rire [sic] » :

LA RÉSONANCE DES MOTS, LE CARREFOUR DES IMAGES

[f° 203 (571v)]

⌈pend[ant] qq temps ⌈on s'était il est vrai on s'était ⌊amusé ⌊diverti de ses harangues, mais sans les suivre φ ses harangues ⌊ses déclamations ⌊de ses discours que[b] signifient ses paroles est-ce qu'on les met en pratique! on les *écoute p. s'amuser le long des murailles α au seuil des portes. – On le renvoya manger son pain au pays de Juda p. que on ne l'avait pas oublié ⌈Ant.[b] s'en souvenait. et[b] bien qu'elle ne ⌈n'en doutait pas

Rien ne pressait suivant le tétrarque. Ioakanam n'était pas si dangereux ⌈ne pouvait nuire impuissant ‖ puisqu'il était en ⌊au fond d'une prison. ⌊a même On ne savait même pas laquelle – On le croyait mort, on n'en[5] ‖ parlait plus
 – Ah! vraiment, dit Hérodias
Oui, l'enthousiasme était passé. Si jamais ⌊s'il ⌊et quand même il rev reparaissait. – on ne l'écouter ‖ l'écouterait plus ⌊même ⌊pas. il sera traité ⌊bien [ill] comme le prophète Amos.
ψ Beau malheur ‖ vraiment s'il parlait ⌊s'il *recommençait (Antipas s'efforce de rire) Ses paroles ⌊discours ne sont pas ‖ ⌊Peuvent comme les trompettes de Josué ⌈n'abattent/re pas les murailles. ⌊Il s'efforça de rire[6]

Hérodias ⌊qui se contenait à demi ⌊s'était cont.[enue] jusque-là ⌊éclata d'un rire strident «Ah! tu as la mémoire courte se leva d'un bond, α le saisissant au poignet
 – Tu ne te rappelles donc pas ce jour qu'il m'a insultée. Je croyais te l'avoir dit ‖ p. tant? ⌊ – Mais rappelle-toi donc l'outrage que j'en ai reçu[4]. J'allais de X à X p. X. et ⌊car tu n'étais pas avec moi.

Remarquons que l'auteur efface, au f° 203, une petite réaction d'Hérodias « Ah ! vraiment » et son attitude « se contenait à demi » qu'il modofie ainsi : « s'était contenue jusque-là ». On remarque qu'il avait surchargé l'ironie d'Hérodias « d'un rire strident « Ah ! tu as la mémoire courte » ». Ainsi, Flaubert commence à élaborer le caractère de ses personnages : plus forte devient Hérodias, plus poltron devient Antipas. Aussi écrit-il maintenant la riposte d'Hérodias à l'impératif : « Mais rappelle-toi donc l'outrage que j'en ai reçu. »

Les termes suscitant le souvenir de Iaokanann semblent hanter davantage l'auteur car, au brouillon suivant, au f° 205, laissant les notes en marge « elle répéta en termes violents », il supprime « mais rappelle- » et ajoute son cri « tais-toi donc ! », ce qui renforce l'attitude autoritaire d'Hérodias. Le souvenir de l'outrage et l'excitation hautaine d'Hérodias apparaissent au cours de la rédaction du f° 205 dans lequel l'auteur raccourcit sa phrase :

[f° 205 (572r)]

> et afin [ill]ª
> ~~elle répéta~~ ↑s'écria Elle se leva, – α²
> ↑a elle répéta en ter- – ~~Mais rappelle~~-toi donc ↑ – tais-toi donc! ↑tu oublies l'ou-
> mes violents trage ~~que j'en ai~~²

Flaubert continue à tâtonner en ce qui concerne la séquence du souvenir de l'outrage d'Hérodias par Iaokanann. À chaque stade de la rédaction apparaît l'expression « Impossible de fuir ! » qui sera conservée dans la version définitive. Mais initialement, la phrase était plus longue et plus explicative :

[f° 202 (550r)]

> Impossible ‖ d'échapper. – à cause du sable jusqu'au moyeu des roues – α je me suis en allée ‖ lentement recevant ses injures.»

[f° 203 (571v)]

> ↑maudissait. ‖ Sa voix me poursuivait comme des flèches – impossible d'échapper à cause du sable ~~jusqu'au~~ ‖ ~~moyeu des roues~~ ↑qui montait jusqu'au moyeu des roues³ – α je m'en allais lentement, recevant ces injures.

Dans les brouillons-esquisses ci-dessus, l'auteur met plutôt l'accent sur l'explication « à cause du sable jusqu'au moyeu des roues », ce qui allonge la phrase. Pourtant, il rature toute la phrase « Impossible » et « d'en échapper & je ne pouvais fuir » au folio suivant, f° 205.

[f° 205 (572r)]

> ~~semblaient~~ ↓[ill] moi. – ~~Impossible~~ ‖ et ↑*d'en d'échapper ~~α je ne pouvais~~
> *pendant les autres ~~fuir~~, ↑ils ~~la route était poudreuse~~, le/es ‖ sable ~~roues~~ ↑de
> ~~maintenaient leurs~~ ↑ils ~~mon~~ char ~~avaient du sable jusqu'aux essieux~~. – ~~Le peuple~~

L'impossibilité de fuir se poursuit encore au f° 209 ; Flaubert insiste sur la puissance et les prunelles flamboyantes de Iaokanann, mais il recopie seulement « je ne pouvais fuir ».

[f° 209 (552v)]

    Je ne pouvais fuir les   a ⌈*et* ~~je ne pouvais fuir~~, les roues de mon char ‖ ~~avaient~~
    roues[a] de mon char a-   ⌊*ayant* ⌊[ill] ~~du sable jusqu'aux essieux~~. Sa voix rugissait. Ses
    vaient du sable jusqu'aux   ⌊*grands* yeux ⌈*paraissaient flambaient/⌊*oyaient* il ‖ levait les
    essieux   ⌈*et* il   bras ~~vers le ciel~~ comme p. y arracher le tonnerre. ~~Les autres~~ ‖

Toutefois, au f° 212, développant la peur d'Hérodias « je ne pouvais », l'auteur revient encore une fois à l'expression primaire : « Impossible de fuir ».

[f° 212 (536r)]

                         ~~Je ne pouvais~~ ⌈*il m'était* ⌈*et* ⌈*impossible de* fuir, les roues
                         de mon char avaient du sable jusqu'aux ‖ essieux. ⌊~~Tous
                         les autres poussaient des aboiements de chacal et je m'éloi-
     je m'éloignais   gnais~~ ⌈*Et je m'en allais* ⌊*revenais ⌈*m'en allais* ‖ lentement,
                         ~~courbant mon front~~ ⌈*en* ⌈*m'abritant sous mon manteau*, a
                         glacée ~~jusqu'aux os~~. par ces injures qui tombaient ‖ comme
                         la pluie d'un orage.»

Au f° 213, l'auteur met plus l'accent sur le cri d'Hérodias et ajoute un point d'exclamation : « Impossible de fuir ! »

[f° 213 (557v)]

                         cracha sur moi ‖ toutes les malédictions des prophètes. Ses
                         prunelles flamboyaient, sa voix rugissait, il ‖ levait les bras
                         comme p. arracher le tonnerre. a ⌈*a* ⌈*et* impossible de fuir!
                         les roues de ‖ mon ~~sable~~ ⌈*char* avaient du sable jusqu'aux
                         essieux. ⌈*et* ~~Je m'éloignais~~³ ⌈*a* ~~je m'en allais~~ ⌈*je m'en al-*

[f° 214 (594v)]

                         phètes. Ses prunelles ‖ flamboyaient, sa voix m/rugissait, il
                         levait les bras, comme p. arracher le tonnerre. │ – et ⌈*et* im-
                         possible de fuir! Les roues de mon char avaient du sable jus-
     et ⌈*et*   qu'aux essieux. ‖ Je m'éloignais lentement, ~~en~~ m'abritant ⌈*me*
                         ~~cachant~~ ⌊~~me cachant~~ sous mon manteau, glacée par ses ‖ inju-

Enfin, il efface la conjonction « et ». L'écrivain raccourcit ainsi de plus en plus la riposte explicative d'Hérodias, pour finir par un cri, un ton impératif. La colère d'Hérodias atteint son paroxysme au moment du reproche à la fille d'Arétas, paroxysme marqué par la répétition de l'impératif (c'est nous qui soulignons).

> (...) Tu es comme lui, <u>avoue-le</u> ! et tu regrettes la fille arabe qui danse autour des pierres. <u>Reprends-là</u> ! <u>Va-t'en vivre avec elle, dans sa maison de toile</u> ! <u>dévore son pain cuit sous la cendre</u> ! <u>avale le lait caillé de ses brebis</u> ! <u>baise ses joues bleues</u> ! <u>et oublie-moi</u> ! (p. 140)

Un autre exemple nous apprend les efforts faits par l'auteur pour restituer l'attitude hautaine d'Hérodias. Dans le chapitre I, contrairement à la version définitive, sa simarre n'était pas de couleur « pourpre », couleur de la dignité souveraine des consuls à Rome[36], mais « de soie blanche » [f° 187 (545r)]. Alors qu'« elle joue en parlant avec une de ses tresses qui lui pend sur l'épaule » comme une jeune fille, on dirait que sa nudité et son arrogance sont plus accentuées dans la version finale.

Ainsi, l'insolence et l'autorité d'Hérodias n'étaient pas tellement explicites au début. Se mettant dans la peau du personnage au moyen du « gueuloir », Flaubert trouve progressivement les expressions les plus justes et donne peu à peu son caractère très fort à Hérodias. Il a ainsi élaboré et aiguisé le caractère des personnages, en raccourcissant les phrases et en cherchant les épithètes et les vocables les plus appropriés.

---

[36] *Le Grand Robert de la langue française*, op. cit., t. 7, p. 663 : « Étoffe teinte de pourpre, étoffe ou vêtement d'un rouge vif symbole de richesse ou d'une haute dignité sociale. »

Mode impératif d'Hérodias

f° 202	« Impossible d'échapper à cause du sable »
f° 205	supp. ⟨Impossible et⟩ ⟨d'en d'échapper & je ne pouvais fuir⟩
f° 209	supp. ⟨et je ne pouvais fuir⟩ ; en marge : « Je ne pouvais fuir les roues de mon char avaient du sable jusqu'aux essieux »
f° 212	supp. ⟨Je ne pouvais⟩ ⟨il m'était⟩ ; ajout : « impossible de fuir, les roues de mon char »
f° 203	ajout : « et impossible de fuir ! les roues de »
f° 214	supp. ⟨et⟩ « impossible de fuir ! »

La genèse de la danse de Salomé

Le carrefour des images : le sacrifice et la résurrection

I la citadelle avec des tours comme une couronne de pierres
  la coiffure de Salomé

II **le manteau du grand prêtre** détenu dans la tour Antonia = la question de la sacrificature
   la constellation de Persée

III l'aspersion d'encens
    Jésus, Iaokanann, la résurrection
    le baptême de Mithra = le sacrifice et la résurrection
    Les merveilles du temple d'Hiérapolis
    Moloch, des autels, les sacrifices d'enfants

la coiffure d'Hérodias = **la mitre** assyrienne, **la sacrificatrice** = Cybèle avec ses deux lions
la coiffure de Salomé = [cheveux en forme de tour]
   danse de scarabée et des arcs-en-ciel = **la résurrection**
   le sacrifice d'Iaokanann
   le soleil levant

CHAPITRE VI
L'IMAGE DE SALOMÉ
— FLAUBERT ET GUSTAVE MOREAU —

Depuis les temps médiévaux, l'image de Salomé, associée à la figure de saint Jean-Baptiste, a inspiré les peintres ainsi que les écrivains et poètes. C'est toutefois au cours du XIXe siècle que l'image de la jeune fille évolue vers le type obsédant de la femme fatale de la fin de siècle. Il existait tout un éventail d'images de Salomé depuis l'époque byzantine : Salomé qui demande la tête de Iaokanann, Salomé dansant devant Hérode, et Salomé qui est comme un enfant jusqu'à la Renaissance, époque à partir de laquelle elle joue un rôle plus important[1]. En effet, ainsi que l'indique Françoise Meltzer, le récit de la décapitation de saint Jean-Baptiste commence à servir de prétexte pour décrire la danse de la jeune princesse dénudée[2]. Il convient de souligner que dans le domaine pictural, la représentation de Salomé a souvent changé, passant de la représentation d'une princesse contemplant la tête décapitée ou ordonnant la décapitation, à d'autres dans lesquels ni la tête ni les personnages ne sont présents[3]. Les écrivains ont eux aussi été

---

[1] Cf. *Salomé dans les collections françaises*, Saint-Denis / Musée d'Art et d'Histoire, 25 juin-29 août 1988, pp. 13-16 : Mireille Dottin, « Le développement du « mythe de Salomé » ».

[2] Cf. Françoise Meltzer, *Salome and the Dance of Writing, Portraits of Mimesis in Literature*, The University of Chicago Press, 1987, pp. 13-46. Voir aussi Pierre-Louis Mathieu, « La religion dans la vie et l'œuvre de Gustave Moreau », dans *Gustave Moreau et la bible*, (Nice, Musée National Message Biblique Marc Chagall, 6 juillet-7 octobre 1991), Éditions de la Réunion des Musées Nationaux, 1991, pp. 15-17 ; Yamakawa Koichi, *op. cit.* ; Helen Grace Zagona, *The Legend of Salome and the principle of art for art's sake*, Librairie E. Droz, 1960, pp. 13-22. Voir aussi Takashina Shûji, « Salomé — Une étude iconologique », *L'esprit des beaux-arts en Europe*, Seido-sha, 1979, pp. 276-298 (高階秀爾、「サロメ」―イコノロジー的試論、『西欧芸術の精神』、青土社).

[3] Cf. Henri Regnault, *Salomé*, 1870, Washington, National Gallery of Art. Voir aussi *Salomé dans les collections françaises, op. cit.*, p. 12.

séduits par ce personnage : en 1841, Heine décrit dans *Atta Troll* une Salomé qui jette la tête de saint Jean-Baptiste comme si c'était une balle[4]; Banville écrit un poème intitulé *La Danseuse*[5], dédicacé à Henri Regnault dont le tableau de Salomé fait scandale au Salon de 1870 ; les tableaux de Salomé de Gustave Moreau ont été exposés au Salon de 1876[6]; et enfin, Oscar Wilde publie sa fameuse *Salomé* en 1893[7].

C'est dans cette effervescence que Flaubert entama la rédaction d'*Hérodias*, œuvre dans laquelle il a respecté l'histoire de la Bible. Et s'il mérite une attention particulière, c'est qu'il a été le premier écrivain à décrire la danse de Salomé, comme l'indique Kudo Yoko[8]. Avant Flaubert, Heine l'avait également dépeinte, mais c'était seulement en tant qu'une des trois reines qui était tombée amoureuse de Iaokanann. Comparant les œuvres d'Heine et de Flaubert quant au personnage d'Hérodias, Aîno Takeshi remarque que l'on ne relève dans *Atta Troll* ni la description des « étoiles », ni celle des « pierreries », éléments importants pour la future femme fatale. Par contre, la description des « pierreries » apparaît dans *Hérodias* de Flaubert ainsi que dans *Salammbô*[9]. Même Oscar Wilde n'a écrit sur la danse qu'une indication dramatique : « Salomé danse la danse des sept voiles[10] » ; ainsi, le lecteur ne peut qu'imaginer la danse qui fera proposer au roi n'importe

---

[4] *Œuvres complètes de Heine*, *op. cit.*, 1972, pp. 138-144.

[5] Théodore de Banville, « La Danseuse », dans *Rimes Dorées* (1863-1890), *Œuvres*, t. III, Slatkine Reprints, 1972, p. 203.

[6] Il s'agit des quatre tableaux suivants : *Hercule et l'Hydre de Lerne* ; *Salomé dansant devant Hérode* ; *L'Apparition* ; *Saint Sébastien*. Voir Pierre-Louis Mathieu, *Gustave Moreau, sa vie, son œuvre*, catalogue raisonné de l'œuvre achevé, édité par Pierre-Louis Mathieu, Office du Livre, Fribourg, Switzerland, 1976, pp. 120-126.

[7] D'après Pascal Aquien, « le texte de *Salomé* » fut écrit en français en novembre et en décembre 1891 à Paris et publié en 1893. Cf. Oscar Wilde, *Salomé*, édition bilingue, Flammarion, 1993, p. 19.

[8] Kudo Yoko, *op. cit.*, pp. 68-70. Kudo soutient que le texte de Flaubert est sans précédent dans la mesure où l'auteur y formule pour la première fois noir sur blanc la danse de Salomé. D'après Kudo, Huysmans choisit de faire la description du tableau de Gustave Moreau, tandis que Wilde ne fait que présenter une simple indication scénique. Cf. Françoise Meltzer, *op. cit.*, pp. 33-34 : « As to the Salome story itself, what is singular is the reference to the famous dance, for it is totally lacking in specific description, not to mention sensuality. We know only that the daughter of Hérodias (Salome is not even mentioned by name) danced before the guests at Herod's banquet and that he was "delighted". »

[9] Aîno Takeshi, « Les Salomés de fin de siècle », in *Revue des Littératures comparatives*, vol. 23, 1987, pp. 52-69 (相野毅, 「世紀末のサロメ達」, 『比較文学年誌』).

[10] Oscar Wilde, *Salomé*, *op. cit.*, p. 141.

quelle récompense. Par contre, nous avons signalé dans les chapitres précédents que Flaubert a symboliquement présenté la danse de Salomé avec des éléments très originaux :

1) Recours à l'appareil scientifique et historique : Flaubert décrit Salomé comme l'instrument de sa mère, mais lui donne les attributs babyloniens et apocalyptiques de la Grande Prostituée.

2) En tant qu'idole du principe féminin dominateur, il représente Hérodias sous les traits de Cybèle, de même qu'il applique l'élément sibyllin de la Grande Mère à la danse de la jeune fille. La référence à Cybèle apporte un aspect lunaire et chthonien à Salomé, faisant contraste avec Iaokanann, dont l'image est symbolisée par un soleil. Ainsi, Flaubert introduit l'opposition des astres soleil-lune dans le récit de la décapitation de Iaokanann.

3) Non seulement l'accent est mis sur le corps tentateur de Salomé, mais Flaubert donne encore des indices de sa spiritualité. Quand elle est en équilibre sur ses mains, tel un grand scarabée avec ses pantalons symbolisant l'arc-en-ciel, il ajoute au récit de la décapitation le mythe de la résurrection du saint. Ainsi, l'écrivain présente Salomé comme une sœur jumelle de Iaokanann, médiatrice de Dieu.

Quelle influence la description flaubertienne de Salomé a-t-elle exercée ? Quel a été son rôle dans l'évolution artistique des images de Salomé ? C'est cette influence que nous voulons éclaircir en recourant à l'intertextualité avec d'autres œuvres contemporaines de Gustave Moreau, qui présentent des coïncidences au niveau des images et des thèmes. Comme Flaubert a inscrit les thèmes du sacrifice, du soleil et de Cybèle dans sa description d'Hérodias et de Salomé, nous allons analyser l'importance de ces thèmes dans son œuvre et dans la peinture de Moreau.

1. *Flaubert et Gustave Moreau*

La fortune a-t-elle souri simultanément au peintre et à l'écrivain, leur production étant chronologiquement très proche, ou s'agit-il d'une pure coïncidence ? C'est au Salon de 1876 que Flaubert alla voir les deux représentations de Salomé de Gustave Moreau, alors qu'il ruminait justement le plan d'*Hérodias*. On constate une allusion embryonnaire de Flaubert sur Iaokanann dans la même lettre que l'allusion à ce Salon : « Jeokhanan [sic] (traduisez : saint Jean-Baptiste) viendra. Mais il faut finir ma bonne femme, et à peine si je suis au tiers[11]. » Il fait allusion au futur plan d'*Hérodias*, après avoir signalé son impression sur les *Salomé* de Gustave Moreau : « Il y a au Salon trois tableaux vantés qui m'exaspèrent[12]. » Au sujet du rapprochement de ces deux allusions, Adrianne Tooke remarque[13], en témoignant son opposition à P.-M. de Biasi : « This can hardly be coïncidence. » Néanmoins, ayant publié l'édition critique et génétique des *Carnets de travail* de Flaubert, P.-M. de Biasi situe l'embyron du plan juste avant le Salon : « Les choses se sont probablement passées de la façon suivante. En mars avril 1876, Flaubert était parti faire du repérage en Normandie pour *Un Cœur simple*. Pour prendre ses notes en chemin, il avait emporté avec lui un calepin, déjà bien noirci de notes anciennes prises en 1871-1872 pour *La Tentation*, mais où il restait plusieurs pages vierges disponibles. Or, au milieu des notes utilisées pour *La Tentation de saint Antoine*, plusieurs feuillets du calepin contenaient des recherches restées inexploitées, dont trois ou quatre pages écrites en 1871-1872 sur Jean-Baptiste, Vitellius, Ponce Pilate. » Ainsi, il conclut : « C'est précisément au retour de cette expédition qu'il annonce son nouveau projet de rédaction[14]. » Il est vrai que Flaubert avait entamé depuis sept mois une brochure qui sera intitulée *Trois Contes*, récits bibliques. Si l'on se réfère à la datation de l'édition du Club de l'Honnête Homme, la première allusion à *Hérodias* se trouve dans une lettre du 20 avril 1876[15] (l'édition Conard indique seulement « fin avril 1876 »). Les deux artistes se sont croisés au bon moment. Flaubert, pourtant, s'intéressait déjà à ce peintre depuis une dizaine d'années, alors que ce dernier était encore inconnu. Il remercia Chesneau d'avoir « rendu justice à Gustave Moreau » que beaucoup de ses amis n'avaient pas suffisamment admiré[16].

D'autre part, Gustave Moreau avait une grande admiration pour les œuvres de Flaubert, dont notamment *Salammbô* et *La Tentation de saint*

---

[11] *Corr.*, *supplément (1872-juin 1877)*, p. 250 (lettre à Tourgueneff portant la date du 2 mai 1876).

[12] *Ibid*.

[13] Adrianne Tooke, *Flaubert and the pictorial arts*, Oxford University Press, New York, 2000, p. 46.

[14] *TC*, pp. 33-34. Voir « l'Introduction » de P.-M. de Biasi.

[15] Cf. CHH, t. 15, p. 448.

Antoine. Larroumet ne dit-il pas : « Il a reconnu dans *La Tentation de saint Antoine* de Flaubert, des sentiments qui avaient hanté son âme, mais, tandis que Flaubert suit la légende dans l'horrible et le grotesque, M. Gustave Moreau n'a exprimé sa pensée sur la vie et la destinée que par de nobles formes[17]. » En fait, Moreau approfondit ses connaissances à l'aide des catalogues des musées, des lithographies du Louvre, ou des revues populaires dont le *Magasin Pittoresque*[18], de même que Flaubert recourt aux livres de la Bibliothèque Nationale ou encore à d'autres ouvrages disponibles pour son appareil historique et scientifique. Qui plus est, ils eurent le même souci de travailler à leur idéal de création, loin de la foule détestée. En témoigne cette allusion de Flaubert : « J'ai appris à Paris que plusieurs personnes (entre autres Gustave Moreau, le peintre) étaient affectées de la même maladie que moi, c'est-à-dire l'*insupportation* de la foule[19]. » Kashima Shigeru constate que la similitude frappante entre ces deux artistes pousse Flaubert à s'identifier à Moreau, tous deux ayant en commun leur rêve byzantin et une vie solitaire. D'ailleurs, ils étaient tous deux des artistes contemporains en rupture avec leur naissance bourgeoise, menant une vie de célibataire avec leur mère et ayant la même attitude sincère vis-à-vis de l'Art pour l'Art. En outre, ils avaient le même dégoût de la foule[20]. Ces deux artistes s'étant intéressés au même motif de Salomé, nous devons tenir compte de leur

---

[16] *Corr.*, cinquième série, p. 380 (lettre à Ernest Chesneau datée de juin ou juillet 1868) : « Je vous remercie d'avoir rendu justice à Gustave Moreau, que beaucoup de nos amis n'ont pas, selon moi, suffisamment admiré ! » ; Quant à « nos amis », Kashima Shigeru remarque que Flaubert entend ici Maxime du Camp et Gautier. Cf. Kashima Shigeru, *Gustave Moreau — Littérature peinte avec les couleurs*, Rokuyô-sha, 2001, p. 61 (鹿島茂, 『ギュスターヴ・モロー──絵の具で描かれたデカダン文学』, 六耀社).
[17] Gustave Larroumet, « Le Symbolisme de Gustave Moreau », in *La Revue de Paris*, 1er sept. 1985, p. 419.
[18] On dit que Moreau a disposé de toute une série de ce magazine : « Enfin, la revue illustrée *Le Magasin pittoresque* est là, complète depuis la première année de parution, 1833, lui apportant par le texte et l'image une connaissance encyclopédique. » (Geneviève Lacambre, *Gustave Moreau Maître sorcier*, Gallimard, Réunion des Musées Nationaux, 1997, p. 14) Voir aussi : *Maison d'artiste maison-musée : l'exemple de Gustave Moreau*, catalogue établi et rédigé par Geneviève Lacambre, Ministère de la culture et de la communication, Éditions de la Réunion des Musées Nationaux, 1987, p. 35 : « À côté des livres illustrés ou non et des revues, notamment *Le Magasin pittoresque*, auquel s'ajoutent des index sélectifs des illustrations établis par Gustave Moreau et recopiés, il y a des plâtres (...). »
[19] *Corr.*, sixième série, p. 404 (lettre à sa nièce Caroline, le 22 août 1872).
[20] Kashima Shigeru, *op. cit.*, p. 61.

contemporanéité. Pierre-Louis Mathieu ne constate-t-il pas : « Et pourtant les artistes ont été souvent attirés par cette histoire, dont la charge d'érotisme latente a excité le talent d'un grand nombre de peintres ou de sculpteurs, de Ghirlandaio, Lippi ou Luini, Memling ou Cranach pour les anciens, à Henri Regnault ou Paul Baudry pour les modernes : justement, en 1874, ce dernier exposait les esquisses pour la décoration du grand foyer du public à l'Opéra, dont une voussure devait accueillir *La Danse de Salomé*. Dans l'ordre de la poésie, un autre « homme au rêve habitué », Mallarmé, polissait lentement une *Hérodiade*[21]. »

À propos d'intertextualité, Françoise Meltzer remarque perspicacement l'influence de *Salammbô* de Flaubert sur Moreau : « Indeed, Flaubert's description of Salammbô is almost identical to Moreau's vision of Salome. (...) Here we already have the combination that makes Salome so tantalizing for many *fin de siècle* writers : the virgin and the devouress[22]. » Un peu plus loin, elle remarque une influence réciproque entre ces deux artistes : « Moreau, inspired by Flaubert's Salammbô, paints "Salome Dancing" in oils and the watercolor "The Apparition," both works displayed in April of 1876 at the Salon Palace of the Champs Elysées, (...). Flaubert himself was overwhelmed by Moreau's vision and began research for his *Hérodias* in the same month of the same year. So we have come full circle. Flaubert's verbal depiction of Salammbô inspires Moreau's paintings of Salome, which in turn help to motivate Flaubert's story of Salome[23]. » Remarque intéressante, mais avouons qu'il y avait des cercles similaires en dehors de leur relation. Pierre-Louis Mathieu déclare, toutefois, que *Salammbô* ne se trouvait pas dans la bibliothèque de Moreau.[24] Néanmoins, Kitazaki Chikashi soutient que l'influence de *Salammbô* fut indéniable, d'une part parce qu'il y a eu une toile intitulée *Salammbô* à l'exposition de Paris[25] en 1906 et d'autre part parce que certains dessins et esquisses de Salomé montrent un serpent rampant, reptile

---

[21] Pierre-Louis Mathieu, *Gustave Moreau : sa vie, son œuvre, catalogue raisonné de l'œuvre achevé*, Office du Livre, Fribourg, 1976, p. 122.
[22] Françoise Meltzer, *op. cit.*, pp. 17-18.
[23] *Ibid.*, p. 19.
[24] Pierre-Louis Mathieu, « La Bibliothèque de Gustave Moreau », in *Gazette des Beaux-Arts*, avril 1978, pp. 155-162.
[25] Voir le Catalogue d'Exposition : *Gustave Moreau, au profit des œuvres du Travail et des Pauvres honteux*, Paris, 1906, Galerie Georges Petit, p. 37, n° 64, « Salammbô », dans la Collection de Mme la Comtesse Greffulhe.

qui rappelle Python, le serpent sacré du Tanit[26]. Mais, il faut remarquer que Françoise Meltzer ne met pas en évidence la principale raison pouvant expliquer les similitudes entre les Salomés de Flaubert et Moreau. Pourquoi s'agit-il de la virginité ainsi que de la dévoreuse ? Quelles sont ces similitudes et quelles sont les différences dans la création du motif de Salomé ? Quelle est la motivation provocatrice qui a fait de l'image d'Hérodias-Salomé le prototype de la femme fatale ? Le chapitre suivant tentera de répondre à ces questions.

2. *Le thème du sacrifice — le sanctuaire*

Intéressé depuis sa jeunesse par les dieux antiques, l'orientalisme et l'exotisme, Moreau, dans son tableau *Salomé dansant devant Hérode*, situe la fête d'Hérode-Antipas non à « la citadelle de Machærous », mais de même que Flaubert qui a choisi le terme « basilique », à l'intérieur du bâtiment religieux, mélange de culture chrétienne et orientale. *La Bible* indique que la fête eut lieu à Machærous. Sans doute Moreau s'est-il lui aussi intéressé au thème de Salomé sous l'angle du sacrifice, en montrant une basilique orientale ?

Moreau lui-même signale le caractère spirituel et mystérieux du lieu :

> Un saint, une tête décapitée, sont au bout de son chemin qui sera parsemé de fleurs. <u>Le tout se passe dans un sanctuaire mystérieux</u>, qui porte l'esprit à la gravité et à l'idée des choses supérieures[27].

Pourquoi situer la danse dans un sanctuaire ? Est-ce parce qu'il s'agit du sacrifice d'un saint ? Étant donné que cette histoire de la décollation de Iaokanann se situe au croisement historique des cultures — christianisme, mithracisme, judaïsme, l'amalgame religieux et oriental est évident. Lar-

---

[26] Voir l'explication sur *Salomé* (en huile sur toile), annotée par Kitazaki Chikashi (ex-conservateur au Musée National d'Art Occidental, Tokyo) : *Catalogue de l'Exposition de Gustave Moreau*, mars-mai 1995, Musée National d'Art Occidental, Tokyo, p. 158. Voir aussi le Catalogue d'exposition : *Gustave Moreau*, Paris, Galerie Georges Petit, 1906.
[27] Gustave Moreau, *L'Assembleur de rêves*, écrits complets de Gustave Moreau, texte établi et annoté par Pierre-Louis Mathieu, Bibliothèque artistique & littéraire, Fata Morgana, 1984, p. 78. Voir aussi la Planche VII. C'est nous qui soulignons.

roumet n'écrit-il pas : « le paganisme de M. Gustave Moreau rejoint le christianisme[28]. » À cela vient s'ajouter l'orientalisme qui était à la mode à cette époque pour décrire la terreur et la cruauté que les Européens percevaient en Orient. Kitazaki Chikashi soutient que la documentation de Moreau sur le Palais de l'Alhambra lui a permis de dessiner un sanctuaire dont l'atmosphère est pleine de la cruauté orientale[29]. À cette époque, les sacrifices aux divinités tenaient une place essentielle dans chaque religion du monde judéo-romain et alentours. W. Robertson Smith souligne cette importance du sacrifice dans l'Antiquité : « Originellement, le rite du sacrifice est d'une telle importance parmi toutes les anciennes tribus à travers le monde où le rite religieux s'est suffisamment développé[30]. »

Commentant *Salomé dansant devant Hérode*, Pierre-Louis Mathieu décrit ainsi « le présentoir » : « enfin à l'extrême gauche du tableau, sertie dans un présentoir, une immense intaille sur laquelle est gravée un sphinx tenant entre ses griffes le corps d'une victime masculine[31]. » Kitazaki assimile ce

---

[28] Larroumet, *op. cit.*, pp. 425-426.

[29] Kitazaki Chikashi, *op. cit.*, p. 22. Pour ce qui est de l'évocation orientale, Edward W. Said remarque l'intérêt pour la dissection dans l'orientalisme de Flaubert : « The lurid detail of this scene is related to many scenes in Flaubert's novels, in which illness is presented to us as if in a clinical theater. His fascination with dissection and beauty recalls, for instance, the final scene of *Salammbô*, culminating in Mâtho's ceremonial death. In such scenes, sentiments of repulsion or sympathy are repressed entirely ; what matters is the correct rendering of exact detail. » (Cf. Edward W. Said, *Orientalism*, 1st Vintage Books, 1979, p. 186) En fait, nous pourrions assimiler Mâtho au sacrifice à Moloch, offrande au soleil, à la dernière scène de *Salammbô*. (Cf. Gustave Flaubert, *Salammbô*, Garnier Flammarion, 1964, p. 311.)

[30] W.R. Smith, *La religion de la race Sem*, deuxième partie, Iwanami-shoten, 1943, p. 9 (ロバートソン・スミス,『セム族の宗教』, 後編, 永橋卓介訳, 岩波書店) ; voir aussi : Henri Hubert and Marcel Mauss, *Sacrifice : It's Nature and Function*, translated by W. D. Halls, Cohen & West, 1898, pp. 93-94 : « We may suppose that regular recurrence of sacrifice persisted when sacrifice was heroified at this level. The recurrent onslaughts of chaos and evil unceasingly required new sacrifices, creative and redemptive. Thus transformed and, so to speak, purified, sacrifice has been preserved by Christian theology. Its efficacy has simply been transferred from the physical world to the moral. The redemptive sacrifice of the god is perpetuated in the daily Mass » ; en ce qui concerne la relation entre ces études de R.W. Smith et celles de Hubert et Mauss, voir : Yoshida Hiroshi, « Chercheur de l'extase », in *HUMANITAS*, published annually by The Waseda University Law Association, Tokyo, n° 39, 2001, pp. 232-246 (吉田裕,「エクスターズの探求者」,『人文論集』, 早稲田大学法学会).

[31] Pierre-Louis Mathieu, *op. cit.*, p. 124.

« présentoir » à un « autel de sacrificature[32] ». Le sacrifice est donc bien présent dans les *Salomés* de Gustave Moreau, comme dans *Hérodias* de Flaubert.

Rien d'étonnant donc que Moreau ait orné Hérode et Salomé de la même coiffure : il s'agit de « la mitre », accessoire nécessaire au moment d'offrir un sacrifice. Rappelons que nous avons constaté dans les chapitres précédents de notre analyse la place importante qu'occupe « la mitre » dans les œuvres flaubertiennes dont *Hérodias* et *Salammbô* : Hérodias porte « la mitre » au moment où elle s'incarne en Cybèle. Dans *Salomé dansant* de Moreau, nous trouvons également Hérode-Antipas coiffé d'une « mitre », ce qui explique bien l'intention de Moreau dans un de ses dessins :

> chercher par un moyen / quelconque à enlever à cette figure toute apparence / de majesté & de dignité / bien qu'elle doive être / impassible. momie orientale / exténuée & sommeillan(te) / aspect sacerdotal / hiératique, idole / Le tétrarque. chef politique & religieux
> [M.G.M. 2275][33]

À la lecture de cette indication du peintre, nous reconnaissons la même intention que Flaubert avait conçue pour décrire le chef de la Judée. Flaubert et Moreau montrent non seulement la fusion de la politique et de la religion, mais aussi le caractère du chef : l'impassibilité voulue par Moreau correspond, selon nous, à ce que recherchait Flaubert : « la vacherie d'Hérode ». Dès le début de son plan, Flaubert avait écrit :

> Savez-vous ce que j'ai envie d'écrire après cela ? L'histoire de saint Jean-Baptiste. La vacherie d'Hérode pour Hérodias m'excite. Ce n'est encore qu'à l'état de rêve, mais j'ai bien envie de creuser cette idée-là. Si je m'y mets, cela me ferait trois contes, de quoi publier à l'automne un volume assez drôle[34].

---

[32] Pierre-Louis Mathieu, *op. cit.*, traduction en japonais, Tokyo, Sanseido Co., Ltd., 1979, p. 122 (ピエール=ルイ・マチュー著、『ギュスターヴ・モロー：その芸術と生涯』、喜多崎親訳、三省堂).

[33] *L'Inde de Gustave Moreau*, (Musée Cernuschi, Paris, 15 février-17 mai 1997), Paris-musées, 1997, p. 114 : voir la planche n° 61, « Feuille d'études pour *Salomé dansant devant Hérode* » avec l'inscription de Moreau à la plume et encre brune. [Musée Gustave Moreau, Des. 2275] Cf. Planche VIII.

[34] *Corr.*, septième série, p. 296, fin avril 1876.

En dehors de cette « impassibilité » appliquée à Hérode, il est à remarquer que Moreau assimile aussi Hérode-Antipas à une « idole ». Faut-il rappeler la remarque de Flaubert dans les manuscrits d'*Hérodias* présentant Hérode et Hérodias comme deux « idoles »[35] ? Flaubert comme Moreau semblent essayer de peindre ou de dessiner deux idoles orientales.

De même qu'Hérode-Antipas porte « la mitre » dans *Salomé dansant*, nous trouvons Salomé coiffée d'une sorte de « mitre », évoquant la chevelure de Salammbô, qui « réunie en forme de tour selon la mode des vierges chananéennes la faisait paraître plus grande.» Commentant une étude à la même échelle que le tableau définitif de *Salomé dansant*, Geneviève Lacambre fait aussi allusion à « la mitre » et remarque la similitude avec Salammbô :

> (...) ; au premier plan de profil, Salomé, sur la pointe des pieds, tenant de la main droite le lotus de la volupté, la tête coiffée d'<u>une mitre blanche</u>, couverte de bijoux et de voiles brodés qui en font une sorte de chasse vivante, pour envoûter Hérode. Elle s'apparente ainsi à la Salammbô de Flaubert[36].

De même, Pierre-Louis Mathieu remarque : « Précisément la figure finale de Salomé, entièrement parée de bijoux, la coiffure prise sous une haute mitre blanche, rappelle la silhouette de Salammbô telle que la décrit Flaubert[37]. » Dans *A Rebours*, Huysmans décrit notamment « la mitre » de Salomé de Gustave Moreau :

> (...), <u>en la mitrant d'un certain diadème en forme de tour phénicienne tel qu'en porte la Salammbô</u>, en lui plaçant enfin dans la main le sceptre d'Isis, la fleur sacrée de l'Égypte et de l'Inde, le grand lotus[38].

En présentant ces deux mitres—coiffure portée lors des sacrifices—, Moreau souligne ainsi le sens mystique de la scène. D'après l'expression de Maria L. Assad, critique d'*Hérodiade* de Mallarmé, Jean devient maintenant une

---

[35] *BC*, t. II, p. 340, f° 361 (637v) esquisse : « *Avec les deux lions cabrés à ses flancs elle avait l'air d'une idole de Cybèle*. On se tait. Elle était debout. dominant Antipas pareil à une autre idole. [sic] »

[36] *L'Inde de Gustave Moreau, op. cit.*, p. 110. L'explication de « Salomé » n° 56 [M.G.M. Cat. 880] est signée par « G.L ». Cf. Planche IX. C'est nous qui soulignons.

[37] Pierre-Louis Mathieu, *op. cit.*, p. 122.

[38] J.-K. Huysmans, *A Rebours*, Lettres Françaises, 1981, p. 126.

« victime sacrificielle[39] ». De là déduit-on l'identité de Salomé comme sibylle. Moreau avoue en ce qui concerne sa création de Salomé :

> Je construis d'abord dans ma tête le caractère que je veux donner à ma figure et je l'habille ensuite en me conformant à cette idée première et dominante.
> Ainsi dans ma Salomé, <u>je voulais rendre une figure de sibylle et d'enchanteresse religieuse avec un caractère de mystère</u>. J'ai alors conçu le costume qui est comme une châsse[40].

Comme Flaubert, voire Mallarmé, Moreau peint la jeune fille dénudée comme une sibylle enchanteresse. Rappelons la description de la danse de Salomé chez Flaubert : « Elle dansa comme les prêtresses des Indes, comme les Nubiennes des cataractes, comme les bacchantes de Lydie[41]. » C'est ce caractère mystique et sibyllin de Salammbô, qui est sibylle d'Astarté, Arthémis phénicienne, qui a inspiré Moreau. La remarque de Kashima Shigeru, sur ce point, semble insuffisante, parce qu'il signale seulement la conscience de la femme fatale chez Moreau ; il pose au premier abord une question essentielle : pourquoi Moreau dessina-t-il Salomé en se référant à l'image de Salammbô de Flaubert ? Il postule ainsi que Salomé devient le symbole de la femme fatale pour Moreau à cause de sa virginité provoquant le désir.[42] Il est vrai que la femme fatale conçue par Moreau évoque la luxure, mais ce qui est essentiel, c'est l'association de la luxure avec l'élément mystique qui est inséparable de la mort sacrificielle d'un homme, comme le souligne Mario Praz :

> (...) et il y a une certaine analogie entre la situation d'*Atalanta* et celle de *Salammbô*. L'homme s'éteint sous les yeux d'une femme froide,

---

[39] Maria L. Assad, *op. cit.*, p. 68.
[40] *L'Assembleur de rêves*, *op. cit.*, p. 124. C'est nous qui soulignons.
[41] *TC*, p. 172.
[42] Kashima Shigeru, *op. cit.*, p. 68. Kashima donne la référence de l'inscription de Moreau sur la toile intitulée *Les Chimères* : « La femme dans son essence première. L'Être inconscient, folle de l'inconnu, du mystère, éprise du mal sous la forme de séduction perverse et diabolique. Rêves d'enfants, rêves des sens, rêves monstrueux, rêves mélancoliques, rêves transportant l'esprit et l'âme dans le vague des espaces, dans le mystère de l'ombre, tout doit ressentir l'influence des sept péchés capitaux. Tout se trouve dans cette enceinte satanique, dans ce cercle des vices et des ardeurs coupables. » (*L'Assembleur de rêves*, *op. cit.*, p. 99)

dévouée au culte de la Lune, idole elle-même, et s'il meurt, c'est son œuvre involontaire à elle. Mâtho, déchiré par la torture, ne dit pas mot, mais contemple la femme avec un regard d'épouvante. Méléagre, consumé comme le tison fatal, « *a woman's offering* », une offrande à la femme, lui aussi, suppplie la vierge qu'elle le touche avec ses doigts rosés, qu'elle ferme ses paupières avec un amer baiser, qu'elle l'enveloppe de la tête aux pieds dans son voile, s'étende sur lui, unissant paume contre paume et lèvre contre lèvre[43].

Nous remarquons ici la genèse du mythe de la femme fatale par un glissement du thème du sacrifice : « une offrande », « le sacrifice » de Jean, sacrifice d'un homme vis-à-vis de Dieu, bref « une offrande au dieu » dans *Hérodias* de Flaubert est remplacée par « une offrande à la femme » chez Moreau ou dans *Les Noces d'Hérodiade* de Mallarmé. Nous constatons que Moreau comme Mallarmé semblent avoir perçu ce thème dans *Salammbô* de Flaubert. Seulement, dans *Salammbô*, l'héroïne n'est pas vraiment consciente de ce sacrifice, voire innocente jusqu'au dernier moment ; de là la mort de Salammbô amoureuse, en même temps que celle de Mâtho[44]. De fait, elle ne demande pas intentionnellement la mort de Mâtho, mais ce sont ses agissements, à savoir la reprise de zaïmphe, qui ont accéléré la mort d'un homme amoureux.

La notion d'« une offrande à la femme » proviendrait de l'existence d'une femme « sans merci » qui demande et obtient la mort de l'homme. Pour être « sans merci », telle est l'expression de Mario Praz,[45] la femme doit avoir l'air d'une déesse à la sentimentalité transcendante, voire étrange et inconnue, ce que Moreau semble avoir essayé de dépeindre, en ajoutant à la jeune vierge des éléments des divinités indiennes. D'après Geneviève Lacambre, les études pour *Salomé dansant devant Hérode* montrent bien l'intérêt du peintre pour la référence au « dieu Siva », qu'il puisa dans le *Magasin pittoresque* de 1837[46] : la description de tous les bijoux évoque ceux « dont vont se vêtir les Salomé de Gustave Moreau. » Lacambre décrit ainsi l'objectif de Moreau :

---

[43] Mario Praz, *op. cit.*, p. 198.
[44] Aôyagui Izumiko, *L'innocence et le diable se ressemblent à un cheveu près*, Hakusuï-sha, 2002, pp. 156-157 (青柳いずみこ、『無邪気と悪魔は紙一重』、白水社).
[45] Mario Praz, *op. cit.*, pp. 163-243 ; voir chapitre 4 « La belle dame sans merci ».
[46] *L'Inde de Gustave Moreau, op. cit.*, p. 108.

> (...) L'idée de Gustave Moreau est de donner ainsi, par accumulation de ces détails archéologiques certes détournés de leur signification première, <u>une image du luxe et de la décadence du temps où Salomé pouvait obtenir le sacrifice de Jean-Baptiste</u>, un prophète, un homme de parole assimilable à ses chers poètes[47].

Kitazaki Chikashi remarque d'ailleurs que les bijoux que Salomé porte ressemblent à ceux de Pompei que l'on retrouve dans le *Magasin Pittoresque* ou à ceux d'origine byzantine que l'on peut trouver dans le recueil de dessins dont Moreau disposait[48]. D'où vient l'air cruel et froid de Salomé qui donne l'impression d'une sibylle ? Le sanctuaire, les mitres, l'encensoir qui fume, tout est prêt pour le rite du sacrifice de Iaokanann. Il n'est donc pas surprenant de remarquer au coin gauche de *Salomé dansant* de Moreau l'autel du sacrifice avec un immense relief dans lequel le Sphinx tient « entre ses griffes le corps[49] » d'un homme. Nous sommes maintenant sous le règne de la femme fatale.[50]

3. « *La sphinx* » ou la femme fatale

Pour ce qui est de ce sphinx dans *Salomé dansant*, il convient de tenir compte de l'intention de Gustave Moreau. Sur le trône et sur les piliers on remarque des statuettes de sphinx sur la balle. Il semble que Moreau dessine le sphinx grec dans un espace sombre, peut-être parce que le sphinx incarne pour lui « l'éternelle énigme » qui s'attachera à l'essence de la femme : à partir d'*Œdipe et le Sphinx*, le motif principal de sa peinture consiste toujours en une femme « lascive et dévoreuse d'hommes »[51]. Cela tourne même à l'obsession, si bien qu'il peint successivement *Chimères*, *Sirènes*, *Pasiphaë*, *Dalila*, *Messaline*, jusqu'à retrouver l'essence de la femme fatale dans Salomé.

Cependant, il ne s'agit plus ici du sphinx égyptien. Rappelons que Flaubert évoque l'image du sphinx égyptien pour décrire le regard épouvantable et énigmatique de Salomé : au stade final de la danse, il utilise

---

[47] *Ibid*. C'est nous qui soulignons.
[48] Kitazaki Chikashi, *op. cit.*, pp. 22-23.
[49] Pierre-Louis Mathieu, *op. cit.*, p. 124.
[50] Nous modifions l'expression de Mario Praz : « avec Flaubert, nous sommes déjà entrés sous le règne de la femme fatale » (*op. cit.*, p. 152)
[51] *Gustave Moreau*, *op. cit.*, p. 60.

en outre celle d'un grand scarabée, insecte égyptien qui symbolise la résurrection du soleil.

Pourtant, les *Salomé* de Gustave Moreau n'accompagnent pas la lumière ni la gloire du soleil égyptien, mis à part le rayonnement auréolé de Iaokanann dans *L'Apparition*. Si Flaubert utilise le « scarabée », insecte solaire, comme symbole de la résurrection, Huysmans, à propos des *Salomé* de Moreau, décrit des insectes diaprés (C'est nous qui soulignons) :

> (...) sur sa robe triomphale, couturée de perles, ramagée d'argent, lamée d'or, la cuirasse des orfèvreries, dont chaque maille est une pierre, entre en combustion, croise des serpenteaux de feu, grouille sur la chair mate, sur la peau rose thé, ainsi que <u>des insectes splendides aux élytres éblouissants, marbrés de carmin, ponctués de jaune aurore, diaprés de bleu d'acier, tigrés de vert paon</u>[52].

Contrairement au sphinx de Flaubert, Moreau dessine des monstres grecs dans un espace sombre, à l'aube. Moreau assimile le sphinx à l'énigme éternelle dans son explication d'*Œdipe et le Sphinx* :

> Le peintre suppose l'homme, arrivé à l'heure grave et sévère de la vie, se trouvant en présence de l'énigme éternelle.
> Elle le presse, l'étreint sous sa griffe terrible. Mais le voyageur, fier et tranquille dans sa force morale, la regarde sans trembler.
> C'est la Chimère terrestre, vile comme la matière, attractive comme elle, représentée par cette tête charmante de la femme, avec ses ailes encore prometteuses de l'idéal, mais le corps du monstre, du carnassier qui déchire et anéantit[53].

« Chimère », « attractive », « charmante », « monstre », « carnassier », « déchire », « anéantit », « cette tête charmante de la femme » : nous reconnaissons ici tous les termes qui deviendront les caractéristiques de la femme fatale. Selon Kudo Yoko, « la cruauté accompagne généralement la virginité[54]. » Il est surprenant que Flaubert, alter ego de Moreau, avait déjà

---

[52] J.-K. Huysmans, *op. cit.*, p. 124.
[53] Gustave Moreau, *L'Assembleur de rêves*, *op. cit.*, pp. 60-61, « Œdipe et le Sphinx ». Cf. Planche X.
[54] Kudo Yoko, *op. cit.*, p. 67.

discerné la distinction de sexe concernant le sphinx dans sa première allusion à Gustave Moreau. Commentant la peinture de Moreau, Flaubert écrit dans une lettre à Ernest Chesneau en 1868 : « Mais pourquoi dites-vous le sphinx ? C'est ici *la* sphinx[55] ». Malgré le titre *Œdipe et le Sphinx*, Moreau n'utilise jamais le terme masculin « le sphinx » dans son commentaire de la toile[56], mais toujours « elle », qui signifie « l'énigme éternelle » ou « la chimère ». Mais cette féminité du sphinx renvoie aussi à l'ambivalence du sexe, élément énigmatique de la future femme fatale[57].

De plus, dans son explication du tableau intitulé *Œdipe voyageur*, Moreau signale que cette « énigme éternelle », « monstre à la tête de femme », attend sur « la plate-forme, autel naturel », ce qui renvoie à l'idée de sacrifice. Un peu plus loin, il ajoute : « l'abîme est au pied de cet autel de la vie et de la mort devant lequel passe l'humanité tremblante[58]. »

Moreau semble considérer le Sphinx comme un être sombre, prédateur de l'homme, en référence au mythe grec, et désigne ainsi le moment décisif avec la lune : « un croissant pâle se voit encore dans le ciel ». En revanche, Flaubert a utilisé le sphinx égyptien comme une image solaire, souvenir de son voyage en Orient. À cette « femme fatale » incarnée par le Sphinx, Kashima Shigeru ajoute qu'il y a également un reflet des tendances de l'époque[59] : l'inversion des sexes (femme forte / homme passif) est assimilée à la domination féminine après le Coup d'État de 1851. Les sphinx de Moreau sont ainsi associés à l'idée de fatalité et caractéristiques de l'esthétique fin de siècle.

4. *La généalogie des Déesses*

Nous allons maintenant aborder une autre caractéristique de la Salomé peinte par Moreau : sa relation à la lune. Nous avons tenté dans les chapitres précédents d'analyser le symbole du soleil dans le récit de Flaubert :

---

[55] *Corr.*, cinquième série, p. 380 ; juin ou juillet 1868.
[56] Gustave Moreau, *L'Assembleur de rêves, op. cit.*, p. 60.
[57] Cf. Kudo, Yoko, *op. cit.*, pp. 67-68. Kudo remarque que l'expression « femme fatale » évoque « la femme » mûre ainsi que « le sexe », tandis que l'héroïne mythique se rapporte toujours à la femme dont l'image profonde et énigmatique ne renvoie pas à une seule image.
[58] Gustave Moreau, *op. cit.*, p. 61, « Œdipe voyageur, le voyageur ».
[59] Kashima Shigeru, *op. cit.*, pp. 28-32.

l'évocation de Iaokanann ainsi que la description de la danse de Salomé ont pour objet de symboliser la gloire de Dieu, assimilé au soleil. À l'opposé, le symbole de la lune, l'incarnation d'Hérodias en Cybèle et les croissants sur son front occupent moins de place dans cet antagonisme. Or, nous constatons dans les *Salomé* de Moreau une teinte noire et sombre qui interdit la lumière, excepté l'auréole autour de la tête de Jean dans *L'Apparition*. Plus précisément, on se trouve dans « un sanctuaire mystérieux » à l'atmosphère malsaine. Le tableau évoque ainsi la nuit profonde de la sensualité qui devient presque un abîme luxurieux dans lequel la blancheur de Salomé apparaît comme celle de la lune. Apparemment, dans la peinture de Moreau, le côté lunaire domine le côté solaire.

La prépondérance de la lune est largement accentuée par les trois idoles qui se trouvent à l'arrière-plan d'Hérode-Antipas, car l'une d'eux représente Arthémis, déesse de la lune. Un commentaire anonyme paru dans la *Bibliothèque universelle de Lausanne*, et que l'on considère être celui de Fromentin, donne une longue description :

> Hérode, assis sur un trône élevé se laisse fasciner par la beauté de la magicienne : il suit d'un regard hébété les ondulations de Salomé. On dirait que son corps épuisé essaie de se ranimer pour mieux subir le charme fatal qu'elle exerce. Au-dessus de sa tête, on aperçoit une idole singulière. <u>Est-ce la Cybèle aux nombreuses mamelles, la déesse phrygienne</u> par laquelle les créations monstrueuses de l'imagination phénicienne se rattachent aux radieux habitants de l'Olympe ? <u>Est-ce une des innombrables divinités du panthéon hindou</u> ? On peut hésiter entre les deux : l'une ou l'autre serait également à sa place dans cette œuvre étrange qui semble garder un reflet de tous les mysticismes de l'Orient[60].

---

[60] *Gustave Moreau, 1826-1898*, catalogue d'exposition de Paris (Galeries nationales du Grand Palais, 29 septembre 1998 — 4 janvier 1999), Réunion des Musées Nationaux, 1998, p. 150. Voir la Planche XI. Souligné par nous.

[61] Julius Kaplan, *The art of Gustave Moreau, Theory, Style and Content*, Ann Arbor, Michigan, 1982, p. 63. Imura Kimié remarque que Moreau a reproduit un ancien livre romain, *Antiquarium Statuarum Urbis Romae* (De Cavallerii, Rome, 1954) Cf. Imura Kimié, « La transition de l'image de Salomé dans l'art », in *Revue de l'Université Tsurumi*, 1975, n° 12, pp. 57-59 (井村君江、「美術におけるサロメ像の変遷」、『鶴見大学紀要』).

L'auteur cite ici la même déesse comparée par Flaubert à Hérodias : « Cybèle », grande déesse de la fécondité. Or, Julius Kaplan[61] aussi bien que Pierre-Louis Mathieu[62] affirment que la déesse dans *Salomé dansant* est l'Arthémis d'Éphèse[63] aux nombreuses mamelles. Comme le remarque Ogawa Hideo, disciple de Vermaseren, Arthémis et Cybèle sont des déesses chthoniennes dans la même lignée de la Grande Mère, excepté les nombreuses mamelles d'Arthémis[64]. Selon l'explication des tauroboles par Frédéric Creuzer, le rite du taurobole renvoie non seulement à Cybèle mais aussi à Diane : « les taureaux étaient consacrés aux grandes déesses, à Diane d'Éphèse, à Cérès ou à Proserpine, etc[65] ». Edward Falkener remarque ainsi : « Diana was believed to assist at generation, from the circumstance of the time of bearing being regulated by the lunar month : and Proclus says of her, or the moon, — she is the cause of nature to mortals, as she is the self-conspicuous image of fontal nature[66]. » Dans *L'Ane d'Or* aussi, nous retrouvons le même syncrétisme mythologique et la mention des déesses issues de la Grande Mère dans chaque religion.

> (...) ; alors, le visage baigné de larmes, j'adresse cette supplication à la divine Maîtresse :
> 2. « Reine du Ciel — que tu sois Cérès, la féconde, mère et créatrice des moissons, qui, joyeuse d'avoir retrouvé ta fille, après avoir banni

---

[62] Pierre-Louis Mathieu, *Gustave Moreau, sa vie, son œuvre, op. cit.*, p. 124.

[63] *The Ephesus Museum*, catalogue du musée d'Éphèse, édité par Sabahattin Türkoğlu, directeur du musée Éphèse, en anglais, pp. 34-39. Voir aussi les planches XII (the Colossal Ephesian Artemis) et XIII (the « Beautiful Artemis »). « It was thought that they represented the breasts of the Goddess and so the Ephesian Artemis became known as "the many-breasted Goddess". (...) However, it was apparently necessary to enforce the faith of their belief in motherhood, and so to the people of Anatolia this statue of Artemis stressed the Goddess as being the source of progeny and great abundance. » (p. 35)

[64] Ogawa Hideo a remarqué la similitude entre ces deux déesses excepté les pleines mamelles : cette Arthémis correspond sur le plan temporel à la propagation du culte de Cybèle parmi les Grecs ; pourtant, peu d'archéologues ont assimilé Arthémis d'Éphèse à Cybèle, d'une part parce que les autres statues de Cybèle ne possèdent pas de pleines mamelles, d'autre part parce que ces pleines mamelles elles-mêmes n'ont pas encore été suffisamment étudiées, sur le plan mythologique ou archéologique (2002).

[65] Cf. Ildikó Lőrinszky, *op. cit.*, p. 291.

[66] Edward Falkener, *Ephesus, and the Temple of Diana*, London, Day & Son, Lithographiers to the queen, 1862, p. 292.

l'antique et bestiale provende du gland et révélé une nourriture plus douce, hantes maintenant les sillons d'Éleusis — que tu sois Vénus du Ciel qui, au commencement des temps, as uni les sexes opposés en engendrant l'Amour et, une fois assurée au genre humain la perpétuité de sa race, es maintenant adorée dans ton sanctuaire de Paphos qu'entourent les flots — que tu sois la sœur de Phébus qui, en soulageant de tes remèdes apaisants les douleurs des femmes en travail, as fait naître à la lumière tant et tant de peuples et que l'on vénère maintenant dans le temple illustre d'Éphèse — (...) »

« (...) Telle était la déesse dans toute sa puissance, lorsque, exhalant les parfums heureux d'Arabie, elle daigna me faire entendre sa voix divine :

5. « Me voici, Lucius ; tes prières m'ont touchée, moi, mère de ce qui est, maîtresse de tous les éléments, origine et souche des générations, divinité suprêmes, reine des Mânes, moi, la première parmi ceux d'En-Haut, visage unique des dieux et des déesses ; les plages lumineuses du ciel, les souffles salutaires de la mer, les silences pleins de larmes des Enfers, tout est gouverné au gré de ma volonté ; mon être divin est unique et nombreuses sont les formes, divers les rites, infinis les noms par lesquels me vénère l'Univers entier. Ici, pour les Phrygiens, premiers-nés des mortels, je suis Celle de Pessinonte, mère des dieux, là, pour les Attiques, nés du sol, je suis Minerve Cécropienne ; (...)[67] »

Quelle était l'importance de cette Déesse ? Depuis l'Antiquité, le temple d'Éphèse dédié à Diane était considéré comme l'œuvre la plus extraordinaire de l'art grec. Edward Falkener énumère les éloges de ce temple et de Déesse dans *Ephesus, and the Temple of Diana*, publié en 1862, à la même époque où Flaubert et Moreau s'intéressaient à cette Diane : « Hérodote l'a comparé avec la pyramide et le labyrinthe en Égypte ; Philo l'a placé au sixième rang parmi les sept merveilles du monde ; Solinus l'a caractérisé comme la gloire d'une cité la plus noble »[68]. En ce qui concerne la statue de Diane, Falkener écrit :

The great number of breasts of animals with which the statue of

---

[67] Apulée, *L'Ane d'or ou les Métamorphoses*, traduction et notes de Pierre Grimal, Gallimard, 1988, pp. 260-263. Cf. « Livre XI ».
[68] Edward Falkener, *op. cit.*, pp. 187-196.

Diana was covered, and from which she was called multimammia, confirms the opinion of some learned men, that the Egyptian Isis and the Greek Diana were the same divinity with Rhœa, whose name they suppose to be derived from the Hebrew word, *Rehah*, to feed ; and like Rhœa she was crowned with turrets, to denote her dominion over terrestrial objects. (...) According to Herodotus, it appears that she was the same as Bubastis[69].

D'autre part, il semble que les romanciers et les lettrés du dix-neuvième siècle avaient tendance à considérer cette Arthémis d'Éphèse comme l'un des symboles de l'Orientalisme en raison de ses trois lignes de mamelles[70]. Moreau fait ressortir la sensualité et la volupté en choisissant cette célèbre Arthémis avec ses mamelles multipliées dont l'emphase met en lumière la fécondité et la féminité. Kaplan souligne cette importance de la fécondité symbolisée par Arthémis et les deux Mithras qui l'accompagnent[71]. Flaubert a-t-il été inspiré par ces idoles de Moreau qu'il avait remarquées au Salon de 1876 ?

Au sujet de l'inspiration de Moreau pour cette déesse, Julius Kaplan soutient que le peintre aurait pu voir une statue de ce type dans la collection du Vatican : « The Vatican sculpture had been illustrated in a publication forty years prior to Moreau's trip to Rome, and Moreau owned an engraving of it in a sixteenth-century book. While Moreau's Diana is not identical to the Vatican figure, she is of the same basic type[72]. »

Mais, nous pouvons avancer une autre raison qui a poussé Moreau à choisir cette déesse. Pierre-Louis Mathieu nous confirme que « Flaubert était un des auteurs préférés de Moreau », qui a eu tendance à avoir des tirages

---

[69] *Ibid.*, p. 290.
[70] Sur les interprétations de l'époque concernant cette déesse, Ogawa Hideo signale : l'Arthémision d'Éphèse, temple d'Arthémis, a été exhumé d'une façon scientifique par les archéologues allemands à partir du milieu du dix-neuvième siècle, mais il semble que la statue de cette déesse d'Éphèse était connue depuis le dix-neuvième siècle et devient un des symboles littéraires. Cf. Ekrem Akurgal, *Ancient civilizations and ruins of Turkey, from prehistoric times until the end of the roman empire*, Istanbul, 1978, pp. 142-157 ; pp. 378-383 ; p. 58 : « Before the coming of the Greeks, the site of the temple of Artemis was occupied by an area sacred to the Anatolian mother goddess Kybele, who was worshipped by the local inhabitants. » (p. 147)
[71] Julius Kaplan, *op. cit.*, p. 63.
[72] *Ibid.*

tardifs, « souvent postérieurs à 1885 » à cause de la mort de sa mère (1884) et de son amie (1890). Dans la bibliothèque de Gustave Moreau[73], l'on trouve non seulement *Madame Bovary* et *L'Éducation sentimentale* mais aussi *La Tentation de saint Antoine*, dont la troisième version, parue en 1874 (édition Charpentier), deux ans avant l'exposition de *Salomé* au Salon, l'a influencé : à la différence de la version de 1849 dans laquelle le catafalque d'Adonis fait son apparition juste avant la scène de la procession de Cybèle[74], c'est la déesse Cybèle et l'archi-galle qui suivent la description de « la Grande Diane d'Éphèse » avec ses « trois rangées de mamelles » dans la version définitive[75]. Les deux déesses sont ainsi rapprochées dans la description flaubertienne. D'ailleurs, la scène représente successivement les dieux de la résurrection. Sans doute Moreau aurait-il remarqué ces deux déesses sur la même page de Flaubert ? « La Grande Diane d'Éphèse » lui aurait-elle paru préférable à l'esthétique de la femme fatale ?

La description d'Hérodias-Salomé chez Flaubert et Moreau fait donc référence à la Grande Mère mythologique. À la fois vierge et dévoreuse, la femme fatale apparaîtra aussi sous l'aspect divin d'une déesse. Les traits de caractère de Salomé énumérés par Kudo Yoko — fière, solitaire, cruelle, refusant de recevoir des autres — ne tirent-ils pas leur origine de cette divinité[76]? Cet aspect divin est à l'origine de la femme fatale, et ce serait une des raisons pour lesquelles les artistes fin-de-siècle écrivaient la Femme fatale avec une majuscule[77]. Ainsi, Huysmans décrit Salomé comme « surhumaine et étrange » :

> (...) Elle n'était plus seulement la baladine qui arrache à un vieillard, par une torsion corrompue de ses reins, un cri de désir et de rut ; qui rompt l'énergie, fond la volonté d'un roi, par des remous de seins, des

---

[73] Pierre-Louis Mathieu, « La Bibliothèque de Gustave Moreau », *Gazette des Beaux-Arts*, avril 1978, pp. 155-162. Effectivement, à l'occasion de notre visite à la bibliothèque de Gustave Moreau durant l'été 2004, nous avons retrouvé les deux livres de Flaubert : *La Tentation de saint Antoine*, quatrième édition, G. Charpentier, Paris, 1878 ; *Madame Bovary — Mœurs de province*, Michel Lévy frères, Librairie éditeurs, 1866.

[74] *La Tentation de saint Antoine*, version de 1849, *op. cit.*, pp. 268-269. Cf. Kanasaki Haruyuki, « Le mythe d'Adonis dans *la Tentation de saint Antoine* », *op. cit.*, pp. 233-250. Kanasaki souligne le syncrétisme concernant la mort d'Adonis.

[75] *La Tentation de saint Antoine*, version définitive, CHH, t. 4, *op. cit.*, pp. 128-129.

[76] Kudo Yoko, *op. cit.*, pp. 67-68.

[77] Cf. Takashina Shûji, *op. cit.*, p. 295.

secousses de ventre, des frissons de cuisse ; elle devenait, en quelque sorte, la déité symbolique de l'indestructible Luxure, la déesse de l'immortelle Hystérie, la Beauté maudite, élue entre toutes par la catalepsie qui lui raidit les chairs et lui durcit les muscles ; la Bête monstrueuse, indifférente, irresponsable, insensible, empoisonnant, de même que l'Hélène antique, tout ce qui l'approche, tout ce qui la voit, tout ce qu'elle touche[78].

Se pose aussi la question de l'identité problématique des deux autres dieux qui accompagnent Arthémis au-dessus du trône d'Hérode. S'agit-il de deux Mithras ou de deux Ahrimans ? Julius Kaplan, comme nous venons de le voir, les considère comme étant deux images de Mithra, dieu du soleil, qui rend Arthémis plus féconde[79], du fait que Moreau aurait trouvé un dessin de Mithra dans le *Magasin Pittoresque* de 1840 dans sa bibliothèque[80]. Et R.Van Heyms écrit dans *La Défense* du 30 mai 1876 :

---

[78] J.-K. Huysmans, *op. cit.*, p. 126.
[79] Julius Kaplan, *op. cit.*, p. 63. Kaplan donne une autre source à l'interprétation de la fécondité : la lecture d'Hérodote.
[80] *Magasin Pittoresque*, Première livraison, 1840, « L'Inde », pp. 75-76. Bien qu'il s'agisse peut-être d'un « chronos », cette revue présente ce dessin comme une des statues concernant le « Mithras » : « Les simulacres semblables à celui que nous reproduisons sont beaucoup plus rares. Voici comment on explique les différents attributs dont ils sont composés : la tête, qui a les traits du lion, fait allusion à la puissance que le soleil manifeste surtout dans ce signe ; les ailes indiquent le mouvement éternel et rapide de cet astre ; la foudre sculptée sur la poitrine rappelle le feu (...) » (Cf. Planche XIV). Ogawa Hideo révèle que ce dessin est l'inverse de la copie de la statue blanche en marbre exhumée du Mithraeum, *Mitrei Ostia*, mais ce qui est frappant, c'est la suppression de l'inscription se trouvant au-dessus d'un pied (Cf. M.J. Vermaseren, *Corpus Inscriptionum et Monumentorum Religionis Mithriacae*, Martinus Nÿhoff, The Hague, vol. 1, 1956, pp. 141-144 ; Voir Fig. 85-Mon. 312, Planche XV) : « White marble statue found in the Mithraeum on the right side. Beside the entrance of the Biblioteca Vaticana. » ; Voir aussi Ogawa Hideo, « The Concept of Time in the Mithraic Mysteries », *Study of Time* III, 1978, pp. 668-670 ; Ogawa Hideo, *Les Dieux de l'Empire romain — La lumière vient de l'Orient*, Chûkô-shinsho, Chûôkôron-sha, Tokyo, 2003, pp. 124-127. D'après Félix Lajard, « le nombre total des représentations figurées de Mithra léontocéphale qui, en 1839, se conservaient dans divers lieux, ne s'élevait pas au-dessus de dix. En 1840, ce nombre s'augmenta d'un bas-relief important (...). » (*Recherches sur le culte public et les mystères de Mithra en orient et en occident*, vol. I, Imperial Organization for Social Services, 1976, p. 587, réimpression de 1867). Ainsi, nous pouvons constater que les statues léontocéphales sont déjà connues au milieu du 19e siècle, au moment de la jeunesse de Flaubert et de Moreau.

« Il a peint *Salomé* dans des conditions tout à fait en dehors de la tradition habituelle. Les monuments indous, les sculptures de Mithra, et les avatars de Wishnou, telles sont les données étranges dans lesquelles M. Moreau a puisé les costumes, les poses, les accessoires, l'architecture de son tableau[81] [sic]. »

Mais, Pierre-Louis Mathieu a assimilé ces deux dieux accompagnant Arthémis à Ahrimans avec d'autres symboles de luxure et d'envoûtement :

(...) la fleur de lotus blanc-rose qu'elle tient symbolise la volupté ; à son bras gauche, un bracelet orné d'un œil immense, l'Oudjat des anciens Egyptiens, source du fluide magique ; en face d'elle, une panthère noire, animal de la luxure ; derrière la musicienne aux seins nus jouant sur son luth, Hérodiade, tenant à la main un éventail fait de plumes de paon, autre représentation de la luxure ; dominant le trône d'Hérode, une statue de la grande Diane d'Éphèse à la double rangée de mamelles, image de la fécondité, flanquée de deux statues figurant Ahriman, dieu du mal dans le panthéon perse ; enfin à l'extrême gauche du tableau, sertie dans un présentoir, une immense intaille sur laquelle est gravée un sphinx tenant entre ses griffes le corps d'une victime masculine[82].

L'interprétation est d'autant plus compliquée que l'archéologie contemporaine a montré que le dessin intitulé « Mithra » dans le *Magasin pittoresque* ne serait pas une représentation de « Mithra », ce que confirme Ogawa Hideo, spécialiste de Mithra et de Cybèle ; en effet, on n'a pas encore exhumé ni les deux statues de Mithra ensemble, ni celles des Mithra qui accompagnent Arthémis, ni les deux Ahrimans qui l'accotent. De sorte que c'est une pure invention de la part de Moreau[83]. En outre, nous retrouvons une réplique de la même image léontocéphale dans les planches rétablies par Frédéric Creuzer pour les *Religions de l'Antiquité*, qui était une des sources principales

---

[81] Cf. Geneviève Lacambre, « Gustave Moreau, un Italien primitif ou quelque peintre hindou », *L'Inde de Gustave Moreau*, *op. cit.*, p. 35. Souligné par nous.
[82] Pierre-Louis Mathieu, *op. cit.*, pp. 122-124. Souligné par nous.
[83] Cf. Ogawa Hideo, *Recherches de la Religion de Mithras*, 1993, p. 227-231 : La position d'Arimanius (小川英雄、『ミトラス教研究』、リトン、« 3. アリマニウスの地位 »).

de *La Tentation de saint Antoine*[84]. Selon Franz Cumont, le dieu à la tête de lion, rappellerait plutôt « Zervan Akarana », soit « Chronos » dans la mythologie grecque, soit « Saturne » dans la mythologie romaine[85]. Certains l'assimilent à Ahriman, en raison de la présence du terme « Arimanio » gravé sur une statue exhumée à York, en Angleterre. Ce qui est intéressant pour notre analyse, c'est que ces deux « chronos » ont pu donner aux spectateurs l'impression d'Ahriman, dieu du Mal. Moreau s'est largement inspiré des revues populaires dont le *Magasin pittoresque* comme une des sources de son image, si bien que ces idoles constituent un amalgame préfigurant l'esthétique fin de siècle. Accompagnée des deux « Chronos » ou deux « Ahrimans » dans un cadre dénué de lumière, l'Arthémis d'Éphèse aux nombreuses mamelles dominant la salle du sacrifice renforce l'impression de perversité et de luxure. Ou plutôt, ces trois idoles symbolisent le plaisir et la concupiscence de la chair devant un Hérode totalement impassible, comme Hérodias en Cybèle domine la salle du festin chez Flaubert.

Avec la sensualité d'Arthémis d'Éphèse et la perversité des deux idoles, les deux Salomés de Gustave Moreau sont essentielles dans la représentation de Salomé en femme fatale. Soit « Mithra léontocéphale », selon l'appelation de l'époque, soit Ahriman, les deux idoles dominent la salle dans laquelle la tête de Iaokanann sera présentée en sacrifice. Quand à Arthémis d'Éphèse ou Cybèle, elle apparaît comme la déesse de la lune. D'où le fait que le soleil est moins dominateur à l'intérieur du sombre sanctuaire. Dans *Hérodias* de Flaubert, le mythe du soleil est placé au centre du récit et Salomé exécutant la danse du scarabée symbolise aussi la gloire de Dieu. À l'opposé de Flaubert, Moreau insiste sur la luxure et la spontanéité de Salomé dont la danse ne symbolise pas le soleil ; issue de Salammbô, Salomé de Moreau, sibylle d'Arthémis, symbolise la lune et rappelle *Hérodiade* de Mallarmé et *Salomé* d'Oscar Wilde.

---

[84] Cf. Georg Frédéric Creuzer, *Religions de l'Antiquité*, t.1, première partie, livre second, chapitre IV, pp. 349-353 ; voir aussi l'explication des planches, t. 4, deuxième partie, planches, p. LVIII, n° 239. Cf. Planche XVI.

[85] *Ibid.*, p. 230 ; Franz Cumont, *Les Religions Orientales dans le Paganisme Romain*, Librairie orientaliste Paul Geuthner, 1963, pp. 131-149 ; « Elle [la théologie du mithriacisme] place à la tête de la hiérarchie divine et regarde comme la cause première une abstraction, le Temps divinisé, le Zervan Akarana de l'Avesta, qui, réglant les révolutions des astres, est le maître absolu de toutes choses. » (p. 140)

CHAPITRE VII
HÉRODIAS ET HÉRODIADE
— FLAUBERT ET MALLARMÉ —

1. Flaubert et Mallarmé

Dans son introduction à la traduction de *Vathek*, Stéphane Mallarmé considère Flaubert comme un « maître » et écrit : « (...) et, maintenant, selon la science, un tel genre suscite de la cendre authentique de l'histoire les cités avec les hommes, éternisé par le *Roman de la Momie* et *Salammbô*. Sauf en la *Tentation de Saint-Antoine*, un idéal mêlant époques et races dans une prodigieuse fête, comme l'éclair de l'Orient expiré, cherchez[1] ! » Toutefois, il ne semble pas avoir eu une relation directe avec lui[2]. Néanmoins, ces deux artistes auraient pu se côtoyer, car ils avaient des amis communs : Glatigny avait invité Mallarmé dans sa maison de Vichy où il attendait aussi Flaubert[3];

---

[1] Mallarmé a non seulement dédié à Flaubert la traduction de *Vathek*, mais il a fait en outre son éloge dans la préface de sa traduction, en assimilant *La Tentation de saint Antoine* à une œuvre idéale, ainsi que *Salammbô* à un ouvrage immortel. Cf. « Préface à *Vathek* », dans *Œuvres Complètes de Stéphane Mallarmé*, texte établi et annoté par Henri Mondor et G. Jean-Aubry, Gallimard, 1945, pp. 549-565. Pourtant, on n'a pas retrouvé la lettre de Flaubert où il faisait mention de cet éloge ; mais on connaît deux lettres où il signale ce cadeau de Mallarmé : « le poète Mallarmé (l'auteur du *Faune*) m'a cadeauté d'un livre qu'il édite : *Vatek* [sic], conte oriental écrit, à la fin du siècle dernier, en langue française, par un Anglais. C'est drôle. » (*Corr., septième série*, p. 313, lettre à Tourgueneff du 25 juin 1876) ; « J'ai reçu un autre cadeau : un livre du FAUNE et ce livre est charmant, car il n'est pas de lui. C'est un conte oriental intitulé *Vathek*, écrit en français à la fin du siècle dernier par un mylord anglais. Mallarmé l'a réimprimé avec une préface dans laquelle ton oncle est loué. » (*Ibid.*, pp. 302-303, lettre à sa nièce Caroline du 17 juin 1876).

[2] Voir la *Correspondance de Stéphane Mallarmé* (1862-1871), recueillie, classée et annotée par Henri Mondor, Gallimard, 1959, p. 122. Voir la note 4 : « L'un de nous, avec le cher G. Jean-Aubry n'a pu retrouver, après bien des recherches, la moindre trace d'un contact direct Flaubert-Mallarmé, soit à Vichy, soit plus tard à Paris, rue Murillo, soit chez Zola ou grâce aux Goncourt. » (Lettre à Henri Cazalis de juillet 1864)

[3] *Ibid.*, p. 125.

Mallarmé échangeait des lettres avec George Charpentier qui était éditeur et ami de Flaubert[4]; Odilon Redon lui envoya une série de tableaux sur *La Tentation de saint Antoine*, dédiés à Gustave Flaubert[5]; enfin, Mallarmé aurait pu se présenter à la fête commémorative de Flaubert à Rouen, organisée par Cazalis et d'autres amis[6]. Il est indéniable que Mallarmé le respectait beaucoup comme un maître de la création littéraire, jusqu'à dire : « Il me semble qu'après les grandes œuvres de Flaubert, des Goncourt, et de Zola, qui sont des sortes de poèmes, on en est revenu aujourd'hui au vieux goût français du siècle dernier, beaucoup plus humble et modeste, qui consiste non à prendre à la peinture ses moyens pour montrer la forme extérieure des choses, mais à disséquer les motifs de l'âme humaine[7]. »

D'autre part, ils présentent la même spiritualité, la même attitude vis-à-vis de leur idéal de création littéraire : Mallarmé, en proie à une crise de foi religieuse après la mort de sa sœur, découvre « le Néant » et « le Rien[8] » pendant la rédaction de l'*Ouverture ancienne*, fragment qui se placera avant la *Scène*. À travers cette crise, il parvient à sa conception idéale du « Livre[9] ». On sait bien que Flaubert a eu une destinée similaire : après avoir subi une

---

[4] *Ibid.*, t. II, p. 213 ; Georges Charpentier (1846-1905) faisait partie du groupe de Médan, en dirigeant la « Bibliothèque Charpentier ». Flaubert publie *La Tentation de saint Antoine* chez Charpentier en 1874.

[5] *Ibid.*, t. III, p. 158 et p. 279 : il s'agit des trois albums de lithographies consacrées par Redon à *La Tentation de saint Antoine* de Flaubert : [Première série] *Tentation de Saint-Antoine*, dix lithographies et un frontispice, paru à Bruxelles, chez Deman, rue d'Arenberg, 1888 ; [Deuxième série] *A Gustave Flaubert*, six lithographies et un frontispice, 1889 ; [Troisième série] *Tentation de Saint-Antoine*, 24 dessins sur pierre, dont un frontispice, 1896. (André Mellerio, *Odilon Redon*, New York, Da Capo Press, 1968) Redon fait cadeau de ces albums à Mallarmé, successivement, en janvier 1888 (*Correspondance de Stéphane Mallarmé, op. cit.*, t. III, p. 158), en décembre 1888 (*Ibid.*, t. III, p. 279) et en mai 1896 (*Ibid.*, t. VIII, p. 119).

[6] *Ibid.*, t. IV-1, p. 161. Voir aussi la réponse inédite d'Octave Mirbeau : La « fête de Flaubert », le dimanche 23 novembre 1890 à Rouen, s'est tenue autour de l'inauguration du bas-relief de Flaubert par Chapu. Leur ami commun Cazalis était présent et Mirbeau rapporte : « votre nom était à chaque instant sur nos lèvres et dans notre cœur ».

[7] *Ibid.*, p. 138, voir la note 2 (lettre à Paul Bourget du 5 octobre 1890). En ce qui concerne *Bouvard et Pécuchet*, Mallarmé écrit : « Style extraordinairement beau, mais on pourrait dire nul, quelquefois, à force de nudité imposante : le sujet me paraît impliquer une aberration, étrange chez ce puissant esprit. » (*Ibid.*, t. II, p. 220) ; voir aussi la lettre à Léon Hennique en date du 27 mars 1884 : « J'ai souvent songé, à la lecture de votre revue de Longchamp, à l'art définitif de Flaubert ; » (*Ibid.*, t. II, p. 257)

crise d'épilepsie, il poursuit son idéal, à savoir le Beau, en visant la création d'un « livre sur Rien[10] ». Il n'est pas exagéré de dire que ces deux auteurs avaient le même penchant pour l'absolu et pour une sorte de nihilisme. Jaques Sherer ne dit-il pas : « C'est dans le même esprit que Flaubert, au moment de ses plus grandes angoisses esthétiques, souhaitait faire « un livre sur rien[11] ». »

Nous essayons de vérifier s'il y a un parallélisme temporel entre les créations d'*Hérodias et Hérodiade*, mais la situation est assez compliquée : douze ans avant la rédaction d'*Hérodias* de Flaubert (1876), Mallarmé avait entamé en 1864 la rédaction d'une *Étude scénique d'Hérodiade*, qui parut en 1871 dans *Le Parnasse contemporain*. C'est la seule pièce d'*Hérodiade* que Mallarmé a publiée avant la mort de Flaubert. Il envisagea de la donner au Théâtre-Français, mais se heurta au refus de Banville et Coquelin en 1865. Après avoir arrêté sa rédaction à la naissance de Geneviève, Mallarmé reprend cependant à la fin de 1865 l'*Ouverture ancienne*. Or, cette rédaction lui a occasionné une crise essentielle, capitale et religieuse, à travers laquelle

---

[8] Cf. Lettre à Henri Cazalis de la fin du mois d'avril 1866, *op. cit.*, t. I (1862-1871), pp. 206-210. Voir Sylviane Huot, *Le « Mythe d'Hérodiade » chez Mallarmé, genèse et évolution*, A.G. Nizet, 1977 : « Entre la « mort de Dieu » et celle des créatures, le rapport est encore plus complexe toutefois : Mallarmé tue Dieu, nie son existence parce que Dieu tue. Mais la mort de Dieu provoque elle-même, par un choc en retour, la mort de la créature qui croyait en lui. Le cygne rentre en son « pale mausolée ». » (p. 112) ; voir aussi Bertrand Marchal, *La Religion de Mallarmé, poésie, mythologie et religion*, José Corti, 1988, p. 53.

[9] Voir la lettre de Mallarmé à Henri Cazalis du 14 mai 1867 : « Je viens de passer une année effrayante : ma Pensée s'est pensée, et est arrivée à une Conception pure. (...) Mais combien plus je l'étais, il y a plusieurs mois, d'abord dans ma lutte terrible avec ce vieux et méchant plumage, terrassé, heureusement, Dieu. » (*Ibid.*, t. I, pp. 240-242) ; « (...) je te dirai que je suis depuis un mois dans les plus purs glaciers de l'Esthétique — qu'après avoir trouvé le Néant, j'ai trouvé le Beau, — et que tu ne peux t'imaginer dans quelles altitudes lucides je m'aventure. Il en sortira un cher poème auquel je travaille et, cet hiver (ou un autre) *Hérodiade*, où je m'étais mis tout entier sans le savoir, d'où mes doutes et mes malaises, et dont j'ai enfin trouvé le fin mot, ce qui me raffermit et me facilitera le labeur. » (*Ibid.*, pp. 220-221, lettre à Henri Cazalis de juillet 1866)

[10] Cf. *Corr.*, deuxième *série* (1847-1852), p. 345 : « Ce qui me semble beau, ce que je voudrais faire, c'est un livre sur rien, un livre sans attache extérieure, qui se tiendrait de lui-même par la force interne de son style, comme la terre sans être soutenue se tient en l'air, un livre qui n'aurait presque pas de sujet où du moins où le sujet serait presque invisible, si cela se peut. » (lettre à Louise Colet portant la date du 16 janvier 1852)

[11] Cf. Jacques Sherer, *« Le Livre » de Mallarmé*, Éditions Gallimard, 1957, p. 22.

il a découvert les deux abîmes : « ...en creusant le vers à ce point, j'ai rencontré deux abîmes, qui me désespèrent. L'un est le Néant, auquel je suis arrivé sans connaître le bouddhisme, et je suis encore trop désolé pour pouvoir croire même à ma poésie et me remettre au travail, que cette pensée écrasante m'a fait abandonner.[12] » Bertrand Marchal écrit à ce sujet : « Cette révélation au travail sur le vers entraîne alors Mallarmé dans des spéculations théoriques qui remettent *Hérodiade* à plus tard.[13] » Effectivement, il a surmonté la question mystique au moment de terminer l'écriture de l'*Ouverture ancienne*. C'est une trentaine d'années plus tard qu'il a essayé de terminer *Hérodiade*, sous un nouveau titre : *Les Noces d'Hérodiade*. Marchal explique le projet de compléter *Hérodiade* d'après une note bibliographique datée de novembre 1894 ainsi que deux remarques de la correspondance : « il semble qu'au schéma de 1894 — « Prélude », « Scène », « Cantique de saint Jean », « dernier monologue », « Finale » — se soit substitué en 1896 un schéma tripartite — « Prélude », « Scène », « Finale » — à quoi il convient d'ajouter la courte « Scène intermédiaire » figurant dans le manuscrit et qui est très clairement située entre la « Scène » et le « Finale »[14] ». Pour ce qui est de la *Scène*, Marchal signale que *Les Noces d'Hérodiade* ne comportent aucun manuscrit, alors que la *Scène* fut considérée comme définitive par le poète[15], si bien que nous postulons qu'il s'agit seulement de la *Scène intermédiaire* dans *Les Noces*.

Quant au thème d'Hérodiade, nous constatons ainsi que Mallarmé, en écrivant la *Scène*, précéda Flaubert, qui publia *Hérodias* en 1877, mais il poursuivra son héroïne jusqu'à sa mort en 1898, longtemps après la publication de son poème. Cette situation rédactionnelle nous oblige à bien tenir compte du fait qu'il y eut époques de la rédaction mallarméenne. Nous allons maintenant aborder les thèmes du sacrifice, de la danse ainsi que du soleil et de la lune en comparant à la fin les textes de Mallarmé et Flaubert.

---

[12] Voir la lettre à Henri Cazalis du fin avril 1866 (*La Correspondance de Stéphane Mallarmé*, *op. cit*, t. I, pp. 206-210).
[13] *Œuvres complètes de Mallarmé*, I, édition présentée, établie et annotée par Bertrand Marchal, Gallimard, 1998, p. 1218.
[14] *Ibid.*, p. 1222.
[15] *Ibid.*, p. 1227.

2. Le thème du sacrifice

❖ *Sacrifice occulté* : *l'ambiguïté*

Sans nous attarder sur la différence des genres littéraires, nous constatons que Mallarmé a cherché à éliminer le contexte biblique quant à la relation filiale entre Salomé et Hérodiade, en appelant celle-là par le nom de celle-ci. De plus, il occulte la fête de l'anniversaire d'Hérode-Antipas à la citadelle de Machærous, où, selon les *Évangiles*, se déroula la danse de Salomé. Pour Mallarmé, l'appellation même de l'héroïne s'imposait comme source d'inspiration :

> (...) La plus belle page de mon œuvre sera celle qui ne contiendra que ce nom divin *Hérodiade*. Le peu d'inspiration que j'ai eu, je le dois à ce nom ; je crois que si mon héroïne s'était appelée Salomé, j'eusse inventé ce mot sombre, et rouge comme une grenade ouverte, *Hérodiade*. Du reste, je tiens à en faire un être purement rêvé et absolument indépendant de l'histoire[16].

Cette déclaration nous confirme non seulement le rejet par Mallarmé de l'histoire directe des *Évangiles* mais aussi son attachement au symbolisme apparent issu du nom même d'Hérodiade, commenté par maintes critiques : Cohn note « les correspondances phoniques » entre les termes « Hérodiade », « rouge », « grenade »[17]; Julia Kristeva signale : « ici, comme partout, la musique est dans les lettres, et c'est le réseau sémiotique engendré par le nom d'Hérodiade qui structure le poème »[18]. Enfin, sur l'histoire biblique, Maria L. Assad a raison quand elle signale une « aberration de la *Scène* » : « le décalage mallarméen — allant des questions morales de l'*Evangile* vers la question de la Beauté est visible dans le témoignage du récit d'*Ouverture ancienne* puisqu'il y est dit que le père est loin et qu'« il ne sait pas cela » (...) » ; « Il ne s'agit donc que de la question de la Beauté, en congédiant l'échange Jean / la cour d'Hérode, c'est-à-dire en congédiant l'anecdote

---

[16] *La Correspondance de Stéphane Mallarmé*, *op. cit.*, t. I, p. 154.
[17] R.G. Cohn, *Towards the poems of Mallarmé*, Berkeley and Los Angeles, Univ. of California Press, 1965, pp. 52-54. Voir aussi Aîno Takeshi, *op. cit.*, p. 58. Il fait mention de la dualité, présente dans le morphème « diade », dans le nom même d'« Hérodiade ».
[18] Julia Kristeva, *op. cit.*, p. 446.

évangélique propre. Sous cet angle le poème est donc bien « absolument indépendant de l'histoire « évangélique ».[19] ». Pourtant, il faudrait aussi tenir compte du fait que Mallarmé parle ici d'un pressentiment « sombre » et notamment de la couleur du sang. L'on retrouve non sans raison l'image du « sang » et l'« aurore sombre » dans l'*Ouverture ancienne*, qui constitue « la genèse d'Hérodiade », selon l'expression de Kristeva[20].

> De l'or nu fustigeant l'espace cramoisi,
> Une Aurore a, plumage héraldique, choisi
> Notre tour cinéraire et sacrificatrice,
> Lourde tombe qu'a fuie un bel oiseau, caprice
> Solitaire d'aurore au vain plumage noir... (p. 137)

Malgré l'éblouissement et la lumière généralement connotés par le terme « aurore », la scène présente une teinte rougeâtre et triste, presque sombre. Raison de plus que les images de « tour cinéraire et sacrificatrice » et de « lourde tombe » s'y rattachent. Mais ici se pose une question pour le lecteur : à qui appartient cette « tombe », cette « tour cinéraire et sacrificatrice » ? Les trois vers qui suivent la première strophe nous font concevoir l'image du sacrifice :

> *Crime ! bûcher ! aurore ancienne ! supplice !*
> *Pourpre d'un ciel ! Étang de la pourpre complice !*
> *Et sur les incarnats, grand ouvert, ce vitrail.* (p. 138)

On constate que le « pourpre », « les incarnats », couleur sombre du sang, se mêlent étroitement aux termes du « crime », du « bûcher », et du « supplice ». Le thème de la mort est omniprésent à travers l'*Ouverture ancienne*, d'autant plus que le « cygne », incarnation d'Hérodiade, plonge sa tête dans une sérénité funèbre :

> Du cygne quand parmi le pâle mausolée
> Ou la plume plongea la tête, désolée

---

[19] Maria L. Assad, *La Fiction et la mort dans l'œuvre de Stéphane Mallarmé*, New York, Peter Lang, 1987, p. 65.
[20] Julia Kristeva, *op. cit.*, p. 446.

> Par le diamant pur de quelque étoile, mais
> Antérieure, qui ne scintilla jamais.   (p. 138)

Il convient de prêter attention à la condition du cygne, puisque nul ne peut alors affirmer la mort d'Hérodiade. Si Sylviane Huot remarque que le cygne « en le pâle mausolée » signifie « qu'elle meurt avec lui à la fin du poème », on peut trouver un peu plus bas une meilleure expression sur la condition d'héroïne[21]: « Hérodiade a si bien, si profondément incorporé à son être l'idéal religieux ». Encore la remarque de Peter Szondi nous paraît-elle plus convaincante, en comparant ce passage au début de la *Scène* : « « Tu vis ! ou vois-je ici l'ombre d'une princesse ? » « Ombre » est une allusion à la problématique de la vie, à la difficulté d'être, qui apparaît dès les premiers mots de la nourrice. (...) Le fait qu'Hérodiade vit ne garantit nullement qu'elle vive autrement que comme sa propre ombre.» Un peu plus loin, il ajoute : « Elle accepte une existence d'ombre[22].» Hérodiade est à l'état d'ombre et se ferme sur la blancheur absolue de son existence.

Au niveau figuratif du récit, le « lit » d'Hérodiade est aussi lié à l'image d'un tombeau ou d'un sépulcre :

> *Elle a chanté, parfois incohérente, signe*
> *Lamentable !*
>   le lit aux pages de vélin,
> Tel, inutile et si claustral, n'est pas le lin !
> Qui des rêves par plis n'a plus le cher grimoire,
> Ni le dais sépulcral à la déserte moire,   (p. 139)

Évidemment, le « dais » désigne le « ciel de lit garni de rideaux pendant » ainsi qu'une « sorte de baldaquin mobile sous lequel on porte processionnellement le saint sacrement ». Rappelons qu'on appelle « dais » les « couronnements saillants des stalles de bois et des retables d'autel[23] ». Bertrand Marchal remarque une allusion au « livre » dans le terme du « lit » à cause de sa couleur : « Au delà de la métaphore évidente par laquelle elle signale

---

[21] Sylviane Huot, *op. cit.*, pp. 108-109.
[22] Peter Szondi, « Sept leçons sur *Hérodiade* », dans *Poésies et poétiques de la Modernité*, traduit et édité par Mayotte Bollack, Lille, Presses Universitaires de Lille, 1981, pp. 83-84.
[23] Cf. *Grand Dictionnaire Universel du XIXe Siècle de Larousse, op. cit.*, t. 6, p. 20.

que sa maîtresse déserte son lit chaque nuit, la Nourrice révèle ainsi que le rêve d'Hérodiade est un rêve de livre. Métaphore triple : le livre, c'est « le lit aux pages de vélin », mais ce lit est aussi un tombeau ; (...) ; au niveau de compréhension inférieure où en reste la vieille femme, le lit n'est que le moyen terme réaliste dans la métaphore entre livre et tombeau, (...)[24] » Mais l'épithète de circonstance « sépulcral » nous invite à imaginer qu'il s'agit davantage de la mort. Il faut répéter ainsi la présence du thème du sacrifice dans l'*Ouverture ancienne*, incorporé à celui de la mort qui se trouve aussi dans la *Scène*, fragment scénique qui est placé à la suite de l'*Ouverture*. De fait, si Hérodiade déclare l'effroi avec lequel elle regarde « la tour » dans la *Scène*, ne s'agirait-il pas ici de « la tour cinéraire et sacrificatrice » (l'*Ouverture*), figure symbolique du sacrifice ?

>   Ce baiser, ces parfums offerts, &, le dirai-je ?
>   Ô mon cœur, cette main encore sacrilège,
>   Car tu voulais, je crois, me toucher, sont un jour
>   Qui ne finira pas sans malheur sur la tour...
>   Ô tour qu'Hérodiade avec effroi regarde !   (p. 144)

Tout se passe comme si le thème du sacrifice se situait au milieu du dialogue d'Hérodiade ainsi que du monologue de sa nourrice. En fait, Hérodiade elle-même fait allusion à ce « matin oublié » :

>   Par quel attrait
>   Menée, & quel matin oublié des prophètes
>   Verse sur les lointains mourants ses tristes fêtes,
>   Le sais-je ? Tu m'as vue, ô nourrice d'hiver,
>   Sous la lourde prison de pierres & de fer
>   Où de mes vieux lions traînent les siècles fauves
>   Entrer, & je marchais, fatale, les mains sauves,
>   Dans le parfum désert de ces anciens rois.   (p. 142)

Apparaissent ici les vocables qui suggèrent l'ancienne mémoire du sacrifice du saint : « des prophètes », « les lointains mourants », « tristes fêtes », « la lourde prison de pierres & de fer », « ces anciens rois ». Même

---

[24] Bertrand Marchal, *Lecture de Mallarmé*, Librairie José Corti, 1985, p. 46.

l'expression « vieux lions » ne se rattache-t-elle pas à la notion de sacrifice ? Il est vrai, comme le remarque Peter Szondi, qu'il y a tout un éventail de métaphores dans chaque mot[25]. Pourtant, on ne saurait saisir le sens du sacrifice si l'on y voit seulement, comme le remarquent G. Posani et Sylviane Huot, la crise de 1866. Rappelons que Mallarmé avait mentionné la « lutte terrible avec ce vieux et méchant plumage », image de Dieu lui-même pour Mallarmé[26]. Littéralement, c'est l'« aurore » ou encore le « plumage héraldique », qui s'arrête sur cette « tour cinéraire et sacrificatrice », soit une connotation religieuse signalant la perte de la foi de la part du poète. Sylviane Huot semble interpréter le sacrifice seulement pour la question de la foi chez Mallarmé : « Les ors du levant — cela même qui est, dans l'Aurore, signe d'annonce et preuve de dynamisme — ne sont plus que le bûcher où l'oiseau noir vient se brûler en holocauste. L'Aurore n'est qu'un suicide : le suicide d'une nuit qui consomme son propre sacrifice et s'anéantit pour rentrer en elle-même[27]. » Ici, Huot utilise le terme « sacrifice », mais il s'agit toujours du contexte de la perte de la foi. Bertrand Marchal fait également mention d'« un sacrifice solaire qui présage des deuils prochains », mais en recourant à un procédé inverse : il déduit d'un oiseau « qui, loin d'ouvrir ses ailes à l'espace, se replie sur lui-même en un geste d'abdication » le « signe de mort » d'un « oiseau d'aurore[28]. » Ainsi, le thème du sacrifice de Iaokanann n'est explicite ni dans l'*Ouverture ancienne* ni dans la *Scène*, pièces qui appartiennent à la première époque de la rédaction, surtout si l'on considère que la mort de Dieu et la perte de la foi du poète se reflètent largement dans la mort de saint Jean-Baptiste.

Aussi la nourrice a-t-elle fait allusion au précurseur dans son incantation. Mais quelle est la signification de cette incantation ? Dans quel but la chante-t-elle ? Ses paroles magiques rappellent des voix lointaines, qui se

---

[25] Peter Szondi, *op. cit.*, pp. 87-89. Il signale « la qualité métaphorique de la poésie mallarméenne » ainsi que la fusion de « l'usage étymologique » avec « l'usage métaphorique » : « Ce qui est dit au présent, et ce qui fait l'objet d'un récit au passé, ces deux formes sont également métamorphosées dans un univers d'images qui est au-delà de la réalité immédiate. Le passé et le présent ne font qu'un, non seulement parce que la réalité empirique, à travers cette métamorphose, perd toute fixation temporelle, mais aussi parce que l'acte métaphorique qui consiste à établir des rapports réalise aussi l'unité des trois dimensions de temps, unité *a priori*, mais qui est cachée par les disparates de la réalité. » (p. 88)

[26] Cf. Sylviane Huot, *op. cit.*, pp. 103-107.

[27] *Ibid.*, p. 108.

[28] Bertrand Marchal, *op. cit.*, p. 38.

mêlent à celles d'une sibylle, de la nourrice elle-même, ou tantôt d'Hérodiade, tantôt de saint Jean. Dès le début de son incantation, la nourrice se demande quelle est l'identité de cette voix : « Est-ce la mienne prête à l'incantation ? » Ainsi, constatons-nous une identité plurielle de cette voix. Mais il nous semble que la voix de saint Jean s'y mêle aussi, car le verbe « s'élève » de cette « voix », longue évocation du passé, se trouve très éloigné, neuf lignes plus bas, et est à rattacher plutôt à une autre « voix languissant, nulle, sans acolyte » :

> S'élève, (ô quel lointain en ces appels celé !)
> Le vieil éclat voilé du vermeil insolite,
> De la voix languissant, nulle, sans acolyte,
> Jettera-t-il son or par dernières splendeurs,
> Elle, encore, l'antienne aux versets demandeurs,
> À l'heure d'agonie et de luttes funèbres ! (p. 138)

Néanmoins, « l'antienne aux versets demandeurs à l'heure d'agonie », n'évoque-t-elle pas le *Cantique de saint Jean*, au moment de la décapitation du précurseur, et auquel convient l'expression « psaume de nul antique antiphonaire »[29] du *Prélude* [III] des *Noces d'Hérodiade* ? Non seulement parce que le lexique « antienne » s'emploie pour le refrain chanté entre chaque verset d'un psaume et que l'épithète « antiphonaire » signifie un recueil des « antiennes » de la messe, mais aussi « son or par dernières splendeurs » fait allusion à l'auréole qui pare saint Jean. Au moins, l'évocation de la splendeur de l'or nous permet d'attribuer cette voix à Jean, car ce sont les seuls vers dans l'*Ouverture* qui connotent le sacrifice glorieux.

Une autre allusion à Jean est à remarquer dans le dialogue de la nourrice et Hérodiade dans la *Scène* :

LA NOURRICE
... J'aimerais
Être à qui le Destin réserve vos secrets.
HÉRODIADE
Oh ! tais-toi !
LA NOURRICE
Viendra-t-il parfois ? (p.144)

---

[29] *Œuvres complètes de Mallarmé, op. cit.*, p. 149.

Malgré l'allusion à un fiancé, l'appellation anonyme ne nous permet pas d'identifier celui qui va apparaître devant Hérodiade. Néanmoins, à l'aide des figures symboliques du sacrifice dans l'*Ouverture ancienne*, le lecteur peut se représenter l'ombre du précurseur.

D'autres éléments nous inspirent à plusieurs reprises l'idée du sacrifice : comme Flaubert utilise le terme « encens » pour évoquer le rite du sacrifice à la table somptueuse de la fête, Mallarmé a encore recours à un « arôme » ou à un « parfum » : il s'agit d'un « arôme » qui plane dans la chambre singulière reflétée dans l'eau du bassin, dans laquelle une sibylle apparaît sur la tapisserie.

> Une d'elles, avec un passé de ramages
> Sur sa robe blanchie en l'ivoire fermé
> Au ciel d'oiseaux parmi l'argent noir parsemé,
> Semble, de vols partis costumée et fantôme,
> Un arôme qui porte, ô roses ! un arôme,
> Loin du lit vide qu'un cierge soufflé cachait,
> Un arôme d'os froids rôdant sur le sachet   (p. 138)

Le mot « arôme » reste tout autant symbolique que métaphorique, puisque, comme souvent dans la poésie de Mallarmé, une métaphore en appelle d'autres, glissant de sphères figuratives en sphères figuratives : tout se passe comme au milieu d'un nuage métaphorique blanchâtre, car la couleur de sa « robe blanchie en l'ivoire fermé » se rapporte en même temps à celle du « lit vide », à un « cierge », à des « os froids »[30]. Ne peut-on pas relever ici un exemple de « la dissémination » mallarméenne dégagée par Albert Thibaudet ? : « Ainsi le mot, rejeté loin de celui qui le régit, suspendu et tendu paraît plus isolé, plus souple, plus apparemment nu, — et en même temps, au lieu d'appartenir strictement à tel membre, dissémine, sur toute la phrase, son reflet[31]. » Qui plus est, l'éloignement du sujet et du verbe ébranle

---

[30] En ce qui concerne ce passage, il ne faut pas oublier la possibilité d'une interprétation métaphorique du « livre » par Bertrand Marchal (*op. cit.*, p. 46-66)

[31] Albert Thibaudet, *La Poésie de Stéphane Mallarmé*, Gallimard, p. 327. Sur la destruction de la syntaxe et le glissement de la signification dans le vers du « vieil éclat », voir aussi Sasaki Shigeko, « Sur le développement du projet d'*Hérodiade* — la phase première », in *Bulletin de la Faculté de la Littérature de l'Université Kanto Gakuin*, 1979, pp. 47-52 (佐々木滋子, 「『エロディアード』の構想の初期の展開」, 『関東学院大学文学部紀要』, 関東学院大学文学部人文学会).

la syntaxe des vers contigus, celle du vers de « sibylles » : les segments « partis » et « costumée » se rattachent plutôt au sujet suivant « arôme ». Inversement, le participe présent « rôdant » est relié sans aucune difficulté au sujet précédent « Une d'elles [la voix] » et au terme « fantôme » : C'est justement, selon nous, ce que signale Rissen Junro : « La syntaxe de Mallarmé est mesurée par l'alternative[32].» D'après Rissen, Mallarmé compose souvent son poème chaque partie disparate, laissant l'interprétation de son œuvre « ouverte », pour que n'importe quelle correspondance puisse se former librement entre les termes. À la recherche d'un « arôme », nous sommes invités ainsi à nous trouver face à la stratification des consciences de l'énonciateur. Ces vers incantatoires de la nourrice évoquent l'idée de la mort et du sacrifice, en y mêlant l'identité de la nourrice prophétesse et celle de Jean prophète et sacrifié, dans le cadre métaphorique de l'«arôme» et de la « voix ». Au sujet de la métaphore mallarméenne, Peter Szondi énonce clairement : « La métaphore ici n'est pas simplement un mode d'expression ou de représentation. Ce n'est pas en cherchant le sens propre aux dépens des images que l'on arrivera à la compréhension du poème. Car le sujet de ce vers oscille lui-même entre le monde physique et le monde psychique, et ce sujet ne préexiste pas à la représentation, l'acte poétique[33]. »

Dans la *Scène* également, le « parfum » a un rôle important, mais d'une façon différente. Il n'est ni un « arôme » dans la chambre où apparaît la nourrice dans l'*Ouverture*, ni un « encens » rituel pour le sacrifice.

LA NOURRICE

> Sinon la myrrhe gaie en ses bouteilles closes,
> De l'essence ravie aux vieillesses de roses
> Voulez-vous, mon enfant, essayer la vertu
> Funèbre ? (p. 143)

De même que dans l'*Ouverture*, il s'agit ici d'une odeur ; mais l'odeur de l'essence « ravie » et « gaie », semble s'écarter de l'« arôme » sacrificiel de l'*Ouverture*. Pourtant, l'épithète « funèbre », déjà apparue dans l'expression

---

[32] Rissen Junro, « L'espacement chez Mallarmé », in *Revue de Hiyoshi Langue et Littérature Françaises*, n° 1, 1985, p. 213 (立仙順朗、「マラルメにおける間取り」、『慶應義塾大学日吉紀要フランス語フランス文学』).

[33] Peter Szondi, *op. cit.*, p. 89.

« luttes funèbres » (p. 138) renvoie à l'état de l'ombre ou de fantôme. En évoquant ces « parfums », la nourrice ne fait pas allusion au sacrifice de Jean dans la *Scène*, semble-t-il, mais plutôt à la transgression de la virginité de la princesse. Maria L. Assad, se référant à la critique de René Girard sur le Bouc émissaire, signale « la crise sacrificielle » dans les vers qui suivent. Pourtant, il nous semble que ce point de vue conviendrait davantage au cas de Jean, comme la critique l'a remarqué dans d'autres chapitres[34].

Revenons à notre problématique fondamentale : le sacrifice. Bertrand Marchal induit du « paradoxe du regard : la lecture est un viol » la nécessité de « la pluralité de lecture » ainsi que celle de « l'objectivité du regard soit à la hauteur de celle du livre », essayant une lecture plutôt métaphysique[35] d'*Hérodiade*. Mais, est-ce que Mallarmé ne représente-t-il pas le thème du sacrifice dans le monde physique d'*Hérodiade* ? La lecture des fragments inachevés des *Noces d'Hérodiade* nous permettra d'interpréter le changement du simulacre sacrificiel, quoique d'une manière partielle.

❖ Sacrifice occulté : *l'eau des bassins*

Jusqu'ici, nous n'avons fait que souligner l'ambiguïté de la connotation sacrificielle dans la rédaction de la première version d'*Hérodiade*, à savoir dans l'*Ouverture ancienne* et dans la *Scène*, ambiguïté due à la crise de 1866 du poète. On peut signaler de plus que le thème du sacrifice y est « occulté » dans la sphère métaphorique. L'étude du terme « bassin » éclaircirait peut-être ce changement. Dans l'*Ouverture ancienne*, dès le début, l'image de « l'aurore » abolie est toujours rattachée à « l'eau des bassins » :

> Abolie, et son aile affreuse dans les larmes
> Du bassin, aboli, qui mire les alarmes, (p. 137)

L'oiseau auroral a toujours son plumage traînant dans « les larmes », métaphore de l'eau, qui se colore d'une rougeur de sang. Cette image de « l'aurore dans les larmes » et « l'eau des bassins » encadre les strophes de l'*Ouverture*, parce qu'elle clôt également la deuxième et la troisième strophes :

---

[34] Maria L. Assad, *op. cit.*, p. 52.
[35] Bertrand Marchal, *op. cit.*, pp. 64-65.

> Une Aurore traînait ses ailes dans les larmes !   (p. 138)
>
> Comme l'eau des bassins anciens se résigne.   (p. 138)

L'« eau des bassins » se répercute dans ces strophes, jusqu'à ce qu'elle provoque des ronds dans l'eau comme un clapotement de l'eau. Même si « l'eau du bassin » reflète ainsi le « bûcher », le « pourpre d'un ciel », et enfin « les incarnats », « l'espace cramoisi », qui a la couleur du sang et du feu, est éteint par les larmes et par l'eau du bassin même.

Une autre figure ondine, le « cygne », remplit, d'autre part, l'absence des cadres des strophes dans lesquels il n'y a pas l'expression du « bassin ». À la fin de la première strophe :

> Du cygne quand parmi le pâle mausolée
> Ou la plume plongea la tête, désolée
> Par le diamant pur de quelque étoile, mais
> Antérieure, qui ne scintilla jamais.   (p. 138)

La désolation du « cygne » et sa résignation à la vie physique semblent se figer, avec la pureté du « diamant de quelque étoile ». Cette résignation se répercute à la fin de la troisième strophe sur celle de « l'eau des bassins », car « l'eau des bassins anciens se résigne ». En fin de compte, toutes les résignations que l'on trouve dans chaque strophe se terminent littérarement par les vers suivants du « cygne » à la fin de l'*Ouverture ancienne* :

> *Comme un cygne cachant en sa plume ses yeux,*
> *Comme les mit le vieux cygne en sa plume, allée*
> *De la plume détresse, en l'éternelle allée*
> *De ses espoirs, pour voir les diamants élus*
> *D'une étoile, mourante, et qui ne brille plus !*   (p. 139)

Ce qui frappe d'abord, c'est que l'état corporel du cygne se rattache toujours à l'étoile « qui ne scintilla jamais » et à « l'étoile mourante qui ne brille plus ». Les expressions « l'Aurore », « dans les larmes / Du bassin », « l'eau se résigne » se répètent, du même que les images « une étoile mourante », la « plume », son « aile », et le « plumage héraldique » se rattachent les unes aux autres. À travers l'*Ouverture ancienne*, nous constatons le jeu du reflet dans « l'eau des bassins » et le système des strophes encadrées. Sylviane Huot remarque aussi « le mouvement réflexif » du « bassin », insistant sur la sphère temporelle : « Le bassin symbolise à la fois une profondeur temporelle — un passé — et la conscience qu'enfin ce passé prend de lui-même. L'*Ouverture ancienne* commence et s'achève donc sur le mouvement réflexif de la conscience de soi[36]. » Ce qui nous importe, c'est que la voix de la nourrice, « Incantation » même de l'*Ouverture*, semble surgir de « la tapisserie (...) avec les yeux ensevelis / De sibylles », tapisserie accrochée au mur de la « chambre, singulière en un cadre », reflétée dans « l'eau du bassin ». La voix part de cette chambre reflétée et se résigne à y rentrer. C'est donc cette « eau réflectrice » qui redouble métaphoriquement les identités de la voix incantatoire. Tout ce qui se passe n'est qu'une vision qui plonge dans « l'eau des bassins » qui « se résigne ».

On retrouve également ce thème du « bassin » dans la *Scène* :

> Je m'arrête rêvant aux exils, & j'effeuille,
> Comme près d'un bassin où le jet d'eau m'accueille,
> Les pâles lys qui sont en moi, tandis qu'épris
> De suivre du regard les languides débris
> Descendre à travers ma rêverie en silence, (p. 142)

Il semble que la réflexion s'opère dans « le jet d'eau » du « bassin », parce qu'Hérodiade commence à descendre pour effeuiller « les pâles lys qui sont » en elle. L'eau réflectrice annonce le « miroir » dans la *Scène*, du fait que le « miroir » que regarde Hérodiade présente le même mode de réflexion pour elle, à savoir le dédoublement de son identité :

LA NOURRICE

> Triste fleur qui croît seule & n'a pas d'autre émoi
> Que son ombre dans l'eau vue avec atonie ! (p. 144)

Le thème du sacrifice, malgré tous les indices dans l'*Ouverture ancienne* et la *Scène*, semble ainsi rester à l'état de figures métaphoriques, toujours encadré par la réflexion de « l'eau du bassin », redoublée par l'opération du « miroir », opération de dédoublement ou de diffraction de l'identité du

---

[36] Sylviane Huot, *op. cit.*, p. 113.

sujet. Ainsi, le thème du sacrifice est toujours figé, demeure ambigu, encadré et même « enfermé » dans l'eau.

❖ *Sacrifice apparent* : *le bassin et le rite de la résurrection*

Or, la lecture des *Noces d'Hérodiade* semble offrir au lecteur une nouvelle approche du sacrifice. À l'opposé de la première version d'*Hérodiade*, soit celle de l'*Ouverture* et de la *Scène*, la nourrice fait allusion, dès le début du *Prélude* [I], au plat où sera posée la tête de saint Jean. Elle signale non seulement « le manque du saint à la langue roidie » (p. 147) ouvertement, mais indique en outre « la chimère au rebut d'une illustre vaisselle » (p. 148). De plus, le sacrifice est également vénéré dans le *Cantique de saint Jean* comme l'élection par « le Principe ». Tout de suite dans la *Scène intermédiaire*, Hérodiade ordonne clairement à sa nourrice de lui « présenter ce chef tranché dans un plat d'or ». À la fin, « le bassin » de l'*Ouverture ancienne* se transforme dans le *Finale* : conformément aux *Évangiles selon saint Matthieu* et *saint Marc*[37], le « bassin » désigne le plat pour mettre la tête du précurseur. Le sacrifice du prophète est ainsi « apparent », glorifié dans *Les Noces d'Hérodiade*, œuvre inachevée qui appartient à la dernière époque mallarméenne d'*Hérodiade*.

> Le métal commandé précieux du bassin
> Naguère où reposât un trop inerte reste
> Peut selon le suspens encore par mon geste
> Changeant   en   nonchaloir
> Verser son fardeau   avant de choir   (p. 151)

Autre élément confirmant que le thème du sacrifice est « apparent » : des fragments des *Noces d'Hérodiade* nous dévoilent non seulement la danse même d'Hérodiade devant la tête de saint Jean, mais encore le fait qu'elle soit

---

[37] Cf. *Évangile selon saint Matthieu* : « Elle, ayant été instruite auparavant par sa mère, lui dit : Donnez-moi présentement dans un bassin la tête de Jean-Baptiste. » (XIV : 8) ; *Évangile selon saint Marc* : « Elle, étant sortie, dit à sa mère : Que demanderai-je ? Sa mère lui répondit : La tête de Jean-Baptiste. / Et étant rentrée aussitôt en grande hate où était le roi. Je demande, dit-elle, que vous me donniez tout présentement dans un bassin la tête de Jean-Baptiste. » (VI : 24-25) (cf. *La Bible*, *op. cit.*, traduction de Le Maistre de Saci).

aspergée de « sang sur ses cuisses » comme la sibylle ou l'archigalle de Cybèle dans le taurobole.

> *Ah ! qu'importe la mort et les morts*
>   *je ne sais*
> *— idée*
>   *saigne — sang sur ses cuisses*
>   *pourpre des cuisses*
>   *et leur royauté*   (p. 1094)

Nous avons signalé dans les chapitres précédents sur *Hérodias* de Flaubert que l'aspersion du sang pendant le taurobole procurerait la résurrection, car aussitôt qu'elle s'asperge de sang elle-même, elle commence à danser pour la première fois, suivant l'édition de Marchal. Mallarmé a certainement lu *Hérodias* de Flaubert (1877), œuvre dans laquelle la reine est incarnée en Cybèle au moment de l'exécution d'Iaokanann, si l'on considère la profonde admiration du poète pour *Salammbô*, œuvre dans laquelle l'héroïne est la sibylle de la déesse de la lune, et *La Tentation*, pièce dans laquelle apparaissent les déesses de la lune, dont Cybèle, La Grande Diane d'Éphèse. Mallarmé fait mention de cette déesse dans *Les Dieux antiques* :

> Les Corybantes et les Dactyles, eux, sont des êtres vraisemblablement de la même sorte que les Cabires. On parle des Corybantes comme de fils d'Apollon. Les prêtres phrygiens de Cybèle s'appelaient Dactyles.
> Qu'était-ce que Cybèle ? On suppose que c'était originairement la déesse phrygienne de la terre[38].

Hérodiade n'apparaît pas seulement comme une image de « la déesse de la terre », mais aussi avec un symbole du sang, de la lune, et de la mère primordiale : dans *Les Fleurs*, la virginité et l'image des « astres » sont liées à la « terre primordiale » (C'est nous qui soulignons) :

> Des avalanches d'or du vieil <u>azur</u>, au jour
> <u>Premier</u> et de la neige éternelle <u>des astres</u>
> Jadis tu détachas les grands calices pour

---

[38] Stéphane Mallarmé, *Les Dieux antiques*, Nouvelle mythologie d'après George W. Cox, Gallimard, 1925, p. 215.

> La terre jeune encore et vierge de désastres, (p. 10)

Et l'image de la « Mère » est frappante, même si le terme provient du terme « Notre Père[39] » :

> Hosannah sur le cistre et dans les encensoirs,
> Notre dame, hosannah du jardin de nos limbes ! (p. 10)

> Ô Mère, qui créas en ton sein juste et fort,
> Calices balançant la future fiole,
> De grandes fleurs avec la balsamique Mort
> Pour le poëte las que la vie étiole. (p. 11)

De plus, on constate l'aspersion du sang non seulement dans un des fragments des *Noces* mais aussi dans les *Fleurs*, où Hérodiade est nommée pour la première fois :

> Et, pareille à la chair de la femme, la rose
> Cruelle, Hérodiade en fleur du jardin clair,
> Celle qu'un sang farouche et radieux arrose ! (p. 10)

D'autre part, la blancheur des « lys » est assimilée à « la lune » dans les *Fleurs* :

> Et tu fis la blancheur sanglotante des lys
> Qui roulant sur des mers de soupirs qu'elle effleure
> À travers l'encens bleu des horizons pâlis
> Monte rêveusement vers la lune qui pleure ! (p. 10)

Nous remarquons de même l'image de « la terre primordiale » dans la *Scène* :

> Oui, c'est pour moi, pour moi, que je fleuris, déserte !
> Vous le savez, jardin d'améthyste, enfouis
> Sans fin dans de savants abîmes éblouis,
> Ors ignorés, gardant votre antique lumière

---

[39] Cf. *Œuvres complètes de Mallarmé, op. cit.*, p. 107 : « Notre père » ; « Ô Père, qui créas, en ton sein juste et fort ».

> Sous le sombre sommeil d'une terre première, (p. 145)

Ainsi, l'acte d'Hérodiade tient du rite de Cybèle ou de la Grande Déesse primordiale. Le rite d'aspersion du sang est profondément lié au thème du sacrifice dans *Les Noces*. Mais ce thème est différent selon les deux époques de sa rédaction. Dans l'*Ouverture ancienne* et dans la *Scène*, il est dissimulé, se superposant avec la perte de la foi du poète ; dans *Les Noces d'Hérodiade*, œuvre inachevée, Mallarmé fait explicitement apparaître le sacrifice de saint Jean ainsi que la danse d'Hérodiade, jusqu'à ce qu'elle s'asperge du sang du prophète dans les brouillons. Mais d'où vient que Mallarmé ait complètement changé sa représentation du sacrifice ? Aurait-il subi quelque influence ?

3. *Mallarmé — Redon — Flaubert*

Essayons de comprendre une des causes efficientes de ce changement radical chez Mallarmé entre les deux versions d'*Hérodiade*. Certes, il aurait subi notamment l'influence de *Salomé* de Gustave Moreau (1876) et du texte d'Oscar Wilde (1893). Charles Chassé a affirmé que Mallarmé a été inspiré par le tableau de *L'Apparition* de Gustave Moreau pour le *Cantique de saint Jean* : « (...) le poème en effet est une description du tableau de Moreau où, pendant que Salomé danse, la tête coupée du Baptiste s'élève rayonnante devant les yeux fixes de la fille d'Hérode. À l'arrière-plan de la toile du peintre, on voit l'exécuteur de saint Jean, son sabre à la main, ce sabre devenu « une faux » dans le poème parce que Mallarmé songea sans doute à la courbure du cimeterre[40]. » En revanche, Lloyd James Austin conteste cette hypothèse d'une description de ce tableau[41], mais remarque leur intérêt commun pour le thème du soleil. D'après lui, le poète aurait été inspiré par ce thème solaire vers 1871, quand il a décidé de traduire le livre de G.W. Cox. Néanmoins, d'après les dernières recherches, le *Cantique* n'appartient pas à *Hérodiade* mais plutôt aux *Noces d'Hérodiade*. Il n'en reste pas moins que la datation de la rédaction du *Cantique* reste incertaine : si Sylviane Huot

---

[40] Charles Chassé, *Les Clefs de Mallarmé*, Paris, 1954, p. 185. Voir Planche XVII.
[41] Lloyd James Austin, « Mallarmé and the Visual Arts », in *French 19ᵉ Century Painting and Literature*, Manchester, édité par Ulrich Finke, 1972, pp. 232-257, et surtout pp. 241, 242, 243.

affirme que Mallarmé semble abandonner *Hérodiade* en mars 1871[42], et si J.-P. Richard signale que l'on peut remarquer le thème de la décollation dans *Pauvre enfant pâle*, œuvre que Mallarmé avait écrite en 1864[43], Huot elle-même dit qu'il lui fallait encore de la « patience » « pour que l'expérience de 1866-1870 s'exprimât dans ce mythe[44] ». Elle ne se prononce donc pas sur cette question de datation. Quant aux trois manuscrits du *Cantique de saint Jean*, Gardner Davies affirme qu'« il est légitime de supposer que les trois manuscrits datent des dernières années de la vie de Mallarmé[45] », ce qui accrédite l'hypothèse de Takashina Shûji selon laquelle il est possible que ces textes aient une troisième source en commun[46]. Néanmoins, toutes ces discussions sont un peu partiales, parce qu'elles ne font que comparer des images frappantes comme celle « la tête coupée montant en l'air » sans égard pour la structure d'*Hérodiade* et celle des *Noces d'Hérodiade* dans lesquelles se place le *Cantique de saint Jean*, d'après l'édition de Bertrand Marchal. L'élément lunaire étant dominant dans le tableau de Moreau aussi bien que dans *Salomé* de Wilde, ces œuvres, l'une théâtrale, l'autre picturale, ne semblent pas avoir influencé Mallarmé de façon décisive pour la rédaction des *Noces d'Hérodiade*. Constatant que la représentation de la puissance lunaire dans la première version d'*Hérodiade* est remplacée par celle du soleil dans la deuxième, il nous faut requérir une autre source d'inspiration. Or, nous retrouvons ici l'intertextualité entre Flaubert et Mallarmé, par l'entremise d'Odilon Redon.

Redon avait une sympathie profonde pour Edgard Poë, Flaubert et Baudelaire, et d'après André Mellerio, il « entretint des rapports d'intimité avec J.-K. Huysmans, et surtout Stéphane Mallarmé[47]. » Il semble que les symbolistes furent les premiers à comprendre la profondeur esthétique et le symbolisme de l'œuvre de Redon. C'est en avril 1885 que Huysmans les présenta l'un à l'autre, et une sorte de parenté entre eux se poursuivra tout

---

[42] Sylviane Huot, *op. cit.*, pp. 147-151.

[43] J.-P. Richard, *L'Univers imaginaire de Mallarmé*, Paris, Éditions du Seuil, 1961, pp. 226-227.

[44] Sylviane Huot, *op. cit.*, p. 151.

[45] Gardner Davies, *Mallarmé et le rêve d'Hérodiade*, Librairie José Corti, 1978, p. 123.

[46] Takashina Shûji, « La tête coupée — un aspect de l'imagination fin de siècle », *L'Esprit des beaux-arts en Europe*, Seido-sha, 1979, p. 320 (高階秀爾,「切られた首―世紀末想像力の一側面」,『西欧芸術の精神』, 青土社).

[47] *Odilon Redon*, catalogue édité par André Mellerio, New York, Da Capo Press, 1968, p. 39.

au long de leur vie[48], Redon devenant un des membres des fameux
« Mardis[49] ». Roseline Bacou affirme ainsi : « La rencontre de Mallarmé et de
Redon est un des faits essentiels de l'histoire du symbolisme[50]. » Comme
peintre symboliste, Redon était plus proche de Mallarmé que de Flaubert.
Leslie Stewart Curtis constate le parallélisme entre eux : « This comparison
would appear to parallel the differences between Moreau's very detail-
oriented approach, which is closer to Flaubert (Moreau's Salomé painting
was probably influenced by Flaubert's *Salammbô*), and Redon's more "sugges-
tive" approach, which shares a great deal with Mallarmé[51]. »

Ce qui est essentiel pour notre analyse, c'est que Redon avait composé
trois albums consacrés à *La Tentation de saint Antoine* de Flaubert, qu'il a
immédiatement envoyés comme cadeaux à Mallarmé[52], à l'époque où
celui-ci entamait *Les Noces d'Hérodiade*. D'après Bertrand Marchal, ce serait
en mai 1898 que le poète retravailla l'*Ouverture* de 1866, et la rédaction des
Noces l'occupa jusqu'à sa mort. Quand il a reçu la seconde suite lithogra-
phique inspirée par *La Tentation*, œuvre intitulée *A Gustave Flaubert*,
Mallarmé s'en est réjoui sans réserve : « Le tirage, pour en finir avec tout ce
qui n'est pas votre génie de visionnaire sûr, donne des noirs royaux comme
la pourpre et des blancs qu'aucune pâleur... vraiment les magiques feuillets !
Mais, mon cher, vous avez miré là tout un mystère, que nul n'entrevit. Me
voici stupéfié encore par cette Mort, squelette en haut, en bas enroulement
puissant tel qu'on le devine ne finir : je ne crois pas qu'artiste en eut fait, ou
poète rêvé, image ainsi absolue ![53] » Et après le cadeau de la troisième série,
il écrit : « Je viens, toutefois, de regarder, c'est d'un Redon suprême et
serein, dont je vous demande quelques jours pour me magnifiquement
pénétrer[54]. » D'après Roseline Bacou, c'est « quelques mois » après ce cadeau

---

[48] Voir *Lettres à Odilon Redon*, présentées par Arï Redon, textes et notes par Roseline
Bacou, Paris, Librairie José Corti, 1960, pp. 131-146.
[49] Cf. Leslie Stewart Curtis, *From Salome and John the Baptist to Orpheus : the severed head
and female imagery in the work of Odilon Redon*, Ph. D., The Ohio State University,
1992, p. 39.
[50] Roseline Bacou, *Odilon Redon*, Genève, Pierre Cailler, 1956, p. 9.
[51] Leslie Stewart Curtis, *op. cit.*, p. 39.
[52] Cf. *Correspondance de Stéphane Mallarmé*, *op. cit.*, t. III, p. 158 (lettre à Odilon Redon
en date du 2 février 1885) ; t. III, p. 279, (lettre datée du 19 décembre 1888) ; t. VIII,
p. 119 (lettre datée du 3 mai 1896).
[53] *Ibid.*, t. III, p. 279 (lettre en date du 19 décembre 1888).
[54] *Lettres à Odilon Redon*, *op. cit.*, p. 143. Le troisième album de la *Tentation de Saint-
Antoine* fut publié en 1896.

que « le poète confie à Odilon Redon l'illustration de la superbe édition dont il rêve avec Vollard, d'*Un Coup de dés*[55]. » Ainsi, nul doute que Mallarmé ait été fort impressionné par ces albums consacrés à *La Tentation*.

En fait, c'est en 1882 qu'Emile Hennequin a prêté à Redon une copie de *La Tentation* pour élargir son répertoire de monstres fantasmagoriques. Le peintre a été immédiatement fasciné par la description flaubertienne, de telle sorte qu'il entama tout de suite les albums qu'il acheva successivement, en 1888, 1889 et 1896. Le nombre de lithographies sur *La Tentation* s'élève à 42, occupant un cinquième de toutes les lithographies de Redon. On peut juger là du vif intérêt de la part de Redon pour l'œuvre de Flaubert. L'important, c'est que Redon n'est pas seulement fasciné par la scène fantasmagorique de ce dernier. Selon Miyagawa Jun, s'il consacre plus de la moitié de ses lithographies au chapitre VII de *La Tentation*, Redon a surtout trouvé une image de la « résurrection de la vie ». Miyagawa Jun constate d'ailleurs que l'intérêt de Redon pour la série des monstres fantasmagoriques provient de ses recherches sur le système organique, bref, d'un motif de la résurrection de la vie[56].

C'est *Orphée* de Gustave Moreau qui a inspiré à Redon pour la première fois le motif de « la tête coupée ». Il en a été tellement impressionné qu'il entama lui-même une série de tableaux intitulés *L'Apparition*, *Tête de saint-Jean*[57], *Tête de Martyr sur le plat*[58]. Reconnaissons que Redon n'était pas le seul à s'y intéresser. Comme le remarque Jean-Pierre Reverseau, le thème de la décollation a « frappé si vivement l'imagination des artistes » qu'on le retrouve « aussi bien en peinture qu'en littérature[59] ». Même si Redon entama sa quête à partir de « la tête coupée » d'*Orpheus* ou *L'Apparition* de Moreau, il ne s'achemina plus vers Salomé mais plutôt vers des œuvres plus symboliques : sans égard pour la femme fatale, il poursuit davantage le thème de la « tête coupée » qui est arrondie et devient une balle, jusqu'à ce qu'elle flotte comme un globe oculaire ou une montgolfière. Ainsi, la tête

---

[55] *Ibid*.
[56] *Redon / Rousseau*, catalogue commenté par Miyagawa Jun, Zayûhô-kankôkai, Shûeisha, p. 88 (『ルドン・ルソー』, 解説＝宮川淳, 座右宝刊行会, 集英社).
[57] Selon R. Bacou, Redon avait d'abord copié le tableau d'Andrea Solario. Cf. *Andrea Solario en France*, catalogue établi et rédigé par Sylvie Béguin, Ministère de la Culture, Éditions de la Réunion des Musées nationaux, Paris, 1985, pp. 28-35, et aussi p. 99.
[58] Voir la Planche XVIII.
[59] Cf. Leslie Stewart Curtis, *op. cit.*, pp. v-viii.

coupée lui apporta une vision plus nette de la résurrection de la vie[60]. En expliquant sa méthode de fantasmagorie, Redon souligne l'importance de l'organisme : « J'ai fait quelques fantaisies avec la tige d'une fleur, ou la face humaine, ou bien encore avec des éléments dérivés des ossatures, lesquels, je crois, sont dessinés, construits et bâtis comme il fallait qu'ils le fussent. Ils le sont parce qu'ils ont un organisme. Toutes les fois qu'une figure humaine ne peut donner l'illusion qu'elle va, pour ainsi dire, sortir du cadre pour marcher, agir ou penser, le dessin vraiment moderne n'y est pas. On ne peut m'enlever le mérite de donner l'illusion de la vie à mes créations les plus irréelles. Toute mon originalité consiste donc à faire vivre humainement des êtres invraisemblables selon les lois du vraisemblable, en mettant, autant que possible, la logique du visible au service de l'invisible[61]. »

Venons-en à notre sujet de *La Tentation de saint Antoine*. Comme nous l'avons dit plus haut, le thème de la résurrection dans les albums de *La Tentation* se remarque plus nettement au fur et à mesure de leur création. En prenant l'exemple d'« Oannès[62] », Miyagawa Jun constate sinon la différence, du moins l'évolution créatrice chez Redon[63]: dans le premier album, Redon dessine « Oannès » et l'intitule : « Ensuite paraît un être singulier, ayant une tête d'homme sur un corps de poisson » (I-V)[64], tandis que le troisième album reflète davantage sa recherche sur l'organique : « Et que des Yeux sans tête flottaient comme des mollusques » (III-XIII)[65] et « Oannès : moi, la première conscience du chaos, j'ai surgi de l'abîme pour durcir la

---

[60] *Ibid.*, p. 3. En citant Reverseau, Curtis note que la préoccupation de ce thème au 19ᵉ siècle est liée à la proliférations des guillotines.
[61] Odilon Redon, *À soi-même*, journal (1867-1915), notes sur la vie, l'art et les artistes, Librairie José Corti, 1961, p. 28.
[62] Flaubert a laissé des notes de lecture sur « Oannès » dans « Mémento mythologique pour *La Tentation de saint Antoine* » (*op. cit.*, CHH, t. 4, p. 373) : « *Oannès* de Babylone. Être monstrueux avec deux pieds humains qui sortaient de sa queue de poisson. Instructeur-législateur. C'est par lui que les prêtres avaient appris l'histoire des anciennes divinités, celle de Bellus et d'Omoraca. Quatre Oannès, qui seraient venus dans des périodes différentes comme précepteurs et bienfaiteurs, tous demi-homme et demi-poisson. L'un d'eux, qui précéda le Déluge, se nommait Odacon. » Ce qui nous frappe, c'est que ces notes sur « Oannès » se trouvent dans le même article que Flaubert a préparé pour Astarté, Attis, Adonis, Cybèle qui ont un rapport avec la résurrection.
[63] Voir *Redon / Rousseau, op. cit.*, p. 87.
[64] *Odilon Redon*, catalogue édité par André Mellerio, *op. cit.*, p. 104, n° 88. Cf. Planche XIX.
[65] *Ibid.*, p. 116, n° 146. Cf. Planche XX.

matière, pour régler les formes » (III-XIV)[66]. Certes, à l'époque de son premier album, Redon s'intéressait davantage à dépeindre seulement la singularité des monstres chimériques, comme « la chimère », « toutes sortes de bêtes effroyables », « des prunelles », « une tête de mort ». Mais dans le troisième album, il semble qu'il fixe son attention sur la résurrection. Lorsqu'Antoine s'écrie :

> Ô bonheur ! bonheur ! j'ai vu naître la vie, j'ai vu le mouvement commencer. Le sang de mes veines bat si fort qu'il va les rompre. J'ai envie de voler, de nager, d'aboyer, de beugler, de hurler. Je voudrais avoir des ailes, une carapace, une écorce, souffler de la fumée, porter une trompe, tordre mon corps, me diviser partout, être en tout, m'émaner avec les odeurs, me développer comme les plantes, couler comme l'eau, vibrer comme le son, briller comme la lumière, me blottir sur toutes les formes, pénétrer chaque atome, descendre jusqu'au fond de la matière, — être la matière !
>
> Le jour enfin paraît ; et comme les rideaux d'un tabernacle qu'on relève, des nuages d'or en s'enroulant à larges volutes découvrent le ciel.
>
> Tout au milieu, et dans le disque même du soleil, rayonne la face de Jésus-Christ.
>
> Antoine fait le signe de la croix et se remet en prières[67].

Telle est la joie de ressusciter, joie de la résurrection. Qui plus est, Redon dépeint « la face de Jésus-Christ » qui « rayonne » dans le disque même du soleil, dans la scène finale de *La Tentation*[68], tout comme la description du *Cantique* (*Prélude* [II]) des *Noces d'Hérodiade*. D'ailleurs, c'est en 1896 que Redon fait le troisième cadeau à Mallarmé, deux ans avant que le poète ne se mette à la rédaction des *Noces d'Hérodiade*. Ne pourrions-nous pas postuler que l'intimité avec Redon et ses trois albums de *La Tentation*, avec leurs thèmes du soleil et de la résurrection, aient inspiré Mallarmé de manière subtile alors qu'il concevait le plan des *Noces* ?

En dehors de ce thème de la résurrection et de l'image du Christ dans le disque du soleil, dans son troisième album, Redon s'est aussi intéressé aux dieux antiques qui se trouvent dans le chapitre V de *La Tentation* : le

---

[66] *Ibid.*, n° 147. Cf. Planche XXI.
[67] *La Tentation de saint Antoine*, CHH, t. 4, version définitive, p. 171.
[68] Cf. Planche XXII et XXIII.

« Bouddha[69] », la « grande Diane d'Éphèse[70] », la « Bonne Déesse, l'Idéenne des montagne (Cybèle)[71] » et « Isis (Mon fruit est le soleil !)[72] », ainsi que « Mithra[73] » et les « trois déesses[74] ». Autrement dit, il s'agit des dieux qui ont trait à la résurrection ou aux métamorphoses. Nous retrouvons ici la lignée de la Grande Mère, Diane d'Éphèse ou Cybèle, qui fournit l'élément lunaire et le thème de la résurrection à la future Hérodiade. Outre la présence de ces déesses, on retrouve l'image du disque rayonnant, le thème de la résurrection ainsi que le rite du sacrifice, soit la plupart des nouvelles images des *Noces d'Hérodiade*. Si la rédaction du *Cantique* appartient aux dernières années de la vie du poète, ne pouvons-nous pas être fondés à supposer qu'il y aurait eu une influence délicate de Redon et Flaubert sur *Les Noces* ? Quelque indirecte que puisse être une telle intertextualité, nous ne pouvons pas ne pas négliger une certaine similitude entre ces albums de *La Tentation* et *Les Noces d'Hérodiade*. Venons-en maintenant au sujet même de la danse mallarméenne.

4. *La danse d'Hérodiade*

Avant de nous consacrer à l'étude de la danse et à la comparaison de celle-ci avec la danse de Salomé chez Flaubert, il convient peut-être d'attirer l'attention sur l'intention créatrice de Mallarmé quant à la danse d'Hérodiade. En fait, il semble qu'il n'avait aucune intention de décrire la danse elle-même quand il entama la pièce d'*Hérodiade*. En octobre 1864, Mallarmé avoua à Henri Cazalis son entreprise : « Pour moi, me voici résolument à l'œuvre. J'ai enfin commencé mon *Hérodiade*. Avec terreur, car j'invente une langue qui doit nécessairement jaillir d'une poétique très nouvelle, que je

---

[69] *La Tentation de saint Antoine*, CHH, t. 4, version définitive, p. 123. Voir Planche XXIV : « L'Intelligence fut à moi ! Je devins le Buddha. » (*Tentation de Saint-Antoine*, troisième série, XII)

[70] *Ibid*, p. 128.

[71] *Ibid*., p. 129. Voir Planche XXV : « Voici La Bonne-Déesse, L'Idéenne des montagnes » (*Tentation de Saint-Antoine*, troisième série, XV)

[72] *Ibid*., version définitive, pp. 133-134. Voir Planche XXVI : « Je suis toujours la Grande Isis ! Nul n'a encore soulevé mon voile ! Mon fruit est le soleil ! » (*Tentation de Saint-Antoine*, troisième série, XVI)

[73] *Ibid*., pp. 127-128.

[74] *Ibid*., p. 119. Voir Planche XXVII : « Immédiatement surgissent Trois Déesses » (*Tentation de Saint-Antoine*, troisième série, XI)

pourrais définir en ces deux mots : *Peindre, non la chose, mais l'effet qu'elle produit*[75].» Ici s'impose « un pari poétique, une œuvre expérimentale destinée à éprouver une poétique nouvelle », comme Bertrand Marchal le remarque[76]. Nous pourrions remplacer le terme « la chose » dans la parole de Mallarmé par celui de « la danse », parce que ni l'*Ouverture ancienne* (1866) ni la *Scène* (1869) ne paraissent représenter la danse même d'Hérodiade, mais seulement l'effet que produit ce nom divin. Qui plus est, quand il reprend *Hérodiade* pour la compléter en 1896, Mallarmé lui-même déclare dans la Préface des *Noces d'Hérodiade*, son intention de les dépouiller de la danse :

> J'ai laissé le nom d'Hérodiade pour bien la différencier de la Salomé je dirai moderne ou exhumée avec son fait divers archaïque — la danse, etc., l'isoler comme l'ont fait des tableaux solitaires dans le fait même terrible, mystérieux — et faire miroiter ce qui probablement hanta — en apparue avec son attribut — le chef du saint — dût la demoiselle constituer un monstre aux amants vulgaires de la vie —   (p. 147)

Nous pouvons de même lire plus clairement son plan dans un des fragments d'*Hérodiade* :

> Préface —
>   dep le —
> légende dépouillée
> de danse
>   et même de la
> grossièreté —
>   de la tête
>   sur le plat —   (p. 1079)

L'intention du poète vise à éviter le grotesque, en dépouillant la légende de « la danse » en même temps que de « la tête sur le plat ». Néanmoins, après ce fragment, le texte fait allusion à la possibilité de la danse : « aujourd'hui, je retrouverais la danse » ; « déplacement de la danse — ici — et pas anecdotique ». D'ailleurs, à l'encontre de ce qu'il avait déclaré, nous pouvons trouver des allusions à « la tête sur le plat » dans le *Prélude*. En fait, c'est le

---

[75] *La Correspondance de Stéphane Mallarmé, op. cit.*, I, p. 137.
[76] Bertrand Marchal, *La Religion de Mallarmé, op. cit.*, p. 46.

thème du « plat » qui prédomine dans le *Prélude* [I], avec la vision du « saint à la langue roidie ». Si le monologue de la nourrice se termine par cette interrogation « cette vacuité louche et muette d'un plat ? », le thème de « la tête » décapitée s'impose à la suite, parce que dans le *Cantique de saint Jean*, *Prélude* [II], c'est maintenant cette « tête décapitée » qui semble prédire le dernier moment de sa vie, en énonçant la vision de soi-même, à savoir sa « tête décapitée ». Quant à « la danse », invisible dans l'*Ouverture ancienne* et dans la *Scène*, elle apparaît dans le *Finale* [I] :

> Soleil qui m'a mûrie
> Comme à défaut du lustre éclairant le ballet
> Abstraite intrusion en ma vie, il fallait
> La hantise soudain quelconque d'une face
> Pour que je m'entr'ouvrisse et reine triomphasse. (p. 151)

Dans ce monologue, Hérodiade semble comparer la tête de Jean à « un lustre solaire » qui aurait pu éclairer son ballet. Et la danse apparaît dans une expression euphémique de la fleur, parce qu'Hérodiade est née comme une fleur, une « rose cruelle », « celle qu'un sang farouche et radieux arrose » dans *Les Fleurs* :

> Ensuite pour couler tout le long de ma tige
> Vers quelque ciel portant mes destins avilis
> L'inexplicable sang déshonorant le lys
> À jamais renversé de l'une ou l'autre jambe (p. 151)

Plus nous lisons les fragments des *Noces*, plus nous trouvons une similitude entre la danse de Salomé chez Flaubert et celle d'Hérodiade chez Mallarmé. Premièrement il s'agit du drame des regards : Salomé, dans la pose d'un grand scarabée, « ne parlait pas. Ils se regardaient. [Salomé et Hérode] ». C'est le moment où ils se trouvent ailleurs, comme au moment absolu des noces mallarméennes. Sylviane Huot souligne qu'il y a un drame des regards dans *Salomé* d'Oscar Wilde (achevé en 1891 et publié en 1893) aussi bien que dans le *Finale* des *Noces*[77]. Mais exagérons-nous si nous attribuons à *Hérodias* de Flaubert ce drame des regards entre les deux protagonistes que l'on trouve chez Wilde ainsi que chez Mallarmé, ce regard flaubertien effroyable issu du sphinx, comme nous l'avons montré dans les chapitres précédents ? Il nous semble que ce drame des regards endiguerait le contact sexuel et réaliste dans la légende de Salomé à la fin du siècle.

Deuxièmement, « le dévoilement » : dans *Hérodias*, Salomé retire son « voile » sur le haut de l'estrade ; dans les brouillons des *Noces*, Hérodiade danse également « sans gaze » ou « laissant glisser tout voile », presque nue, comme la danse orientale d'effeuillage. Rappelons que le dévoilement joue un rôle important dans *Hérodias* de Flaubert, mettant à jour l'identité de Salomé et celle d'Hérodias. Chez Mallarmé, il s'agit de la nudité d'Hérodiade elle-même. « Voile » et « dévoilement » ont également un sens essentiel dans l'esthétique de Mallarmé qui n'épargne pas son admiration pour la danseuse Loïe Fuller qui « se propage, alentour, de tissus ramenés à sa personne[78] » :

> Au bain terrible des étoffes se pâme, radieuse, froide la figurante qui illustre maint thème giratoire où tend une trame loin épanouie, pétale et papillon géants, déferlement, tout d'ordre net et élémentaire[79].

Pour Mallarmé, la danseuse est « la représentante de l'idée », selon l'action de laquelle « la scène libre, au gré de fictions, exhalée du jeu d'un voile avec attitudes et gestes, devient le très pur résultat[80]. » Comme Rodenbach qui met en lumière « l'ensorcellement des danses » avec « toutes sortes d'atours vaporeux[81] », Mallarmé insiste sur l'attribut essentiel du « voile » pour la danse :

> Une armature, qui n'est d'aucune femme en particulier, d'où instable, à travers le voile de généralité, attire sur tel fragment révélé de la forme et y boit l'éclair qui le divinise ; ou exhale, de retour, par l'ondulation des tissus, flottante, palpitante, éparse cette extase. Oui, le suspens de

---

[77] Cf. Sylviane Huot, *op. cit.*, pp. 193-204. Sylviane Huot observe « la convergence frappante entre la date de la première rencontre de Wilde et Mallarmé, la date de la reprise d'Hérodiade et la date à laquelle Wilde lui-même entreprend d'écrire sa Salomé. » (p. 195)

[78] Mallarmé, *Œuvres*, Paris, Éditions Garnier, 1985, p. 233. Sur la danse de Loïe Fuller, voir Guy Ducrey, *Corps et graphies, Poétique de la danse et de la danseuse à la fin du XIXe siècle*, Honoré Champion, 1996, « Chapitre V : Le Mythe Loïe Fuller ».

[79] *Ibid.*, p. 234.

[80] *Ibid.*, p. 235.

[81] *Ibid.*, p. 236.

la Danse, crainte contradictoire ou souhait de voir trop et pas assez exige un prolongement transparent[82].

Grâce à « l'invention », nouvelle danse métaphorique du voile de Loïe Fuller, sans doute, Mallarmé approfondit son esthétique du « voile » vers 1893, avant qu'il se remette à la rédaction d'*Hérodiade* qui l'occupa jusqu'à sa mort. D'autre part, Rodenbach a discerné l'importance du « voile » dans l'esthétique de la danseuse de Mallarmé et a loué l'art de Mallarmé, Flaubert et Gustave Moreau, dans *Le Figaro* :

> Une danseuse nue ! Mais c'est une anomalie et un contresens ! Voyez Flaubert qui, dans son superbe conte *Hérodias*, a soin de nous représenter Salomé en des fourreaux de couleur, les jambes cachées dans des caleçons noirs semés de mandragores. Et de plus, un voile bleuâtre, des coins de soie gorge de pigeon.
> Ainsi, la Danseuse apparaît l'Illusion, plus belle de n'être pas la Femme, mais l'éternel Désir, qu'elle résume et qu'elle recule au-delà des tissus et des fards. Chair tentante d'être intermittente !
> De cette manière aussi le conçut M. Gustave Moreau dans les œuvres admirables où il mit en scène également la Salomé, type légendaire et définitif de la Danseuse. Dans l'aquarelle de l'*Apparition* comme dans le tableau où elle danse devant le Tétrarque, chaque fois elle se dresse en un luxe d'étoffes, ramagées d'or, couturées de perles, avec une cuirasse d'orfèvreries — toute redoutable d'être inconnue[83] !

Troisièmement, le « balancement » : « se penche-t-elle d'un côté — de l'autre — montrant un sein — l'autre. » Comme l'a bien indiqué Sylviane Huot, Salomé de Flaubert « se tordait la taille, balançait son ventre avec des ondulations de houle, faisait trembler ses deux seins » comme « le balancement » de Salammbô au moment de ses prières[84]. Mais Huot confronte cette expression uniquement avec le passage de la prière de Salammbô. Nous pouvons nous référer à une autre expression plus approximative dans le passage suivant de la danse même de Salomé : « Elle se renversait de tous les

---

[82] *Ibid*.
[83] *L'Amitié de Stéphane Mallarmé et de Georges Rodenbach*, préface de Henri Mondor, lettres et textes inédits 1887-1898, Pierre Cailler Éditeur, 1949, pp. 145-146 (*Le Figaro*, 5 mai 1896).
[84] Sylviane Huot, *op. cit.*, p. 206. Cf. *Salammbô*, CHH, t. 2, p. 182.

côtés, pareille à une fleur que la tempête agite[85]. » L'aspect qui nous frappe, c'est la métamorphose d'une jeune fille en fleur. Comme « une fleur », Salomé « se renversait de tous les côtés » ; en tant que « le lys » et la « tige », Hérodiade « se penche-t-elle d'un / côté de l'autre ».

Tout naturellement, Sylviane Huot rattache ce « retour à la danse » de Mallarmé, soit « la redécouverte de la danse », à la rédaction de l'article *Ballets* « dès décembre 1886[86]. » Il est vrai qu'à cette époque, la vision esthétique de Mallarmé sur la danse et le ballet se modifie. Rappelons-nous cette fameuse expression mallarméenne dans laquelle la danseuse apparaît comme la métaphore d'une fleur :

> À savoir que la danseuse *n'est pas une femme qui danse*, pour ces motifs juxtaposés qu'elle *n'est pas une femme*, mais une métaphore résumant un des aspects élémentaires de notre forme, glaive, coupe, fleur, etc., et *qu'elle ne danse pas*, suggérant, par le prodige de raccourcis ou d'élans, avec une écriture corporelle ce qu'il faudrait des paragraphes en prose dialoguée autant que descriptive, pour exprimer, dans la rédaction : poème dégagé de tout appareil du scribe[87].

Du point de vue créatif et sentimental, pourtant, nous pourrions sans doute nous référer à la première manifestation dans l'œuvre de Mallarmé de la danse d'une jeune fille dans une œuvre de jeunesse intitulée *Ce que disaient les trois cigognes*[88], sorte de genèse de la danse. Sylviane Huot déclare ainsi « qu'Hérodiade naquit d'une métamorphose de la première figure mallarméenne, Deborah [sic][89] ». Dans ce récit d'une jeune fille morte, Deborah, nous relevons nombre des futurs thèmes importants chez Mallarmé : elle a une lignée un peu orientale, est associée aux images de « tapis » et à un « tambour de basque » : elle « chantait accroupie sur le vieux tapis pailleté

---

[85] *TC*, p. 172.
[86] Sylviane Huot, *op. cit.*, pp. 193-194.
[87] Mallarmé, *Œuvres, op. cit.*, pp. 229-230.
[88] Toutes les citations de *Ce que disaient les trois cigognes* sont tirées de la Bibliothèque de la Pléiade. Les chiffres arabes indiquent la page (*Œuvres complètes*, t. I, Gallimard, 1998).
[89] Sylviane Huot, *op. cit.*, p. 19. Sur Deborah, voir Adile Ayda, *Le Drame intérieur de Mallarmé ou l'origine des symboles mallarméens*, Éditions La Turquie Moderne, Istanbul, 1955, pp. 157-187 : « Symboles se rattachant à l'image de Maria ». Voir aussi Charles Mauron, *Des Métaphores obsédantes au mythe personnel, Introduction à la psychocritique*, Librairie José Corti, pp. 111-130 « Chapitre VII : Mallarmé : Deborah ».

qui est maintenant son cercueil », celui qui est « étendu » quand elle fait sa résurrection éphémère pour chanter. Son existence est toujours liée à une « fleur », une « rose » dans la mémoire de son vieux père, Nick Parrit :

> (...) Cette rose, c'est tout simple qu'elle fasse de mes yeux deux ruisseaux ! Elle est vermeille et fraîche comme fut il y a ce soir un an Deborah, (...). Elle répand son arôme comme Deborah sa jeunesse autour d'elle. (p. 455)

Deborah ressemble à la première Hérodiade : « la rose cruelle, Hérodiade en fleur du jardin clair, celle qu'un sang farouche et radieux arrose ! » Ombre qu'elle est, Deborah ressemble approximativement à Hérodiade dans l'*Ouverture ancienne* et la *Scène* dans laquelle avec un « arôme » elle est également comparée à une « fleur », « un lys ». Rappelons-nous que la nourrice l'appelle « ombre seule » (*Scène*, 63) et qu'Hérodiade dit elle-même « une ombre lointaine » (*Scène*, 49), celle-ci apparaît comme une « ombre » au début : « Tu vis ! ou vois-je ici l'ombre d'une princesse ? » (*Scène*, 1) Quant à l'« arôme » et à la « fleur », elle est « triste fleur qui croît seule » (*Scène*, 76) ; de ses robes, « arômes aux farouches délices, sortirait le frisson blanc » de sa nudité. Deborah chante :

> *Des lys ! des lilas ! des verveines !*
> *Des fleurs ! que j'en jette à mains pleines !*
> *Roses berçant des chants rêveurs,*
> *Nids noyés dans les senteurs molles,*
> *Je veux danser mes danses folles*
> *Dans un enchantement de fleurs !* (p. 456)

Les « lys », les « lilas », et les « roses » enchantent Deborah au milieu de sa danse. Elle danse avec un « tambour », « l'épaule nue », arrondissant ses bras « en pur croissant », termes symboliques qui rappelleraient Salomé et Hérodias :

> *Quand, frappant mon tambour de basque*
> *L'épaule nue, ivre et fantasque,*
> *Sur mon front penché j'arrondis*
> *En pur croissant mes bras suaves,* (p. 456)

On constate de même le dévoilement dans le verset suivant :

> *Tel vieil abbé, diseur de messes,*
> *— S'il écartait mes chastes tresses*
> *Blondes comme n'est pas le miel —*
> *Sèmerait sur mon col sans voiles*
> *Plus de baisers qu'il n'est d'étoiles*
> *Qu'il n'est d'étoiles dans le ciel !* (p. 457)

La pureté inscrite dans ses cheveux, son col « sans voiles », la transgression par le « baiser » et la comparaison avec des « étoiles », tous ces éléments nous engagent à l'attacher à Hérodiade. Si Mallarmé eût « inventé ce mot sombre, et rouge comme une grenade ouverte, *Hérodiade* », Deborah qualifie sa bouche de « grenade », de même que Mallarmé a conçu la couleur « grenade » pour Hérodiade.

En dehors de ces similitudes entre Deborah et Hérodiade, il est d'autres ressemblances : un mélange de couleur, rouge et blanc, thème que l'on retrouve dans *Les Fleurs*, aussi bien que l'enchantement de la danse tournoyante comme celle de Salomé :

> Et quand elle commença sa danse enivrée, elle cueillit quelques roses de cette couronne, les effeuilla, et y mêlant les pistils de la royale rose rouge avec laquelle avait conversé son père, les jeta en l'air, et, décrochant son tambour de basque pieusement conservé y reçut cette neige embaumée et les jeta de nouveau.
>
> Cette fois son sourire était si céleste que les fleurs, ravies, restèrent à voltiger dans la chambre.
>
> Alors, au sein de cet enchantement, elle s'élança avec un tournoiement vertigineux, et ses cheveux flottaient dans les parfums des roses !
> (pp. 460-461)

Le lecteur ne peut manquer d'identifier Deborah à une Salomé radieuse, dansant « énivrée », avec « un tournoiement vertigineux ». Elle est « au sein de cet enchantement », avec « son tambour de basque » dans une chambre au « vieux tapis pailleté » où voltigent des roses blanches et rouges.

Cependant, le plus remarquable dans ce récit de Deborah, c'est le thème de « la résurrection », selon le récit du souhait d'un vieux père qui fait renaître une jeune fille morte, avec un arôme de fleurs, la rose. Takéuchi

Nobuo a également remarqué la présence de ce thème de « la mort » rattaché à « la résurrection » dans cette première œuvre mallarméenne[90].

Venons-en à notre sujet d'*Hérodiade*. Pourquoi Mallarmé a-t-il fini par vouloir décrire la danse d'Hérodiade malgré sa déclaration primitive de 1896 d'écrire la danse « dépouillée de la danse » ? Ce changement ne provient pas seulement, selon nous, de ses idées sur les ballets. Essayons de vérifier le motif de la danse d'Hérodiade, en la comparant avec la danse de Salomé chez Flaubert, et celle que l'on retrouve chez Wilde. Le contexte de chaque danse est différent. Dans *Hérodias* de Flaubert (paru en 1877), l'auteur suit fidèlement le contexte biblique : Salomé danse, sur l'ordre de sa mère, d'une façon tellement enchanteuse et attirante que le roi Hérode veut lui offrir n'importe quel cadeau. L'intention de sa mère d'acquérir la tête de Iaokanann est ici sous-entendue dans le récit. D'autre part, dans *Salomé* de Wilde (publié en 1893), l'auteur ne décrit jamais la danse, en laissant une seule et simple indication scénique : pour la préparation, « *Les esclaves apportent des parfums et les sept voiles et ôtent les sandales de Salomé* [91] » ; et pour la danse même : « *Salomé danse la danse des sept voiles*[92]. » En revanche, il est frappant de constater que Salomé rappelle plusieurs fois à Hérode la promesse de cadeau qu'il lui a faite. Pour plus de sûreté, elle demande plus de six fois la confirmation du roi, jusqu'à ce qu'elle le fasse prêter serment : « Vous me donnerez tout ce que je demanderai, tétrarque[93] ? » ; « Tout, fût-ce la moitié de mon royaume[94] » ; « Je le jure, Salomé[95] » ; « Sur ma vie, sur ma couronne, sur mes dieux. Tout ce que vous voudrez je vous le donnerai, fût-ce la moitié de mon royaume, si vous dansez pour moi[96] » ; « J'ai juré, Salomé[97] » ; « Fût-ce la moitié de mon royaume (...)[98] » ; « Et, après que vous aurez dansé, n'oubliez pas de me demander tout ce que vous voudrez.(...) J'ai juré, n'est-ce pas[99] ? » ; « Et je n'ai jamais manqué à ma

---

[90] Cf. *Œuvres complètes de Mallarmé*, numéro supplémentaire avec les notes et les annexes, Chikûma-shobô, 1998, p. 340 (『マラルメ全集、別冊、解題・注解』, 筑摩書房).
[91] Oscar Wilde, *Salomé, op. cit.*, p. 139.
[92] *Ibid.*, p. 141.
[93] *Ibid.*, p. 133.
[94] *Ibid.*
[95] *Ibid.*
[96] *Ibid.*, p. 135.
[97] *Ibid.*
[98] *Ibid.*
[99] *Ibid.*, p. 137.

parole[100]. » Comme un éternel refrain, Salomé et le tétrarque scellent la promesse d'un futur cadeau. Issue d'*Atta Troll* de Heine, Salomé de Wilde, tombée amoureuse de Iokanaan, demande sa tête intentionnellement et le tétrarque, obligé de faire décapiter Iokanaan [sic], finit par ordonner l'exécution de Salomé. Dans ces deux Salomé, la danse vise à obtenir la permission d'Hérode pour la décapitation de Jean.

Mais, dans le cas d'*Hérodiade*, le contexte est tout à fait différent. Ce n'est pas Hérode qui ordonne la décapitation de Jean, mais Hérodiade (= Salomé) elle-même qui commande à sa nourrice d'apporter « ce chef tranché dans un plat d'or » dans la *Scène intermédiaire*. En fait, Hérodiade de Mallarmé tient son monologue face à la tête du saint dans un bassin, comme dans *Salomé* de Wilde. Mais sa danse ne vise pas à acquérir la tête de son amant, puisqu'elle l'a déjà dans ses mains. Néanmoins, elle tient son monologue et finira par danser devant la tête décapitée. Il nous semble que l'essentiel réside dans ce contexte tout inversé de sa danse. Pourquoi danse-t-elle, alors qu'elle a déjà acquis la tête ? Nous avons signalé dans le chapitre « II. *Le thème du sacrifice* » qu'elle « saigne — sang sur ses cuisses » « pourpre des cuisses et leur royauté », signe de sa résurrection. Issue de sibylles, elle exécute une danse religieuse et « sacramentelle », selon l'expression de Huot[101]. La comparaison entre la danse de Salomé chez Flaubert et celle d'*Hérodiade* révèle leur similitude. Si Hérodiade « saigne » comme dans le rite du taurobole dans le but de sa résurrection, nous pouvons affirmer qu'elle semble exécuter la danse de la Mère originelle, qui est « la source primordiale, chthonienne, de toute fécondité[102]. » En vérité, Hérodiade est une sorte de sibylle de la Grande Mère, qui devient tantôt Cybèle, tantôt Arthémis, parce que la lune et la pureté se présentent comme le symbole d'Hérodiade. Dans la *Scène*, indifférente à la vie, Hérodiade s'absorbe, s'enfonce dans le miroir narcissique. Pourtant, comme elle est née de la lune, son élément primordial, la fécondité finit par émerger. Ce n'est plus pour acquérir simplement la tête du saint, mais pour elle-même, pour sa propre résurrection. Ainsi, dans les brouillons, elle finit par jeter « la tête par la fenêtre — en le bassin » au « moment d'évanouissement vespéral ou matinal ».

---

[100] *Ibid*.
[101] Sylviane Huot, *op. cit.*, p. 206.
[102] Cf. *Dictionnaire des symboles*, *op. cit.*, p. 271.

> *et danse un moment*
> *pour elle seule — afin d'être*
> *à la fois ici là — et que*
> *rien de cela ne soit arrivé*

> *pour la première fois*
> *yeux ouverts —* (p. 1094)

Ce que nous dévoile ce fragment, c'est que le sang du saint est tout autant essentiel que sa tête pour le rite de la résurrection d'Hérodiade. Après avoir fermé les yeux de la tête décapitée « de l'un et l'autre doigt » et essayé de les « baiser », c'est maintenant elle qui danse « pour la première fois yeux ouverts », parce qu'elle ressuscite et émerge de son état d'« ombre », état infiniment proche de la mort, comme nous l'avons remarqué dans la *Scène*.

Ainsi, dans *Les Noces d'Hérodiade* et dans ses fragments, nous considérons Hérodiade comme la plus transformée des femmes fatales, en comparaison d'Hérodias-Salomé de Flaubert, car la résurrection s'accomplit non seulement pour symboliser celle de saint Jean mais aussi pour elle-même, à l'encontre de la Salomé de Flaubert. D'autre part, Hérodiade partage le grotesque avec la Salomé de Wilde, quand elle baise les yeux de la tête décapitée ; ou plutôt, elle dépasse la Salomé de Wilde. Elle ne se limite pas au « baiser », mais exécute le rite du sacrifice et de la résurrection, tout en s'aspergeant de sang sur « ses cuisses ».

5. *Mythe lunaire / mythe solaire*

Les chapitres précédents ont montré une intertextualité très explicite entre Flaubert et Mallarmé en ce qui concerne le rite du sacrifice dans le mythe d'Hérodiade-Salomé. Un autre aspect de ce rite du sacrifice concerne les astres. Ainsi, nous allons maintenant aborder l'originalité d'*Hérodiade* sous l'aspect des astres, lune-soleil, pour aboutir à la comparaison avec *Hérodias* de Flaubert.

Tout d'abord, on peut relever les termes « une aurore » et « une étoile » dans l'*Ouverture ancienne*. Les expressions « une aurore » et « ses ailes dans les larmes » avec celles du « cygne » et d'« une étoile mourante » encadrent, comme nous l'avons signalé, chaque strophe de l'*Ouverture*. La froideur et le démenti s'y imposent, et les derniers vers dans la dernière strophe renforcent l'impression négative de l'*Ouverture* qui représente apparemment « une aurore » dans l'antagonisme du feu et de l'eau, du rouge et du blanc.

> Selon le souvenir des trompettes, le vieux
> Ciel brûle, et change un doigt en un cierge envieux.
> Et bientôt sa rougeur de triste crépuscule
> Pénétrera du corps la cire qui recule !
> De crépuscule, non, mais de rouge lever
> Lever du jour dernier qui vient tout achever,
> Si triste se débat, que l'on ne sait plus l'heure
> La rougeur de ce temps prophétique qui pleure (p. 139)

Dans cette métaphore, le « vieux / Ciel brûle » reflète le feu sur « un doigt » transformé « en un cierge envieux ». Il est à remarquer ici que la « rougeur » du crépuscule se répercute miraculeusement dans les vers suivants, avec une succession des chiasmes : le vers teinté d'une couleur blanche, « Pénétrera du corps la cire qui recule ! », est placé au milieu du chiasme des deux crépuscules d'une couleur rouge. Le deuxième, après le vers « Si triste se débat, que l'on ne sait plus l'heure », engendre à son tour un autre chiasme, reliant « sa rougeur » et « la rougeur » :

Or, dans ce cosmos « rouge » du chiasme, le vers au milieu « rouge lever » provoque immédiatement après un autre micro-chiasme, « lever du jour ». Dans ces jeux métaphoriques, l'inversion du terme démolit le sens du « rouge lever » d'une part, et la prononciation « rouge » [ruʒ] correspond d'autre part à l'inverse de celle de « jour » [ʒur], ce qui suscite des vertiges. Selon Rissen Junro, « *l'alternative*, qui s'échappe de la négation ainsi que l'affirmation, se dégage à cause de l'ambiguïté phonématique de chaque vocable[103]. » L'impression négative sans arrêt se renforce pourtant, car « le lever du jour », pressentiment du commencement du jour, est aussitôt contredit par l'épithète « dernier » aussi bien que par la proposition relative « qui vient tout achever ». De plus, le dernier terme « achever » nie en même temps le mot « lever » en rime. L'expression « si triste se débat » s'oppose complètement à l'espoir inhérent au « lever de jour ». Rappelons que « le lever de jour » dans la dernière scène d'*Hérodias* de Flaubert évoque l'espoir de la nouvelle religion qui va se répandre. Bien que le « lever du jour » dans l'*Ouverture*

---

[103] Rissen Junro, *op. cit.*, p. 212.

ancienne soit une indication temporelle, on est ainsi rejeté dans un espace sans dimensions. Tout tend à démentir cette « aurore », lever du soleil, dans la sphère temporelle ou grammaticale, dans les métaphores et dans les rimes.

Dans les vers suivants, la négation intervient et la couleur s'inverse, de « rouge » à « blanc » : le verbe « pleure » éteint le feu de la « rougeur » du crépuscule, en introduisant ici le thème ultime du « cygne » :

> *La rougeur de ce temps prophétique qui pleure*
> *Sur l'enfant, exilée en son cœur précieux*
> *Comme un cygne cachant en sa plume ses yeux,*
> *Comme les mit le vieux cygne en sa plume, allée*
> *De la plume détresse, en l'éternelle allée*
> *De ses espoirs, pour voir les diamants élus*
> *D'une étoile, mourante, et qui ne brille plus !* (p. 139)

L'antagonisme structurel « allée / De la plume détresse » et « allée / De ses espoirs » est ici incorporé explicitement dans la répétition accélérée des termes comme dans le miroir ou dans l'eau du bassin, en raccourcissant l'intervalle de leur disposition : « Comme un cygne »/« Comme les mit le vieux cygne » ; « cygne cachant en sa plume »/« le vieux cygne en sa plume » ; « en sa plume, allée »/« en l'éternelle allée ». La blancheur du « cierge » se rattache à celle du « cygne », à la pureté des « diamants ». Enfin, le dernier vers, « étoile mourante », fait écho à l'« aurore abolie » de la première phrase de l'*Ouverture*, qui, dans le jour ou dans la nuit, évoque les astres qui tombent, en un mot, en contradiction lexicale avec eux-mêmes. Cette fin dévoile la contradiction même du titre, car bien que l'« ouverture » annonce le commencement de quelque incident et évoque un mouvement temporel en direction du futur, l'épithète « ancienne » nous force à opérer un retour vers le temps passé. Dans ce vers, la rougeur ou le feu du soleil levant est démenti, comme nous l'avons montré plus haut, par la blancheur du cygne, la transparence des diamants et l'eau des bassins, aussi bien que les strophes sont enfermées par les astres abolis.

D'autre part, le thème du bassin se rattache à la *Scène*, l'eau des bassins se transfigurant en un miroir dans lequel Hérodiade se regarde. Si la nourrice appelle Hérodiade « un astre, en vérité », celle-ci avertit les étoiles, ses sœurs : « étoiles pures, n'entendez pas ! » ou se dit : « me voit grelottante d'étoile ». Elle se pare de « froides pierreries », de « purs bijoux », ou de « métaux », car elle se renferme dans « la froideur éternelle ». « Froide enfant », elle a la froideur de la lune. L'image de la lune est aussi répétée en rime dans l'*Ouverture* :

> Une touffe de fleurs parjures <u>à la lune,</u>
> (À la cire expirée, encor s'effeuille <u>l'une,</u>) (p. 138)

> <u>Le croissant,</u> oui le seul est au cadran de fer
> De l'horloge, pour poids suspendant Lucifer, (p. 139)

Hérodiade n'est pas la lune elle-même, mais l'image et la métaphore de l'astre abondent dans le texte. Enfin, elle gagne l'immortalité de la déesse et la pureté. « Autant qu'une Immortelle » et « belle affreusement », dit la nourrice. Elle s'assimilera finalement à Arthémis, ou à Salammbô, sibylle de Tanit, déesse de la lune.

Ce que Mario Praz avait précisément discerné : « L'Hérodiade de Mallarmé, comme la Salammbô de Flaubert, est une hystérique qui se liquéfie dans une indolence hiératique (...)[104] » ; ajoutant un peu plus loin : « elle aussi est une adoratrice de la Lune et s'adresse comme à une sœur, dans son discours, à la froide sphère sidérale que Salammbô avait adorée et priée comme Mère ; Hérodiade, elle aussi, est en somme comme Salammbô, « un astre humain »[105]. » Effectivement, en « simarre blanche », Salammbô murmure des « fragments d'hymne » à la lune, à la Déesse, « pâle et légère comme la lune avec son long vêtement » :

> « Quand tu parais, il s'épand une quiétude sur la terre ; les fleurs se ferment, les flots s'apaisent, les hommes fatigués s'étendent la poitrine vers toi, et le monde avec ses océans et ses montagnes, <u>comme en un miroir, se regarde dans ta figure. Tu es blanche, douce, lumineuse, immaculée, auxiliatrice, purifiante, sereine</u>[106]. » (p. 75)

Elle manque de s'incorporer à la lune, car elle veut se perdre dans la brume des nuits, monter jusqu'à la lune, et elle appelle cette Déesse « Mère ! » avec une majuscule, comme si elle l'assimilait à la Grande Mère des dieux. Conformément à cet hymen de Salammbô, nous pouvons penser que le

---

[104] Mario Praz, *op. cit.*, p. 262.
[105] *Ibid*.
[106] *Salammbô*, CHH, t. 2, p. 75. C'est nous qui soulignons.

miroir dans lequel se regarde Hérodiade de Mallarmé est comparable à la lune : lune immaculée, blanche, pure... Salammbô, qui a grandi dans « les purifications », « le corps saturé de parfums », comme Hérodiade sont deux vierges que nous pouvons assimiler à des sibylles de la lune. Comme nous l'avons dit plus haut, Mallarmé vénérait *Salammbô*, publié en 1862, deux ans avant le commencement de sa rédaction d'*Hérodiade*.[107] Nous retrouvons en outre le titre de ce roman oriental dans *A Rebours* d'Huysmans, œuvre dans laquelle Mallarmé, les *Salomé* de Gustave Moreau et Odilon Redon sont l'objet d'une admiration infinie de la part de Des Esseintes[108].

Dans l'*Ouverture ancienne* et la *Scène*, Hérodiade s'incorpore à la lune et l'existence de Jean reste ambiguë. Pourtant, après la publication d'*Hérodias* de Flaubert (1877), l'existence de Jean sera transfigurée en soleil, et comme nous l'avons mentionné, le thème du sacrifice et du soleil sera explicitement mis en scène dans *Les Noces d'Hérodiade*.

En effet, le plat sur lequel on va déposer la tête décapitée du saint apparaît dès le début du *Prélude* [I] :

Si..
    Génuflexion comme à l'éblouissant
    Nimbe là-bas très glorieux arrondissant
    En le manque du saint à la langue roidie   (p. 147)

Mallarmé évoque ici non seulement la forme d'« un plat » rond comme « l'éblouissant nimbe », mais aussi l'éblouissement de la lumière et la splendeur de l'or qui tire son origine du soleil dans le but de révéler le Principe glorieux de Dieu ainsi que de vénérer le saint qui achève son rôle de prophète. À l'opposé de la première version d'*Hérodiade*, cet éblouissement et la lumière éclaircissent la légitimité de son rôle, mettant en valeur la substance de la lumière comme soleil. La lumière et l'image du rond, « l'éblouissant nimbe », continuent à se confondre avec « le richissime orbe » du soleil couchant à la fin du *Prélude* [I]. Ce qui est frappant en comparaison avec l'utilisation du soleil symbolique dans *Hérodias* de Flaubert, c'est

---

[107] Cf. Lettre de Théodore Duret portant la date du 22 octobre 1886 (*Corr. de Stéphane Mallarmé*, t. III, p.69) Un de ses amis, Théodore Duret vénérait également ce roman carthaginois : « On publie ici simultanément deux traductions de *Salammbô*, dont une me semble excellente. Flaubert grandit d'une façon certaine et continue, c'est bien le moins. »
[108] J.-K. Huysmans, *op. cit.*, pp. 123-128, 133-134, 274-275.

qu'il s'agit ici du soleil couchant, tandis que chez Flaubert, c'est le soleil levant.

Dans le *Cantique de saint Jean*, ce symbolisme du soleil couchant s'intensifie, la tête de Jean étant assimilée à l'incandescence du soleil qui resplendit puis redescend :

> Le soleil que sa halte
> Surnaturelle exalte
> Aussitôt redescend
>   Incandescent   (p. 148)

Avec les termes « incandescent », « exalte », « surgie », le soleil se superpose avec la tête décapitée, car le moment de la décollation fait surgir la tête comme le soleil du solstice d'été, dans une sensation d'incandescence et d'exaltation. L'illumination est à l'intérieur et à l'extérieur du saint, parce qu'il est « illuminé », visionnaire, dans la splendeur et la lumière éblouissante du soleil.

Le thème du plat est encore présent dans le *Prélude* [III] : « le circonstanciel plat nu dans sa splendeur ». Le *Prélude* [III] se rattache aux *Préludes* [I] et [II], parce que le « psaume » que l'on entend dans le *Prélude* [III] désigne, comme le remarque Bertrand Marchal, le *Cantique de saint Jean*, *Prélude* [II], prédiction du dernier moment du saint par lui-même[109]. Nul doute que le *Cantique* soit une prédiction, étant placé avant la *Scène intermédiaire*, dans laquelle Hérodiade ordonne d'un ton impératif à sa nourrice la décapitation du saint : « Va pour la peine / Dût son ombre marcher le long du corridor / Me présenter ce chef tranché dans un plat d'or » (p. 150).

Nul doute aussi que le thème du soleil disparaisse dans le *Finale* [I] et [II], parce que le saint, assimilé au soleil, vient d'être décapité dans la *Scène intermédiaire* : si Hérodiade énonce le monologue devant la tête de Jean dans le *Finale* [I], c'est la nourrice qui tire le rideau sur la scène dans le *Finale* [II]. Malgré la différence des énonciateurs de chaque fragment, les termes du *Finale* [I] correspondent au *Cantique* : le « dur front pétrifié dont le captif sursaut tout à l'heure » renvoie à « ma tête surgie » ; « l'intérieure foudre » et « ses ténèbres » sont liés à « je sens s'éployer des ténèbres toutes dans un frisson à l'unisson ». De plus, il y a un parallélisme entre Hérodiade et le saint, semblable à celui que nous avons évoqué entre Salomé et le saint chez

---

[109] Mallarmé, *Œuvres complètes*, op. cit., p. 1227.

Flaubert : Jean avait senti « les anciens désaccords avec le corps », tandis qu'Hérodiade dénonce une « hésitation entre la chair et l'astre » ; ils sont tous deux des êtres déchirés entre la chair et la conscience.

On ne saurait s'étonner si le soleil prend une place tellement importante dans *Les Noces d'Hérodiade*. Avant même l'influence d'*Hérodias* de Flaubert, Mallarmé s'intéressait depuis longtemps à « la tragédie de la nature » où le soleil tient un rôle principal. En 1880, le poète a adapté une œuvre mythologique de George W. Cox, sous le titre *Les Dieux antiques*[110], dans lequel l'importance du soleil apparaît comme une idée essentielle qui « pourrait ordonner le groupe épars des dieux et des héros » :

> (...) *Nous parlons aujourd'hui du Soleil qui se couche et se lève avec la certitude de voir ce fait arriver : mais, eux, les peuples primitifs, n'en savaient pas assez pour être sûrs d'une telle régularité ; et quand venait le soir, ils disaient : « Notre ami le Soleil est mort, reviendra-t-il ? » Quand ils le revoyaient dans l'Est, ils se réjouissaient parce que l'astre rapportait avec lui et sa lumière et leur vie.*
>
> *Tel est, avec le changement des Saisons, la naissance de la Nature au printemps, sa plénitude estivale de vie et sa mort en automne, enfin sa disparition totale pendant l'hiver (phases qui correspondent au lever, à midi, au coucher, à la nuit), le grand et perpétuel sujet de la Mythologie : la double évolution solaire, quotidienne et annuelle*[111].

Toutefois, à la différence d'*Hérodias* de Flaubert, il semblerait que Mallarmé s'obstine toujours à rendre virtuelle l'existence de Jean : nous avons vu, dans la *Scène*, que l'existence du saint ne se vérifie que dans le pressentiment interrogatif de la nourrice sur le futur fiancé d'Hérodiade : « Viendra-t-il parfois ? » Bertrand Marchal affirme ainsi que le « si » initial place le *Prélude* [I] des *Noces* « sous le signe de la fiction[112]. » Les deux « si » renforcent en effet l'hypothèse et nient l'existence de la tête du saint. Dans le *Cantique de saint Jean*, la prépondérance du soleil et l'incandescence de la décollation sont essentielles, tandis que l'énonciation reste ambiguë, parce que Jean semble énoncer le moment décisif de sa décapitation avant qu'il soit mort. Il n'y a que la voix de Jean pour prouver son identité, et son

---

[110] Stéphane Mallarmé, *Les Dieux antiques*, *op. cit.*
[111] *Ibid.*, pp. 14-15.
[112] Mallarmé, *Œuvres complètes*, *op. cit.*, p. 1225.

existence reste toujours allusive. Pour résumer, dans *Hérodiade* de Mallarmé, la vie de saint Jean est toujours, sinon absente, du moins virtuelle et métaphorique.

D'où vient cette absence ? Nous pouvons convoquer ici l'esthétique mallarméenne de la nature. Si Mallarmé assimile Jean au soleil et Hérodiade à la lune, il nous faut également tenir compte du cycle diurne. Dans la nature, la lune ne peut s'illuminer que par la lueur du soleil. Hérodiade, assimilée à la lune, ne peut briller que par la vie et l'essence de Jean, assimilé au soleil. En fait, dans la *Scène*, on a constaté le scintillement des diamants et des étoiles d'Hérodiade, dont la lueur est celle de « la froideur éternelle », comme la lune qui brille dans les profondes ténèbres de l'espace. Mais, il semble que Mallarmé cherche dans les brouillons une nouvelle Hérodiade, qui, reflétant la vie du saint en elle-même, parvient à renaître. À la lueur du soleil, la blancheur de la lune fait son apparition : c'est la nudité de la lune, nudité d'Hérodiade. Aussi, est-ce toujours le moment du crépuscule : si au « moment d'évanouissement vespéral ou matinal — on ne saura jamais — elle jette la tête par la fenêtre — en le bassin », n'est-ce pas parce qu'elle n'a plus besoin du soleil sur la terre ? En d'autres termes, aussitôt que le soleil disparaît de la scène et qu'Hérodiade a pu ressusciter grâce au sang du Jean-soleil, la lune, déesse de la terre, apparaît. Rappelons le sens de la pose inversée de la danse flaubertienne, le saut renversé : l'inversion du Principe. Conformément à la nature cosmique, Jean et Hérodiade, les deux astres, ne s'attablent jamais à la table des *Noces*, ou à la table du sacrifice. Et nous remarquons dans un fragment qu'il reste seulement Hérodiade qui « danse un moment pour elle seule (...) pour la première fois yeux ouverts. »

Conclusion

À partir de l'expression « avec plus d'appareil scientifique », que nous trouvons dans la *Correspondance* de Flaubert, nous souhaitions, dans le processus de notre analyse de son testament littéraire, mettre en lumière un nouveau sens de cet « appareil » constitué par Flaubert qui est le premier écrivain à avoir dépeint la danse de Salomé. En révélant la structure diégétique de ce récit ainsi que la connotation qu'on peut relever dans l'utilisation des symboles pour la danse et la fête d'Hérode, nous avons remarqué qu'on peut interpréter le terme « appareil » non seulement dans le sens des « données scientifiques » que l'auteur avait annoncé, mais aussi dans le sens d'un « dispositif organique » aux multiples aspects.

Nous avons d'abord confronté la narration de Renan avec celle de Flaubert en ce qui concerne la décapitation de Iaokanann, étant donné que c'était à l'encontre de Renan que l'auteur avait dit qu'il souhaitait que « l'on traite ces matières-là avec plus d'appareil scientifique ». L'étude de l'utilisation par Flaubert des données concernant le thème des races nous a permis de constater l'importance de la question sous-jacente de la « sacrificature », lien profond entre les affaires politiques et celles de la religion dans le monde judéo-romain. Nous avons constaté que la question essentielle de l'identité d'Élie ainsi que celle du Messie est présentée sous l'apparence d'un discours qui reflète le pouvoir de chaque personnage et s'impose de plus en plus à travers des réseaux de questions ou de monologues, dans un mouvement concentrique vers l'ultime « décollation ». Ce dispositif du discours symbolique fonctionne comme un « appareil » et permet d'observer cette histoire de Iaokanann au niveau sentimental et politico-religieux.

Une fois révélé cet usage par Flaubert des données politiques et raciales, nous avons mis en question la raison pour laquelle l'auteur a intitulé ce récit de la mort de Iaokanann en adoptant le nom de la reine d'Hérode. Les artistes contemporains s'intéressaient à dépeindre le motif de Salomé, sujet à diverses interprétations. À l'opposé de la superposition et du mélange des caractères de la mère et de sa fille, que l'on remarque à travers l'évolution historique du mythe Hérodias-Salomé, Flaubert a bien distingué leurs caractères, suivant ainsi le récit biblique. Pourtant, dans la description de la mère, dans celle de la danse de sa fille et dans la description de la fête d'Hérode, nous avons remarqué d'innombrables points communs et la présence d'importants symboles — l'apparition d'Hérodias comme « Cybèle », la dernière pose de Salomé en « grand scarabée » et « l'arc-en-ciel », le « baptême de Mithra » et l'image des « sacrifices d'enfants » de « Moloch », le soleil levant — qui se rassemblent pour évoquer le rite sanglant du sacrifice et la résurrection ou la naissance d'un nouveau cycle. La disposition de ces images, issues de la documentation mythologique et archéologique, rende la scène visuelle, et transforme la narration en « appareil » symbolique.

À l'inverse des critiques symbolistes jusqu'ici, nous remarquons que le symbolisme flaubertien est construit selon un procédé plus scientifique, plus discret et plus rigoureux qui tisse un fil rattachant toutes ces images. Rappelons l'expression de Flaubert : « Les perles ne font pas le collier ; c'est le fil[1]. » Écrivain de logique, il était toujours conscient de son plan. « Tout dépend du plan[2] », disait-il en effet.

Contrairement à l'impression de Salomé extrêmement lascive et voluptueuse de fin de siècle, nous constatons que la description de Flaubert mêle le religieux, ce qui nous révèle non seulement le rôle authentique de Iaokanann, mais aussi le rôle médiateur et sibyllin de Salomé. Cette interprétation est confirmée par le parallélisme du rythme ternaire entre la parole de Iaokanann et la description de la danse de Salomé, les jumeaux contradictoires, et ce rythme s'insinue jusqu'au fond de l'écriture dans *Hérodias* et dans les *Trois Contes*. Ainsi, l'écriture fonctionne également comme un « appareil rythmique ».

« L'appareil » fonctionne surtout à travers les résonances des mots porteurs d'images visuelles. Rappelons que la vision s'impose dès le début de la rédaction, et P.-M. de Biasi signale : « Parallèlement à un travail presque abstrait sur le choix des mots, Flaubert a besoin de « voir », comme en rêve, ce qu'il veut évoquer : les tout premiers brouillons d'un texte flaubertien sont souvent organisés autour de micro-scénarios visuels qui se développent,

---

[1] *Corr.*, *deuxième série*, p. 362.
[2] *Ibid*.

parfois indépendamment les uns des autres, comme des noyaux d'images encore à peine verbalisées.[3] » Il ne faut pas oublier d'ailleurs que l'étude de l'avant-texte nous a montré l'importance des sonorités et de la vue dans la quête des symboles par l'auteur.

Enfin, « l'appareil » de l'écriture fonctionne comme une « machine théâtrale ». Pour renforcer l'image de l'autel pour le rite, l'auteur semble intentionnellement ou non situer « l'estrade » au milieu du festin, estrade sur laquelle Salomé, semblable à une sorcière, accule Antipas dans un espace clos babylonien et obtient la permission de la décapitation, sous la surveillance d'Hérodias dans la « tribune ». C'est encore P.-M. de Biasi qui a perspicacement discerné « la présence d'un modèle dramatique », mais dans d'autres aspects : « La relative abondance des dialogues (assez rares dans *Un Cœur simple* et presque absents dans *La Légende*), la brièveté des répliques, la cohésion des lieux (la forteresse), l'existence d'un problème tragique exposé très vite dans la narration (Jean-Baptiste sera-t-il ou non exécuté ?), l'entrée en scène réglée des différents personnages, donnent incontestablement l'impression que le récit est comme hanté par la tentation théâtrale[4]. » Kashiwagi Kayoko signale aussi l'importance de l'espace théâtral dans lequel vit une actrice et remarque que Salomé apparaît sur l'estrade tandis qu'Hérode et Hérodias se trouvent dans la salle de spectacle dans l'espace clos d'*Hérodias*[5]. Selon nous, ce qui est le plus théâtral réside dans le décor et dans l'agencement de la scène, vers où converge le thème ultime de la décollation de Iaokanann.

Comment a été bâti ce rite symbolique au niveau de l'écriture ? Quelle était la vision de l'auteur ? L'analyse de l'avant-texte nous révèle que cet « appareil » n'a pas été mis en œuvre au début. C'était Balac qui criait sur « l'estrade », au commencement de la rédaction. C'est après que l'auteur a établi la disposition du festin à l'incipit du chapitre III et après qu'il a choisi « l'estrade » comme lieu de la scène centrale de la danse, que Salomé remplace Balac pour occuper le haut de « l'estrade » : à mesure que Balac descend les trois gradins de « l'estrade », Salomé commence à monter ces

---

[3] *Trois Contes*, GF Flammarion, *op. cit.*, p. 33. Voir « l'Introduction » de P.-M. de Biasi.
[4] *Ibid.*, p. 36.
[5] Kayoko Kashiwagi, « Les contes allégoriques des espaces clos — de *Novembre* à *La Légende de Saint Julien l'Hospitalier* », in *Romantisme en France et notre temps*, Chikuma-shobô, 1991, pp. 148-162 (柏木加代子、「閉ざされた空間の寓話―『十一月』から『聖ジュリアン伝』へ」、『フランス・ロマン主義と現代』、筑摩書房).

gradins dans la réécriture. Autrement dit, Salomé qui était au début au-dessous de « l'estrade », s'approche de plus en plus d'Antipas jusqu'à se prosterner devant lui, et enfin se dévoile « au haut de l'estrade ». Apparemment, c'est un « autel symbolique » pour offrir la tête de Iaokanann, et cela dans le prolongement de la première idée esthétique de l'auteur, car nous retrouvons la remarque « une espèce de sanctuaire » au premier stade dans la rédaction des brouillons.

Toutes les études nous amènent ainsi à considérer « l'appareil » au sens le plus large du terme, au niveau du discours, des symboles, du rythme, de l'évocation, des connotations et enfin de la machine théâtrale. Suivant notre hypothèse énoncée dans l'Introduction, la signification de « l'appareil » prend après la lecture l'aspect d'un véritable « assemblage de pièces ou d'organes réunis en un tout[6] ». Vision, documentation, composition, tels sont les trois piliers qui sous-tendent l'écriture de Flaubert pendant la rédaction. Au sujet de l'Art et de la Beauté, Flaubert écrit au moment de la rédaction d'*Un Cœur simple* : « Dans la précision des assemblages, la rareté des éléments, le poli de la surface, l'harmonie de l'ensemble, n'y a-t-il pas une vertu intrinsèque, une espèce de force divine, quelque chose d'éternel comme un principe ? Ainsi pourquoi y a-t-il un rapport nécessaire entre le mot juste et le mot musical ? (...) La loi des nombres gouverne donc les sentiments et les images, et ce qui paraît être l'extérieur est tout bonnement le dedans[7]. » Cette déclaration du romancier sur la création littéraire nous révèle que la maturité de ses pensées prend un aspect symbolique dans ses dernières années.

Mais si Flaubert est le premier qui a décrit la danse de Salomé, quelle influence a-t-il exercé sur contemporains ? Pour mettre en relief l'originalité de Flaubert dans l'intertextualité contemporaine, nous avons essayé d'étudier *Salomés* de Gustave Moreau et *Hérodiade* de Stéphane Mallarmé en raison de leur parenté avec Flaubert. L'exposition des *Salomés* de Gustave Moreau coïncide avec le commencement de la rédaction *d'Hérodias*. Flaubert a pu être influencé par ces peintures. En effet, au-delà de la tête auréolée, Flaubert y a reconnu d'autres éléments : l'idole de la Diane d'Éphèse accompagnée de deux chronos au-dessus du trône d'Antipas dans *Salomé dansant devant Hérode* de Moreau ; dans le texte de Flaubert, Hérodias, semblable à une idole de Cybèle, domine et surveille toute la salle du

---

[6] Cf. *Grand Dictionnaire Universel du XIXe Siècle de Larousse, op. cit.*, p. 501.
[7] *Corr., septième série*, p. 294.

festin y compris « l'estrade ». La structure et le décor de la scène — ornement d'une mitre, Antipas comme idole, Salomé en tant que sibylle — sont similaires. Seulement, l'idole de la déesse de la lune chez Moreau est transposée dans la personnalité d'Hérodias elle-même incarnée en Cybèle, déesse chthonienne et lunaire, chez Flaubert.

Mais, il y a un grand décalage concernant l'identité du destinataire du sacrifice. En recourant au symbole du soleil, Flaubert fait apparaître la révélation divine à travers la parole de Iaokanann et la dernière pose de la danse de Salomé. Le rôle de la jeune fille se situe entre Hérodias et Iaokanann : étant un double d'Hérodias, incarnée en Cybèle, déesse de la lune, Salomé apparaît en même temps comme une jumelle de Iaokanann, symbolisé par le soleil, du fait qu'elle participe à la révélation de Dieu par sa danse symbolique, sans savoir qu'elle est en train d'offrir Iaokanann à Dieu. À la différence de cette dualité dans le caractère de Salomé chez Flaubert, Moreau semble avoir ajouté la sensualité de Diane d'Éphèse avec ses trois rangées de mamelles ainsi que la perversité des deux chronos que les contemporains ont souvent confondus avec Ahrimans. D'ailleurs, Moreau peint plusieurs sphinx, monstres féminins, énigmatiques et voluptueux dans la pénombre, transformant ainsi ce sanctuaire en abîme, lieu d'offrande à la femme. Ce qui est frappant, c'est que le destinataire du sacrifice est différent : chez Flaubert, il s'agit d'un dieu ; chez Moreau, c'est une femme.

Une vingtaine d'années plus tard, nous retrouvons cette dualité « Soleil-Lune » de Flaubert incarnée par la danse de Salomé dans *Les Noces d'Hérodiade* de Mallarmé. Tout au long de sa vie, le poète s'est intéressé à cette héroïne, et nous savons que l'*Ouverture ancienne* (1866) et la *Scène* (1871) sont remplies d'images de pierreries, de fleurs, et du miroir dans lequel se mire Hérodiade. Mallarmé a décrit Hérodiade uniquement comme une princesse lunaire, à la froideur éternelle. À *Hérodiade* complètement lunaire, Mallarmé a ajouté la tête de Iaokanann symbolisé par un soleil rayonnant dans *Les Noces*, que nous trouvons également dans le *Prélude* dont notamment le *Cantique de saint Jean* et dans le *Finale* des *Noces*. Mais il va plus loin : non seulement il oppose la tête solaire de Iaokanann à Hérodiade lunaire, mais aussi il crée dans ses brouillons une autre Hérodiade, qui s'asperge les cuisses du sang de saint comme le rite et commence à danser pour sa propre résurrection, dépassant ainsi le cadre de la lutte entre le Soleil et la Lune. Bien que Flaubert et Mallarmé représentent ces deux protagonistes sous le signe d'astres opposés, le premier utilise le soleil levant pour symboliser la résurrection et le second le soleil couchant pour la redescente de la tête et l'illumination. Sans le symbolisme mythique et lascif de Flaubert dans la description de la danse de Salomé, Mallarmé n'aurait pas fait de son Hérodiade la femme fatale de la fin de siècle. L'influence de Flaubert apparaît également dans le déroulement similaire de la danse, tel qu'il est décrit dans les fragments inachevés des *Noces d'Hérodiade*.

L'influence de Flaubert est aussi liée à Odilon Redon, qui offre à Mallarmé les albums lithographiques de *La Tentation de saint Antoine*, dans lesquels on retrouve deux tableaux de la tête de Jésus-Christ associée au disque du soleil et les déesses de la résurrection, à commencer par Cybèle, Isis. Ainsi, il semble que Redon a transmis à Mallarmé le thème de la résurrection, inspiré par *La Tentation* de Flaubert[8].

L'étude de l'intertextualité entre Hérodias-Salomé-Hérodiade confirme cette influence de Flaubert sur Gustave Moreau comme sur Stéphane Mallarmé qui vénéraient tous deux *La Tentation de saint Antoine* et *Salammbô*. Françoise Meltzer a raison de souligner l'influence circulaire entre Flaubert et Moreau, *Salammbô* ayant influencé Moreau qui, à son tour, a influencé le romancier pour *Hérodias*[9]. Cependant, elle ne fait que remarquer la similitude de la description de Salammbô avec les tableaux de *Salomé* de Moreau, sans poser la question de savoir quelle influence cette œuvre a précisément apportée au peintre. Mais la problématique est plus profonde : Salammbô est assimilée à une sibylle de la lune, aux antipodes de Mâtho symbolisé par le soleil[10]. À la fin du récit, celui-ci semble être sacrifié à Salammbô[11]. Ainsi, dès 1862, apparaissent dans *Salammbô* le point de départ du rite du sacrifice et le thème de l'offrande à la femme. Seulement, jusqu'à la fin, Salammbô n'a pas conscience de son sacrifice[12]. Paradoxalement, pendant la rédaction d'*Hérodias*, l'un des soucis de Flaubert fut de différencier ce conte de *Salammbô*, roman oriental[13].

Quant à l'influence de *La Tentation*, l'image du Christ dans le disque même du soleil dans la dernière scène a sûrement inspiré le peintre et le

---

[8] Cf. Jean Pierrot, *The Decadent imagination 1880-1900*, traduction en anglais par Derek Coltman, The University of Chicago Press, 1981, p. 42. Jean Pierrot remarque aussi l'influence des œuvres de Flaubert sur les tableaux de Moreau et de Redon.
[9] Françoise Meltzer, *op. cit.*, pp. 13-46.
[10] Ildikó Lőrinszky, *op. cit.*, pp. 350-374.
[11] Sur le sacrifice dans *Salammbô*, Lőrinszky montre que non seulement Mâtho mais aussi Salammbô « se sentent voués à l'autel du sacrifice ». *Ibid.*, p. 350.
[12] Cf. Aôyagui Izumiko, *op. cit.*, p. 156. Aôyagui souligne que Salammbô devient folle de Mâtho au moment où elle va perdre son amant.
[13] *Corr.*, septième série, p. 386.

poète. Si Flaubert a renoncé à décrire la tête décapitée superposée avec le disque du soleil levant dans la dernière scène, il semble qu'il a évité de l'image auréolée de la tête de *L'Apparition* de Moreau, présentée au Salon de 1876. Mais Flaubert avait déjà décrit cette image impressionnante de la tête du Christ superposée avec le disque solaire dans *La Tentation de saint Antoine* de 1874. C'est donc plutôt Moreau qui en aurait été influencé. Raymonde Debray-Genette a bien remarqué ce « cycle solaire » et la similitude avec le *Cantique de saint Jean* de Mallarmé, signalant l'influence de G. Cox et Max Müller comme une source commune de leur inspiration[14]. Néanmoins, elle ne semble pas voir le sens sous-jacent de ce mythe solaire qui évoque la résurrection accompagnée du rite du sacrifice. D'ailleurs, elle signale que cette image n'est pas encore institutionnalisée comme symbole : « Cette quasi-identification relève à la fois de l'*icône* (similitude de forme spatiale) et de l'*indice* (contiguïté spatiale), mais non pas encore du *symbole* au sens peircien des termes : rien ne l'institutionnalise[15]. » L'influence romantique et orientale de *Salammbô* et de *La Tentation de saint Antoine* sur le symbolisme est essentielle : on trouve l'éloge de ces deux œuvres de Flaubert dans *À Rebours* de Huysmans, œuvre-phare de la fin de siècle, et leur reflet dans les *Salomés* de Gustave Moreau et Odilon Redon[16]. On peut ainsi considérer *Hérodias*, conte symbolique, comme le point de départ du symbolisme. Signalant d'autre part l'apparition éphémère des héroïnes flaubertiennes comme Reine de Saba ou Salomé, Kashiwagi Kayoko remarque la relation de l'art de Flaubert et le symbolisme : « Elles n'entrent en scène que subitement et on ne sait d'où elles viennent et où elles vont. Ce « collage » narratif relie l'art de Flaubert et la tendance des beaux-arts après 1870 qui recherche la vérité par delà les réalités[17]. »

---

[14] Raymonde Debray-Genette, *Métamorphoses du récit, op. cit.*, p. 202.
[15] *Ibid*.
[16] Voir J.-K. Huysmans, *A Rebours, op. cit.*, pp. 133-135 et p. 256. Jean Pierrot remarque aussi l'influence de *Salammbô*, des *Trois Contes* et de *La Tentation de saint Antoine* sur le thème de la femme fatale : « First and foremost, the decadents found in his work what was perhaps their most favored theme of all, that of the femme fatale, whose cold and lascivious beauty lures men to their doom : the mysterious Queen of Sheba or the magical Ennoia in *La Tentation* ; Salammbô eternally haunting Mâtho's dreams, an oblivious spectator at his execution, for which she was responsible ; and lastly, in *Hérodias*, the princess Salomé innately and innocently perverse, demanding and receiving the Baptist's head from Herod the tetrarch as the price of her dance. » (*The Decadent imagination 1880-1900, op. cit.*, p. 38)
[17] Cf. Kashiwagi Kayoko, *op. cit.*, pp. 180-181.

On dit souvent que Heine a introduit le thème de l'amour dans l'histoire d'Hérodias-Salomé. Mais il ne faut pas oublier que Stendhal fut l'un des premiers, avec *Le Rouge et le Noir* (1830), à présenter son héroïne, Mathilde, voulant recevoir la tête de son amant pour la baiser à la dernière scène, à l'instar de la reine Marguerite de Navarre, qui voulut recevoir la tête de son amant pour l'enterrer elle-même[18]. L'un des tableaux préférés de Stendhal était *Salomé* de Luini, mais il se trompa en l'appelant « *Hérodiade* de Da Vinci[19] ». Ainsi, dès 1830[20], Hérodiade et Salomé sont confondues. Une soixantaine d'années après Stendhal, Oscar Wilde écrit sa pièce intitulée *Salomé* (1893). L'arrogance de la mère associée à la danse enchanteuse de la fille avec la tête décapitée aboutiront enfin à l'image de la femme fatale à la fin du XIXe siècle.

Si l'on retrouve encore le thème du sacrifice à la déesse de la lune dans *Salomé* d'Oscar Wilde, faut-il en conclure qu'il y a une parfaite transposition du mythe du sacrifice flaubertien, mythe de Cybèle? Même si elle ne démontre pas suffisamment le lien entre le culte de Cybèle et *Salomé* de

---

[18] Cf. Stendhal, *Le Rouge et le Noir, Chronique du XIXe siècle*, II, révision du texte et préface par Henri Martineau, Le Divan, 1927, pp. 493-495.

[19] Cf. F.C.St. Aubyn, « Stendhal and Salomé », in *Stanford French Review*, Stanford, 1980, pp. 395-404. Rapportant l'impression de Stendhal vis-à-vis d'« *Hérodiade* de Da Vinchi » exprimée dans ses romans et dans *Idées italiennes sur quelques tableaux célèbres*, Aubyn écrit sur les portraits de Salomé vénérés par Stendhal : « We now think that the portraits to which he referred were those by Bernardino Luini. Stendhal himself noted in *Idées italiennes* that where Leonardo's "subtlety of expression" was concerned the only one who could come near him was "his student Luini". Whether the portraits were by da Vinci or Luini makes no difference to us today. What is interesting is Stendhal's profound infatuation over more than a quarter of a century with a portrait, or portraits, of Salome that provided his imagination with details of character and plot that, at least in a minor but unusual way, helped him create great novels. » (p. 404). Cf. Stendhal, *La Chartreuse de Parme*, II, *op. cit.*, 1932, p. 53. Voir aussi Matsubara Masanori, *L'Anatomie du Rouge et le Noir*, Asahi sensho, 447, 1992, pp. 159-184, « VII. La femme hantée par la tête de son amant — L'ombre de Marguerite de Navarre » (松原雅典, 『赤と黒の解剖学』, 朝日選書:「恋人の首にとり憑かれた女—マルグリット・ド・ナヴァールの影」):『スタンダールの首のイメージへの執着についてつけ加えれば、彼の最も好んだ絵の一つにルイーニの『サロメ』がある。スタンダールは誤ってダ・ヴィンチの『ヘロディアス』と呼んでいたが、恋人マチルデ・デンボウスキー(スタンダールはメチルドと呼んでいた)の面影をとどめるものとして引用して以来、ロンバルディア美人の典型を示すものとしてたびたび語っている。『パルムの僧院』の中でも、デル・ドンゴ侯爵夫人、サン・セヴェリーナ公爵夫人の美しさを、このサロメになぞらえている(スタンダールは「ヘロディアス」と呼んでいる)のはよく知られている。』(p. 184)

Wilde, Imura Kimié discerne justement la caractéristique de la danse sibylline au moment de la sacrificature du saint, et assimile Salomé à Cybèle[21]. Mais selon elle, cette référence au culte de Cybèle provient de la lecture possible par Wilde de James Frazer[22]. Cependant, étant donné que Wilde adorait les œuvres de Flaubert et qu'il connaissait Mallarmé, nous pouvons faire l'hypothèse d'une influence de Flaubert sur Wilde[23]. Effectivement, Wilde a déclaré à plusieurs reprises son admiration pour Flaubert : « Yes ! Flaubert is my master, and when I get on with my translation of the *Tentation* I shall be Flaubert II, *Roi par grâce de Dieu*, and I hope something else beyond[24]. » Ce qui est frappant, c'est Hérodias qui est appelée « fille de Babylone » par Iaokanann chez Flaubert, tandis que chez Wilde, c'est Salomé qui est appelée ainsi. Wilde a certainement été influencé par *Hérodias*

---

[20] Voir F. C. St. Aubyn, *op. cit.*, p. 401. Dans *La Chartreuse de Parme*, Fabrice remarque la beauté lombarde de Clélia : « (...) elle ne ressemblait en aucune façon aux têtes de statues grecques. La duchesse avait au contraire un peu trop de la beauté *connue* de l'idéal, et sa tête vraiment lombarde rappelait le sourire voluptueux et la tendre mélancolie des belles Hérodiades de Léonard de Vinci. » (*op. cit.*, p. 53). D'autre part, Aubyn relève deux éléments qui s'opposent dans le caractère de la Salomé de Stendhal : « Nevertheless, whichever two heroines Stendhal may have intended in the end, they are compared to Salome—one for her « grace », the other for « the horror » of her action. The situation becomes even more overt and important in Stendhal's seconde novel. » (*ibid.*, p. 401) ; « Mathilde may have been emulating the legend of Queen Marguerite but her preoccupation with the severed head would seem to make her, in modern literature, the first avatar of Salome and precursor for Wilde's heroine, over sixty years later, who actually kissed the head. » (*ibid.*, p. 399)

[21] Voir Imura Kimié, « Salomé — le mythe de la lune », *Eureka*, 1980, pp. 110-118, et p. 112 (井村君江、「サロメ：月の神話」、『ユリイカ』).

[22] *Ibid.*, p. 114. Cf. James George Frazer, *The Golden Bough, A study in magic and religion*, Macmillan and Co., Limited, St. Martin's Street, 1950. Voir le chapitre XXXIV.

[23] On sait qu'Oscar Wilde adorait les livres de Flaubert et qu'il demanda qu'on lui apporte en prison *La Tentation de saint Antoine*, *Trois Contes* et *Salammbô* (Cf. *The Letters of Oscar Wilde*, edited by Rupert Hart-Davis, 1962, p. 522). Il semble bien que Wilde avait l'intention de concurrencer Flaubert et Mallarmé. Cf. Kudo Yoko, *op. cit.*, p. 9 : 『しかしワイルドがフローベールの向こうを張って『サロメ』を書きあげたらしいことは、「なにしろ文学においては、父親は殺さなければいけないからね」という彼一流の警句からも推測されるのであり、あえて外国語であるフランス語で戯曲を書いたことにも、相応の理由があったろうと思われる。』Les rapports entre *Salomé* de Wilde et *Hérodiade* de Mallarmé posent aussi une question très délicate. Voir aussi Sylviane Huot, *op. cit.*, pp. 194-202 ; Lewis Broad, *The Truth about Oscar Wilde*, An Arrow Book, pp. 104-108.

[24] *The Letters of Oscar Wilde*, *op. cit.*, p. 233. Voir la lettre à W.E. Henley de décembre 1888.

et *Salammbô* de Flaubert, mais aussi par les *Salomés* de Moreau et *Hérodiade* de Mallarmé. Mais cette intertextualité entre Wilde et Flaubert, ou d'autres artistes, mériterait à elle seule une étude à part entière.

De la première représentation littéraire de la danse de Salomé par Flaubert jusqu'à l'archétype de la femme fatale de la fin de siècle, la figure de Salomé a sans doute évolué d'un enfant candide fidèle à sa mère à une vierge qui a connu l'amour et la volupté et ose baiser une tête coupée. *Hérodias* de Flaubert inaugure le substratum du caractère littéraire de la femme fatale dans le domaine littéraire :

1) Il s'agit de l'élément enchanteur et babylonien et la danse teintée du caractère sibyllin avec les regards saisissants et énigmatiques du sphinx provenant du souvenir de Flaubert ; l'image du sphinx disparaît de la première scène au cours de la rédaction flaubertienne, mais les regards impressionnants de la femme fatale se retrouvent chez Gustave Moreau, Oscar Wilde et Mallarmé, eux aussi très attirés par l'image du sphinx[25].

2) L'incarnation d'Hérodias en Cybèle demandant le rite du sacrifice a eu une grande intertextualité esthétique avec les artistes postérieurs : Moreau, mais aussi Mallarmé qui décrit Hérodiade comme

---

[25] Wilde a écrit *The Sphinx* en 1894. Lewis Broad remarque ainsi un rapport étroit entre « le sphinx » et « Salomé ». (*The Truth about Oscar Wilde, op. cit.*, p. 107) D'autre part, Mallarmé note l'origine du mot « sphinx » dans *Les Dieux antiques* : « Le Sphinx est une créature qui emprisonne la pluie dans les nuages et, de cette façon, cause une sécheresse ; et, son nom signifiant « qui attache ferme » (du mot grec *sphingo*), cet être, en conséquence, répond exactement à Ahi, ou Échidna, le serpent étouffeur des ténèbres. Longtemps la notion en apparut comme importée d'Égypte, et « sphinx » passa même pour un mot égyptien : explication erronée des âges postérieurs. Les Grecs avaient l'idée et le nom du Sphinx (qu'on appelait aussi Phix, d'un mot apparenté au latin *figo*, fixer), cela des siècles avant que l'Égypte fût ouverte aux marchands et aux voyageurs helléniques. Le Sphinx grec a la tête d'une femme avec le corps d'une bête, les griffes d'un lion, les ailes d'un oiseau et une queue de serpent, et il peut être représenté dans toute attitude. Seulement, quand les Grecs vinrent en Égypte et trouvèrent des figures présentant la tête d'une femme unie au corps d'un lion, ils les appelèrent du même nom et s'imaginèrent dans la suite tenir l'idée même des Égyptiens. La notion de l'énigme du Sphinx fut suggérée par le murmure et le grondement du tonnerre, que les hommes ne peuvent pas comprendre. Œdipe, lui, devait les comprendre, parce qu'il tient de Phoïbos, le dieu de la lumière, cette sagesse qu'Hermès chercha aussi à obtenir. » (pp. 177-178)

Conclusion

une sibylle lunaire, lorsqu'elle exécute son ballet devant la tête décapitée dans *Les Noces d'Hérodiade*. Déesse chthonien de la Lune et dévoreuse du sang sera un des éléments fondamentaux de la femme fatale. Ajoutons que l'élément lunaire est poussé à l'extrême chez Wilde, qui va jusqu'à comparer la blancheur du corps du prophète à la virginité de la lune[26].

3) La danse du « grand scarabée » et le soleil levant à la dernière scène d'*Hérodias*, correspondent à l'énergie solaire de Iaokanann, opposé à Hérodias, incarnée en déesse de la Lune. Mais cet antagonisme disparaît chez Moreau et Wilde et nous ne trouvons que la Lune comme le seul et unique symbole de Salomé.

« Le temps est passé du Beau. L'humanité, quitte à y revenir, n'en a que faire pour le quart d'heure. Plus il ira, plus l'Art sera scientifique, de même que la science deviendra artistique. Tous deux se rejoindront au sommet après s'être séparés à la base. Aucune pensée humaine ne peut prévoir maintenant à quels éblouissants soleils psychiques écloreront les œuvres de l'avenir[27] », écrit Flaubert. C'est par une fusion de la science et de l'art, à travers « l'appareil scientifique », documentation et procédé, qu'il est parvenu à une esthétique du symbolisme pour représenter le mythe de Salomé. À partir de cet « appareil scientifique », le rite du sacrifice du saint vis-à-vis de la reine incarnée en Cybèle se transformera, à travers la deuxième moitié du XIXe siècle, en celui du sacrifice d'un homme vis-à-vis d'une femme fatale. C'est aussi le moment où le Principe féminin de la Lune, dominant le Principe mâle du Soleil, se lève sur la scène de la fin de siècle.

---

[26] Cf. Wilde, *Salomé, op. cit.*, p. 63 et 77. « Elle a la beauté d'une vierge... Oui, elle est vierge. Elle ne s'est jamais souillée » ; « Je suis sûre qu'il est chaste, autant que la lune. Il ressemble à un rayon d'argent. »
[27] *Corr., deuxième série*, pp. 395-396.

Les Symboles du rite de sacrifice : Hérodias-Salomé-Iaokanann

	Hérodias	Salomé	Iaokanann	Le rite du sacrifice
Moreau	À l'arrière-plan	Lunaire : la mitre	La tête surgie	Sphinx, la mitre, sanctuaire Arthémis d'Éphèse, les Ahrimans Un présentoir du sacrifice
Flaubert	Lunaire : Cybèle, Sacrificatrice : La mitre assyrienne Fille de Babylone	Danse avant la décollation sibylline Résurrection scarabée, arc-en-ciel voile	Solaire	Estrade comme autel de sacrifice Mithra [mitra], la mitre le manteau du Grand-Prêtre connotation du taurobole
Mallarmé *O.A./Scène*		Hérodiade lunaire Astre, Immortelle	Occulté	tour sacrificatrice L'eau des bassins
Les Noces		Lunaire : l'astre, lys	Solaire: éblouissant nimbe, la tête surgie	Le bassin (plat), assassin L'inexplicable sang déshonorant le lys (*fragments*) Chair de s'offrir en festin
Wilde	La mitre noire	Lunaire : Arthémis Fille de Babylone	Indication scénique (danse de sept voiles), sibylline Danse dans le sang Danse avant la décollation mais après la promesse	lunaire	Le sacrifice des vierges Nécessité du sang : la mort d'un homme, La lune sanglante Le manteau du Grand-Prêtre

La chronologie de l'intertextualité autour d'*Hérodias*

Oscar Wilde	Gustave Moreau	Gustave Flaubert	Odilon Redon	Stéphane Mallarmé
	1864 *Œdipe et le Sphinx* 1866 *Orphée*	1862 *Salammbô* 1869 *L'Éducation sentimentale* 1872 reprise de *Bouvard et Pécuchet* 1874 *La Tentation de saint Antoine* (3ᵉ édition) 1876.4~1877.4 rédaction d'*Hérodias* 1877.4 *Trois Contes*		1866 *Les Fleurs* 1866-98 *Ouverture ancienne* 1871 *Une Étude scénique* 1871 plan de traduction d'*A Manual of Mythology* 1876 préface à *Vathek* 1880 *Les Dieux antiques* 1886 projet de compléter *Hérodias*
	1876.4 *Salomé* *L'Apparition* au Salon		1877 *Tête de martyr* 1888 *Tentation de Saint-Antoine* 1889 *A Gustave Flaubert*	
1891 rédaction de *Salomé* 1893 publication de *Salomé*			1896 *Tentation de Saint-Antoine*	1894 note bibliographique 1896 un schéma tripartite 1898 reprise d'*Hérodiade*, abandon d'*Ouverture*

Bibliographie

Cette bibliographie n'est pas exhaustive. Elle contient cependant la liste des textes dont la lecture nous a paru importante en ce qui concerne notre analyse d'*Hérodias*.

I. Ouvrages de Gustave Flaubert

a) Éditions des *Trois Contes*

Édition de Pierre-Marc de Biasi, Librairie Générale Française, Le Livre de Poche classique, Librairie Générale Française, Paris, 1999.
Édition de Pierre-Marc de Biasi, GF Flammarion, Flammarion, Paris, 1986.
Édition des *Trois Contes*, texte intégral + dossier réalisé par Marie Basuyaux, lecture d'image par Valérie Lagier, Folio plus, Édition Gallimard, Paris, 2003.
Édition de Peter Michael Wetherill, texte du dernier manuscrit autographe, Classiques Garnier, Bordas, Paris, 1988.
Édition de Pierre-Louis Rey, préface et commentaires de Pierre-Louis Rey, Collection dirigée par Claude Aziza, Presses pocket, Paris, 1989.
Édition du Club de l'Honnête Homme, *Œuvres complètes de Gustave Flaubert*, t. 4, Paris, 1972.
Édition d'Édouard Maynial, édition illustrée, Garnier Frères, Paris, 1961.
Édition de René Dumesnil, Société Les Belles Lettres, Paris, 1957.
Édition Conard, *Œuvres complètes de Gustave Flaubert, Trois Contes*, Paris, 1928.
Édition du Centenaire, *Œuvres complètes illustrées de Gustave Flaubert, Trois Contes*, illustrations de René Piot, Antoine, Bourdelle, et de Félix Vallotton, Librairie de France, F. Sant'Andrea et L. Marcerou, Paris, 1924.
Édition de G. Charpentier, deuxième édition, Paris, 1877.

Édition des grands classiques nathan, Nathan, Paris, 1990.

b) Éditions d'*Hérodias*

Postface par Julien Cendres, Éditions Mille et une nuits, Paris, 2000.
Édition présentée, annotée et expliquée par Daniel Couty, Librairie Larousse, Paris, 1990.
Société normande du livre illustré, Krol, Paris, 1962.
Illustrations de onze eaux-fortes originales dessinées et gravées par William Walcot, Les Éditions d'Art DEVAMBEZ, Paris, 1928.
Illustrations de Raphael Freida, A. Plicque & Cie, Paris, 1926.
20 compositions dessinées et gravées par Gaston Bussière, Librairie des Amateurs, A. Ferroud, Paris, 1913.
Compositions de Georges Rochegrosse gravées à l'eau-forte par Champollion, préface par Anatole France, Librairie des Amateurs, A. Ferroud, Paris, 1892.

c) D'autres œuvres de Flaubert

« Le Mémento mythologique de Flaubert pour *La Tentation de saint Antoine* », « Scénarios des *Trois Contes* », « Scénarios et Documentation de Flaubert pour les *Trois Contes* », *Œuvres complètes de Gustave Flaubert*, tome 4, Club de l'Honnête Homme, Paris, 1972.
Salammbô, *Œuvres complètes de Gustave Flaubert*, t. 2, Club de l'Honnête Homme, Paris, 1971.
L'Éducation sentimentale, édition établie et présentée par Claudine Gothot-Mersch, Flammarion, Paris, 1985.
La Tentation de saint Antoine, version de 1876, *Œuvres complètes de Gustave Flaubert*, t. 4, Club de l'Honnête Homme, Paris, 1972.
La Tentation de saint Antoine, version de 1849 et 1856, *Œuvres complètes de Gustave Flaubert*, t. 9, Club de l'Honnête Homme, Paris, 1972.
Œuvres de jeunesse, *Œuvres complètes*, I, Bibliothèque de la Pléiade, édition présentée, établie et annotée par Claudine Gothot-Mersch et Guy Sagnes, Gallimard, 2001.
Voyages, t. II, René Dumesnil, Société Les Belles Lettres, 1948.
Voyages et carnets de voyages, *Œuvres complètes de Gustave Flaubert*, t. 10, Club de l'Honnête Homme, Paris, 1973.
Voyage en Orient, *Œuvres complètes*, II, l'Intégrale, Éditions du Seuil, 1964,

pp. 549-705.

d) *Correspondance*

Correspondance, première série (1830-1846), Œuvres complètes de Gustave Flaubert, Paris, Conard, 1926.

Correspondance, deuxième série (1847-1852), Œuvres complètes de Gustave Flaubert, Paris, Conard, 1926.

Correspondance, troisième série (1852-1854), Œuvres complètes de Gustave Flaubert, Paris, Conard, 1927.

Correspondance, quatrième série (1854-1861), Œuvres complètes de Gustave Flaubert, Paris, Conard, 1927.

Correspondance, cinquième série (1862-1868), Œuvres complètes de Gustave Flaubert, Paris, Conard, 1929.

Correspondance, sixième série (1869-1872), Œuvres complètes de Gustave Flaubert, Paris, Conard, 1930.

Correspondance, septième série (1873-1876), Œuvres complètes de Gustave Flaubert, Paris, Conard, 1930.

Correspondance, huitième série (1877-1880), Œuvres complètes de Gustave Flaubert, Paris, Conard, 1930.

Correspondance, neuvième série (1880), Index analytique, Œuvres complètes de Gustave Flaubert, Paris, Conard, 1933.

Correspondance, supplément (1830-1863), recueillie, classée et annotée par MM. René Dumesnil, Jean Pommier et Claude Digeon, Paris, Conard, 1954.

Correspondance, supplément (1864-1871), recueillie, classée et annotée par MM. René Dumesnil, Jean Pommier et Claude Digeon, Paris, Conard, 1954.

Correspondance, supplément (1872-1877), recueillie, classée et annotée par MM. René Dumesnil, Jean Pommier et Claude Digeon, Paris, Conard, 1954.

Correspondance, supplément (1877-1880), recueillie, classée et annotée par MM. René Dumesnil, Jean Pommier et Claude Digeon, Paris, Conard, 1954.

Correspondance, I, (janvier 1830-juin 1851), édition établie, présentée et annotée par Jean Bruneau, Bibliothèque de la Pléiade, Gallimard, 1973.

Correspondance, II, (juillet 1851-décembre 1858), édition établie, présentée et annotée par Jean Bruneau, Bibliothèque de la Pléiade, Gallimard, 1980.

Correspondance, III, *(janvier 1859–décembre 1868)*, édition établie, présentée et annotée par Jean Bruneau, Bibliothèque de la Pléiade, Gallimard, 1991.

Correspondance, IV, *(janvier 1869–décembre 1875)*, édition établie, présentée et annotée par Jean Bruneau, Bibliothèque de la Pléiade, Gallimard, 1998.

Correspondance, Œuvres complètes de Gustave Flaubert, t. 15, Club de l'Honnête Homme, Paris, 1975.

e) Manuscrits — scénarios, brouillons, notes de lecture

Hérodias, *Corpus Flaubertianum II*, t. I, édition diplomatique et génétique des manuscrits par Giovanni BONACCORSO et collaborateurs, Paris, Nizet, Sicania. 1991.

Hérodias, *Corpus Flaubertianum II*, t. II, édition diplomatique et génétique des manuscrits par Giovanni BONACCORSO et collaborateurs, Paris, Nizet, Sicania, 1995.

Gustave Flaubert — Carnets de Travail, édition de P.-M. de Biasi, Balland, Paris, 1988.

Mémento mythologique de Flaubert pour La Tentation de saint Antoine, n.a.f. 23671 f° 175 v° ; f° 177 v° ; f° 178 r°.

Trois Contes, Bibliothèque Nationale, Paris, Mss, n.a.f. 23663 (1-2).

Voyage en Égypte, édition intégrale du manuscrit original établie et présentée par Pierre-Marc de Biasi, Bernard Grasset, Paris, 1991.

II. Ouvrages et articles consacrés à Gustave Flaubert

a) Études sur les *Trois Contes*

BALDICK, Robert, « L'Introduction » of *Three Tales : Gustave Flaubert*, Baltimore, 1961.

BART, Benjamin F., « The moral of Flaubert's *Saint-Julien* », *The Romanic Review*, February 1947, pp. 23-33.

— « D'où vient "Saint Julien"? », *Langages de Flaubert*, Actes du Colloque de London, 1973, pp. 77-94.

BECK, William J., « Flaubert's tripartite concept of history and *Trois Contes* », *CLA Journal*, XXI, 1977, pp. 74-78.

BELLEMIN-NOËL, Jean, *Le quatrième conte de Gustave Flaubert*, Presses Universitaires de France, Paris, 1990.

BERG, William J., « Displacement and Reversal in *Saint Julian* », *Saint/Œdipus. Psychocritical approaches to Flaubert's art*, Ithaca and London Cornell U.P., 1982.

BERTRAND, Marc, « Parole et silence dans les *Trois Contes* de Flaubert », *Stanford French Review*, I, n° 2, Fall 1977, pp. 191-203.

BIASI, Pierre-Marc de, « Un conte à l'orientale. La tentation de l'Orient dans *La Légende de saint Julien l'Hospitalier* », *Romantisme*, n° 34, 1981, pp. 47-66.

— « Le palimpseste hagiographique. l'apparition ludique des sources édifiantes dans la rédaction de *La Légende de saint Julien l'Hospitalier* », *Flaubert* n° 2, 1985, pp. 69-124.

BLÜHER, Karl, « Ironie textuelle et intertextuelle dans les *Trois Contes* de Flaubert », *Gustave Flaubert. Procédés narratifs et fondements épistémologiques*, GunterNarr Verlag, Tübingen, 1987, pp. 173-202.

BONACCORSO, Giovanni, « Science et fiction : le traitement des notes d'*Hérodias* », *Flaubert, l'Autre : pour Jean Bruneau*, Presses Universitaires de Lyon, Lyon, 1989, pp. 85-94.

— « L'influence de l'Orient dans les *Trois Contes* », Les Amis de Flaubert, n° 50, mai 1977, pp. 9-21.

BOWMAN, Frank Paul, « Symbole et désymbolisation », *Romantisme*, n° 50, 1985, pp. 53-59.

BURNS, C. A., « The manuscripts of Flaubert's *Trois Contes* », *French Studies*, vol. 8, october 1954, n° 4, pp. 297-325.

CANNON, Joyce H., « Flaubert's documentation for *Hérodias* », *French Studies*, vol. 14, 1960, pp. 325-339.

CURRY, Corrada Biazzo, *Description and Meaning in Three Novels by Gustave Flaubert*, Peter Lang Publishing, 1997.

DAUNAIS, Isabelle, « *Trois Contes* ou la tentation du roman », *Poétique*, n° 114, avril 1998, pp. 171-183.

DARIOSECQ, Luc, « A propos de Loulou », *French Review*, February 1958, pp. 322-324.

DEBRAY-GENETTE, Raymonde, *Métamorphoses du récit, Autour de Flaubert*, Collection Poétique, Éditions du Seuil, Paris, 1988.

— « Les Débauches apographiques de Flaubert (l'avant-texte documentaire du festin d'*Hérodias*) », *Romans d'Archives*, Presses Universitaires de Lille, 1987, pp. 39-77.

— « La technique romanesque de Flaubert dans « *Un Cœur Simple*, Étude de Genèse », *Langages de Flaubert*, Actes du Colloque de London, 1973,

pp. 95-114.

— « Du mode narratif dans les *Trois Contes* », *Littérature*, n° 2, 1971, pp. 39-62.

DESPORTES, Matthieu, « *Hérodias* ou comment faire un cinquième évangile », *La Bibliothèque de Flaubert*, sous la direction de Yvan Leclerc, Publications de l'Université de Rouen, 2001.

DONZERE, Paul, « Trois Contes », *Nouvelliste de Rouen*, 5 mai 1877.

DUCKWORTH, Colin, « Flaubert and the *Legend of St Julian* : a non-exclusive view of sources », *French Studies*, vol. 22, 1968, pp. 107-113.

DRWESKA, Hedwige, « Quelques interprétations de la légende de Salomé dans les littératures contemporaines », thèse présentée à la faculté de Montpellier, Montpellier, Imprimerie Firmin et Montane, 1912.

FAIRLIE, Alison, « La contradiction créatrice. Quelques remarques sur la genèse d'*Un Cœur simple* », *Essais sur Flaubert*, éd., CARLUT Charles, Nizet, Paris, 1979, pp. 203-232.

FANJAT, « Hérodias », *Revue de Paris*, vol. 11/03/98, 1855, pp. 33-58 ; 225-233.

FRØLICH, Juliette, « Battements d'un simple cœur. Stéréographie et sonorisation dans *Un Cœur simple* de Flaubert », *Littérature*, mai 1982, n° 46, pp. 28-40.

GENETTE, Gérard, « Démotivation in *Hérodias* », *Flaubert and postmodernism*, University of Nebraska Press, Lincoln and London, 1984, pp. 192-201.

GRANDMOUGIN, Charles, « Bibliographie. *Trois Contes* », *La Vie littéraire*, 18 octobre 1877.

HANOULLE, Marie-Julie, « Quelques manifestations du discours dans *Trois Contes* », *Poétique*, n° 9, 1972, pp. 41-43.

HASUMI, Shiguéhiko, « Modalité corrélative de narration et de thématique dans les *Trois Contes* de Flaubert », *Études de Langue et Littérature Françaises*, XXI, n° 4, Université de Tokyo, 1973, pp. 35-79.

HOUSSAYE, Henry, « Variétés. *Trois Contes* par M. Gustave Flaubert », *Journal des débats*, 21 juillet 1877.

HUMPHRIES, Jefferson, « Flaubert's parrot and Huysmans's cricket : the decadence of realism and the realism of decadence », *Stanford French Review*, XI, n° 3, 1987, pp. 323-330.

ISRAEL-PELLETIER, Aimée, *Flaubert's straight and suspect saints, The unity of trois contes*, John Benjamins Publishing Company, Amsterdam / Philadelphia, 1991.

ISSACHAROFF, Michael, « *Hérodias* et la symbolique combinatoire des *Trois*

Contes », *Langages de Flaubert*, Actes du Colloque de Londres (Canada), Lettres modernes, Minard, 1976, pp. 53-76.

JAMESON, Fredric, « Flaubert's libidinal historicism : *Trois Contes* », *Flaubert and Postmodernism*, Lincoln and London, University of Nebraska Press, 1984, pp. 192-201.

JASINSKI, René, « Sur le *Saint Julien l'Hospitalier* de Flaubert », *Revue d'Histoire de la philosophie*, 10 avril 1935, pp. 156-172.

JOHANSEN, Svend, « Écriture et fiction dans *Saint Julien l'Hospitalier* », *Revue Romane*, 1968, pp. 30-51.

— « Écriture d'*Un Cœur simple* », *Revue Romane*, 1968, pp. 108-120

KASHIWAGI, Kayoko, « La description de la nature dans *La Légende de Saint Julien l'Hospitalier* », *La Découverte de la nature et l'homme dans la littérature et l'art français*, Kôro-sha, Kyoto, 1990, pp. 75-83（柏木加代子,「『聖ジュリアン伝』における自然描写」,『フランスの文学と芸術における自然と人間の発見』, 行路社）.

— « Les contes allégoriques des espaces clos—de *Novembre* à *La Légende de Saint Julien l'Hospitalier* », *Romantisme en France et notre temps*, Chikuma-shobô, Tokyo, 1991, pp. 148-162（「閉ざされた空間の寓話—『11月』から『聖ジュリアン伝』へ」,『フランス・ロマン主義と現代』, 筑摩書房）.

— « Flaubert et la tendance du Symbolisme », *La Lumière et l'Ombre du Symbolisme*, Minerva-shobô, Kyoto, 1997, pp. 166-182（「フロベールと象徴主義の潮流」,『象徴主義の光と影』, ミネルヴァ書房）.

KILLICK, Rachel, « Maupassant, Flaubert et *Trois Contes* », *Maupassant conteur et romancier*, édited by Christopher Lloyd and Robert Lethbridge, University of Durham, 1994, pp. 41-56.

LEAL, R.B., « Spatiality and Sturucture in Flaubert's *Hérodias* », *The Modern Language Review*, vol. 80, 1985, pp. 810-816.

LE JUEZ, Brigitte, « *Un Cœur Simple* de Gustave Flaubert : conte ou nouvelle ? », *La Nouvelle Hier et Aujourd'hui*, Actes du colloque de University College Dublin, 14-16 septembre 1995, Éditions L'Harmattan, Paris, 1997.

LIBERALE, Enzo, « La vraisemblance historique », *Corpus Flaubertianum II, Hérodias*, t. I, Librairie Nizet, Paris, 1991, pp. 107-114.

LOWE, Margaret, « Flaubert's *Hérodias* 'roman du Second Empire' », *French Studies Bulletin*, winter 1981/82, pp. 9-10.

MAROTTIN, François, « Les *Trois Contes* : un carrefour dans l'œuvre de Flaubert », *Frontières du conte*, Études rassemblées par François Marotin, Éditions du CNRS, 1982, pp. 111-118.

MURPHY, Ann L., « The order of speech in Flaubert's *Trois Contes* », *The French Review*, vol. 65, n°3, U.S.A., February 1992, pp. 402-414.

NEEFS, Jacques, « Le récit et l'édifice des croyances : *Trois Contes* », *Flaubert, la dimension du texte*, Communications du congrès de Manchester présentées par P.-M. Wetherill, Manchester University Press, 1982, pp. 121-140.

NYKROG, Per, « Les *Trois Contes* dans l'évolution de la structure thématique chez Flaubert », *Romantisme*, n° 6, 1973, pp. 55-66.

O'CONNOR, John, R., « Flaubert : *Trois Contes* and the Figure of the Double Cône », *Publications of the Modern Language Association of America*, XCIV, n° 5, 1980, p. 812-826.

OGANE, Atsuko, « Paganisme et Syncrétisme dans *La Légende de saint Julien l'Hospitalier* », *Revue de Hiyoshi, Langue et Littérature Françaises*, n° 18, Université Keio, Yokohama, Japon, 1994, pp. 38-58（大鐘敦子,「『聖ジュリアン伝』における異教と諸教混合」,『慶應義塾大学日吉紀要フランス語フランス文学』).

— « Étude sur *Hérodias* — Avec plus d'appareil scientifique », *Revue de Hiyoshi, Langue et Littérature Françaises*, n° 19, 1994, Yokohama, Japon, pp. 57-79 (「『ヘロディアス』考―科学的装置としての小説」,『慶應義塾大学日吉紀要フランス語フランス文学』).

— « Une autre ironie — Égoïsme de bourgeois dans *Un Cœur simple* », *Revue de Hiyoshi, Langue et Littérature Françaises*, n° 26, 1998, Yokohama, Japon, pp. 25-47 (「もうひとつのアイロニー――『純な心』におけるブルジョワのエゴイズム」,『慶應義塾大学日吉紀要フランス語フランス文学』)

— « Re-lecture d'*Hérodias* (1) — Identification et séparation chez Hérodias et Salomé », *Revue de Hiyoshi, Langue et Littérature Françaises*, n° 27, 1998, Yokohama, Japon, pp. 16-45 (「『ヘロディアス』再考 (1)―ヘロディアスとサロメにおける自己同一性と乖離」,『慶應義塾大学日吉紀要フランス語フランス文学』).

— « Mythes, symboles, résonances — Le « festin » comme rite de sacrifice dans *Hérodias* de Gustave Flaubert », *Études de Langue et Littérature Françaises*, n° 76, Société Japonaise de Langue et Littérature Françaises, Tokyo, 2000, pp. 44-56.

— « Re-lecture d'*Hérodias* (2) — L'Écriture des miroirs dans la danse de Salomé », *Revue de Hiyoshi, Langue et Littérature Françaises*, n° 31, 2000, Yokohama, Japon, pp. 16-45.

— « L'Image de Salomé — Gustave Moreau et Gustave Flaubert », *Revue de Hiyoshi, Langue et Littérature Françaises*, n° 38, mars 2004, Yokohama, Japon.

— « La formation de l'estrade dans *Hérodias* », *The Geibun-Kenkyu*, n° 89, The Keio Society of Arts and Letters, Tokyo, 2005, pp. 49-65 (「*Hérodias* における estrade 空間の形成」, 『藝文研究』, 慶應義塾大学藝文学会)

— « Salomé sur l'estrade — l'espace et la structure dans *Hérodias* », *Journal of Arts and Science*, n° 16, The Liberal Arts Association, Kanto Gakuin University, Japan, January 2006, pp. 23-35 (「壇上のサロメ―『ヘロディアス』における空間構造」, 『関東学院教養論集』, 関東学院大学法学部教養学会).

— « Flaubert et Wilde — Écriture et rythme dans *Hérodias* et *Salomé* », *Revue de Hiyoshi, Langue et Littérature Françaises*, n° 42, mars 2006, Unversité Keio, Yokohama, Japon, pp. 113-126 (「フロベールとワイルド―『ヘロディアス』と『サロメ』における文体とリズム」, 『慶應義塾大学日吉紀要フランス語フランス文学』).

ÔHASHI, Eri, « Salomé de Flaubert », *Bulletin de l'Université artistique et culturelle d'Ôita*, n° 38, 2000, pp. 27-39.

ORR, Mary, « *Trois Contes* et leurs identités intertextuelles : figures, figurations, transfigurations », *French Studies in Southern Africa*, n° 24, 1995, pp. 76-83.

PETERSON, Carla L, « The Trinity in Flaubert's *Trois Contes* : Deconstructing History », *French Forum*, september 1983, pp. 243-258.

PILKINGTON, A. E., « Point of view in Flaubert's *La Légende de Saint Julien* », *French Studies*, vol. 29, 1975, pp. 266-279.

RAITT, A. W., *Flaubert. Trois Contes*, Grant & Cutler, London, 1991.

REY, Pierre-Louis, « Préface », *Gustave Flaubert, Trois Contes*, préface et commentaires de Pierre-Louis Rey, Presses Pocket, 1989, pp. 5-19.

REID, Ian, « The death of the implied author ? voice, sequence and control in Flaubert's *Trois Contes* », *Australian Journal of French Studies*, XXIII, n° 2, May-August 1986, pp. 195-211.

REISH, Joseph G., « « Those who see God » in Flaubert's *Trois Contes* », *Renascence* 36, n° 4, 1984, pp. 219-229.

ROBERTSON, Jane, « The Structure of *Hérodias* », *French Studies*, vol. 36, 1982, pp. 171-181.

SACHS, Murray, « Flaubert's *Trois Contes* : the reconquest of Art », *L'Esprit créateur*, X, n° 1, Spring 1970, pp. 62-74.

SCHAPIRA, Charlotte, « La relative introduite par *et* dans les *Trois Contes* de Flaubert », *Romance Notes*, XXVI, n° 1, Fall 1985, pp. 22-26.

SCROGHAM, Ron E., « The echo of the name « Iaokanann » in Flaubert's *Hérodias* », *French Review*, 71, n° 5, 1998, pp. 775-784.

SHERZER, Dina, « Narrative figures in la *Légende de Saint Julien l'Hospitalier* », *Genre*, March 1974, pp. 54-70.

SMITH, Harold L. Jr., « Échec et illusion dans *Un Cœur simple* », *The French Review*, October 1965, pp. 36-48.

STEEN, Karl, « Études bibliographiques. Gustave Flaubert, *Trois Contes* », *Journal officiel*, 12 juin 1877, article signé Karl Steen, pseud. De Mme Alphonse Daudet.

STOLTZFUS, Ben, « Point of View in *Un Cœur simple* », *The French Review*, october 1961, pp. 19-25.

TILLETT, Margaret G., « An approach to *Hérodias* », *French Studies*, vol. 21, 1967, pp. 24-31.

VINAVER, Eugène, « La *Légende de saint Julien l'Hospitalier* et le problème du roman », *Bulletin de l'Académie Royale de Langue et Littérature Françaises*, XLVIII, n° 1, Bruxelles, 1970, pp. 107-122.

WAKE, C.H., « Symbolism in Flaubert's *Hérodias* : an interpretation », *Forum for Modern Language Studies*, IV, n° 4, October 1968, pp. 322-329.

WHITAKER, Jeanne T., SMITH, C. S., « Some significant omissions : ellipses in Flaubert's *Un Cœur simple* », *Language and Style*, vol. 17, n° 3, pp. 251-272.

ZAGONA, H. G., « A historical, archaeological approach : Flaubert's *Hérodias* », *The Legend of Salome, and the principle of art for art's sake*, Librairie E. Droz, Paris, 1960, pp. 69-88.

b) Études autour de Flaubert

BARGUES-ROLLINS, Yvonne, *Le Pas de Flaubert : une danse macabre*, Honoré Champion Éditeur, Paris, 1998, pp. 317-435.

BEM, Jeanne, *Désir et savoir dans l'œuvre de Flaubert, Étude de La Tentation de Saint Antoine*, Éditions de la Baconnière-Neuchâtel, Payot, Paris, 1979.

BARDÈCHE, Maurice, *L'Œuvre de Flaubert*, Les Sept couleurs, Paris, 1974.

BIASI, Pierre-Marc de, *Flaubert, Les secrets de l'« homme-plume »*, Hachette, Paris, 1995.

BROMBERT, Victor, *Flaubert par lui-même*, Écrivains de toujours, Éditions du Seuil, Paris, 1971.

BRUNEAU, Jean, *Le "Conte Oriental" de Gustave Flaubert*, documents inédits, Denoël, Paris, 1973.

BRUNETIÈRE, Ferdinand, *Le Roman naturaliste*, Calmann-Lévy, Paris, 1888.

CRUPI, Paola, « Tourbillon et vertige : la danse dans quelques textes de jeunesse de Flaubert », *Sociopoétique de la danse*, sous la direction d'Alain

Montandon, Anthropos, Paris, 1998, pp. 297-314.
CZYBA, Lucette, *Mythes et idéologie — la femme dans les romans de Flaubert*, Presses Universitaires de Lyon, 1983.
— « La caricature du féminisme de 1848 : de Daumier à Flaubert », *Écrire au XIXe siècle*, recueil d'articles offert par ses amis collègues et disciples, préface de Jean-Yves Debreuille, Les Belles Lettres, 1998, pp. 141-153.
— « Le sacré dans *Salammbô* », *Écrire au XIXe siècle*, Les Belles Lettres, 1998, pp. 235-245.
DANGER, Pierre, « Sainteté et castration dans *La Tentation de Saint Antoine* », *Essais sur Flaubert*, pp. 186-202.
DAHAN, Éric, « Carthage avant les ruines [*Salammbô*, opéra en trois actes et huit tableaux. Musique de Philippe Fénelon, livret de Jean-Yves Masson d'après Gustave Flaubert, Opéra-Bastille 1998] », *Libération* « Culture », 14 mai 1998.
DEEBRAY-GENETTE, Raymonde, *Métamorphoses du récit — Autour de Flaubert*, Éditions du Seuil, Paris, 1988.
— « Critique et génétique : le cas Flaubert », *Essais de critique génétique*, Flammarion, 1979.
— « Du mode narratif dans les *Trois Contes* », *Travail de Flaubert*, Seuil, 1985.
DEMOREST, D.L., *L'Expression figurée et symbolique dans l'œuvre de Gustave Flaubert*, Slatkine Reprints, Genève, 1967.
FAUVEL, Daniel, LECLERC Yvan, éd., *Salammbô de Flaubert, Histoire, fiction*, Honoré Champion, Paris, 1999.
FERRÈRE, E.-L, *L'Esthétique de Gustave Flaubert*, Slatkine Reprints, Genève, 1967.
FOUCAULT, Michel, *La Bibliothèque fantastique, A propos de La Tentation de saint Antoine de Gustave Flaubert*, Édition du Seuil, Paris, 1983.
GAGNEBIN, Bernard, *Flaubert et Salammbô — Genèse d'un texte*, Presses Universitaires de France, Paris, 1992.
GANS, Eric, « Flaubert's scenes of origin », *Romanic Review*, LXXXI, 1990, pp. 189-202.
GENETTE, Gérard, « le Silence de Flaubert », *Figure I*, Édition du Seuil, Paris, 1966.
— *Figures III*, Édition du Seuil, Paris, 1972.
GREEN, Anne, « Flaubert costumier : le rôle du vêtement », *Salammbô de Flaubert, Histoire, Fiction*, textes réunis par Danierl Fauvel et Yvan Leclerc, Honoré Champion Éditeur, Paris, 1999.

GUILLEMIN, Henri, *Flaubert devant la vie et devant Dieu*, préface de François Mauriac, Édition d'Utovie, 1998.

GUILLEMETTE, Daniel, « L'image du soleil-ostensoir », *Bulletin d'informations proustiennes*, n° 26, 1995, Presses de l'École Normale Supérieure, Paris, 1995.

HOHL, Anne Mullen, *Exoticism in Salammbô*, Birmingham, Alabama, Summa Publications, 1995.

KANASAKI, Haruyuki, « Le mythe d'Adonis dans *La Tentation de saint Antoine* », *Studies in Language and Culture*, n° 26, Faculty of Language and Culture, Graduate School of Language and Culture, Osaka University, 2000, pp. 233-250 (「『聖アントワーヌの誘惑』におけるアドニス神話」,『言語文化研究』, 大阪大学言語文化部大学院言語文化研究科).

— « La Passion de Jésus-Christ dans *La Tentation de saint Antoine* (1874), Étude génétique d'un épisode supprimé », *Studies in Language and Culture*, n° 22, Faculty of Language and Culture, Graduate School of Language and Culture, Osaka University, 1996, pp. 43-62 (「『聖アントワーヌの誘惑(1874)』におけるイエス・キリストの受難―削除されたエピソードの草稿をめぐって」,『言語文化研究』, 大阪大学言語文化部大学院言語文化研究科).

— « La Structure spatiale de *La Tentation de saint Antoine* (1) », *Studies in Language and Culture*, n° 17, Faculty of Language and Culture, Graduate School of Language and Culture, Osaka University, 1991, pp. 139-158 (「『聖アントワーヌの誘惑』の空間構造(1)」,『言語文化研究』, 大阪大学言語文化部大学院言語文化研究科).

— « La Structure spatiale de *La Tentation de saint Antoine* (2) », *Studies in Language and Culture*, n° 18, Faculty of Language and Culture, Graduate School of Language and Culture, Osaka University, 1992, pp. 239-258 (「『聖アントワーヌの誘惑』の空間構造(2)」,『言語文化研究』, 大阪大学言語文化部大学院言語文化研究科).

— « La structure temporelle de *Salammbô* », *Studies in Language and Culture*, XIV, Faculty of Language and Culture, Graduate School of Language and Culture, Osaka University, 1988, pp. 263-281 (「『サラムボー』の時間構造」,『言語文化研究』, 大阪大学言語文化部).

— « Remarques sur la chronologie de *L'Éducation sentimentale* », *Studies in Language and Culture*, XII, Faculty of Language and Culture, Graduate School of Language and Culture, Osaka University, 1986, pp. 257-271.

— « Éspace et sujet dans *L'Éducation sentimentale* », *Studies in Language and Culture*, X, Faculty of Language and Culture, Graduate School of Language and Culture, Osaka University, 1984, pp. 237-249.

KASHIWAGI, Kayoko, *La Théâtralité dans les deux « Éducation sentimentale »*, préface de Jeanne Bem, France Tosho, Tokyo, 1985.

KHADHAE, Hédia, « Flaubert, d'un Orient à l'autre. Des notes de voyage en Égypte aux notes de voyage à Carthage », in Eric Wauters, *Tunis, Carthage, l'Orient sous le regard de l'Occident*, Publication de l'Université de Rouen, 1999, pp. 59-63.

LA VIGNE, René Rouault de, « L'inventaire après décès de la Bibliothèque de Flaubert », *Revue des Sociétés savantes de Haute-Normandie*, n° 7, 1957.

LECLERC Yvan, « Journal d'un article sur Flaubert et Maupassant voyageurs en Tunisie », in Eric Wauters, *Tunis, Carthage, l'Orient sous le regard de l'Occident*, Publication de l'Université de Rouen, 1999, pp. 117-132.

— *La Bibliothèque de Flaubert*, sous la direction de Yvan LECLERC, Université de Rouen, 2001.

LŐRINSZKY, Ildikó, *L'Orient dans Salammbô de Gustave Flaubert : la construction d'un imaginaire mythique*, thèse de doctorat, Université Paris IV, 1998.

LUND, Hans Peter, *Gustave Flaubert — Trois contes*, Presses Universitaires de France, Paris, 1994.

MATHET, Marie-Thérèse, *Le Dialogue romanesque chez Flaubert*, Amateurs de Livres, Paris, 1988.

MATSUZAWA, Kazuhiro, *Introduction à l'étude critique et génétique des manuscrits de L'Éducation sentimentale de Gustave Flaubert — l'amour, l'argent, la parole*, tome I, II, France Tosho, Tokyo, 1992.

OGANE, Atsuko, « *L'Éducation sentimentale* de Gustave Flaubert — Passion et Politique », *The Geibun-Kenkyu*, n° 59, Tokyo, Université Keio, 1991, pp. 18-37. (大鐘敦子,「フロベールの『感情教育』—恋愛と政治」,『藝文研究』)

— « *L'Éducation sentimesntale* » *de Gustave Flaubert — Passion et Politique*, mémoire de maîtrise, Université Keio, janvier 1990.

— « Le Drame du désir de possession — une étude sur *L'Éducation sentimentale* de Gustave Flaubert », *The Geibun-Kenkyu*, n° 61, Tokyo, Université Keio, 1992, pp. 80-99. (大鐘敦子,「所有欲のドラマ —フロベール『感情教育』をめぐる一考察」,『藝文研究』).

— « Mallarmé — Redon — Flaubert », *Journal of Arts and Science*, n° 14, The Liberal Arts Association, Kanto Gakuin University, Japan, February 2004, pp. 151-161 (『関東学院教養論集』, 関東学院大学法学部教養学会).

NEE, Patrick, « 1857 : le double procès de *Madame Bovary* et des *Fleurs du mal* », *La Censure en France à l'ère démocratique* (1848-...), Éditions Complexe, 1997, pp. 119-143, Coll. Histoire culturelle.

ORR, Mary, *Flaubert Writing the Masculine*, Oxford University Presse, 2000.

— « Flaubert's Egypt : Crucible and Crux for textual identity », *Travellers in Egypt* edited by Paul Starkey and Janet Starkey, London, New York, I.B., Tauris Publishers, 1998, pp. 18-200.

— « The cloaks of power : custom and costume in Flaubert's *Salammbô* », *Nottingham French Studies*, 36, n° 2, 1997, pp. 24-33.

PRENDERGAST, Christopher, *The Order of Mimesis, Balzac, Stendhal, Nerval, Flaubert*, Cambridge University Presse, 1986.

Salammbô de Flaubert — Histoire, fiction, textes réunis par Daniel Fauvel et Yvan Leclerc, Romantisme et modernités 22, Éditions Champion, Paris, 1999.

RAMAZANI, Vaheed K., *The Free Indirect Mode, Flaubert and the Poetics of Irony*, University Press of Virginia, 1988.

SARTRE, Jean-Paul, *L'Idiot de la famille, Gustave Flaubert de 1821-1857*, Gallimard, Paris, 1971 et 1988, pp. 2120-2135.

SÉGINGER, Gisèle, *Flaubert — Une poétique de l'histoire*, Presses Universitaires de Strasbourg, 2000.

SUGAYA, Norioki, « L'impossible savoir médical : sur les notes médicales de *Bouvard et Pécuchet* », *Revue de Langue et Littérature Françaises*, n° 17, Société de Langue et Littérature Françaises de l'Université de Tokyo, 1998, pp. 155-165.

SUHNER-SCHLUEP, Heidi, *L'Imagination du feu ou la dialectique du soleil et de la lune dans Salammbô de G. Flaubert*, Juris Druck+Verlag, Zurich, 1970.

TOOKE, Adrianne, *Flaubert and the pictorial arts, From image to text*, Oxford University Press, 2000.

TROYAT, Henri, F*laubert*, Flammarion, France, 1988.

UNWIN, Timothy, *Art et Infini, l'œuvre de jeunesse de Gustave Flaubert*, Éditions Rodopi, B.V., Amsterdam, 1991.

WAUTER, Eric, éd., *Tunis, Carthage, l'Orient sous le regard de l'Occident : du temps des Lumières à la jeunesse de Flaubert*, Publications de l'Université de Rouen, 1999.

c) **Revues sur Flaubert**

Études Normandes, Revue trimestrielle publiée par l'Association d'Études Normandes, Lecerf, n° 3, Rouen, 1988.

Flaubert, L'Autre, textes réunis par F. Lecercle et S. Messina, Presses Universitaires de Lyon, 1989.

Gustave Flaubert, des livres et des amis, Bibliothèque municipale de Rouen, Musée des Beaux-Arts, mai-juin 1980.

Gustave Flaubert 2, mythes et religions (1), textes réunis par Bernard Masson, Minard, Paris, 1986.

Travail de Flaubert, textes réunis sous la direction de Gérard Genette et Tzvetan Todorov, Éditions du Seuil, 1983.

III. Autres Ouvrages consultés

AKURGAL, Ekrem, *Ancient civilizations and ruins of Turkey, from prehistoric times until the end of the roman empire*, Haset Kitabevi, Istanbul, 1978.

ALLEN, Virginia M., *The Femme fatale : a study of the early development of the concept in mid-nineteenth century*, poetry and painting, Boston University, 1979.

APULÉE, *L'Ane d'or ou les Métamorphoses*, Gallimard, Paris, 1988.

AUGUSTE, *Projet d'une chapelle, en l'honneur de Saint-Jean Baptiste à Generville*, 1874.

BACHOFEN, Johann Jakob, *Le Droit maternel : recherche sur la gynecocratie de l'Antiquité dans sa nature religieuse et juridique*, traduit de l'allemand et préface par Etienne Barillier, Lausanne, Éditions L'Age d'homme, 1996.

BRUNTIÈRE, Ferdinand, *Le Roman naturaliste*, Calmann-Lévy Éditeurs, Paris, 1888.

BUTOR, Michel, *Répertoire IV*, Les Éditions de Minuit, Paris, 1974, pp. 209-235.

BERNARD, Jean-Frédéric, *Cérémonies et coutumes religieuses de tous les peuples du monde*, représentées par des figures dessinées de la main de Bernard Picart, t. septième, seconde partie, Amsterdam, 1713.

CLERMONT-GANNEAU, Charles, *La Palestine inconnue*, Ernest Leroux, Paris, 1876.

CREUZER, Frédéric, *Religions de l'Antiquité, considérées principalement dans leurs formes symboliques et mythologiques*, t. I, Treuttel et Würtz, Paris, 1825.

CUMONT, Franz, *Les Religions orientales dans le paganisme romain*, Librairie Orientaliste Paul Geuthner, Paris, 1963.

— *Les mystères de Mithra*, H. Lamertin, Bruxelles, 1913, traduit en japonais par Ogawa Hideo, Heibon-sha, 1993.

DUCREY, Guy, *Corps et graphies, Poétique de la danse et de la danseuse à la fin du XIXe siècle*, Honoré Champion, Paris, 1996.

ENSLIN, Morton Scott, *Christian Beginnings*, Parts I and II, Harper & Row, New York, 1938.

FRAZER, James, George, *The Golden Bough, A study in magic and religion*, Macmillan, London, 1950.

GENETTE, Gérard, « Discours du récit », *Figures III*, Éditions du Seuil, Paris,1972.

— « le jour et la nuit », *Figure II*, Éditions du Seuil, coll. Points, Paris, 1969.

— *Fiction et diction*, Éditions du Seuil, coll. poétique, Paris, 1991.

GIRARD, René, *Le Bouc émissaire*, Éditions Grasset & Fasquelle, Paris, 1982.

HEINE, Henri, *Poèmes et Légendes*, Calmann Levy, Paris, 1880.

HÉRODOTE, *L'Enquête, livres I à IV*, texte présenté, traduit et annoté par Andrée Barguet, Éditions Gallimard, Paris, 1964.

HUYSMANS, J.-K., *A Rebours*, Lettres Françaises, Paris, 1981.

HUBERT, Henri and MAUSS, Marcel, *Sacrifice : It's nature and function*, translated by W.D. Halls, London, Cohen & West, 1964.

IMAMORI, Mitsuhiko, *Souvenirs entomologiques photographiques — Scarabée*, Heibonsha, 1991(今森光彦,『写真昆虫記 スカラベ』, 平凡社).

JOSÈPHE, Flavius, *La Guerre des Juifs*, Les Éditions de Minuit, Paris, 1977.

— *Œuvres complètes de Flavius Josèphe*, avec une notice biographique par J. A. C. Buchon, Au Bureau du Panthéon Littéraire, Paris, 1752.

KABBANI, Rana, *Europe's Myths of Orient*, Devise and Rule, The Macmillan Press, 1986.

KRISTEVA, Julia, *La Révolution du Langage poétique*, Éditions du Seuil, Paris, 1974.

La Bible, traduction de Le Maîstre de Saci, Robert Laffont, Paris, 1990.

La Bible, Ancien et Nouveau Testament, traduite de l'hébreu et du grec en français courant, Alliance Biblique Universelle, 1983.

LAGRANGE, Léon, « Le Salon de 1864 », *Gazette des Beaux-Arts*, juin 1864.

LAJARD, Félix, *Recherches sur le culte public et les mystères de Mithra en Orient et en Occident*, vol. I, Imperial Organization for Social Services, Teheran, 1976, pp. 580-658.

— *Recherches sur le culte, les symboles, les attributs, et les monuments figurés de Vénus, en orient et en occident*, microfilm, Bourgeois-Maze, Libraire, Paris, 1837.

LANE, E.W., *Manners and Customs of the Modern Egyptians*, J.M. Dent & Sons Ltd., London, 1860.

MATSUZAWA, Kazuhiko, *La Recherche de la critique génétique — texte, manuscrits, écriture*, Presse Universitaire de Nagoya, Nagoya, 2003（松沢和宏，『生成論の探求—テクスト・草稿・エクリチュール』，名古屋大学出版会）.

MAURY, Alfred, *Croyances et légendes du moyen âge*, nouvelle édition des Fées du Moyen Age et des légendes pieuses par MM. Auguste Longnon et G. Bonet-Maury, Honoré Champion, Paris, 1896.

MAYA, Kazuko, *L'« art caché » ou le style de Proust*, Keio University Press, Tokyo, 2001.

MICHELET, Jule, *La Sorcière*, t. I, Librairie Marcel Didier, Paris 1952.

— *La Sorcière*, t. II, Librairie Marcel Didier, Paris, 1952.

— *Œuvres Complètes*, XVII, Flammarion, Paris, 1986.

NEUMANN, Erich, *The Great Mother, an analysis of the archetype*, Princeton University Press, 1970.

NICOLAS, Michel, *Le Symbole des apôtres : essai historique*, Michel Lévy, Paris, microfilm, 1867.

— *Études critiques sur la Bible — ancien testament*, Michel Lévy Frères, Paris, 1862.

— *Études critiques sur la Bible — nouveau testament*, Michel Lévy Frères, Paris, 1864.

— *Études sur les Évangiles apocryphes*, Michel Lévy Frères, Paris, 1866.

— *Éssais de Philosophie et d'Histoire religieuse*, Michel Lévy Frères, Paris, 1863.

NOCHLIN, Linda, *The Imaginary Orient*, The Art in America, 1983, pp. 119-191.

OGAWA, Hideo, « The Concept of Time in the Mithraic Mysteries », *Study of Time III*, 1978, pp. 658-682.

— *Les Recherches sur le culte de Mithras*, traduit en japonais, Lithon, Tokyo, 1993（小川英雄，『ミトラス教研究』，リトン）.

— *Les Religions de l'Ancien Orient*, Centre Recherches de la culture et la religion de Jérusalem, Jerusalem Books Tokyo, 1985（『古代オリエントの宗教』，エルサレム文庫，エルサレム宗教文化研究所）.

— « La Relation du culte de Mithras et du culte de Cybèle », *Orient*, vol. 36, n° 1, 1993, pp. 38-54（「ミトラス崇拝とキュベレ崇拝の関係について」，『オリエント』，日本オリエント学会）.

— « Lynn E. Roller, In Search of God the Mother, the Culte of Anatolian Cybele, University of California Press, Berkeley, Los Angeles and London, 1999, 380pp », *Études de l'Histoire*, vol. 70, n° 1, 2000, pp. 112-118（『史学』）.

— *Les Dieux de l'Empire romain : La lumière vient de l'Orient*, Chûkôshinsho, Chûôkôron-sha, Tokyo, 2003（『ローマ帝国の神々—光はオリエントより』, 中公新書）.

OGURA, Kosei, *L'Histoire et la représentation, Lire les romans historiques modernes en France*, Shinyô-sha, Japon, 1997（小倉孝誠,『歴史と表象：近代フランスの歴史小説を読む』, 新曜社）.

PARENT, Auguste, *Machœrous*, Librairie de A. Frank, Paris, 1868.

PHILLIPPE, Julian, *L'Art du Symbolisme*, 1986（フィリップ・ジュリアン,『世紀末の夢—象徴派芸術』, 杉本秀太郎訳, 白水社）.

PIERROT, Jean, *The Decadent Imagination*, 1880-1900, translated by Dered Coltman, The University of Chicago Press, 1981.

Pourquoi la critique génétique ? Méthodes, théories, textes et manuscrits, collection dirigée par Pierre-Marc de Biasi et Danierl Ferrer, CNRS Éditions, Paris, 1998.

PRAZ, Mario, *La Chair, la mort et le diable dans la littérature du 19e siècle, Le romantisme noir*, traduit de l'italien par Constance Thompson Pasquali, Éditions Denoël, Paris, 1977.

REINACH, Salomon, *Orpheus, Histoire générale des religions*, Éditions d'Aujourd'hui, Paris, 1976.

RENAN, Ernest, *Vie de Jésus*, Michel Lévy Frères, Paris, 1863.

ROUSSET, Jean, *Leurs yeux se rencontrèrent*, Librairie José Corti, Paris, 1989.

SAULCY, F. de, *Histoire d'Hérode, roi des Juifs*, L. Hachette et Cie, Paris, 1867.

SAUSSURE, Ferdinand de, *Cours de l'Inguistique générale*, Payot, Paris, 1949.

SAID, Edward, W, *Orientalism*, New York, Vintage Books, 1978.

Smith, R.W., *La Religion du Sem*, Iwanami-Shôten, 1943（ロバートソン・スミス,『セム族の宗教』, 岩波書店, 前編・後編）.

STENDHAL, *Le Rouge et le noir, chronique du XIXe siècle*, Paris, Le Divan, 1927.

— *La Chartreuse de Parme*, II, Le Divan, Paris, 1932, révision du texte et préface par Henri Martineau.

SUÉTONE, *Vie des douze césars II (Tibère-Caligula-Claude-Néron)*, texte établi et traduit par Henri Ailloud, Les Belles Lettres, Paris, 1961.

THIBAUDET, Albert, *Gustave Flaubert*, Gallimard, Paris, 1935.

THORNTON, Lynne, *La Femme dans la Peinture orientaliste*, ACR Édition, Paris, 1985.

TODOROV, Tzvetan, *Poétique de la prose*, Éditions du Seuil, Points, Paris, 1978.

TRISTRAM, H.B., L.L.D., M.A., *The Land of Moab*, John Maurray,

London, 1873.
SCHNEIDER, Marcel, *La Littérature fantastique en France*, Fayard, Paris, 1964.
VORAGINE, *La Légende dorée*, Garnier Flammarion, 1967.

IV. Ouvrages sur Salomé

AÎNO, Takeshi, « Les Salomés du fin de siècle », *La Revue de la littérature comparative*, vol. 23, 1987 (相野毅, 「世紀末のサロメたち」, 『比較文学年誌』).

DIJKSTRA, Bram, *Idols of Perversity*, Fantasies of Feminine Evil in Fin-de-Siècle Culture, New York, Oxford, Oxford University Press, 1986 ; chapter XI, « Gold and the Virgin Whores of Babylon ; Judith and Salome : The Priestesses of Man's Severed Head ».

DUCREY, Guy, *Corps et graphies — poétique de la danse et de la danseuse à la fin du XIXe siècle*, Honoré Champion Éditeur, Paris, 1996.

ENSLIN, Morton Scott, *Christian Beginnings*, parts I and II, Harper Torchbooks, New York, 1956.

GRAVES, Robert, *The White Goddess — A historical grammar of poetic myth*, Faber and Faber Limited, London, 1952.

KING, David, Allen, *Salome : A multi-dimensional theme in european art : 1840-1945*, dissertation submitted in Partial Fulfillment of the Requirements for the Degree of Doctor of Arts, University of Northern Colorado, School of Educational Change and Development, 1986.

KOLAKOWSKI, Leszeke, *La Clef des cieux : récits édifiants tirés de l'Histoire sainte*, traduit du polonais par Erica Abrams, Complexe, Bruxelles, 1986.

KUDO, Yoko, *La Naissance de Salomé — Flaubert et Wilde*, Shinshokan, 2001 (工藤庸子, 『サロメ誕生—フロベール/ワイルド』, 新書館).

MARCHAL, Bertrand, *Salomé entre vers et prose — Baudelaire, Mallarmé, Flaubert, Huysmans*, José Corti, Paris 2005.

MELTZER, Françoise, *Salome and the dance of writing*, The University of Chicago Presses, Chicago and London, 1987.

ORTEGA, Y. Gasset, « Schème de Salomé », *Études Littéraires*, vol. V, n° 1, avril 1972, Université Laval, pp. 126-130.

ST. AUBYN, F. C., « Stendhal and Salomé », *Stanford French Review*, Stanford, CA., 1980, pp. 395-404.

TAKASHINA, Shûji, « Une étude sur l'imagination du dix-neuvième siècle : l'adoration de "la tête coupée" », *Revue de l'histoire des Beaux-Arts*, vol. 2,

1985, pp. 119-133（高階秀爾,『「切られた首」の崇拝―十九世紀想像力についての一考察』,『美術史論叢』）.

— « La tête coupée — un aspect de l'imagination fin de siècle », L'Esprit des beaux-arts en Europe, Seidosha, 1979, p. 320（「切られた首―世紀末想像力の一側面」,『西欧芸術の精神』, 青土社）.

TOSHIKURA, Takashi, *Salome and femme fatale in art — L'Histoire et l'art d'Éros*, Bijyutsu Shûppan-Sha, Japon, 2001（利倉隆,『エロスの美術と物語―魔性の女と宿命の女』, 美術出版社）.

YAMAKAWA, Kôzô, *Salomé : la Femme fatale éternelle*, Sinchô, 1989（山川鴻三,『サロメ―永遠の妖女』, 新潮選書）.

YOSHIDA, Hiroshi, « Chercheur de l'extase », *HUMANITAS*, The Waseda University Law Association, Tokyo, Japon, n° 39, 2001, pp. 232-246（吉田裕,「エクスターズの探求者」,『人文論集』, 早稲田大学法学会）.

V. Ouvrages de Stéphane Mallarmé

a) Œuvres de Mallarmé

Œuvres complètes, I, édition présentée, établie et annotée par Bertrand Marchal, Éditions Gallimard, Bibliothèque de la Pléiade, Paris, 1998.

Œuvres complètes, II, édition présentée, établie et annotée par Bertrand Marchal, Éditions Gallimard, Bibliothèque de la Pléiade, Paris, 2003.

Les Noces d'Hérodiade, mystère, texte publié avec une introduction par Gardner Davies d'après les manuscrits inachevés de Stéphane Mallarmé, Gallimard, Paris, 1959.

Le Parnasse Contemporain II 1869-1871, recueil de vers nouveaux, Slatkine Reprints, Genève, 1971.

« Crayonné au théâtre », *Œuvres*, Éditions Garnier, Paris, 1985.

Les Dieux antiques, nouvelle mythologie d'après George W. Cox, Gallimard, Paris, 1925.

« Préface à « VATHEK » », *Œuvres complètes*, texte établi et annoté par Henri Mondor et G. Jean-Aubry, Éditions Gallimard, Bibliothèque de la Pléiade, Paris, 1945.

Poésie de Mallarmé, traduit en japonais par Satô Saku et Rissen Junro, Éditions Horpe, Tokyo, 1983（『マラルメ詩集』, 佐藤朔・立仙順朗訳, ほるぷ出版）.

b) *Correspondance* de Mallarmé

Bibliographie

Correspondance 1862-1871, recueillie, classée et annotée par Henri Mondor avec la collaboration de Jean-Pierre Richard, Gallimard, Paris, 1959.

Correspondance II 1871-1885, recueillie, classée et annotée par Henri Mondor et Lloyd James Austin, Gallimard, Paris, 1965.

Correspondance III 1886-1889, recueillie, classée et annotée par Henri Mondor et Lloyd James Austin, Gallimard, Paris, 1969.

Correspondance IV* 1890-1891, Texte et notes, recueillie, classée et annotée par Henri Mondor et Lloyd James Austin, Gallimard, Paris, 1973.

Correspondance IV** 1890-1891, Supplément aux tomes I, II et III, Tables, recueillie, classée et annotée par Henri Mondor et Lloyd James Austin, Gallimard, Paris, 1973.

Correspondance V 1892 et supplément aux tome I, II, III, et IV (1862-1891), recueillie, classée et annotée par Henri Mondor et Lloyd James Austin, Gallimard, Paris, 1981.

Correspondance VI Janvier 1893-Juillet 1894, recueillie, classée et annotée par Henri Mondor et Lloyd James Austin, Gallimard, Paris, 1981.

Correspondance VII Juillet 1894-Décembre 1895, recueillie, classée et annotée par Henri Mondor et Lloyd James Austin, Gallimard, Paris, 1982.

Correspondance VIII 1896, recueillie, classée et annotée par Henri Mondor et Lloyd James Austin, Gallimard, Paris, 1983.

Correspondance IX Janvier-Novembre 1897, recueillie, classée et annotée par Henri Mondor et Lloyd James Austin, Gallimard, Paris, 1983.

Correspondance X Novembre 1897-Septembre 1898, recueillie, classée et annotée par Henri Mondor et Lloyd James Austin, Gallimard, Paris, 1984.

Correspondance XI Supplément, errata et addenda aux tomes I à X (1862-1898), Index général, recueillie, classée et annotée par Henri Mondor et Lloyd James Austin, Gallimard, Paris, 1985.

Correspondance IV 1890-1891, recueillie, classée et annotée par Henri Mondor et Lloyd James Austin, Gallimard, Paris, 1973.

L'Amitié de Stéphane Mallarmé et de Georges Rodenbach, lettres et textes inédits 1887-1898, Pierre Cailler Éditeur, Genève, 1949.

c) Ouvrages et articles sur Mallarmé

AYDA, Adile, *Le drame intérieur de Mallarmé ou l'origine des symboles mallarméens*, Édition « La Turquie Moderne », Istanbul, 1955.

AUSTIN, Lloyd James, « Le 'Cantique de saint Jean' de Mallarmé », *Journal of the Australasian Universities Language and Literature Association*, mai 1959,

pp. 46-59.

— « Mallarmé and the visual arts », *French 19th century painting and literature*, edited by Ulrich Finke, Manchester University Press, 1972.

BOURGAIN-WATTIAU, Anne, *Mallarmé ou la création au bord du gouffre, entre littérature et psychanalyse*, L'Harmattan, Paris, 1996.

BRUNEL, Pierre, « *Hérodiade* entre *Hamlet* et *Phèdre* », *Les Poésies de Stéphane Mallarmé ou Échec au Néant*, Éditions du Temps, Paris, 1998.

CHASSÉ, Charles, *Les Clefs de Mallarmé*, Aubier, Éditions Montaigne, Paris, 1954.

COHN, Robert Greer, « Nouvelles approaches d'*Hérodiade* », *Vues sur Mallarmé*, A.-G. Nizet, Paris, 1991.

— *Towards the Poems of Mallarmé*, University of California Press, Berkeley and Los Angeles, 1965.

DAVIES, Gardner, *Mallarmé et le rêve d'Hérodiade*, Librairie José Corti, Paris, 1978.

— *Mallarmé et le drame solaire*, Librairie José Corti, Paris, 1959.

DAYAN, Peter, « Mallarmé and the 'siècle finissant' », *Symbolism, Decadence and the Fin de Siècle — French and European Perspective*, University of Exeter Press, 2000.

DUBOIS, Claude-Gilbert, *Une Mythologie de l'inceste : Les transgressions familiales et leurs métamorphoses mythiques dans la famille des Hérodes*, Eidolon, n° 29, Université de Bordeaux III, 1986.

EPSTEIN, Edna Selan, « "Hérodiade" : la dialectique de l'identité humaine et de la création poétique », *Revue des sciences humaines*, n° 35, 1970, pp. 579-592.

ERWIN, John W., « Closure as opening : apocalyptic marriage in poetry », *Proceedings of the Xth Congress of the International Comparative Literature Association*, Vol, II, Garland, New York, 1985, pp. 24-28.

FOWLIE, Wallace, « Hérodiade : Myth or Heroine ? », *L'Henaurme siecle*, A Miscellany of essays on nineteenth-century French Literature, Carl Winter Universitatsverlag, 1984, pp. 167-173.

FINAS, Lucette, « Noces suspendues : fragment du troisième brouillon des *Noces d'Hérodiade* de Mallarmé », *La Toise et le vertige*, Édition des Femmes, Paris, 1986, pp. 197-230.

GAUTHIER, Michel, « Hérodiade et le fauve », *Mallarmé en clair*, Librairie A.-G. Nizet, Paris, 1998.

GILLIBERT, Jean, *L'Œdipe maniaque*, Payot, Paris, 1978, « Mallarmé et le théâtre de l'idée — de *Phèdre à Hérodiade* », pp. 154-168.

HARAYAMA, Shigenobu, « Sur la « foule » chez Mallarmé », *Bulletin d'Études de Langue et Littérature Françaises*, n° 12, Société de Langue et Littérature Françaises du Kantô, n° 12, 2003, pp. 119-133（原山重信、「マラルメにおける〈大衆〉について」、『日本フランス語フランス文学会関東支部論集』）.

HANNOOSH, Michele, « Laforgue's Salomé and the poetics of parody », *Romanic Review*, vol. 75, n° 1, 1984, pp. 51-69.

HUBERT, J. D., « Representation of Decapitation : Mallarmé's "Hérodiade" and Flaubert's "Hérodias" », *French Forum*, vol. 7, n° 3, 1982, pp. 245-251.

HUOT, Sylviane, *Le « Mythe d'Hérodiade » chez Mallarmé — genèse et évolution*, A.G. Nizet, Paris, 1977.

JONES, Anne Hudson et KINGSLEY, Karen, « Salome in late nineteenth-century french art and literature », *Studies in Iconography*, 9, 1983, pp. 107-127.

KANNO, Akimasa, *Stéphane Mallarmé*, Chûôkôron-sha, Tokyo, 1985.

KASHIWAKURA, Yasuo, *Les Mardis de Mallarmé — les artistes de Fin de Siècle*, Maruzen Books, 1994（柏倉康夫、『マラルメの火曜会』）.

KURK, Katherine C., « The Lily, the Rose, and the Lotus : an Erotic Bouquet in Mallarmé's Hérodiade », *Publication Missouri Philological Association*, 1981.

L. ASSAD, Maria, *La fiction et la mort dans l'œuvre de Stéphane Mallarmé*, Peter Lang, New York, 1987.

LAURENS, Gilbert, « Salomé et l'agonie romantique », *Recherches en science des textes* (Hommage à Pierre Albouy), Presses Universitaires de Grenoble, 1977, pp. 77-90.

LLOYD, Rosemary, « "La Divine Transposition" : Mallarmé and Banville », *French Studies Bulletin*, n° 9, winter 1983/84.

LOWE, Margaret, « *Hérodias*, "Roman du Second *Empire*" », *French Studies Bulletin*, n° 1, winter 1981-82, pp. 9-10.

— « *Hérodias*, the Second Empire and the "tête d'Orphée" », *French Studies Bulletin*, n° 3, summer 1982, pp. 6-8.

— « *Hérodias*, the Second Empire and the "tête d'Orphée" », an addendum from Margaret Lowe (Paris), *French Studies Bulletin*, n° 4, autumn 1982, pp. 13-14.

LUND, Hans Peter, « *Les Noces d'Hérodiade*, mystère — et résumé de l'œuvre mallarméenne », *Revue Romane*, vol. IV, n° 1, 1969, pp. 28-50.

MARCHAL, Bertrand, *La Religion de Mallarmé*, José Corti, Paris, 1988.

— *Lecture de Mallarmé*, José Corti, Paris, 1985.

MARTINO, Pierre, *Parnasse et Symbolisme*, Librairie Armand Colin, Paris,

1967.

MAURON, Charles, *Des Métaphores obsédantes au mythe personnel, Introduction à la Psychocritique*, Librairie José Corti, Paris, 1962.

NECTOUX, Jean-Michel, *Mallarmé, un clair regard dans les ténèbres, peinture, musique, poésie*, Société nouvelle Adam Biro, Paris, 1998.

ORTEGA, y, Gasset, « Shème de Salomé », *Études Littéraires*, vol. V, n° 1, avril 1972.

PEARSON, Roger, *Unfolding Mallarmé — The Development of poetic art*, Clarendon Press, Oxford, 1996.

RICHARD, Jean-Pierre, *L'Univers imaginaire de Mallarmé*, Éditions du Seuil, Paris, 1961.

— « Mallarmé et le rien d'après un fragment inédit », *Revue d'Histoire Littéraire de la France*, n° 4, Armand Colin, Paris, 1964.

RISSEN, Junro, *La Littérature de Mallarmé*, thèse de doctorat, Université Keio, 1993 (立仙順朗, 『マラルメの文学』).

— « Ce qu'on a fait des textes : Étalages et Deuil », *Equinoxe*, n° 12, hiver 1995, pp. 29-37.

— « Un Mallarmé d'il y a cent ans », *The Geibun-Kenkyu*, n° 77, 1999, pp. 220-236 (「百年前のマラルメ」, 『藝文研究』).

— « De la littérature de Mallarmé : œuvre en dehors de l'œuvre », *The Geibun-Kenkyu*, n° 67, 1995, pp. 23-35 (「マラルメの文学とは一作品の外なる作品」, 『藝文研究』).

— « Salut de Mallarmé », *The Geibun-Kenkyu*, n° 65, 1994, pp. 398-419 (「挨拶のことば」, 『藝文研究』).

— « Le Livre et le chapeau haut-de-forme », *The Geibun-Kenkyu*, n° 63, 1993, pp. 25-36 (「書物と山高帽」, 『藝文研究』).

— « Mallarmé et la rhétorique de la politesse », *The Geibun-Kenkyu*, n° 59, 1991, pp. 26-45 (「マラルメと挨拶のレトリック」, 『藝文研究』).

— « Mallarmé et le journalisme », *Revue de Hiyoshi Langue et Littérature Françaises*, n° 6, 1988, pp. 111-135 (「マラルメとジャーナリズム」, 『慶應義塾大学日吉紀要フランス語フランス文学』).

— « Stratégie de Mallarmé », *Revue de Hiyoshi Langue et Littérature Françaises*, n° 4, 1987, pp. 37-53 (「マラルメの戦略？」, 『慶應義塾大学日吉紀要フランス語フランス文学』).

— « Pour lire l'espacement de Mallarmé », *Revue de Hiyoshi Langue et Littérature Françaises*, n° 2, 1986, pp. 67-100 (「マラルメの間取りへのアプローチ」, 『慶應義塾大学日吉紀要フランス語フランス文学』).

— « L'espacement chez Mallarmé », *Revue de Hiyoshi Langue et Littérature*

Françaises, n° 1, 1985, pp. 1-30 (「マラルメにおける間取り」,『慶應義塾大学日吉紀要フランス語フランス文学』).

— « Pour lire les dernières années de Mallarmé », *The Geibun-Kenkyu*, n° 44, 1982, pp. 79-97 (「晩年のマラルメを読むために―その美学と経済学をめぐって」,『藝文研究』).

ROBILLARD, Monic, *Le Désir de la Vierge, Hérodiade chez Mallarmé*, Droz, Paris, 1993.

— « De l'Œuvre à l'œuvre : Les Noces d'Hérodiade », *Études Littéraires*, vol. 22, n° 1, l'été 1989, Université Laval, 1989, pp. 45-62.

SALDÍVAR, Ramón, « Metaphors of Consciousness in Mallarmé », *Comparative Literature*, University of Oregon, Eugene, vol. 36, n° 1, winter 1984.

SASAKI, Shigeko, « Sur le développement du projet d'Hérodiade — la phase première », *Bullutin de la Faculté de la littérature de l'Université Kantô-Gakuin*, 1979, pp. 17-66 (佐々木滋子,「『エロディアード』の構想の初期の展開」,『関東学院大学文学部紀要―特集：日本文学と外国文学』, 関東学院大学文学部人文学会).

— « Sur *Hérodiade* de Mallarmé — le sujet de "la naissance de la poésie" dans le projet premier », *Études de Langue et Littérature Françaises*, n° 41, Société Japonaise de Langue et Littérature Françaises, Librairie Hakusuisha, 1982, pp. 1-11 (「マラルメの *Hérodiade* について―初期の構想における「詩の誕生」の主題」,『フランス語フランス文学研究』, 日本フランス語フランス文学会).

— « *Igitur* », *ou la poétique de la Nuit*, Suiseisha, Tokyo, 1995 (『『イジチュール』あるいは夜の詩学』, 水声社).

SCHWARTZ, Paul Jacob, « Les Noces d'Hérodiade », *Nineteenth-Century French Studies*, vol. 1, n° 1, 1972, pp. 33-42.

SHAW, Mary Lewis, *Performance in the texts of Mallarmé : the passage from art to ritual*, Ph. D., Columbia University, 1988, pp. 189-221.

SHERER, Jacques, *Le « Livre » de Mallarmé*, Éditions Gallimard, Paris, 1957.

SHEWAN, Rodney, « The Artist and the Dancer in Three Symbolist "Salomé's" », *Bucknell Review, Perspective : Art, Literature, Participation*, vol. XXX, n° 1, Associated University Presses, 1986, pp. 102-130.

SZONDI, Peter, « Sept leçons sur *Hérodiade* », *Poésies et poétiques de la modernité*, traduction française, édité par Mayotte Bollack, Presses Universitaires de Lille, 1981, pp. 73-141.

THIBAUDET, Albert, *La Poésie de Stéphane Mallarmé*, Gallimard, Paris, 1926.

WIECKOWSKI, Danièle, *La Poétique de Mallarmé — La Fabrique des iridees*,

SEDES, Paris, 1998.
WOLF, Mary Ellen, *Eros under glass, Psychoanalysis and Mallarmé's "Hérodiade"*, Ohio State University Press, 1987.

VI. Catalogues et ouvrage de Gustave Moreau

Gustave Moreau, Monographie et nouveau catalogue de l'œuvre achevé, Pierre-Louis Mathieu, ACR Édition, Paris, 1998.

Gustave Moreau, sa vie, son œuvre, catalogue raisonné de l'œuvre achevé, édité par Pierre-Louis Mathieu, Office du Livre, Fribourg, Switzerland, 1976.

Gustave Moreau, édité par Pierre-Louis Mathieu, Flammarion, Paris, 1994.

Gustave Moreau, 1826-1898, (Paris, Galeries nationales du Grand Palais, 29 septembre 1998-4 janvier 1999), Réunion des Musées Nationaux, Paris, 1998.

Gustave Moreau et la Bible, (Nice, Musée National Message Biblique Marc Chagall, 6 juillet-7 octobre 1991), Éditions de la Réunion des Musées Nationaux, Paris, 1991.

L'Inde de Gustave Moreau, (Musée Cernuschi, Paris, 15 février-17 mai 1997), Paris-musées, 1997.

Le Musée Gustave Moreau, édité par Pierre-Louis Mathieu, Éditions de la Réunion des Musées Nationaux, Albin Michel, 1986.

Maison d'artiste, maison-musée, l'exemple de Gustave Moreau, Catalogue établi et rédigé par Geneviève Lacambre, Les dossiers du musée d'Orsay, Ministère de la culture et de la communication, Éditions de la Réunion des Musées Nationaux, Paris, 1987.

MOREAU, Gustave, *L'Assembleur de Rêves*, Écrits complets de Gustave Moreau, Bibliothèque artistique & littéraire, Fata Morgana, 1984.

Winthrop Collection of the Fogg Art Museum, Reality and Dreams, Nineteenth Century British and French Art, (The National Museum of Western Art, Tokyo, September 14-December 8, 2002), The Tokyo Shimbun, 2002.

Exposition, Gustave Moreau au profit des œuvres du travail et des pauvres honteux, Catalogue, préface par Le Comte Robert de Montesquiou, Galerie Georges Petit, Paris, 1906.

The Ephesus Museum, catalogue du musée d'Ephesus, édité par Sabahattin Türkoğlu, directeur du musée Ephésus, en anglais.

VII. Ouvrages et articles sur Gustave Moreau

ARSENE, Alexandre, « La maison d'un maître », *Le Figaro*, nov. 1898.

BRETON, André, « Gustave Moreau », *Le Surréalisme et la peinture*, nouvelle édition revue et corrigée 1928-1965, Gallimard, Paris, 2002, pp. 363-366.

CHALEIL, Frédéric, *Gustave Moreau par ses contemporains*, Les Éditions de Paris, 1998.

CHARENSOL, George, « Gustave Moreau au Louvre », *La Revue des Deux Mondes*, juillet 1961, pp. 142-147.

— « Gustave Moreau 1826-1897 », *L'Art vivant*, vol. 31, pp. 252-254.

DECAUDIN, Michel, « Salomé dans la littérature et dans l'art à l'époque symboliste », *Bulletin de l'Université de Toulouse*, mars 1965, pp. 519-525.

KAPLAN, Julius, *The art of Gustave Moreau, Theory, Style and Content*, Ann Arbor, Michigan, 1982.

KITAZAKI, Chikashi, « Sur *L'Apparition* de Gustave Moreau », *Histoire des Beaux-arts*, n° 133, 1993, pp. 15-29（喜多崎親,「ギュスターヴ・モローの《出現》に就いて」,『美術史』).

COOKE, Peter, « Text and Image, Allegory and Symbol in Gustave Moreau's *Jupiter* et *Sémêlé* », *Symbolism, Decadence and the Fin de Siècle — French and European Perspective*, University of Exeter Press, 2000.

DOTTIN, Mireille et GROJNOWSKI, Daniel, « Lectures de « Salomé » de Gustave Moreau : parole « collective » et parole « personnelle » », *Transpositions*, Université de Toulouse-Le Mirail, Série A, t. 38, 1986, pp. 41-65.

LACAMBRE, Geneviève, « Documentation et création : l'exemple de Gustave Moreau », *Usages de l'image au XIXe siècle*, Éditions Créaphis, Paris, 1992, pp. 79-91.

— « Gustave Moreau et le Japon », *Revue de l'art*, vol. 85, 1989.

— *Gustave Moreau Maître sorcier*, Découvertes Gallimard, Réunion des Musées nationaux, Paris, 1997.

— « Gustave Moreau et les miniatures... », *Revue du Louvre et des musées de France*, vol. 1, pp. 64-78, 1997.

LARROUMET, Gustave, « Le symbolisme de Gustave Moreau », *La Revue de Paris*, 1er sept. 1985, pp. 408-439.

— « Notice historique sur la vie et les œuvres » de M. Gustave Moreau, lue dans la séance publique annuelle, 19 octobre 1901.

MARGERIE, Diane de, *Autour de Gustave Moreau — La Maison des Danaïdes*,

Christian Pirot, Paris, 1998.

MATHIEU, Pierre-Louis, « La Bibliothèque de Gustave Moreau », *Gazette des Beaux-Arts*, avril 1978.

— « Gustave Moreau, Premier abstrait ? », *Connaissance des Arts*, déc. 1980, pp. 84-91.

— « Documents inédits sur la jeunesse de Gustave Moreau (1826-1857) », *Bulletin de l'histoire de l'Art francais*, 1971, pp. 259-279.

— « Lettres de Gustave Moreau », *Archives de l'Art français nouvelle période*, t. XXIX, p. 125-131, 1988.

PALADILHE, Jean, *Gustave Moreau*, Fernand Hazan éditeur, Paris, 1971.

RENAN, Ary, « Gustave Moreau », *Gazette des Beaux Arts*, mai 1886, pp. 377-394 ; juillet 1886, pp. 35-51 ; vol. 21, 1899, p. 5-20 ; pp. 189-204 ; pp. 299-312 ; juillet 1899, pp. 35-51 ; vol. 22, 1899, pp. 57-70 ; pp. 414-432 ; pp. 478-497.

ROUAULT, Georges, « Gustave Moreau, Lettre d'André Suarès à Georges Rouault », *L'Art et les Artistes*, avril 1926, pp. 217-248.

SELZ, Jean, *Moreau*, Flammarion, Paris, 1978.

WRIGHT, Barbara, « Gustave Moreau and Eugène Fromentin : a reassessment of their relationship in the light of new documentation », *The Connaisseur*, vol. 180, n° 725, juillet 1972, pp. 191-197.

VIII. Catalogues et ouvrage d'Odilon Redon

WILDENSTEIN, Alec, *Odilon Redon, Catalogue raisonné de l'œuvre peint et dessiné*, vol. II, *Mythes et légendes*, texte et recherches Agnès Lacau st. Guily, Wildenstein Institute, Paris, 1994.

Odilon Redon, Gustave Moreau, Rodolphe Bresdin, (The Museum of Modern Art, New York, December 4, 1961-February 4, 1962), Collaboration with The Art Institute of Chicago, 1961.

Odilon Redon, édité par André Mellerio, New York, Da Capo Press, 1968.

REDON, Odilon, *À soi-même*, journal (1867-1915), Librairie José Corti, Paris, 1961.

Redon, Dessins et Estampes, Iwasaki Bijutsu-sha, 1986 (『ルドン　素描と版画』、編集・解説―駒井哲郎、岩崎美術社).

Redon/Rousseau, édité par Zayûhô-Kankôkai, Shûeisha, Tokyo, 1971 (『ルドン／ルソー』、監修＝梅原龍三郎・谷川徹三・富永惣一、解説＝宮川淳、座右宝刊行会、集英社).

Jean Seznec, « *The Temptation of St. Anthony* in Art », *Magazine of Art*, vol. 40, 1947.

IX. Ouvrages sur Odilon Redon

BART, B.F., « Flaubert and the Graphic Arts : A Model for His Sorces, His Texts, and His Illustrators », *Symposium : A Quaterly-Journal-in-Modern-Literatures*, Syracuse, NY, 1986-1987, Winter ; 40 (4) , pp. 259-295.

COCHRAN, Nadine, Oleva, *The Presence of Gustave Flaubert and Saint Anthony in Odilon Redon's Albums*, master of arts, Houston, Texas, April 1997.

CURTIS, Leslie, Stewart, *From Salome and John the Baptist to Orpheus : the severed head and female imagery in the work of Odilon Redon*, The Ohio State University, 1992.

FLORENCE, Penny, *Mallarmé, Manet and Redon*, Visual and aural signs and the Generation of meaning, Cambridge University Press, 1986.

HOBBS, Richard, *Odilon Redon*, Studio Vista, London, 1977.

THOMSON, Richard, « Tracing Dreams back to History : The Temptation of Saint Redon : Biography, Ideology and Style in the *Noirs* of Odilon Redon », *Art history* 19, n° 1, Association of Art Historians, 1996, pp. 144-149.

X. Autres ouvrages sur l'art

Les Peintures de L'Opéra de Paris de Baudry à Chagall, ouvrage publié avec le Concours du Centre National des Lettres, ARTHENA, Association pour la diffusion de l'Histoire de l'Art, Paris, 1980.

XI. Ouvrages d'Oscar Wilde

Album Oscar Wilde : iconographie choisie et commentée par Jean Gattegno et Merlin Holland, Gallimard, Bibliothèque de la Pléiade, 1996.

More Letters of Oscar Wilde, edited by Rupert Hart-Davis, The Vanguard Press, New York, 1985.

The Letters of Oscar Wilde, edited by Rupert Hart-Davis, London, 1962.

WILDE, Oscar, *Œuvres*, Bibliothèque de la Pléiade, Gallimard, 1996.

WILDE, Oscar, *Salomé*, Présentation de Pascal Aquien, GF-Flammarion, bilingue, Paris, 1993.

XII. Ouvrages et articles sur Oscar Wilde

BROAD, Charlie Lewis, *The Truth about Oscar Wilde*, Arrow Books, 1957.

IMURA, Kimié, « La transition des images de Salomé dans les beaux-arts », *Revue de l'Université des femmes Tsurumi*, vol. 12, 1975 （井村君江、「美術における サロメ像の変遷」、『鶴見女子大学紀要』、第 2 部英語・英文学編）.

— « Salomé d'Oscar Wilde : (1) L'arrière-plan », vol. 10, 1972 （「Oscar Wildeの Salome : 第一部　作品の背景」、『鶴見女子大学紀要』）.

— « Salomé : le Mythe de la Lune », *Eureka*, pp. 110-118, （「サロメ：月の神話」、『ユリイカ：オスカー・ワイルド特集』、1980、10月号）.

KAWAMURA, Jôichiro, « La lignée d'Oscar Wilde et Salomé », *Eureka*, 1980, pp. 138-151 （河村錠一郎、「ワイルドとサロメの系譜」、『ユリイカ：オスカー・ワイルド特集』、10月号）.

HORIÉ, Tamaki, « Salomé et les cités de fin de siècle — La lignée du mal chez Wilde », 1984 （堀江珠喜、『サロメと世紀末都市―ワイルドにおける悪の系譜』、大阪教育図書）.

KNOX, Melissa, *Oscar Wilde — a long and lovely suicide*, Yale University, New York, 1994.

ELLMANN, Richard, « Overtures to Wilde's Salome », *Yearbook of comparative and general literature*, vol. 17, 1968, pp. 17-28.

— *Oscar Wilde*, H. Hamilton, London, 1987.

MARGERIE, Diane de, « Oscar Wilde, Salomé et la Sphinge », *Autour de Gustave Moreau — La Maison des Danaïdes*, Christian Pirot, Paris, 1998, pp. 109-115.

PEARSON, Hesketh, *The Life of Oscar Wilde*, Methuen & Co. Ltd., London, 1952.

XIII. Dictionnaires

A Greek-English Lexicon, compiled by Henry George Liddell and Robert Scott, Oxford, Clarendon Press, with a Supplement, 1968.

Dictionnaire des Symboles, mythes, rêves, coutumes, gestes, formes, figures, couleurs,

nombres, sous la direction de Jean Chevalier, Robert Laffont, Paris, 1969.
Dictionnaire mythologique universel, éditée par E. Jacobi, Paris, 1863.
Encyclopaedia Judaica, Keter Publishing House, 1971-1972, Jerusalem, vol. 14.
Encyclopédie des Symboles, Édition française établie sous la direction de Michel Cazenave, Le Livre de Poche, La Pochothèque, Paris, 1996, texte appuyé sur le texte allemand de Hans Biedermann, dont le titre original est *Knaurs Lexikon der Symbole*.
Grand Dictionnaire Universel du XIXe Siècle, Pierre Larousse, DVD-Rom, Champion Électronique, Éditions Honoré Champion, Paris, 2000.
JACOBS, Jérôme, *Dictionnaire des fêtes*, Hachette Livre, Paris, 1996.
Le Grand Robert de la Langue française : dictionnaire alphabétique et analogique de la langue française de Paul Robert, t. I, Le Robert, Paris, 1985.
The Oxford English Dictionary, second Edition, volume XV, Clarendon Press, Oxford, Oxford University Press, 1989.

XIV. Disque

MALLARMÉ, Stéphane, *Hérodiade*, Musique de Paul Hindemith, Vera Zorina : récitateuse, L'Ensemble Chambre de Columbia, Robert Craft : direction, CBS, Japon, 1966.

Table des Planches

Planche I	f° 361 (637v) Esquisse de l'apparition d'Hérodias (p. 78)
Planche II	f° 379 (645v) Premier brouillon de l'incipit du chapitre III (p. 134)
Planche III	f° 399 (639r) Brouillon-esquisse de la coiffure d'Hérodias sur la tribune dorée (p. 176)
Planche IV	f° 402 (651r et 652r) Scénario-esquisse de la danse de Salomé. La première apparition d'« un grand scarabée » avec l'image du « sphinx ». (p. 191)
Planche V	Statue de Cybèle, assise sur un cube, symbole de l'immobilité de la terre, couronnée de tours, et appuyée sur un tympanum ou tambour, auquel de petites cymbales sont suspendues. (Creuzer, *Religions de l'Antiquité*, t. 4-II, explication des planches, p. LVII, n° 227)
Planche VI	Cybèle, la tête tourrelée, ayant dans ses mains le tambour et une branche, et portée sur un char attelé de deux lions. Attis s'appuie au tronc de l'arbre, vêtu à la phrygienne, et tenant également un tambour. (Creuzer, *Religions de l'Antiquité*, t. 4-II, p. LVIII, n° 230)
Planche VII	*Salomé dansant devant Hérode* (Gustave Moreau)
Planche VIII	Esquisse pour la mitre d'Antipas (Gustave Moreau)
Planche IX	Esquisse pour la mitre de Salomé (Gustave Moreau)
Planche X	*Œdipe et le Sphinx* (Gustave Moreau)
Planche XI	Les trois idoles dans *Salomé dansant devant Hérode*, détail (Gustave Moreau)
Planche XII	The Colossal Ephesian Artemis (The Ephesus Museum)
Planche XIII	The Beautiful Artemis (The Ephesus Museum)
Planche XIV	« Statue du dieu Mithra » (*Magasin Pittoresque*, 1840)

Planche XV	Marbre Statue de Chronos, found in the Mithraeum (M.J. Vermaseren)
Planche XVI	Æon ou Protogonos, le Temps, le premier-né, qui sans cesse crée, détruit et renouvelle toutes choses, analogue à l'Héraklès-Chronos et au Phanès des Orphiques, et rattaché aux mystères de Mithra. (Creuzer, *Religions de l'Antiquité*, 1825, t. 4-II, p. LVIII, n° 239)
Planche XVII	*L'Apparition* (Gustave Moreau)
Planche XVIII	*Tête de martyr posée sur une coupe* (Odilon Redon)
Planche XIX	Oannès : « Ensuite paraît un être singulier, ayant une tête d'homme sur un corps de poisson » (Redon, *Tentation* I-V, 1888, Musée départemental de Gifu)
Planche XX	Oannès : « Et que des Yeux sans tête flottaient comme des mollusques. » (Redon, *Tentation* III-XIII, 1896, Musée départemental de Gifu)
Planche XXI	Oannès : « Oannès : moi, la première conscience du chaos, j'ai surgi de l'abîme pour durcir la matière, pour régler les formes. » (Redon, *Tentation* III-XIV, 1896, Musée départemental de Gifu)
Planche XXII	« ...Et dans le disque même du soleil rayonne la face de Jésus-Christ. » (Redon, *Tentation* I-X, 1888, Musée départemental de Gifu)
Planche XXIII	« Le jour enfin paraît, ...Et dans le disque même du soleil, rayonne la face de Jésus-Christ. » (Redon, *Tentation* III-XXIV, 1896, Musée départemental de Gifu)
Planche XXIV	« L'intelligence fut à moi ! Je devins le Buddha. » (Redon, *Tentation*, III-XII, 1896, Musée départemental de Gifu)
Planche XXV	Cybèle : « Voici la Bonne-Déesse, l'Idéenne des montagnes » (Redon, *Tentation* III-XV, 1896, Musée départemental de Gifu)
Planche XXVI	« Je suis toujours la Grande Isis ! Nul n'a encore soulevé mon voile ! Mon fruit est le soleil ! » (Redon, *Tentation* III-XVI, 1896, Musée départemental de Gifu)
Planche XXVII	« Immédiatement surgissent trois déesses. » (Redon, *Tentation* III-XI, 1896, Musée départemental de Gifu)

Index

1885   216

A

Abdalonim   85
Abou-el-Houl   161
Adonis   63, 123, 136, 192, 219
Agrippa   15, 17, 20, 33, 40, 43, 49
A Gustave Flaubert   198, 217, 251
Ahriman(s)   193-195, 243, 250
Aîno, Takeshi   174
Akurgal, Ekrem   191
L'Amitié de Stéphane Mallarmé et de Georges Rodenbach   225
A Mamual of Mythology   251
Amour   121
L'Anatomie du Rouge et le Noir   246
l'Ancien Testament   162
L'Ane d'or ou les Métamorphoses   63, 189, 190
Antipas   5, 15-18, 20, 28-35, 37, 39-42, 44, 45, 49, 50, 53-57, 59, 66, 71, 72, 75, 82, 83, 87, 88, 97, 99, 104-107, 109, 114-117, 119, 126, 128, 151, 157, 164-167, 241, 242
Antiquitates Judaicae   124
Antiquités judaïques   77
Antoine   219, 251
Aôyagui, Izumiko   184, 244
Aphaka   136
Aphrodite   136
Aphrodite Mœra   145
Aphroditos   63
Apocalypse   55
appareil   6, 111, 113, 177, 226, 239-242
-critique   2
-rythmique   240
-scientifique   2, 3, 8, 9, 11, 107, 113, 164, 175, 239, 249
-symbolique   6
L'Apparition (aquarelle)   8, 174, 178, 186, 188, 215, 225, 218, 245, 251
Apulée   63, 190
Aquien, Pascal   174
Arabes   15-18, 43, 45
Archigalle   63, 64
arc(s)   162, 163

287

arc(s)-en-ciel   121, 122, 127,
    150, 156, 162, 163, 172,
    175, 240, 250
Arétas   16, 170
argent   22, 25, 26
arôme   207, 227, 228
Arthémis   183, 188, 189, 191,
    193-195, 230, 234, 250
  -d'Éphèse   189, 191, 195
Arthémision d'Éphèse   191
Asmonéens   20, 83
À soi-même   219
aspergés   109
aspersion   90, 109-111, 172,
    213, 214
  -du sang   214
  -du taurobole   110, 135
Assad, Maria L.   182, 183,
    201, 202, 209
assassin   250
L'Assembleur de rêves   179, 183,
    186, 187
assonance(s)   144, 147, 148,
    156
Astarté   136, 183, 219
Atta Troll   7, 47, 174, 230
Attis   62, 67, 80, 84, 135,
    136, 139, 219
Auguste   14, 16, 18, 83
Aulus   22, 28, 29, 57, 59,
    71, 81, 85, 115, 147
Austin, Lloyd James   215
autel   90, 108, 111, 113,
    187, 241, 250
  -de Moloch   108
  -de sacrificature   181
  -symbolique   69, 121,
    155, 156, 242

auteur   127
L'Avenir de la science   6, 10
Ayda, Adile   226
Azizeh   122

B

Babylone   55, 57, 59, 165,
    219
Babylonie   59
babylonien(s)   57, 59, 60,
    151, 153, 241, 248
Babylonienne(s)   57, 59
Bacou, Roseline   216-218
Balac   91, 93, 95, 98, 241
balancement   225
Ballets   225
Banville, Théodore de   47,
    174, 199
Baptiste   215
bariolés   153
basilique   86, 87, 152, 153,
    179
bassin(s)   12, 207, 209, 210,
    211, 212, 230, 233, 238,
    250
Baudelaire, Charle   216
Baudry, Frédéric   3, 58, 128
Baudry, Paul   178
Beardsley, Aubrey   7
Beautiful Artemis   189
Bertrand   200
Biasi, P.-M. de   1, 3, 5-7, 14,
    49, 53, 59, 62, 73, 74,
    113, 116, 120, 127, 128,
    133, 147, 156, 159-161,
    163, 176, 240, 241
Bibliomanie   143
Bibliothèque universelle de Lausanne

Index

188
bijoux 185, 233
Bonaccorso, Giovanni 3, 4, 6, 36, 51, 65, 69, 154, 156
bonheur 79
Bonne Déesse 63, 219
bouc émissaire 11, 209
Le Bouc émissaire 20
Bouilhet, Louis 1, 25, 120, 161
bourgeois(e) 25, 26, 27
Bourget, Paul 198
Bouvard et Pécuchet 1, 198, 251
Bovary, Emma (Madame Bovary) 35
Bowker, John 124
Broad, Lewis 247, 248
Brunetière, Ferdinand 4, 5, 117
Buchon, J.A.C. 73
Buffon 147
byzantine 185

C

Caïus 17
Cannon, Joyce H. 3, 130
Cantique 219
Cantique de saint Jean 200, 206, 212, 215, 216, 221, 222, 235–237, 243, 245
Cantique des Cantiques 58
capitation 237
carnets 5
Carnets de travail 5, 176
Caroline 142, 177, 197
Carthage 39, 162
Cazalis, Henri 197–199, 200, 221
Ce que disaient les trois cigognes 226
César(s) 16, 20, 49, 53, 60, 84
Chapu 198
Charpentier, Georges 1, 198
Chassé, Charles 215
Le Château des cœurs 1
Chesneau, Ernest 176, 177, 187
Chevalier, Ernest 160
Les Chimères 183, 185
chrétiennes 11
Christ 12, 219, 244, 245
Christian Beginnings 124
christianisme 3, 6, 10, 11, 13, 14, 69, 79, 83, 86, 113, 139, 141, 151, 179, 180
chronologie 4
chronos 193, 195, 242, 243
clair et vif 3
Les Clefs de Mallarmé 215
Cléopâtre 2, 14, 83, 164
Cohn, R.G. 201
coiffés 85
coiffure 84, 182
Colet, Louise 38, 120, 199
colibri 143
Le Colibri 143
Commanville, Ernest 1
composition 4
Conard, Louis 1
connotation 4
conte 4, 5, 14
convives 76
Coquelin 199

Corps et graphies 224
Corpus Flaubertianum 6, 69, 154, 156
Corpus Inscriptionum et Monumentorum Religionis Mithriacae 193
Correspondance
   -de Gustave Flaubert 1, 2, 3, 6, 9, 14, 24, 25, 27, 32, 35, 38, 39, 47, 48, 80, 120, 121, 142, 143, 147, 176, 177, 181, 187, 197, 199, 239, 240, 242, 244, 249
   -de Stéphane Mallarmé 197, 198, 217, 200, 201, 221, 234
Un Coup de dés 218
Cox, George W. 215, 236, 245
Creuzer, Frédéric 63, 84, 189, 195
croissant 227, 233
Cumont, Franz 195
Curtis, Leslie Stewart 216, 217, 218
Cybèle 52, 53, 60-67, 69, 80, 84, 107, 117-119, 129, 135, 136, 139, 148, 172, 175, 181, 182, 188, 189, 192, 194, 195, 212-214, 219, 221, 230, 240, 243, 244, 246-250
Cybèle et Attis 67, 135
cygne 203, 210, 231, 232, 233
Czyba, Lucette 114

D

Dalila 185
danse(s) 5, 60, 62, 63, 67, 78, 81, 82, 84, 95, 99, 106, 114-119, 121, 122, 126, 138, 139, 143, 148-150, 157, 158, 160, 163, 172, 195, 200, 212, 221, 222, 224-231, 238-241, 244, 246-250
   -de Salomé 6, 7, 47, 53, 56, 60, 61, 62, 69, 80, 114, 117, 133, 148, 149, 156, 162, 174, 175, 183, 188, 201, 221, 223, 230, 239, 240, 242-244, 248
   -d'Hérodiade 215, 228, 229
   -symbolique 243
   -tournoyante 81
Danse 78, 224, 250
La Danse de Salomé 178
La Danse des morts 78
danser 81
danseuse 224, 225, 226
   -Azizeh 160
   -Loïe Fuller 224
La Danseuse 47, 174
Davies, Gardner 216
Deborah 226, 227, 228
Debray-Genette, Raymonde 4, 12, 14-17, 37, 39, 76-78, 97, 135, 245
décapitation 7, 10, 89, 121, 122, 127, 173, 175, 206, 236, 239, 241

Index

-de Iaokanann 47, 67, 80
décapitée 249
décollation 4, 10-12, 35, 113, 128, 179, 215, 218, 236, 237, 239, 241, 250
  -de Iaokanann 7, 11, 62
  -de Saint-Jean Baptiste 9, 34
Décollation de Saint Jean-Baptiste 47
LA DECOLLATION D'IAOKANANN 43
Déesse(s), déesse(s) 64, 67, 80, 146, 187-193, 213, 221, 233, 234, 238, 243-245, 249
  -Cybèle 63, 192
  -d'Éphèse 191
  -de la lune 195, 213, 233, 234
La Défense 193
définitive 64
de Goncourt, Edmond 39, 197, 198
Demorest, D.L. 5, 117
Derenbourg 72, 76, 77, 90
dernier monologue 200
des données scientifiques 7
Des Esseintes 235
désir de possession 27
Des Métaphores obsédantes au mythe personnel 226
Desportes, Matthieu 58
des scénarios 71
dessins de Cybèle > voir Cybèle
De Vinci, Léonard 246, 247
dévoile 233

dévoilement 81, 115, 155, 223, 224
Dezobry 77, 78
Diana 191
Diane 62, 190
  -d'Éphèse 189, 221, 242, 243
Dictionnaire biographique du Chritianisme 123
Dictionnaire des Symboles 80, 120, 135, 143
Dieu (dieu) 148, 193, 195
Les Dieux antiques 213, 236, 248, 251
Les Dieux de l'Empire romain 193
différent 230
discours
  -direct 18
  -indirect 15, 32
  -indirect libre 15-18, 29, 31, 32, 34, 37
divinité 180
documentaires 63
documentation 2-4, 6, 39
document(s) 3, 4
  -scientifiques 2, 4
domination 15
  -historiques 141
  -scientifiques 7, 239
dorée 108
Dottin, Mireille 173
Le Drame intérieur de Mallarmé ou l'origine des symboles mallarméens 226
Du Camp, Maxime 24, 161, 177
Ducrey, Guy 224

291

Duret, Théodore   234

E

écriture   96
L'Éducation sentimentale   27, 38, 58, 76, 160, 192, 251
L'Éducation sentimentale de 1845   38
L'Éducation sentimentale de Gustave Flaubert — Passion et Politique —   37
égoïsme   10, 23-27
Égoïsme   58
Égypte   122
Eléazar (*Hérodias*)   91
Eléazar   70
Élie   35, 42, 43, 79, 86, 91, 113, 239
Empereur   15, 40, 53, 86, 88
encen(s)   89, 90, 111, 207, 208
encensoir   185
enchanteresse   183
Encyclopaedia Judaica   124
Énigme(s)   41, 43-45
Ennoia   245
énoncés   29
énonciateurs   16
énonciation(s)   29, 32
Enslin, Morton Scott   124
ensorcellement   151
envoûtement   80
Éphèse   190
Ephesus, and the Temple of Diana   189, 190
éphod   73
Éros   118
L'Esprit des beaux-arts en Europe   216
Essai sur l'histoire et la géographie de la Palestine   72, 90
Essénien(s)   12, 17, 32
estrade   81, 87-92, 94, 95, 98-100, 102, 103, 107, 111, 113, 121, 127, 152-157, 159, 241, 242, 243, 250
estrade-tribune   151, 154, 155
Étude scénique d'Hérodiade   199
Études de Langue et Littérature Françaises   5, 69
Etudes sur Flaubert   16
ethnie   3
Évangile(s)   12, 201
Évangile selon saint Jean   113
Évangile selon saint Marc   9, 113, 212
Évangile selon saint Matthieu   9, 45, 130, 212
Examen sur les Évangiles apocryphes   58
exécution de Iaokanann   70
L'Expression figurée et symbolique dans l'œuvre de Gustave Flaubert   5, 117

F

Fabrice   247
Falkener, Edward   189, 190
famille sacerdotale   74
fatal(e)   37, 184, 204
fatalité   11, 119, 146
faubourg-Saint-Honoré   1
Faune   197
Félicité (*Un Coeur simple*)   25, 26, 27

femme   185
femme(s) fatale(s)   7, 8, 60, 68, 101, 146, 159, 173, 174, 179, 183-187, 192, 195, 218, 231, 245, 246, 248, 249
la Femme   121
La Femme dans la peinture orientaliste   160
festin(s)   35, 69, 76-78, 80, 82, 83, 86, 114, 141, 144, 147, 195, 242, 250
fête(s)   138, 204, 207, 239, 240
Feydeau, Ernest   147
La Fiction et la mort dans l'œuvre de Stéphane Mallarmé   202
Le Figaro   225
fille de Babylone   57, 151, 247
Finale [I] [II]   200, 212, 222, 236, 243
le Finale   223
fin de siècle   173, 192, 240, 245, 248, 249
Flaubert and the pictorial arts   176
Flavius, Josèphe   42, 73, 76, 77, 124
fleur(s)   150, 211, 218, 225-228, 234
Les Fleurs   213, 214, 223, 228
la forteresse Antonia (la tour)   73
Frazer, James George   247
French Studies   3
Frœhner   39
Fromentin   188
From Salome and John the Baptist to

Orpheus   216
Fuller, Loïe   224

G

Galilée   14
Ganneau, Clermont   3
Gautier, Théophile   177
Gazette des Beaux-Arts   192
gd (sacrificateur)   73
gd (scarabée)   99, 158
Genèse   57, 122
Genettes, Edma Roger des   2, 9, 14, 24, 31, 32, 35
Geneviève (Mallarmé)   199
genre commis   143
Ghawázee   160
Girard, René   20, 209
Giscon (*Salammbô*)   85
Glatigny   197
Goncourt   197, 198
Gothot-Mersch, Claudine   78
Grand Dictionnaire Universel du XIXe Siècle de Larousse   6
Grande déesse   60, 214
La Grande Diane d'Éphèse   192-213, 220
Grand Hérode   22, 54, 70, 75
la Grande Mère   53, 60, 63, 128, 175, 189, 192, 221, 230, 234
Grand-Prêtre(s)   19, 70-72, 74, 75, 83, 250
grenade   201, 228
La Guerre des Juifs   124
gueuloir   142, 148, 156, 158, 170
guillotiner   113
Gustave Flaubert   15

Gustave Flaubert — Trois Contes 36
Gustave Moreau et la bible 173
Gustave Moreau, sa, vie, sonœuvre 174
Gustave Moreau, anprofit des œuvres du Travail 178
Gustave Moreau, Catalogue d'exposition de Paris 188
G. Jean-Aubry 197
G. Posani 205

H

Hamilcar (*Salammbô*) 85
Hanoulle, Marie-Julie 40
Hasumi, Shiguéhiko 5, 28, 31, 128
Heine, Heinrich 7, 47, 174, 229, 246
Henley, W.E. 247
Hennequin, Emile 217
Hennique, Léon 198
Henry (*L'Édncation sentimentale* de 1845) 38
Hercule et l'Hydre de Lerne 174
Hermès 248
Hérode 2, 14, 16, 20, 23, 31, 35, 54, 55, 59, 75, 113, 114, 124, 173, 181, 182, 188, 193-195, 201, 215, 223, 229, 239-241
Hérode-Antipas 14, 179, 181, 182, 188, 201
Hérode le Grand 20, 75, 77, 124
Hérodiade 10, 20, 114, 194, 195, 199-204, 206, 207, 209, 211-214, 221-223, 225-231, 234-238, 242, 244, 246, 248, 251
Hérodiade 7, 8, 47, 50, 178, 182, 199-201, 207, 209, 212, 215, 216, 221, 222, 224, 228, 230, 231, 233, 234, 237, 245-248
Hérodiade de Da Vinci 246
Hérodiades 247
Hérodiade-Salomé 231
Hérodias 2, 7, 9, 11, 14, 16, 17, 20-23, 28-30, 32-36, 40-43, 45, 48-57, 60, 61, 66-70, 75, 78, 80-84, 86-90, 100-104, 106, 107, 114-116, 119, 124, 129, 132, 135, 139, 143, 146, 150, 151, 154-156, 162, 164-167, 169, 170, 172, 175, 181, 182, 188, 189, 195, 224, 227, 240-242, 247-249, 250
Hérodias 1, 2, 3, 5-8, 10, 12, 14, 23-25, 27-29, 38, 39, 47, 48, 65, 69, 75-77, 79, 82, 97, 121, 135, 142, 144, 148, 150, 174, 176, 178, 181, 182, 184, 199, 200, 213, 223-225, 229, 231, 232, 235-237, 240, 244, 247, 248, 251
Hérodias-Cybèle 68
Hérodias-Salomé 80, 81, 87, 179, 192, 231, 240, 246
Hérodias-Salomé-Hérodiade 244
Hérodote 190
Heyms, R.Van 193

Hiérapolis   21, 62, 172
histoire   2
Histoire ancienne des Juifs   73
Histoire de France   120
Histoire des origines du christianisme   9
histoire naturelle   2, 9
Histoire romaine   120
Hubert, Henri   180
Huot, Sylviane   199, 203, 205, 209-211, 215, 216, 223, 225, 226, 230, 247
Huysmans, Joris-Karl   174, 182, 186, 192, 193, 216, 235, 245

I

Iaokanann (*Hérodias*, Flaubert)   7, 9, 11, 12, 13, 18, 21, 22, 23, 28-38, 41-44, 50, 55, 57, 58, 60, 61, 69, 70, 72, 76, 78-80, 82, 83, 84, 86, 89, 105, 111, 113, 114, 119, 120, 122-124, 126-130, 132, 134, 139, 142, 143, 147, 150, 151, 164, 166-168, 172, 174-176, 185, 186, 195, 205, 213, 229, 239, 240-243, 247, 249, 250
Iaçim   21, 28, 57, 59
idolâtrie   18
idole(s)   65, 66, 159, 175, 181, 182, 184, 188, 191, 195, 242
Iézabel   52
Imamori, Mitsuhiko   56, 120
imparfait(s)   15

Imura, Kimié   247
L'Inde de Gustave Moreau   181, 182, 184, 194
industrialisme   27
insecte   160
L'Insecte   120, 121
intertextualité   7, 141, 175
Iokanaan (*Salomé*, Wilde)   229
Isaïe   130
Isis   191, 220, 221
Israël   59
Issacharoff, Michael   5

J

Jacob   20, 21, 57, 90, 91, 93, 94, 100, 107, 154
Jean   9-13, 32, 34, 37, 42, 44, 45, 59, 75, 128, 165, 182, 184, 188, 201, 206, 208, 209, 212, 215, 223, 229, 235, 237, 238
Jean-Baptiste   4, 11, 13, 35, 45, 113, 176, 181, 185, 212, 241
Jérusalem   18, 19, 24, 29, 70, 73-75, 123
Jésus   10, 11, 13, 19, 21, 23, 24, 31, 35, 73-75, 79, 88, 91, 113, 172
Jésus-Christ   11, 79, 219, 244
Jonathas   70, 102
judaïsme   79
Judée   14, 15, 19
Juif(s)   15, 18, 19, 21, 28, 31, 38, 40, 51, 55, 73, 109
Jules (*L'Éducation sentimentale* de 1845)   38

K

Kaïapha 73, 74
Kanasaki, Haruyuki 123, 192
Kashima, Shigeru 177, 183, 187
Kashiwagi, Kayoko 149, 241, 245
Kaplan, Julius 188, 189, 191, 193
Kenzô, Furuya 35
Kinoshita, Tadataka 16
Kitazaki, Chikashi 178, 180, 185
Kristeva, Julia 11, 86, 201, 202
Kuchiouk-Hânem 160
Kudo, Yoko 2, 3, 6, 7, 10, 55, 114, 174, 186, 187, 192, 247
Kybele 191

L

Lacambre, Geneviève 177, 182, 184, 194
Lajard, Félix 193
Lane, Edward William 62, 160
langage 28, 31
langue(s) 6, 28
Langages de Flaubert 5
Larroumet, Gustave 177
la Batanée 15
La Bible 57, 58, 123, 174, 179
 -d'Edouard Reuss 58, 130
 -de Le Maistre de Saci 10, 12, 58, 113, 122, 212
La Bibliothèque de Flaubert 58

La Chair, la mort et le diable dans la littérature du 19ᵉ siècle, Le Romantisme noir 144
La Chartreuse de Parme 246, 247
La Légende de Saint Julien l'Hospitalier 241
Leal, R.B. 5, 87
Lecercle, F. 3
Leclerc, Yvan 58
Lecture de Mallarmé 204
Le Livre 199
Le Magasin pittoresque 177
Lemerre 1
Le Messie 43
Le Parnasse Contemporain 47, 199
Le Roman naturaliste 5, 117
Le Rouge et le Noir 246
Leroyer de Chantepie, Marie-Sophie 9
Les Fleurs 228, 251
Les Mystères de Mythra 79
Les Religions Orientales dans le Paganisme Romain 195
Lettres à Odilon Redon 216, 217
levant 205
lever 231, 232
 -du jour 232
 -du soleil 232
Lévirat 90, 111
Lia et Rachel 57
lion(s) 162
Lips, Marguerite 17
Lisle, Leconte de 142
Littérature et sensation 71
Livre 198
logos 36

Index

Lőrinszky, Ildikó 189, 244
Lorrain, Jean 81
Luini, Bernardino 246
La lumière et l'ombre du Symbolisme 149
lunaire 250
Lund, Hans Peter 36, 38, 54, 62, 82-84, 117-119, 135, 243, 249
Lune 184
lune 187, 188, 195, 200, 213, 214, 230, 233, 235, 238, 243-245, 247, 249, 250
La lune 237
lune-soleil 231

M

Machærous 5, 16, 17, 28, 42, 43, 67-69, 81, 142, 179, 201
mâchoire 127
Madame Bovary 149, 192
Madame Régnier 142
Magasin Pittoresque 177, 184, 185, 193-195
Magazine littéraire 156
magnificence 97
Maintenon 2, 14
Maison d'artiste maison-musée 177
Mallarmé et le rêve d'Hérodiade 216
Mallarmé, Stéphane 7, 8, 47, 178, 182-184, 195, 197, 202, 205, 207-209, 213, 215-217, 219, 221-226, 228, 230, 231, 234-237, 242-245, 247, 248, 250, 251
mandragore(s) 56, 143, 225
Mannaeï 30, 32, 35, 44, 89, 105, 127, 143
Manners and Customs of the Modern Egyptians 62
manteau 70, 71, 85, 172, 250
-du grand prêtre 70, 71, 172, 250
-du prêtre 85
manuscrits 5
Marcellus 20, 79, 80, 110
Marchal, Bertrand 199, 200, 203-205, 207, 209, 213, 216, 217, 221, 236, 237
Mardis 216
Mariamne 20, 75
martyr(s) 10, 11
Maslard, Virginie 10
Mathieu, Pierre-Louis 173, 174, 178, 180-182, 185, 189, 191, 192, 194
Mathilde 246
Mâtho 180, 184, 244, 245
Matsubara, Masanori 246
Maupassant, Guy de 14, 48
Mauron, Charles 226
Mauss, Marcel 180
Mellerio, André 198, 216, 219
Meltzer, Françoise 47, 134, 173, 174, 178, 244
Mémento mythologique pour (La Tentation de saint Antoine) 136, 138, 144, 219
Mémoires de Luther 120
La Mer 120

Mère   64, 234
la Mer Morte   17, 68, 69
Messaline   185
Messe Noire   80, 81
Messie   12, 21, 37, 44, 45, 79, 86, 90, 113, 122, 129, 132, 239
La Métamorphose de Salomé   124
Metamorphoses du récit   135
Médan   198
Métamorphoses du récit   12, 39, 245
Michelet, Jules   80-82, 120, 121
Mirbeau, Octave   198
Mithra   21, 69, 79, 80, 90, 110, 119, 135, 136, 137, 138, 139, 144, 145-147, 172, 193-195, 221, 240, 250
Mithra ce dieu mystérieux   79, 137
Mithra-Mithras   145
Mithras   84, 136, 138, 144, 191, 193
mitre   66, 83-85, 145, 147, 181, 182, 250
    -assyrienne   66, 85, 144, 146, 172, 250
    -blanche   182
    -d'or   85
Miyagawa, Jun   218, 219
Mme Aubain   25, 26
Mme Tennant   48
Moab   52
Mœra   145
Moira   145, 146
Moloch   19, 85, 108, 172, 240
monologue(s)   17
    -intérieur   18, 29, 34
Monsieur de Phocas   81
Moreau, Gustave   7, 8, 101, 128, 173-177, 179-195, 215, 218, 225, 235, 242-244, 245, 248, 250, 251
Moreau, Frédéric (*L'Éducation sentimentale*)   35, 194
Mort de Jean   10
Müller, Max   245
Mystères de Mithra   144
mythe   12
    -du soleil   139, 141
Le « *Mythe d'Hérodiade* » chez Mallarmé   199
Le « *mythe d'Hérodiade* » chez Mallarmé — genèse et évolution   203
Mythes et idéologie de la femme dans les romans de Flaubert   114
mythiques   7

N

La Naissance Salomé
nation   3
Navarre, Marguerite de   246
Nazaréen   79
Néron   79
Les Noces d'Hérodiade   184, 200, 206, 209, 212, 214-217, 219-223, 231, 235, 236, 238, 243, 244, 249, 250
Nicolas, Michel   58
Notes de lecture   13, 72, 77
Notre Père   214
La Nouvelle Revue   1

Novembre 241

O

Oannès 219
O'Connor, John R. 5
Odilon Redon 198, 216, 217, 219
Œdipe 248
Œdipe et le Sphinx 185-187, 251
Œdipe voyageur 187
Œuvres 224, 226
Œuvres complètes de Stéphane Mallarmé 197, 206, 228
Œuvres de jeunesse 78
offrande 89, 184
Ogane, Atsuko 27, 52, 58, 60, 144
Ogawa, Hideo 136, 137, 189, 191, 193, 194
Ôhashi, Eri 52, 100
L'Ombre qui s'appelle « la Jeunesse », les Jeunes hommes dans la littérature moderne 35
Orient 24
oriental 197
Orientalism 180
Orientalisme 55, 180, 191
Orphée 218
Orpheus 218
Ouverture ancienne 198-202, 204-212, 215, 217, 221, 222, 227, 231-233, 235, 243, 251

P

Palestine 76
Parnasse contemporain 47

panthère 106, 194
parfum(s) 207-209, 228, 229
Parrit, Nick 226
Parthes 18
Pasiphaé 185
patère 84
Pauvre enfant pâle 215
pays extérieurs 15, 16, 18
Pérée 14
Peuple 121
Phanuel 12, 13, 17, 18, 30-32, 34, 40, 42, 44, 50, 56, 83, 86, 87, 128
Pharisiens 18, 19, 21, 22, 28, 29, 33, 70, 72, 73, 84, 88, 89
Philippe 15
pied(s) 148, 159, 184, 193
Pierrot, Jean 244, 245
plan 3, 13, 14, 22 39, 62, 71, 251
Poë, Edgard 216
La Poésie de Stéphane Mallarmé 207
Poétique de la prose 44, 141
politique(s) 2, 14, 15, 18, 19, 21, 23, 27, 29, 31, 43, 49, 55, 73, 74, 181, 239
-du Grand Hérode 49
-hérodienne 49, 50, 55
Praz, Mario 144, 183-185, 233, 234
Prélude 200, 206, 222, 243
-[I] 212, 222, 235-237
-[II] 222, 236
-[III] 206, 236
présentoir 180, 194
prêtre(s) 22-24, 29, 30, 63,

70, 73, 83, 85
prêtresses   125, 149, 183
problème des races   18
procédé   3
Proconsul   15-19, 22, 28, 33, 34, 70, 80, 108
prophète(s)   12, 21, 204, 208, 212, 235
Prophètes   130
prostituée   55
prostitutions   137
Psaumes   58, 130
Psyché   115, 118, 123
Publicains   58
Publication of the Modern Language Association of America   5
Python   149

Q

Queen Marguerite   247

R

race(s)   2, 3, 7, 9, 14, 17, 18, 21-23, 26, 28, 34, 239
réalité   2
la réalité   15
A Rebours   182, 235, 245
Recherches de la Religion de Mithras   194
Redon, Odilon   198, 215-219, 221, 235, 244, 245, 251
Redon, Odilon   198
Redon / Rousseau   218, 219
Regnault, Henri   7, 173, 174, 178
Reine de Saba   245
religieuse   3
religion(s)   3, 6, 14, 19, 20, 23
La Religion de la race Sem   180
La Religion de Mallarmé   199, 221
Religions de l'Antiquité   63, 84, 194, 195
renaissance   135, 136, 139, 173
Renan, Ernest   2, 6, 7, 9-13, 19, 27, 30, 45, 54, 55, 58, 72-75, 239
renversait   225
renversé(e)(s)   150, 223, 238
(se) renverse   151, 163
renversement   150
ressuscité   80, 113
résurrection   13, 69, 79, 87, 102, 109, 113, 114, 120-122, 136, 137-139, 141, 151, 156, 162, 172, 186, 192, 212, 213, 218, 219, 221, 226, 228, 230, 231, 240, 243-245, 250
Reuss, Édouard   130
Reverseau, Jean-Pierre   218
Révolution   121
La Révolution du langage poétique   11
Revue de Hiyoshi   52
rhombe   119
Richard, Jean-Pierre   71, 78, 84, 215
Rimes Dorées   47, 174
Rissen, Junro   208, 232
rite(s)   69, 71, 84, 114, 124, 139, 146, 147, 190, 214, 231, 245, 248
-de sacrifice   76, 250

Index

-du sacrifice 231, 249, 250
-symbolique 241
Robertson, Jane 23, 122, 123
Rodenbach 224, 225
romain(e)(s) 15, 18, 20, 22
Romains (Romaines) 14, 15, 16, 17, 22, 28, 38, 40, 42, 50, 53, 54, 59, 80, 84
Rome 22, 33, 53, 79, 134
Rome 77
Roman de la Momie 197
Roman d'Archives 76
Romantisme en France et notre temps 241
rythme 126, 132, 133, 134

S

Sabbat 80-83, 126
sacerdoce 75
sacerdotale 19
Saci, Le Maistre de 10, 58, 113, 130, 212
sacrificateur(s) 22, 69, 73, 83, 84, 86, 147, 172
sacrificatrice 69, 83, 84, 172, 202, 204, 205, 250
sacrificature 19, 22, 69, 70, 71-73, 75, 85, 90, 172, 239, 247
sacrifice(s) 11, 56, 70, 71, 72, 76-81, 83-86, 88, 90, 107, 108, 110, 111, 132, 138, 139, 172, 179-182, 184, 185, 187, 200-202, 204, 205, 207-209, 211, 212, 214, 230, 231, 235, 238, 240, 243-245, 248-250
Sacrifice 180
sacrificiel(le) 183, 208, 209
sacrifié 84, 86, 208
Sacy, Lemaître de 130
Sadducéen(s) 18, 19, 21, 45, 70, 71, 73, 81, 84
Sagnes, Guy 58, 78
Said, Edward W. 180
saint Antoine 2, 35
saint Jean 231, 237
saint Jean-Baptiste 2, 28, 34, 173, 205
Saint Jean-Baptiste 47
saint Julien 2, 35
Saint Sébastien 174
Sainte-Beuve 39
Sainte Bible 58
Salammbô 68, 149, 176, 178, 180, 182-184, 195, 225, 233, 234, 244, 245, 247
Salammbô 39, 68, 76, 85, 150, 160, 162, 174, 178, 180, 181, 183, 184, 197, 213, 217, 225, 233, 234, 244, 245, 248
Salomé(s) 5, 7, 8, 21, 29, 30, 32, 34, 35, 37, 38, 41-43, 47, 48, 52-57, 59, 60-62, 67, 69, 80-84, 87-89, 95, 96, 98-103, 106, 107, 114-117, 119, 122, 123, 124, 126-130, 133-135, 139, 141, 143, 148-150, 155, 156, 158, 159, 161, 162, 164, 172-179, 181-185, 187, 188, 192, 195, 201, 215, 217, 218, 221-

225, 227-231, 236, 239-242, 244-250
Salomé(s)   2, 7, 8, 95, 173, 174, 176, 179, 181, 186, 188, 192, 194, 195, 215, 216, 223, 229, 230, 235, 242, 244-249, 251
Salome and the Dance of Writing   173
Salomé dans les collections françaises   173
Salomé dansant devant Hérode (huile sur toile)   8, 101, 174, 179, 180, 184-186, 189, 242
Salon de 1870   7, 174
Salon de 1876   8, 174, 175, 176, 191, 192, 245
Samaritains   143
sanctuaire   80, 108, 109, 111, 155, 179, 180, 185, 188, 190, 242, 250
Sand, George   1, 147
sang   131, 202, 209, 212, 213-215, 223, 230, 231, 243, 249, 250
Sasaki, Shigeko   207
Saturne   195
scarabée   102, 119-121, 156-158, 160, 162, 172, 186, 195, 250
  grand scarabée   69, 73, 89, 98, 99, 103, 116, 117, 119, 120, 127, 150, 157-159, 175, 186, 240, 249
Scène   200, 201, 203, 204, 205, 206, 208, 209, 211, 212, 214, 215, 221, 227, 230, 231, 233, 235-237, 243
science   3, 6
scientifique(s)   2, 3, 4, 6, 7, 10, 111, 129, 141, 164, 177, 240, 249
Sémiramis   83, 164
serpent(s)   148-150, 248
Seznec, Jean   63
Sherer, Jacques   199
sibylle(s)   183, 206, 208, 211, 212, 213, 230, 234, 243, 244, 249
sibyllin(e)   240, 250
Sirènes   185
Smith, W. Robertson   180
solaire   249, 250
Solario, Andrea   218
soleil(s)   12, 25, 61, 69, 82, 120, 121, 129, 130, 135, 137, 138, 144, 145, 147, 162, 187, 193, 195, 200, 215, 219, 220, 221, 235-238, 243-245, 249
Soleil   12, 79, 136, 223, 237, 243, 249
  -dévorateur   162
  -couchant   235, 243
  -levant   12, 120, 141, 161, 162, 172, 233, 235, 240, 243, 249
  -Lune   243
  -symbolique   235
sonorité   142
sorcière(s)   80
La Sorcière   80, 81
Les Sources de l'Épisode des dieux dans La Tentation de saint

Antoine 63
Souvenirs entomologiques mondiaux 56
Souvenirs entomologiques photographiques — Scarabée 120
sphinx 120, 156-162, 180, 185, 186, 223, 243, 248, 250
-*la* sphinx 187
-égyptien 185
spiritualité 119
St. Aubyn, F.C. 246, 247
Stendhal 246, 247
style indirect libre 30, 34
Le Style indirect libre 17
sycomore 109, 151, 156
Sylviane, Huot 205, 215, 225, 230
symbole(s) 139, 141, 156, 157, 160, 162, 170, 239, 240-245, 249, 250
Le Symbole des apôtres 58
symbolique(s) 4-7, 11, 12, 141, 148, 156, 164, 204, 207, 227, 239, 240, 242
symbolisme 4, 5, 12, 139, 149, 177, 201, 216, 235, 240, 244, 245, 249
syncrétisme 192
la Syrie 15
Szondi, Peter 203, 205, 208
S. Messina 3

T

table proconsulaire 87, 108, 152, 154, 155
Takashina, Shûji 173, 192, 216
Takéuchi, Nobuo 228
Tanit 150
tapis 151-154, 226, 228
-babyloniens 152, 153
-bariolés 153
-de Babylone 87, 151
tapisserie(s) 151-153
-babyloniennes 153, 154
-de Babylone 108, 155
taureau 80, 119, 137, 138
taurobole(s) 80, 90, 110, 111, 135, 139, 189, 212, 250
tentation 126
La Tentation de saint Antoine (Flaubest) 6, 12, 63, 64-66, 85, 120, 123, 136-138, 144, 145, 160, 162, 176, 177, 192, 195, 197, 198, 213, 217-220, 244, 245, 247, 251
La Tentation de saint Antoine, version de 1849 (Flaubent) 63, 65, 137
La Tentation de Saint-Antoine (Redon, Odilon) 198, 217, 220, 221, 247
Tentation de sant Antoine (Redon, Odilon) 251
tête 29, 78, 115, 150, 161, 163, 186-188, 202, 212, 216, 219, 222, 230, 235, 237, 242-246, 248-250
-coupée 218
-décapitée 13, 222, 230, 231, 235, 236, 245, 246

-de Iaokanann 116, 173
-de Jean 236
-de saint Jean-Baptiste 174
Tête de martyr 251
Tête de Martyr sur le plat 218
Tête de saint-Jean 218
Tétrarque 11, 15-18, 22, 28, 31-35, 40, 41, 48, 52, 53, 56, 59, 60, 68, 70, 81, 82, 87-89, 95, 96, 114-116, 119, 125, 129, 150, 151, 157, 164-166, 225
The art of Gustave Moreau, Theory, Style and Content 188
the Colossal Ephesian Artemis 189
The Decadent imagination 244, 245
The Ephesus Museum 189
The Golden Bough 247
The Legend of Salome and the principle of art for art's sake 41, 173
The Letters of Oscar Wilde 247
The Modern Language Review 5
Thermusa 83, 164
The Sphinx 248
The Truth about Oscar Wilde 247, 248
The Woman's Encyclopedia of Myths and Secrets 118
Thibaudet, Albert 15, 133, 207
Thornton, Lynne 160
Tibère 14, 18, 33, 40, 51, 74
Todorov, Tzvetan 44, 141

Tooke, Adrianne 176
tour(s) 66-68, 172, 182, 202, 204, 205, 250
-Antonia 54, 70, 172
Tourgueneff, Ivan 3, 14, 39, 142, 176, 197
Towards the poems of Mallarmé 201
tribu 3
tribune(s) 101-108, 116, 152, 154, 241
-dorée 87, 88, 89, 100, 151, 154, 155
-d'or 88
Trois Contes 1, 3, 5, 7, 11, 14, 17, 25, 26, 28, 75, 134, 176, 240, 241, 245, 247, 251
tympanons 119

U

Ueda, Atsuko 37
Une leçon d'histoire naturelle 143
Un Cœur simple 6, 24, 25, 58, 176, 241, 242
L'Univers imaginaire de Mallarmé 215

V

Vathek 197, 251
Vermaseren, Martin J. 67, 79, 84, 135, 137-139, 193
version définitive (*La Tentation*) 63, 66
version de 1849 (*La Tentation*) 63, 66
Vie de Jésus 1, 9, 13, 19, 27, 45, 54, 72

La Vie moderne 1
Vitellia 16
Vitellius 3, 15-22, 23, 28, 30, 33, 42, 49, 57, 58, 59, 70, 71, 72, 77, 78, 81, 87, 107, 115, 125, 128, 147, 165, 176
voile(s) 223-225, 228, 229, 250
Voyage en Egypte 120, 122, 127, 161
Voyage en Orient 62, 160

W

Walker, Barbara G. 118, 123, 124
Wetherill, Peter Micael 11, 13, 26, 36, 75, 130
Wilde, Oscar 2, 7, 55, 174, 195, 215, 223, 229, 230, 231, 246-251

Y

Yamakawa, Kôzô 47
Yoshida, Hiroshi 180

Z

Zagona, Helen Grace 3, 41, 47, 173
zaïmphe 184
Zervan Akarana 195
Zola, Emile 47, 197, 198

Table des matières

Préface de Kosei OGURA   vii

Remerciements   ix

Sigles et abréviations   xi

Introduction   1

Chapitre I : La question des races   9
    1. En concurrence avec Renan   9
    2. La question des races   14
    3. La réprobation de Iaokanann   21
    4. L'égoïsme ou le grotesque   24
    5. Le discours symbolique   28
    6. Les réseaux d'énigmes   39

Chapitre II : Identification et séparation chez Hérodias
et Salomé   47
    1. Le pouvoir et la volupté   48
    2. L'enchantement babylonien   55
    3. Le symbolisme de Cybèle   60

Chapitre III : Le festin comme rite religieux   69

    1. La question de « la sacrificature »   69

    2. La disposition des images du « sacrifice » : le festin   76

        Le festin comme rite de sacrifice   76
        Images du sang et du délire   79
        Le Sabbat   80

    3. Hérodias comme sacrificatrice   83

    4. L'estrade comme autel symbolique   86

        Le cas Jacob   91
        Le cas Salomé   95
        Relation corrélative de « l'estrade-tribune »   100
        L'achèvement de « l'estrade-tribune »   107

Chapitre IV : La résurrection   113

    1. La danse de Salomé   114

        Un changement d'optique dans l'écriture : les regards   114
        La volte-face des symboles dans l'écriture   117
        Les miroirs successifs — le rythme   124

    2. Les Jumeaux : Iaokanann et Salomé   126

        L'apparition concordante   126
        La sainteté ternaire   129

    3. Les images symboliques de la renaissance   135

Chapitre V : La résonance des mots, le carrefour des images   141

    1. La résonance des mots, le carrefour des images   141

        La répercussion des « claquements »   143
        L'évocation des sons, l'évocation des images : « la mitre »   144

  Le sifflement de Salomé   148
  Le renversement de la danse,
   le renversement du monde   150
 2. La formation des symboles   151
  L'appareil « estrade-tribune »   151
  La résurrection : le scarabée et le sphinx   156
 3. La formation des sentiments d'Hérodias   164

Chapitre VI : L'image de Salomé — Flaubert et Gustave Moreau   173

 1. Flaubert et Gustave Moreau   175

 2. Le thème du sacrifice — le sanctuaire   179

 3. « La sphinx » ou la femme fatale   185

 4. La généalogie des Déesses   187

Chapitre VII : *Hérodias* et *Hérodiade* — Flaubert et Mallarmé   197

 1. Flaubert et Mallarmé   197

 2. Le thème du sacrifice   201
  Sacrifice occulté : l'ambiguïté   201
  Sacrifice occulté : l'eau des bassins   209
  Sacrifice apparent : le bassin et le rite
   de la résurrection   212

 3. Mallarmé — Redon — Flaubert   215

 4. La danse d'Hérodiade   221

 5. Mythe lunaire / mythe solaire   231

Conclusion   239

Bibliographie	253
Table des Planches	285
Index	287

L'auteur

Atsuko OGANE, née en 1964, est prfesseur adjoint à l'Université Kanto Gakuin et Docteur es lettres (thèse de doctorat de l'Université Keio, Tokyo, 2005). Ancienne étudiante de l'Université Keio et de l'Athénée Français, sa recherche porte principalement sur les *Trois Contes* et sur l'écriture symbolique de Flaubert. Ces dernières années, elle a publié notamment : « Mythes, symboles, résonances — le « festin » comme rite du sacrifice dans *Hérodias* de Gustave Flaubert » (*Études de Langue et Littérature Françaises*, Société Japonaise de Langue et Littérature Françaises, 2000), « Mallarmé — Redon — Flaubert » (*Journal of arts and science*, The Liberal Arts Association, Kanto Gakuin University, 2004) et « Flaubert et Wilde — écriture et rythme dans *Hérodias* et *Salomé* » (*Revue de Hiyoshi*, l'Université Keio, 2006). Elle est membre de la Société Japonaise de Langue et Littérature Françaises, de la Société Japonaise de Didactique du Français, de la Société Franco-Japonaise des Études sur les Femmes et rattachée à l'unité de recherche « CEFEF » (Cercle d'Études sur les Femmes en France) de l'Université Keio.

La genèse de la danse de Salomé
L'« Appareil scientifique » et la symbolique polyvalente dans
Hérodias de Flaubert

2006 年 3 月 10 日　初版第 1 刷発行

著　者―――大鐘敦子
発行者―――坂上　弘
発行所―――慶應義塾大学出版会株式会社
　　　　　〒108-8346　東京都港区三田 2-19-30
　　　　　TEL　〔編集部〕03-3451-0931
　　　　　　　〔営業部〕03-3451-3584〈ご注文〉
　　　　　　　〔　〃　〕03-3451-6926
　　　　　FAX　〔営業部〕03-3451-3122
　　　　　振替　00190-8-155497
　　　　　http://www.keio-up.co.jp/
装　丁―――宮川なつみ
印刷・製本―株式会社太平印刷社

　　　　　　©2006　Atsuko OGANE
　　　　　Printed in Japan ISBN4-7664-1231-1